古典文獻研究輯刊

十五編

曾永義 主編

第 8 冊

遼金元文言小說研究（上）

林溫芳 著

國家圖書館出版品預行編目資料

遼金元文言小說研究（上）／林溫芳 著—初版—新北市：
花木蘭文化出版社，2017〔民 106〕
目 2+198 面；19×26 公分
（古典文學研究輯刊 十五編；第 8 冊）
ISBN 978-986-404-900-4（精裝）
1. 中國小說 2. 文學評論 3. 遼代 4. 金代 5. 元代
820.8   106000806

ISBN-978-986-404-900-4

9 789864 049004

古典文學研究輯刊
十五編 第 八 冊   ISBN：978-986-404-900-4

遼金元文言小說研究（上）

作　　者　林溫芳
主　　編　曾永義
總 編 輯　杜潔祥
副總編輯　楊嘉樂
編　　輯　許郁翎、王筑　美術編輯　陳逸婷
出　　版　花木蘭文化出版社
社　　長　高小娟
聯絡地址　235 新北市中和區中安街七二號十三樓
　　　　　電話：02-2923-1455／傳真：02-2923-1452
網　　址　http://www.huamulan.tw 信箱 hml810518@gmail.com
印　　刷　普羅文化出版廣告事業
初　　版　2017 年 3 月
全書字數　359371 字
定　　價　十五編 18 冊（精裝）新台幣 32,000 元
版權所有·請勿翻印

遼金元文言小說研究（上）

林溫芳　著

作者簡介

林溫芳，中國文化大學中國文學系博士。目前是開南大學應用華語系兼任助理教授，並在明志科技大學與新生醫專等校任教；同時也擔任僑委會海外青年華語班教師。曾任國、高中老師，出版社編輯及電子報編譯。

提　　要

　　遼金元文言小說在中國浩瀚的小說史上，雖稱不上主流，卻自有其異時代的獨特情味及文學研究價值。在漢族、女眞及蒙古三個民族激烈征戰，也彼此融合所磨擦出的火花中，賦與此時期小說獨特魅力和歷史價值。本論文透過對小說的閱讀及省思，重新考察其類別，並發掘特色；同時探討時代的宗教思想，並尋找故事情節及演繹手法之歷史承衍。藉由這種多視角、多面向的論述，冀對遼金元小說有一個較全面又精細的理解與掌握，同時彌補歷來對遼金元文言小說研究不足之缺憾。

　　本論文以遼金元文言小說三十八部作品爲標的，作深入的研究與分析。研究架構，分緒論、正論及結論三大部份，總共七章。第一章爲緒論，說明研究之動機與目的，並釐清文言小說之義界及界定研究之範圍。第二章乃將本文研究範圍之書目逐一敘錄。第三章探討內容類別，分神靈鬼怪、世俗情態及逸聞軼事等三個面向切入。第四章以小說之內容特色與時代特徵爲論述主軸。第五章討論小說反映之思想與信仰。第六章研究小說與其他文體之關係。第七章爲結論。

　　遼金元文言小說的內容豐富，是研究文學、民俗文化及藝術史的珍貴資料，具有相當的史料價值。在故事題材或形式結構上，則在中國小說史上居於承先啓後與開創的地位。

目

次

第一章　緒　論

一、研究動機與目的

　　遼金元文言小說是中國文言小說史上的一環，其所處時代的特殊性卻賦予它不同於其他時代的特點。在中原大地上，歷來王朝鼎革干戈下的政權輪替總在漢族之間，但遼金元時代卻是一個契丹、女眞及蒙古族相繼崛起、長城崩解，數個民族之間彼此你爭我奪、互相混戰的兵燹時代，卻也是民族相互融合的時代。這種奇特的時代背景，塑造出遼金元文言小說作品的特殊面貌和獨特性。

　　或許由於鼎革易代迅速，兵荒馬亂致文獻毀佚，小說文本收集不易；抑或是囿於外族入主使作者才學沈淪而導致小說內容較顯平實，而易被研究者忽視，因此使遼金元文言小說之研究論述相對不足。但遼金元三朝在北國長鞭南揮的漫漫塵煙中，小說文本如何描繪斯土斯民之生活圖像，又如何展現地方色彩、異族情調和民族融合的各式場景？本文嘗試以此一特殊背景所勾勒的時空爲範疇，考察其小說內容類別、勾勒小說特色、探討其特殊的宗教思想，並探究小說與前後朝作品的接續、居間與傳承，以此凸顯遼金元文言小說的價值。

　　因此，本論文之研究目的有三：

（一）盼稍補遼金元無藝文志之闕

　　金元之際，戰事頻仍，許多文學作品在離亂中散佚，加上三朝的史書都沒有藝文志，致當朝書冊經常出現作者不詳、卷帙不一等現象。清代黃虞稷、盧文弨、錢大昕等藏書家與學者，致力補闕拾遺，分別修編三朝藝文志，但

內容仍較爲簡略，致此時期部份的文學研究相對落後其他朝代。其中文言小說蘊含豐富的文學、史料及文獻等價值，研究篇幅卻明顯少於前後期文言小說。因此，希望經由更深入地探索遼金元文言小說，將有實質內容的作品作一整體的梳理，以明其發展概況，同時彌補藝文志之不足。

（二）冀彌遼金元文言小說研究之不足

近年來投入遼金元小說研究者日益增加，惟仍多關注話本小說、白話小說等領域。對於此時期的文言小說研究則見零星專題式或主題式的研究，經常是取其瑰麗華美的篇章蜻蜓點水或偏取一隅，罕見由宏觀與微觀的角度同步對其進行研究。即使近十年來相關研究，仍是「角度很多，但廣而不精」、「不夠全面」的情況〔註1〕。

這與過去學者對遼金元文言小說的評價不高〔註2〕不無關係。其實，遼金元文言小說相形失色自有其環境因素〔註3〕，但仍佔有重要地位〔註4〕；若能深入而全面地探析，不但能彌補文言小說發展史上之遼金元研究相對薄弱的缺憾，更能發掘出罕爲人知的優秀作品。因此，企盼藉由本研究，更全面地

〔註1〕 高倩：〈近十年元代文言小說研究綜述〉（《攀枝花學院學報》第29卷第2期，2012年4月），頁40。

〔註2〕 過去學者對於遼金元文言小說的評價往往不高，或是略而不問。例如，齊裕焜在論及「宋元明傳奇小說」時，表示「不足深論」、「略而不論」。齊裕焜主編：《中國古代小說演變史》（甘肅：敦煌文藝出版社，1990年9月），頁47。又如，鄭紹基指出：元代文言小說，數量不多，成就也有限，於是略而不論。見氏著：《元代文學史》（北京：人民文學出版社，1991年），頁595。再如，《遼金元文學研究》一書，將20世紀以來遼金元文學研究作廣泛的論述，其中第二十四章探討「遼金元小說」，內容僅略提《焚椒錄》、《續夷堅志》、《嬌紅記》三部文言小說，其餘作品隻字未及。詳見季羨林名譽主編，張燕瑾、呂薇芬主編：《20世紀中國文學研究·遼金元文學研究》（北京：北京出版社，2001年12月），頁727～752。

〔註3〕 蕭相愷指出，「元代立國之初，因爲戰亂，中國的經濟和文化遭受了重大破壞；立國之後，蒙古貴族又推行民族歧視政策，漢人、南人備受壓制，加之國運短促，經濟文化還來不及恢復，全國性的反抗浪潮又此伏彼起。處在這種政治、經濟、文化的大環境，當時的文人要想有超越前人的著述，實在是很困難的事。因此有元一代的志怪小說，雖沒有絕跡，但與宋代相比，卻是明顯地衰落了。」蕭相愷：《宋元小說史》（浙江：浙江古籍出版社，1997年6月），頁223。

〔註4〕 石昌渝表示：他贊同程毅中所說的，宋元文言小說是走向衰微的時代，但從實績來看，文言小說仍佔有重要地位。見氏著：〈宋元小說研究的新篇章〉（《文學遺產》，1999年06期），頁101。

表現遼金元文言小說的發展、嬗變及特色。

（三）發掘遼金元文言小說之價值

如前所述，遼金元三代的史書沒有藝文志，文言小說也缺乏全面性的研究，使遼金元文言小說的評價不高，也導致其價值很容易被忽略。儘管遼金元這四百年間的文言小說數量相對不多，仍居承繼與傳衍地位，是中國小說史不可或缺的部份。〔註5〕尤其遼金元與宋朝的時空互有交錯，政治、經濟及文化互相影響，這些族群的交流與衝突，也隱藏在小說的字裡行間，有待進一步發掘。學者指出，「宋元文言小說非但沒有如以往學人認為的那樣完全衰落，而且還有一些新的變化，多少顯示了前所未見的特色。」〔註6〕足見遼金元文言小說有其價值，端看如何爬梳。

清人徐震指出，「小說家蒐羅閭巷異聞，一切可驚、可愕、可欣、可怖之事，罔不曲描細敘，點綴成帙。俾觀者娛目，聞者快心，則與遠客販寶何異。」〔註7〕從古代小說中確實處處可見作者嘔心瀝血凝結出來的「珠寶」，尚待後人如何去拾掇。本文試圖在遼金元文言小說中，仔細琢磨，不厭糟粕，粹取明珠。企能藉以彰顯遼金元文言小說的價值。

二、研究範圍

（一）「文言小說」概念的界定

古代小說研究的起步雖較詩歌、散文等文體為晚，但這些年經過學界的努力，成果頗為豐碩。在小說的起源與界定，已有許多詳盡的研究與論說，惟在「文言小說」的義界上，一直處於模糊的狀態。其範疇難以界定的原因，就像學者所說：「古代文言小說的存在狀態，以及古代小說的概念相當蕪雜。唐代之前有神話傳說、無法納入史傳的雜史雜傳、具佛道等宗教色彩較濃的志怪，以及人倫鑑識相關的志人小說等。這些雖然都屬於前小說形態，

〔註5〕　張晶說：「（遼金元）小說雖然數量並不很多，卻是有成就，有特色，有創新，有發展的，是遼金元文學的重要組成部分，中國小說史不可或缺的發展階段。」傅璿琮、蔣寅總主編，張晶主編：《中國古代文學通論——遼金元卷》（瀋陽：遼寧人民出版，2005年5月），頁177。

〔註6〕　程毅中：〈略談宋元小說的考証和估價一我的《宋元小說研究》贅記〉（《古典文學知識》，1999年第5期），頁12。

〔註7〕　（清）徐震著、丁炳麟校點：《珍珠舶・序》（南京：江蘇古籍出版社，1994年4月），頁161。

但如果撇開這些作品，則無法全面反映中國小說的歷史發展面貌。」〔註8〕這雖然是談論唐前小說的情況，卻也說出遼金元文言小說研究的難處。由於古代小說之發展，與神話傳說、史傳等文學相互襲取，致盤根錯結，很難一言以蔽之。

現今學者在論述「文言小說」概念時，主要是將文言小說一詞建立於區別明清白話小說。例如，文言小說是為了區別「包括話本、擬話本等短篇白話小說和長篇章回小說」等白話小說而出現。〔註9〕「文言，乃就其語言形式而言，與白話相對立。」〔註10〕「區別於宋元以後之白話通俗小說，專指以文言撰寫之舊小說而言。」〔註11〕此種分類方式雖無助於釐清文言小說的內涵，卻也是無可奈何的做法。若從形式來看，明代胡應麟將小說分為「志怪、傳奇、雜錄、叢談、辯訂及箴規」〔註12〕六類，魯迅剔除後三項，保留「傳奇、志怪、雜錄」三項〔註13〕，此後學者多延續此說〔註14〕。另有學者先列出「志怪、軼事二大類，之後再細分若干小類」〔註15〕，有的是將文言小說的文體規範與白話小說相較，再說明特徵。〔註16〕眾多分類又無法定於

〔註8〕 石昌渝主編：《中國古代小說總目‧文言卷》之「凡例」（太原：山西教育出版社，2004 年 9 月）。

〔註9〕 李修生、趙義山主編：《中國分體文學史》之「凡例」（上海：上海古籍出版社，2007 年 12 月），頁 1～3。

〔註10〕 趙章超：《宋代文言小說研究》（重慶：重慶出版社，2004 年 12 月），頁 1。

〔註11〕 袁行霈、侯忠義編纂：《中國文言小說書目‧凡例》（北京：北京大學出版社，1981 年 11 月）。

〔註12〕 （明）胡應麟：《少室山房筆叢‧九流緒論下》（臺北：臺灣商務印書館，1983 年《影印文淵閣四庫全書》），卷 29，頁 886～305。

〔註13〕 魯迅：《中國小說史略》，收入《魯迅小說史論文集－中國小說史略及其他》（臺北：里仁書局，2003 年 2 月），頁 11～12。

〔註14〕 當今學者論及中國古典小說文體，多延續胡應麟、魯迅之說。例如，陳文新分「志怪、軼事及傳奇」三類。見氏著：《文言小說審美發展史》（武漢：武漢大學出版社，2002 年 10 月），頁 10～35。又如，王汝濤亦分之為「傳奇、志怪、雜錄」三類。詳見王汝濤編校：《全唐小說》（濟南：山東文藝出版社，1993 年 3 月），頁 4～9。

〔註15〕 這是羅寧對唐代文言小說的分類。他說：「長期以來，文言小說的分類法和類名一直較為混亂。尊重古人小說觀念、小說分類法及類名的基礎上，先分為志怪、軼事二類，再作第二層細分：志怪分為雜記、雜史雜傳、地理博物三類；軼事分為逸事、瑣言、辨訂……。」羅寧：〈論唐代文言小說分類〉（《西南師範大學學報》「人文社會科學版」，2003 年第 3 期），頁 144。

〔註16〕 吳志達：《中國文言小說史》（濟南：齊魯書社，2005 年 6 月），頁 6～9。

一尊，因爲歷朝文言小說各有所長，如六朝以志怪爲勝，唐代以傳奇爲名。趙明政指出，「歷代文言小說，浩如煙海，……既有一條線索可尋，又有迭出紛呈、交相錯雜的內容和體式。……文言小說自古以來沒有一致的、確切的概念，沒有得到一致認同的分類標準，當然也沒有始終如一的體制要求。」〔註17〕他依據小說作者普遍採用、具有文學性等特質，將文言小說分爲「抒寫隨意的筆記體，傳奇體及遊移於歷史與小說之間的雜史雜傳體」〔註18〕三類。綜上，文言小說是以散體古文撰寫的小說，有別於當時以一般的口述用語所寫成的白話小說。基本的體式因敘事手法有別，可分爲志怪、傳奇、軼事與雜錄等等。

（二）研究範疇

二十世紀八十年代開始，學者相繼投入文言小說資料之彙編，陸續出版相關工具參考書。如：《中國文言小說書目》〔註19〕、《中國文言小說參考資料》〔註20〕、《中國文言小說總目提要》〔註21〕及《中國古代小說總目》〔註22〕等等。這些參考書勾勒出中國文言小說發展的輪廓，方便檢索，爲後世研究者闢出一條蹊徑。本文研究範圍主要從其中資取。

首先說明研究範圍。本文研究範圍以《中國文言小說總目提要》所選書目爲基礎，主要是因爲是書以「尊重古人小說概念、用今人小說概念遴選」〔註23〕爲選材原則，而且「界定清晰，體例統一」〔註24〕，可以說已含蓋三

〔註17〕　趙明政：《文言小說：文士的釋懷與寫心》（桂林：廣西師範大學出版社，1999年6月），頁3。

〔註18〕　同上註，頁3～27。

〔註19〕　《中國文言小說書目》依中國朝代先後順予，分爲先秦至隋、唐五代、遼金元、明代及清代等五編。同註11。

〔註20〕　侯忠義編：《中國文言小說參考資料》（北京：北京大學出版社，1985年4月）。

〔註21〕　《中國文言小說總目提要》內容按時代順序分五編：唐前、唐五代、宋遼金元、明代、清代至民初。每一編各包括志怪、傳奇、雜組、志人及諧謔五類。寧稼雨：《中國文言小說總目提要》（山東：齊魯書社，1996年12月）。

〔註22〕　同註8。《中國古代小說總目・文言卷》一書分爲文言卷、白話卷及索引卷。

〔註23〕　關於取材標準，編者寧稼雨云：「在尊重古人小說概念的前提下，以歷代公私書目小說家類著錄的作品爲基本依據，用今人的小說概念對其進行遴選釐定，將全不是小說的作品剔除出去，將歷代書目小說家中沒有著錄、然而又確實可與當時的小說相同。或能接近今人小說概念的作品選入進來」同註21，頁3。

〔註24〕　卞孝萱、程國賦：〈資料翔實，考辨精當──評《中國文言小說總目提要》〉

朝多數文言小說。書中蒐羅遼金元文言小說有內容者總計 37 部〔註 25〕，先剔除《女紅餘志》和《緝柳編》兩部偽作〔註 26〕，及內容係摘引歷代「正史」的《物異考》一書〔註 27〕；再參酌其他工具書，若有出於《中國文言小說總目提要》之外者，亦加入研究範圍。如《古體小說鈔‧宋元卷》之《工獄》、《中國古代小說總目》之《龍會蘭池錄》〔註 28〕等等，然這種情況並不多。

因此，本文研究標的有《焚椒錄》、《歸潛志》、《續夷堅志》、《江湖紀聞》、《閑居錄》、《異聞總錄》、《湖海新聞夷堅續志》、《工獄》、《春夢錄》、《姚月華小傳》、《紫竹小傳》、《綠窗紀事》、《嬌紅記》及《龍會蘭池錄》、《三朝野史》、《山居新語》、《山房隨筆》、《古杭雜記》、《吳中舊事》、《拊掌錄》、《庶齋老學叢談》、《硯北雜志》、《遂昌雜錄》、《雋永錄》、《萬柳溪邊舊話》、《稗史》、《樂郊私語》及《錢塘遺事》、《平江紀事》、《玉堂嘉話》、《至正直記》、《席上腐談》、《瑯嬛記》、《誠齋雜記》、《廣客談》、《輟耕錄》、《冀越集記》及《隨隱漫錄》，總計三十八部作品。各書之作者與內容簡介等相關資料，將在第二章進一步討論，以明遼金元文言小說之發展概況。

至於故事的選取原則，除了志怪、傳奇類具有較可辨析的特性外，軼事與雜錄類的小說因為內容較蕪雜，同時沒有明確的定義足供參考，篩選相對困難。試觀學者所言：「歷史瑣聞類筆記多匯輯各類瑣聞軼事，各在不同程度

（《中國典籍與文化》第 2 期，1998 年），頁 84～86。關於《中國文言小說總目提要》一書自有其優點，也有學者對其缺誤與不足提出指正。陸林：〈《中國文言小說總目提要》初讀〉（《文學遺產》第 1 期，2001 年），頁 13～25。

〔註 25〕 書中羅列「遼金元」文言小說總共 55 部，包括志怪類 8 部、傳奇類 7 部、雜俎 20 部、志人 15 部及諧謔 3 部，再扣除 17 部僅存目錄與 1 部類書（《說郛》），剩餘 37 部。同註 21，頁 129～214。

〔註 26〕 《四庫全書總目》引明代錢希言之言，認為《女紅餘志》是「好事者所依托」。（清）永瑢等撰：《四庫全書總目》（北京：中華書局，2003 年），卷 131，頁 1117。近代學者亦多認為此二部書乃偽作。如羅寧指出：「……《女紅餘志》、《古琴疏》、《緝柳編》屬明代偽典小說，……成書時間約在萬曆（1573～1620）初。」見氏著：〈明代偽典小說五種初探〉（《明清小說研究》，2009 年第 1 期），頁 31。此文同時將《瑯嬛記》與《誠齋雜記》列為偽書，惟此觀點學者看法不一，所以仍將其列入研究範疇。此將於第二章進一步說明。

〔註 27〕 《物異考》作者方鳳（1240～1321 年），內容主要摘引歷代正史中災異事件而得，雖然文章具怪異色彩，然非小說家言，所以排除於範圍之外。

〔註 28〕 李劍國等學者研究指出：「《龍會蘭池錄》是元人作品。」李劍國、何長江：〈《龍會蘭池錄》產生時代考〉（《南開學報》，1995 年 05 期），頁 63。

上帶有小說意味、傳奇色彩。」〔註 29〕又「如果用今天對小說概念的理解，用故事性、形象性，虛構性的標準衡量，把元明一些史學家筆下的人物傳記，以至寓言故事歸入文言小說，也是可以的。人物傳記繼承司馬遷創始的史傳文學傳統，雖以『紀實』為主，但不乏想像、虛構或誇張成分，文學色彩較濃。由於他們是從歷史的角度總結朝政得失的經驗教訓的，所以與傳奇小說家相比，就顯得史筆有餘而詩意不足，風格質樸而少華豔，語言簡疏而嫌板滯。」〔註 30〕簡言之，金元等時代的軼事小說，雖然筆觸濃淡有別，情節未必曲折、人物未必豐滿〔註 31〕，仍可歸入文言小說之中。所以在遼金元文言小說中如《歸潛志》、《錢塘遺事》等記載人物軼事的志人小說，有時不見得有完整的故事情節，而是以人物為中心記錄數則事件，以凸顯人物的某種性格或情感。〔註 32〕這樣的寫法，人物形象不容易飽滿，敘事也不見得精彩，還是可以歸屬於小說。所以本文對於故事的選取原則較為寬鬆，除了具有虛構性的志怪、傳奇小說及情節完整的故事外，若是寫實地載錄人物事蹟的瑣記，以表現人物的某個特質或形象；抑是記述某事件的始末，表現當代的習俗文化及社會現象；甚或是以白描的手法敘寫一個場景或是生活片斷，揭示某種情感或世態等等。這些敘述主體或許沒有誇飾的筆法、曲折的情節及豐滿的人物形象，卻約略具備情節、人物及環境等小說三個要素，所以列入研究範圍。

　　另外，關於刪錄舊籍的問題，蕭相愷指出，元人志怪小說集的一大通病是「刪錄舊籍成書」。但他也說：「《新刊湖海新聞夷堅續志》書中不少故事，多為其他小說戲曲所資取。所以此書即非自作，亦可見編選者之眼力。」〔註 33〕此正道出遼金元文言小說研究的兩難，既有可取的佳作，卻又常見刪錄舊文故籍。試觀宋金元之交的筆記小說，多為編撰成書，內容或為作者親身見聞，或

〔註 29〕　廖涵文：〈筆記小說之部〉，收入幼獅文化編輯部主編：《中國古典文學世界——小說與戲劇》（臺北：幼獅文化事業公司，1990 年 6 月），頁 13。

〔註 30〕　張虎剛、林驊選譯：《元明小說選譯・前言》（上海：上海古籍出版社，1990 年 6 月），頁 3。

〔註 31〕　陳文新指出，「金元軼事小說以『雜記』體為主，是散兵游泳，不成陣勢。」見氏著：《文言小說審美發展史》，同註 14，頁 385。

〔註 32〕　張虎剛等學者將這類小說的情節結構稱為「堆壘式」。他說：「『堆壘式』的書寫手法，在元明時聽覺藝術的話本小說，或受它影響的傳奇小說中都很少見，反而在記言記事的史傳或筆記倒是常見」。同註 30，頁 249。

〔註 33〕　同註 3，頁 225、224。

是轉抄引錄，有的說明出處，有的則否。其中又有全文抄錄，也有對原文刪修改寫，情況頗為紊雜。例如《湖海新聞夷堅續志》，內容部份取材可溯及古今小說筆記，〔註34〕有些則為作者載錄其所見所聞。又如《異聞總錄》，許多篇章明顯出於歷代他書，但多未標記出處，不過有些故事卻可見作者鑿斧的痕跡。〔註35〕例如〈齊推女〉一文明顯本於唐代牛僧孺《玄怪錄‧齊推女》，原作約千餘字，《異聞總錄》擴其篇幅至二千餘字。就情節而論，較原著更有波瀾起伏；在人物方面，也更形生動有感。所以有學者認為《異聞總錄》對該原文的更動，頗為高明，令人佩服。〔註36〕諸如上述情況，不論是《湖海新聞夷堅續志》，或是《異聞總錄》，除了承繼舊聞而一字未易者，若經過作者有意的增飾或刪修，或是依自身聞見的載錄，都納入研究範圍。反之，若是全文抄錄或僅刪減文字者，則剔除不論。例如《誠齋雜記》許多故事抄錄前代舊作，如「吳王夫差小女名紫玉」、「弦超夢神女從之，自稱天上玉女」等諸篇，明顯源於干寶《搜神記》，且僅是刪節原文，粗陳梗概而已，所以排除於研究範圍之外。其他故事有類似情況，均依此原則處理。

〔註34〕 據李劍國研究指出，「《湖海新聞夷堅續志》內容多取材于古今小說筆記，範圍很廣，六朝書如《搜神記》、《搜神後記》、《異苑》、《幽明錄》等，唐代書如《枕中記》、《靈怪集》、《集異記》、《玄怪錄》、《原化記》、《逸史》、《酉陽雜俎》、《宣室志》、《纂異記》、《樹萱錄》、《甘澤謠》、《傳奇》等，五代書如《續仙傳》、《玉堂閒話》、《稽神錄》等，宋代書如《青瑣高議》、《東軒筆錄》、清尊錄》、《賓退錄》、《春渚紀聞》、《四朝聞見錄》、《夷堅志》、《鶴林玉露》等，元代書如《古杭雜記》、《錢塘遺事》等，但都沒其所出。作者一般不照錄原文，而是刪縮改寫，粗陳梗概而已。在宋末以來的內容中可能也有許多是作者自記聞見。」同註8，頁140～141。

〔註35〕 《異聞總錄》一書中除卷3〈王軒遇西施〉註明出自《翰府名談》外，餘均未說明。可考者如〈齊推女〉、〈李沈〉等選錄自唐代牛僧孺《玄怪錄》；另有出於《夷堅志》者。至於不易考究出處者，如〈郭銀匠〉，描寫女鬼附身於死屍，投奔郭銀匠，最終鬼女被道人消滅。李劍國指出，《異聞總錄》之內容，「大都可查出來源，乃掇拾《玄怪錄》、《麗情集》、《綠窗新話》、《投轄錄》、《夷堅志》、《夷堅續志》等書而成。取《夷堅志》最多，見于今本《夷堅志》者多達三十二條，另有近四十條當為《夷堅志》佚文。《筆記小說大觀》提要謂『隨手剽掇，取充卷帙』，確實如此。作者初無規劃，信手採錄，興盡而止，並沒有作廣泛的資料搜集工作，區區百餘事實不足稱『異聞總錄』。但其照錄原文，不加刪節，對於《夷堅志》及《玄怪錄》、《綠窗新話》等書的校勘輯佚頗有稗益。」同註8，頁602。

〔註36〕 石麟：《傳奇小說通論》（鄭州：中州古籍出版社，2005年11月），頁198～200。

　　除了上述範圍外，遼金元當代的文集、詩集等文學作品中，應仍存有不少可視爲小說的篇章，但受限於個人能力與精力，將待日後有機會時再進一步研究。此外，本研究主體是「金元文言小說」，而宋金及元三個朝代存在的時間本就互有交疊，加上部分作者是宋朝遺民，或載錄親身經歷；或是根據故國耆老傳言書寫下來；抑是民間流傳的故事等等。所以內容載錄許多關於宋代政治、經濟及文化等之事。因此，依據文本內容作出研究成果，故對宋事多所著墨。

三、文獻回顧

　　以下將目前遼金元文言小說研究概況，依通論與專題兩類擇要說明：

（一）通論

　　內容多是談論中國古代小說發展、類型及流變等的通論性著作，或是工具書。在小說史方面，張兵之《宋遼金元小說史》〔註 37〕，主要討論宋代小說，其中第六、七章論述遼金元時期小說，篇幅不多，主要提及《焚椒錄》、《續夷堅志》、《歸潛志》及《嬌紅記》等書，有助於瞭解此時期部份小說的概況。程毅中之《宋元小說研究》〔註 38〕與蕭相愷之《宋元小說史》〔註 39〕，論及遼金元時期文言小說十數種作品，內容多有精闢之論。其他如苗壯《筆記小說史》〔註 40〕、《中國文言小說史》〔註 41〕及《文言小說審美發展史》等等，以不同角度探討各類小說領域的發展情況，對於理解小說的縱、橫面向發展有極大的助益。又如《遼宋西夏金社會生活史》〔註 42〕、《元代社會生活史》〔註 43〕、《中國歷代經濟史・宋遼夏金元卷》〔註 44〕及《遼金論稿》〔註 45〕等書，內容探討當朝的物質文明與社會生活，對本文研究風俗習慣，

〔註37〕　張兵：《宋遼金元小說史》（上海：復旦大學出版社，2001 年）。

〔註38〕　程毅中：《宋元小說研究》（南京：江蘇古籍出版社，1999 年 9 月）。

〔註39〕　同註 3。

〔註40〕　苗壯：《筆記小說史》（浙江：浙江古籍出版社，1998 年 12 月）。

〔註41〕　同註 16。

〔註42〕　朱瑞熙等著：《遼宋西夏金社會生活史》（北京：中國社會科學出版社，1998 年）。

〔註43〕　史衛民：《元代社會生活史》（北京：中國社會科學出版社，1996 年）。

〔註44〕　陳智超、喬幼梅主編：《中國歷代經濟史・宋遼夏金元卷》（臺北：文津出版社，1998 年）。

〔註45〕　宋德金：《遼金論稿》（武漢：湖北教育出版社，2005 年）。

文化生活等方面頗具參考價值。

工具書方面，如前文所提及的《中國文言小說書目》、《中國文言小說參考資料》、《中國文言小說總目提要》及《中國古代小說總目》等等，各書主要介紹遼金元時期小說的書目，並簡要說明內容。

單篇論文方面，如〈20 世紀宋元小說研究的回顧──「中國古代小說研究史」之二〉〔註46〕、《五十年來宋元小說研究文獻敘錄》〔註47〕等篇章，將當時宋元小說的研究概況與得失，做了解析與整理。而〈宋元小說的寫實手法與時代特徵〉〔註48〕、〈宋元小說理論的新貢獻〉〔註49〕、〈元代文言小說家生態研究〉〔註50〕等論文，對於小說的時代性有所整理與啟發。

（二）專題

20 世紀 80 年代李正民之《續夷堅志評注》〔註51〕，可謂研究相關領域之先聲。書中「注」的部分，考証詳實；惟在「評」的部份，對於有些神怪情節，特別突出「破除迷信」的旨趣，有時過於強調科學面向而流於牽強，忽略了小說幻設虛構的特殊性。陳益源之《元明中篇傳奇小說研究》對於元代傳奇《嬌紅記》、《龍會蘭池錄》有深入的討論，〔註52〕有助於釐清二篇故事的寫作年代，及對後世的影響。2010 年之後，有數篇碩士論文的研究主題與金元時代文言小說相關，如《宋金元志人小說敘錄》〔註53〕、《元好問續夷堅志研究》〔註54〕、《元代文言小說敘錄》〔註55〕、《元代文言小說研究》〔註56〕

〔註46〕李時人：〈20 世紀宋元小說研究的回顧──中國古代小說研究史之二〉（《零陵師範高等專科學校學報》，2000 年第 1 期），頁 41～43。

〔註47〕劉達科：《五十年來宋元小說研究文獻敘錄》（《新聞出版交流》，2002 年第 1 期），頁 42～43。

〔註48〕程毅中：〈宋元小說的寫實手法與時代特徵〉（《社會科學戰線》，1996 年 06 期），頁 165～171。

〔註49〕蕭相愷：〈宋元小說理論的新貢獻〉（《明清小說研究》，2000 年 03 期），頁 232～241。

〔註50〕高倩：〈元代文言小說家生態研究〉（《蘭州教育學院學報》第 28 卷第 2 期，2012 年 4 月），頁 35～37。

〔註51〕李正民評注：《續夷堅志評注》（太原：山西古籍出版社，1999 年 12 月）。

〔註52〕陳益源：《元明中篇傳奇小說研究》（臺北：中國文化大學中國文學研究所博士論文，1993 年）。

〔註53〕是書以宋金元時期之志人小說為研究主體，並將之分為作者、卷本及內容三個部份，作深入的探討。詳見張家維：《宋金元志人小說敘錄》（臺北：國立臺北大學古典文獻研究所碩士論文，2008 年）。

〔註54〕廖羿鈞：《元好問續夷堅志研究》（雲林：雲林科技大學漢學資料整理研究所

等等，對此時期文言小說的發展作了局部的整理與論述。另有數篇尚未公開內容的相關論文，尚無法得知其內涵。〔註 57〕但不管如何，這些研究都代表近人開始重視遼金元文言小說領域。此外，《宋元類型故事研究》〔註 58〕一文，利用 AT 分類法來分析宋元時期故事，有助於瞭解此時期文言小說與民間故事的相互發展、流傳。

　　單篇學術論文。如王國良之〈《續夷堅志》研究〉〔註 59〕，將《續夷堅志》的內容加以分類，使讀者可以快速瞭解該書的大致情況，實為研究者重要參考篇章。其他尚有〈《續夷堅志》探析〉〔註 60〕、〈民族文化融合背景下的《續夷堅志》〉〔註 61〕、〈《續夷堅志》：《夷堅志》的異域回想〉〔註 62〕、〈《歸潛志》的文學史料價值〉〔註 63〕、〈宋元小說敘述者的意識型態：情愛與政治〉〔註 64〕等等，則對遼金元文言小說的單一著作或篇章作一探討，呈現出各書某些特色與思想。

　　綜觀上述，與其他類型小說研究相比，遼金元文言小說的研究顯得較為

　　　　碩士論文，2011 年）。

〔註 55〕　韓峰：《元代文言小說敘錄》（揚州大學碩士學位論文，2010 年 5 月）。將元代文言小說之作者與書目版本作一綜合性整理。

〔註 56〕　高倩：《元代文言小說研究》（重慶工商大學碩士學位論文，2012 年 9 月）。全篇論文據前人研究成果，將元代文言小說發展情況作了基礎的整理。

〔註 57〕　目前在網路上僅能看到標題、作者等基本資料，而不見內容者，主要是 2013 年之碩士論文。如楊秋：《元代文言小說研究》（西南大學碩士學位論文，2013 年 7 月）、《鄭元祐及《遂昌雜錄》初探》（內蒙古師範大學碩士論文，2013 年）等。由題目可知其內容是探討元代文言小說。

〔註 58〕　黃玉緞：《宋元類型故事研究》（臺北：中國文化大學中國文學研究所博士論文，2014 年 6 月）。

〔註 59〕　王國良：〈《續夷堅志》研究〉，收入行政院文化建設委員會：《紀念元好問八百年誕辰學術研討會論文集》（臺北：文史哲出版社，1991 年 12 月），頁 249～278。

〔註 60〕　鍾屏蘭：〈《續夷堅志》探析〉（《屏東師院學報》，1998 年第 11 期），頁 213～232。

〔註 61〕　李獻芳：〈民族文化融合背景下的《續夷堅志》〉（《內蒙古大學學報》「人文社會科學版」，2003 年 04 期），頁 59～62。

〔註 62〕　胡傳志：〈《續夷堅志》：《夷堅志》的異域回想〉（《江淮論壇》，2013 年 1 月），頁 54～159。

〔註 63〕　張芙蓉：〈《歸潛志》的文學史料價值〉（《江蘇大學學報》「社會科學版」，2010 年 3 月第 12 卷第 2 期），頁 88～92。

〔註 64〕　李作霖：〈宋元小說敘述者的意識型態：情愛與政治〉（《中國文學研究》，2009 年 1 月），頁 49～52+61。

零散，沒有系統性，及較少綜合而深入的討論；又與同時代的戲曲相較，文言小說的關注也明顯少了許多。學者們大多針對知名專書如《續夷堅志》與《歸潛志》等作專題討論；或是名篇如《嬌紅記》、《焚椒錄》等進行研究，顯見取材範圍不夠寬廣。可見遼金元文言小說仍待更全面而周延的探索，以明其在中國古代小說發展上的意義與影響。因此，遼金元文言小說的類別分析、異俗文化及題材的承衍等議題，實有其研究價值與意義。

四、研究方法

文學反映時代。尤其遼金元時期是一個民族相互衝突與融合的時代，更應透過具體的社會、文化等時代背景，才能精確地掌握作者之創作動機與作品的旨趣。所以本文除探討故事的內涵外，也注意小說之結構、情節及語言等關鍵要素，以瞭解此時期小說的時代特徵；同時關注遼金元歷史、文化及思想等相關史料，發掘環境對小說的影響。因此，本文在研究方法論上，初步先收集資料，經過篩選、分析及歸納後，採取以下研究方式：首先，運用故事類型分析法，解析故事的情節單元，再加以整理歸納，歸結出遼金元文言小說的內容類別。接著，由社會與文化學的角度切入，發掘小說的特色與反映之思想。最後，使用文學比較法將遼金元文言小說與其他時代、類型小說相比較，探索出故事的承衍與影響。本文希望藉由比較研究法，作橫向整合，以增加內容廣度；同時以歷史的研究法，作縱向連結，強化主題的深度。

另外，歷來研究跨朝代古典小說研究，多採取先分朝代，再依各書的內容分「傳奇」、「志怪」、「雜錄」或「筆記」等類型加以討論。這種以單一朝代、單書或單篇為原則的論述方式，雖然有助於概括性瞭解一書的內容或整個朝代的發展，但若要細究該時代某類型品時，卻不知所以，莫衷一是。遼金元文言小說研究亦是如此，至今尚未見全面探討整個時代小說類別的篇章。因此，本文將研究主體中的故事一一檢視，予以歸納、分門別類，再綜合性分析論述。冀能據以探究出先秦以來到金元時代之故事情節、流變及承衍。

在文章的論述方面，由於本文研究文本將近二千餘篇，各個故事的篇幅長短不一，內容繁簡各異，旨趣也天南地北。在書寫論文時，如何兼顧清楚交待故事來龍去脈，又能闡述其思想內容，及凸顯時代精神，著實困難。對於這種寫作論文的兩難，柳存仁有極其貼切之說：

　　如果寫得委曲盡致，又難免要佔許多篇幅，而且考據及敘述性質的
　　文字都要有具體的證據，東抄西引，有時候一言之微，一證之立，
　　在作者也許曾有一剎那間的滿足，但對於大多數的讀者，卻未必需
　　要這樣地纖細悉盡，恐怕讀未終篇，已經令人沉沉欲睡。〔註65〕

確實，若詳細說明故事內容，則有冗長之嫌；若三言兩語表達，有時又難以
道出全貌。尤其小說作者在提煉故事的素材時，各擅其長，忽假忽眞，或虛
或實。因此，有時爲交待前因後果難免敘述稍長，這實在也是無奈的選擇。

五、論文架構

　　本文分緒論、正論及結論三大部份，總共七章。

　　第一章爲緒論，說明研究之動機與目的，並釐清文言小說之義界，界定
研究之範圍、研究材料之選取方向，最後說明研究方法與論述架構。

　　第二章乃遼金元文言小說敘錄。將本文研究範圍之書目，依朝代先後與
筆劃順序，逐一敘錄，以明遼金元三代文言小說之發展概況。

　　第三章探討遼金元文言小說之內容類別。捨棄研究小說史的學者以志
怪、軼及傳奇等慣用方式，依故事內容逐一分門別類，重新歸納整理。歸結
出神靈鬼怪、世俗情態及逸聞軼事等三大部份。第一節討論神靈鬼怪類別，
又將分神仙靈異、鬼魅精怪及動物奇譚三端加以整理。第二節則以世俗情態
類別爲主，分別論述俗世逸聞，關於男女婚戀、異類間的情緣之事及社會公
案與俠義故事。第三節探討逸聞軼事類別，以朝廷秘辛、聞人韻事及趣聞瑣
記等三個部分突出當時的野史逸事，並將當時的巧言妙語、機智言情等故事
作一歸納整理。藉由內容類別的整理與探討，突出遼金元文言小說之主題的
發展情況。

　　第四章以遼金元文言小說之內容特色與時代特徵爲論述主軸。文學作品
往往可反映出時代思想、文化及社會風俗，即使題材相同，然故事所要呈現
的旨趣與思想義涵往往不同。因此，本章第一、二節探討遼金元小說之特色，
將由反映鼎革易代之時代亂象與記述多元文民俗文化風貌兩大方向著手，剖
析遼金元小說在政治、社會、文化等方面所呈現的時代意義。第三節由小說
的內容與形式等面向切入，探討此時期文言小說的時代特徵。企能經由通盤

〔註65〕　柳存仁：〈關於「佛道教影響中國小說考」〉，收入國立清華大學中國語文學系
　　　　主編：《小說戲曲研究・第一集》（臺北：聯經出版公司，1988 年 5 月），頁
　　　　331。

討論文言小說的內容特色與時代特徵，突出遼金元文言小說的殊色。

　　第五章則論述遼金元文言小說反映之思想與信仰。試由儒釋道三教反映於故事中的思想加以析論，探討三教獨自闡發的部分，又有三教融合的情況。另探討文言小說所呈現的民間信仰，以及神秘的數術崇拜等等。

　　第六章將探討遼金元文言小說與其他文體之承衍關係。首先，由卷帙浩繁的遼金元文言小說中，列舉出主題鮮明、具代表性的故事，以說明此一時期文言小說與其前後代小說、戲曲之間的題材承衍、故事的接續、居間與傳承關係。藉以明瞭遼金元文言小說在題材、情節、敘事及語言等方面的承繼、創新，及藝術成就。

　　第七章為結論。除回顧本文正論的研究成果外，也歸結遼金元文言小說對後世之影響，並說明其受限於時代背景所造成之侷限，及研究現況不足之處。

第二章　遼金元文言小說敘錄

　　遼金元三朝由於戰亂之故，著述多散佚不聞，史書也未編纂藝文志，使後人難以得知當時著作全貌。清朝學者補殘掇拾，據楊家駱主編的《遼金元藝文志》羅列出十五部清人編著的三朝書目〔註1〕，加上清乾隆時官修的《欽定續文獻通考・經籍考》〔註2〕，已為後世奠定基礎。以下根據前述志書與《四庫全書總目》所著錄的內容為基礎，加上今人編纂的《元史藝文志輯本》〔註3〕等相關著述，將本文研究範圍之書目逐一敘錄。以下先依朝代時序，再循書名筆劃順序，逐一列述各書。

（一）遼代

　　《焚椒錄》是目前遼代文獻所見的惟一一部文言小說。歷代書目分別列於「雜史類」〔註4〕、「別史類」〔註5〕、「傳記類」〔註6〕。作者遼代王鼎（？

〔註1〕　黃虞稷《千頃堂書目》、倪燦與盧文弨《補遼金元藝文志》、厲鶚《遼史拾遺：補經籍志》、楊復吉《遼史拾遺補：補經籍志》、金門詔《補三史藝文志》、吳騫《四朝經籍志補》、張錦雲《元史藝文志補》、錢大昕《補元史藝文志》、繆荃孫《遼史藝文志》、王仁俊《遼史藝文志補證》、黃任恒《補遼史藝文志》、鄭文焯《金史補藝文志敘》、龔顯曾《金藝文志補敘》、孫德謙《金史藝文略》、張繼才《元史藝文補志》。詳見楊家駱主編：《遼金元藝文志》（臺北：世界書局，1963年），前言頁2～3。此書將前述各家補志內容，分歸各朝，分遼、金及元三個部分，以便翻檢。下文引用前述十五部志書，均出自此書。

〔註2〕　（清）高宗敕撰：《欽定續文獻通考・經籍考》（臺北：臺灣商務印書館，1983～1986年《景印文淵閣四庫全書》）。

〔註3〕　雒竹筠遺稿、李新乾編補：《元史藝文志輯本》（北京：北京燕山出版社，1999年10月）。

〔註4〕　（清）永瑢等撰：《四庫全書總目》（北京：中華書局，2003年8月），卷52，

～1106年），字虛中，涿州人。根據《遼史》記載，王鼎「幼好學」，「博通經史」。清寧五年（1059年），及進士第。「調易州觀察判官，改淶水縣令，累遷翰林學士。當代典章多出其手。」王鼎爲人「正直不阿，人有過，必面詆之」。「壽隆初，陞觀書殿學士」，但後因「醉與客忤，怨上不知己」而獲罪，「杖黥奪官，流放鎮州。居數歲，有赦，鼎獨不免」。後因以詩貽使者，有「誰知天雨露，獨不到孤寒」之句，使上聞而憐之，召還復職。〔註7〕

全文三千三百餘字。篇首有大安五年（1089年）作者自序，敘明寫作動機，意在爲皇后蕭觀音辯誣。內容描寫遼道宗耶律洪之妻懿德皇后蕭觀音（1040～1075年）從得寵，到失寵，最後被奸臣耶律乙辛、宮婢單登等人誣陷與伶人趙惟一私通，因而被遼道宗賜死，以白練一匹結束三十六年生命的故事。《焚椒錄》在中國文學史與史學上都有很高的評價〔註8〕，尤其作者王鼎係當朝遭貶謫的文人，因基於「大黑蔽天，白日不照」的義憤，乃將所知所聞，以類似史家的全知觀點加上悲劇宿命的敘事藝術，把蕭觀音由生至死的戲劇化一生及其遭陷構的來龍去脈詳加描繪而成。是文豐富生動、人物形象鮮明、情節連貫，具有相當的藝術性；而且內容對當代宮闈生活的細部描述及蕭觀音的詩詞呈現，都有一定的史料參酌價值。

（二）金代

金代文言小說集主要有二部，分別是《續夷堅志》與《歸潛志》。

1. 《歸潛志》十四卷

歷代書目分別歸入「小說家類」〔註9〕、「別史類」〔註10〕、「雜史類」

頁473。《補遼金元藝文志》、《補遼史藝文志》，同註1，頁12、48～49。

〔註5〕 《千頃堂書目》，同註1，頁3。

〔註6〕 《補元史藝文志》、《遼史藝文志》，同註1，頁18、23。

〔註7〕 （元）脫脫等奉敕修：《遼史‧王鼎傳》（臺北：鼎文書局，1984年6月），卷104，頁1453～1454。

〔註8〕 程毅中認爲，「文中寫耶律乙辛的陰謀詭計，令入憤慨；寫蕭后的悲慘結局，哀婉動人，與莎士比亞的《奧賽羅》有異曲同工之處。」見氏著：《宋元小說研究》（南京：江蘇古籍出版社，1999年9月），頁190～191。又如寧稼雨指出，「後人或謂其（《焚椒錄》）有唐人小說遺意。可見其在《游仙窟》至《剪燈新話》一類縟麗小說中的過渡作用，堪稱文言小說史和遼代文學的出色作品。」寧稼雨：《中國文言小說總目提要》（山東：齊魯書社，1996年12月），頁151。

〔註9〕 同註4，卷141，頁1202。

〔註10〕 《千頃堂書目》，同註1，頁5。

〔註11〕、「小說家雜事類」〔註12〕及「筆記小說類」〔註13〕等。作者爲金人劉
祁，字京叔，渾源（今山西渾源）人。金代太學生，舉進士不第。〔註14〕元兵
入汴，金亡，回歸鄉里。入元之後，復出就試，得魁於南京（金以汴京爲南
京），出任山西東路考試官。之後征南行省辟置幕府，凡七年而歿。〔註15〕書
名「歸潛」二字，源自於作者的書室名稱而來。

　　全書十四卷，各卷無小標題，也不分門別類，但基本上是以類相從。卷
一至六記金末人物小傳；卷七至十爲雜記遺事；卷十一記載金哀宗亡國始
末；卷十二敘崔立叛變，強迫群臣立碑之事，及〈辨亡〉一篇。卷十三、十
四則爲語錄體的雜說與詩文。可知內容多爲金代人物軼事、政教風俗等，涵
蓋政治、經濟、軍事及思想等層面。《四庫全書》云：「談金源遺事者，《歸潛
志》尤足珍貴。」〔註16〕「是書載金源遺事與史不同者甚多，足資考證。」
〔註17〕這些評論都是彰顯該書的史料地位。近世學者以爲，「全書材料眞實，
而又不失小說性質，爲金元間筆記小說的重要作品。」〔註18〕可見《歸潛志》
在載錄當代人物事蹟或朝代興亡時，部份描寫具虛構性，使情節頗能引人入
勝，所以又可視爲志人小說。

2.《續夷堅志》二卷

　　歷代書目主要歸列於「小說家類」〔註19〕、「小說家異聞類」〔註20〕。作
者元好問（1190～1257年），字裕之，號遺山，世稱遺山。金元之際著名文學
家、史學家。「七歲能詩。年十有四，從陵川郝晉卿學，不事舉業，淹貫經
傳百家，六年而業成。」後來因爲〈箕山〉、〈琴臺〉等詩受到禮部趙秉文的
賞識，於是名震京師。興定五年及第，歷任內鄉令、南陽令。天興初，擢尚
書省掾，頃之，除左司都事，轉行尚書省左司員外郎。〔註21〕金亡國之後，

〔註11〕　《補三史藝文志》，同註1，頁26。《補遼金元藝文志》，同註1，頁106。《補
　　　　元史藝文志》，同註1，頁237。
〔註12〕　同註2，卷179，頁630～408。
〔註13〕　同註3，頁436。
〔註14〕　（元）脫脫等撰：《金史》（臺北：鼎文書局，1985年6月），卷126，頁2734。
〔註15〕　（金）劉祁：《歸潛志》（北京：中華書局，2007年5月），卷14，頁185。
〔註16〕　同註4，卷141，頁1202。
〔註17〕　同註2，卷179，頁630～408。
〔註18〕　《中國文言小說總目提要》，同註8，頁208。
〔註19〕　同註4，卷144，頁1228。
〔註20〕　同註2，卷180，頁630～415。
〔註21〕　《金史・元好問傳》（臺北：鼎文書局，1985年6月），卷126，頁2742～2743。

元好問歸隱故鄉忻州，潛心於著作，致力編寫與金朝相關史事，包括野史、君臣事蹟等等。著有《中州集》、《南冠錄》、《壬辰雜編》及《續夷堅志》等書。

《續夷堅志》乃作者「耳聞目見，纖細畢錄」〔註22〕而得，是承續宋代洪邁《夷堅志》而作，所記皆金代泰和、貞祐間神怪之事〔註23〕。除了神怪故事外，亦記遺聞軼事、天文地理、藝文等等，是「史料性、雜記體的文言短篇志怪小說集」〔註24〕，後世學者對該書之評價兩極〔註25〕。綜合而言，元好問以記實的筆法，寫下所見所聞，有些篇章離奇怪異，敘寫手法亦頗有可觀之處；而記載當時文人雅士的遺聞軼事，則有相當的史料價值。

（三）元代

元代文言小說包括《三朝野史》、《工獄》、《山居新語》、《山房隨筆》、《古杭雜記》、《平江紀事》、《玉堂嘉話》、《至正直記》、《吳中舊事》、《拊掌錄》、《南村輟耕錄》、《春夢錄》、《席上腐談》、《姚月華小傳》、《庶齋老學叢談》、《閑居錄》、《異聞總錄》、《紫竹小傳》、《湖海新聞夷堅續志》、《硯北雜志》、《遂昌雜錄》、《雋永錄》、《瑯嬛記》、《新刊分類江湖紀聞》、《萬柳溪邊舊話》、《綠窗紀事》、《誠齋雜記》、《稗史》、《廣客談》、《嬌紅記》、《樂郊私語》、《錢塘遺事》、《冀越集記》、《隨隱漫錄》、《龍會蘭池錄》等三十五種。

1.《三朝野史》

歷代書目主要歸入「小說家類」〔註26〕、「雜史」〔註27〕。作者歷來有二

〔註22〕（清）榮譽：〈續夷堅志序〉，收入（金）元好問著，常振國點校：《續夷堅志》（北京：中華書局，2010年10月），頁1。

〔註23〕同註4，卷144，頁1228。

〔註24〕李正民評注：《續夷堅志評注》（太原：山西古籍出版社，1999年12月），頁1。

〔註25〕學者對該書之評價，如：《中國文言小說總目提要》：「有社會意義、在金元小說中堪稱上品。」同註8，頁140。李獻芳：「在敘說故事、塑造人物時，賦予小說美的意境。」見氏著：《中國小說簡史・古代部分》（濟南：山東大學出版社，2004年8月），頁75。另認為其內容平庸者，如蕭相愷：「小說的成就平平」。見氏著：《宋元小說史》（浙江：浙江古籍出版社，1997年6月），頁161。李劍國等人：「內容雜碎，殊乏異彩」。詳見石昌渝主編：《中國古代小說總目・文言卷》（太原：山西教育出版社，2004年9月），頁554。

〔註26〕《四庫全書總目》在「小說家類」與「雜史」均有著錄。同註4，前者見卷143，頁1217～1218，後者見卷52，頁473。

種說法，其一是佚名，另一說爲吳萊。《四庫全書總目》以書中曾記「丙子（1276）三宮赴北事」，認爲作者爲宋之遺民。〔註28〕內容記南宋理宗、度宗、端宗三朝之事，總計十九則，是載錄人物軼事的小說集。

有學者認爲是書「善用春秋筆法，皮春陽秋，於幽默中寓褒貶於故事本身。」〔註29〕本書之篇數雖然不多，但所記南宋史彌遠、賈似道、馬光祖及文天祥等人之事蹟，頗爲生動可感，亦可補史書之闕。

2.《工獄》一篇

傳奇小說。作者宋本（1281～1334年），字誠夫，大都人。至治元年（1321年），以左榜第一名進士及第。曾任翰林院編修、監察御使及禮部尚書等職。〔註30〕以古文名世，著有《至治集》四十卷，未見傳本。

全文七百餘字，內容寫元代延祐年間，某木工被其妻與姦夫殺害。案子進入司法程序後，辦案相關人員隨意找人頂替，致被牽連殺害者達四、五人。最後案情雖然真相大白，但在官官相護之下，無辜冤死者卻未能全部平反昭雪。《工獄》之情節曲折有致，構思綿密，筆法樸質，受到近代研究者推崇〔註31〕。

3.《山居新語》四卷

又名《山居新話》〔註32〕。歷代書目分別歸入「小說家類」〔註33〕、「雜家類」〔註34〕、「小說家雜事類」〔註35〕、「筆記小說類」〔註36〕。作者楊瑀

〔註27〕　同註3，頁111。

〔註28〕　同註4，卷52，頁473。

〔註29〕　《中國文言小說總目提要》，同註8，頁209。

〔註30〕　（明）宋濂：《元史・宋本傳》（臺北：鼎文書局，1986年3月），卷182，頁4203～4206。

〔註31〕　近代學者對《工獄》之推崇，如程毅中：「紀實之文，情事曲折，極似後世小說結構，惟描摹稍簡，猶古文家之筆耳。」見氏著：《古體小說鈔・宋元卷》（北京：中華書局，2001年），頁642。又如吳志達：「敘事清晰，描摹人情物態，生動逼真，而筆墨峻峭簡潔，詳略得體。」見氏著：《中國文言小說史》（濟南：齊魯書社，2005年6月），頁645。

〔註32〕　關於《山居新語》之書名，《四庫全書總目》據《浙江鮑士恭家藏本》，載錄爲《山居新語》。同註4，卷141，頁1203。近代中華書局與上海古籍出版社之點校本亦以此爲書名。然《知不足齋叢書》本與《筆記小說大觀》本，作《山居新話》，又名《山居新語》。

〔註33〕　同註4，卷141，頁1203。

〔註34〕　《補元史藝文志》，同註1，頁259。

〔註35〕　同註2，卷179，頁630～408。

（1285～1361），字元誠，杭州人，元文宗天歷年間擢中瑞司典簿。文宗愛其廉愼，超授後奉議大夫，太史院判官。順帝至正十五年，江浙兵亂，出任建德路總管，後又升任浙東道宣慰使都元帥。〔註37〕

是書內容「皆記所見聞，多參以神怪之事，蓋小說家言。」〔註38〕小說的藝術性頗受肯定。〔註39〕綜合而言，書中多處描寫元代帝王、后妃及名人的言行，具體生動；又有寫市井人物與瑣事，極富小說意味。另外，又有記載當時典章制度、風俗民情及經濟文化等篇章，保存許多當朝制度與社會情況，具相當的史料價值。

4.《山房隨筆》一卷

歷代書目分別歸入「小說家類」〔註40〕、「雜家類」〔註41〕、「小說家雜事類」〔註42〕、「筆記小說類」〔註43〕。作者蔣子正，一作正子，字平仲，生平事蹟未詳。書中有「穆陵在御」語，知爲宋人入元；又文中〈杜善甫〉一篇有「予分教溧陽語」，知其曾任溧陽學官。

內容多記宋末元初之事，有文人吟詠詩詞、當代名人軼事及反映戰亂中黎民百姓之苦等等。例如敘述金人元好問之妹善詩能文、趙靜齋之妾不懼危險爲他收屍等事，都寫得生動感人。另外，是書不少篇章描寫南宋宰相賈似道誤國，及他死於木綿庵的始末，具有文學與史料價值。

5.《古杭雜記》四卷

歷代書目分別歸入「小說類」〔註44〕、「地理類」〔註45〕、「小說家瑣語

〔註36〕 同註3，頁437。
〔註37〕 關於楊瑀事蹟，由於《元史》無傳，主要根據楊維楨所寫的〈元故中奉大夫浙東宣慰楊公神道碑〉整理而得。(元) 楊維楨：《東維子集》(臺北：臺灣商務印書館，1983～1986年《景印文淵閣四庫全書》)，卷24，頁1221、628～630。
〔註38〕 同註4，卷141，頁1203。
〔註39〕 侯忠義指出，「(《山居新語》) 在藝術上長於敘述，善於記人言行。行文中往往夾敘夾議，多勸人爲善的說教色彩。語言質樸簡潔，注意人物刻畫，形象生活，小說意味較濃。」見氏著：《中國文言小說史稿》(北京：北京大學出版社，1993年2月)，頁75。
〔註40〕 同註4，卷141，頁1202。
〔註41〕《補元史藝文志》，同註1，頁260。
〔註42〕 同註2，卷179，頁630～408。
〔註43〕 同註3，頁437。
〔註44〕 同註4，卷144，頁1233。《千頃堂書目》，同註1，頁49。《補遼金元藝文志》，

類」〔註46〕、「筆記小說類」〔註47〕。作者李有，字聽賢，廬陵（今江西吉安）人。生平事蹟不詳。

是書目前所存篇數不多，內容多記宋代事物，且多與詩詞有關。如寫蕭軨娶再婚之婦，張任國寫〈柳梢青〉詞戲謔之，詞中有「舊店新開」句，比喻頗為生動有趣。又有記賈似道的生母前半生潦倒，後因似道而富貴的故事；另有數首諷刺賈似道專權誤國的詩歌。

6.《平江紀事》一卷

歷代書目分別歸入「地理雜記類」〔註48〕、「雜史類」〔註49〕、「別史類」〔註50〕、「遊記雜記」〔註51〕；《四庫全書總目》雖著錄於「地理類」，然云：「其體不全為地志，亦不全為小說，例頗不純，無類可隸。」〔註52〕作者高德基，元末平江人，生平事蹟未見史傳，曾任建德路總管〔註53〕。

內容記吳地之習俗與掌故、奇人異事等等。部份故事用詞典雅優美，頗有傳奇小說的意味。如〈蓮塘美姬〉，寫楊彥采等人夜遊蓮塘，遇鬼姬彈唱西施故事；又如〈張三郎〉，記張三郎遇仙人指點吹笛的門法等等。有學者認為這兩篇小說的寫法，「上承宋人通俗傳奇，下啟明人通俗傳奇」〔註54〕。而記當代人物軼事者，如寫王介軒與其父，有才行，隱居吳城，好當地風土，家貧卻不苟取，有客至則請人沽酒，與客痛飲而別。可見當時文士風華，又可視為志人小說。

7.《玉堂嘉話》八卷

歷代書目分別歸入「雜家類」〔註55〕、「雜家雜說類」〔註56〕、「小說類」

同註1，頁120。《補三史藝文志》誤記為《古杭集記》。同註1，頁170。
〔註45〕　《補元史藝文志》，同註1，頁251。
〔註46〕　同註2，卷180，頁630～418。
〔註47〕　同註3，頁439。
〔註48〕　同註2，卷171，頁630～309。
〔註49〕　《補遼金元藝文志》，同註1，頁106。
〔註50〕　《千頃堂書目》，同註1，頁34。
〔註51〕　同註3，頁176。
〔註52〕　同註4，卷70，頁626。《補元史藝文志》，同註1，頁251。
〔註53〕　《補遼金元藝文志》，同註1，頁106。
〔註54〕　薛洪勣：《傳奇小說史》（杭州：浙江古籍出版社，1998年12月），頁198。
〔註55〕　同註4，卷122，頁1051。
〔註56〕　同註2，卷177，頁630～374。

〔註57〕。作者王惲（1227～1304年），字仲謀，號秋澗，汲縣人，博學多聞，是當時著名學者、詩人。另撰有《秋澗大全文集》。根據作者的自序，他曾在元世祖中統二年（1261年）、至元十四年（1277年）分別進入翰林院爲官，〔註58〕之後將任職期間的聞見，「紬繹所記憶者凡若干言」，輯錄成書。而「玉堂」乃官署名，自宋以後，專屬翰林，所以書名爲《玉堂嘉話》。

是書內容豐富，多記元朝宮庭、名物掌故及人物軼事等。其中寫王鶚、王磐及楊春卿等當朝名士言行，眞切有味。另有部分篇章頗爲新奇有趣，如記老鼠學人說話（卷7）、中和眞人以幽默的語言揶揄貪吃的士人（卷7）等故事。

8.《至正直記》四卷

又名《靜齋直記》、《靜齋類稿》。歷代書目分別歸入「小說家類」〔註59〕、「雜家類」〔註60〕、「小說家雜事類」〔註61〕、「筆記小說類」〔註62〕。作者孔齊，字行素，號靜齊，別號闕里外史，山東曲阜人。父親曾任溧陽書掾，孔齊隨父親遷居溧陽。元末至正年間，江南遍地烽火，孔齊避居四明（今浙江寧波）。本書即是作者在四明時撰寫的筆記小說。其書名來由，正如《四庫全書總目》所言：「是編紀至正間雜事，曰『直記』者，直筆也。敘述瑣雜，略寓勸懲之旨。」〔註63〕

書中記載頗爲龐雜，有元代政經制度、文人軼事以及市井傳聞等，反映當時的世態。例如不少篇章寫漢、蒙人民間的糾葛，頗能見當時社會上的種族問題，可供研究元史者參考。另書中也有不少趙孟頫、鮮于樞等當時文學家與藝術家的故事，可供人物輯佚之用。而其中被認爲最有價值的部份，當屬於「市井傳聞」〔註64〕。例如〈姦僧見殺〉（卷3）之情節與話本小說〈簡帖和尙〉雷同，卻又稍有出入，可作爲研究故事流變之參考。又如〈蜈蚣毒

〔註57〕《千頃堂書目》，同註1，頁48。《補遼金元藝文志》，同註1，頁119。
〔註58〕（明）宋濂：《元史》（臺北：鼎文書局，1986年3月），卷167，頁3932～3935。
〔註59〕同註4，卷143，頁1218。
〔註60〕《補元史藝文志》，同註1，頁260。
〔註61〕同註2，卷179，頁630～409。
〔註62〕同註3，頁440。
〔註63〕同註4，卷143，頁1218。
〔註64〕寧稼雨認爲，《至正直記》一書所載錄的市井傳聞往往具「故事性、可讀性強」，且與當代及後代小說戲曲多有關係。《中國文言小說總目提要》，同註8，頁187。

肉〉（卷 3）寫婦人因誤食蜈蚣吃過的肉致死，而引發的冤獄故事等等，都極具故事性。因此，本書具有史料與文學價值。

9.《吳中舊事》一卷

歷代書目分別歸入「地理類」〔註65〕、「小說家雜事類」〔註66〕、「筆記小說類」〔註67〕。作者元代陸友仁，字輔之，號硯北生，吳郡人。工詩善書，精古物鑑賞，同時工篆隸。另著有《墨史》、《硯北雜志》等書。

書中主要記載作者鄉里之人物軼聞，《四庫全書總目》稱是書「體例則小說家流」，所記乃「誌神怪、資諧笑」，是延續唐代以來的雜記之書。〔註68〕可知是書內容多小說家言，如寫吳郡苦旱，道士用「起龍致雨符」投入龍窟以祈雨的神異故事。又如寫慕容氏之亡妻，經常在月夜歌唱小詞，該詞廣被傳誦之事。另外，書中載錄數篇南宋朱勔父子發跡、恃寵為害鄉里之事，可作為研究當時朝廷與人物之資料。

10.《拊掌錄》一卷

笑話集。歷代書目分別歸入「小說家類」〔註69〕、「小說家瑣語類」〔註70〕、「筆記小說類」〔註71〕，今存佚文三十餘條。關於作者，據《四庫全書總目》記載：舊本題元人，不著名氏。《說郛》題為宋元懷，號輙然子。〔註72〕但有學者認為作者是輙然子，生平不詳。〔註73〕

書中有作者自序云：乃模仿呂本中《軒渠錄》而作，「皆紀一時可笑之事」。所以內容多選錄宋代人物趣聞，所引均不注出處，部分故事可考出來源。如寫石曼卿出遊時不慎墮馬，隨即以自己的姓氏解嘲道：「賴我是石學士也，若瓦學士，豈不破碎乎？」乃出於《冷齋夜話》〔註74〕。由於內容不乏

〔註65〕 同註4，卷70，頁626。《千頃堂書目》，同註1，頁36。《補遼金元藝文志》，同註1，頁112。《補元史藝文志》，同註1，頁251。

〔註66〕 同註2，卷179，頁630～408。

〔註67〕 同註3，頁437。

〔註68〕 同註4，卷70，頁626。

〔註69〕 同註4，卷144，頁1233。

〔註70〕 《欽定文獻通考經籍考》，同註2，卷180，頁630～418。

〔註71〕 同註2，頁440。

〔註72〕 同註4，卷144，頁1233。

〔註73〕 寧稼雨認為，《四庫全書總目》稱《拊掌錄》作者為元代宋元懷是錯誤，因為「原本《說郛》本有輙然子延佑元年自序，作者始末未詳。」所以作者應為輙然子。《中國文言小說總目提要》，同註8，頁214。

〔註74〕 （宋）惠洪：《冷齋夜話》卷9，（宋）曾慥編纂、王汝濤等校注：《類說校注》

佳作，不少故事被選入後世小說集中。如寫海賊鄭廣順降為官後，作詩稱官賊本是一樣之事，被明代謝肇淛收入《五雜俎》。又如敘述元代貴族初到南方為官，見潮濤洶湧而驚慌失措，誤以為將淪為水中亡魂的故事，被明代浮白齋主人收入《雅謔》中。另外，有不少篇章收入明代馮夢龍之《古今笑》中。可見《輟掌錄》受後世之重視。

11.《南村輟耕錄》三十卷

又名《輟耕錄》。歷代書目分別歸入「小說家類」〔註75〕、「雜家類」〔註76〕、「小說家雜事類」〔註77〕。作者陶宗儀（1316～1403 年），字九成，號南村，臺州路黃巖州人。省試不第，遂棄科舉，務古學。明洪武四年（1371年）詔徵天下儒士，六年（1373 年）有司舉人才時，都曾引薦他為官，但他託疾不赴。輯有《說郛》、《書史會要》等書。〔註 78〕由於《輟耕錄》書前有至正丙午（1366 年）孫作之序，所以是書應完成於其前，當列為元代作品。另外，《輟耕錄》成書的源由，據孫序指稱，陶宗儀隱居松江，每於閒暇之餘，即在樹蔭下摘取樹葉來做筆記，再貯放於盆子之中，前後十年間，累積數十盆，再由弟子編錄成書。

內容相當豐富，記載宋末以來朝野軼聞、元代典章制度、社會瑣聞、藝文活動與戲曲，亦著錄不少神怪奇異之事。作品多方反映戰亂兵禍、民生疾苦，蔚為可觀；有不少故事被後世小說戲曲所衍。另外，書中記載不少當時戲曲作家與演員事跡，為後世學者重視。因此，是書可謂兼具史學與文學價值。

12.《春夢錄》一篇

傳奇小說。收入《說郛》（卷 42）、《豔異編》（鄭吳情詩；卷 18）等集刊。作者鄭禧，事蹟未見史傳，僅由序言知其字天趣，溫州（今浙江）人，確切的生卒年不詳。從方志與其他文集資料，可知他是元至治三年（1323）舉人，泰定元年甲子（1324）進士，曾授黃巖州同知。

內容寫鄭禧與吳氏女的愛情故事。全文五千餘字，敘事結構頗為奇特：首先，全篇以主角鄭禧第一人稱敘事；其次，小說一開始先以千餘字敘述故

（福建：福建人民出版社，1996 年 1 月），卷 55，頁 1644。

〔註75〕 同註 4，卷 141，頁 1203。

〔註76〕 《補三史藝文志》，同註 1，頁 169。《補元史藝文志》，同註 1，頁 260。

〔註77〕 同註 2，卷 179，頁 630～409。

〔註78〕 《明史·陶宗儀傳》（臺北：鼎文書局，1982 年 11 月），卷 285，頁 7325。

事梗慨，類似總序；再者，男女主角互通情愫的描寫多透過詩詞，作者詳錄
這些作品，可以說本篇小說以大量詩詞表達人物的情感。最後，文末有五百
餘字的後序，託名嘉子述所作，內容為譴責鄭禧的行為，與正文大異其趣，
可能是後人所加，也有學者認為可能是「作者故弄狡獪之詞」〔註 79〕。此篇
最大的價值在於體裁上的創新，由於內容以詩詞為主要結構，是詩文小說的
先聲。〔註 80〕

13.《席上腐談》二卷

歷代書目分別歸入「道家類」〔註 81〕、「小說家類」〔註 82〕、「雜家類」
〔註 83〕。作者俞琰，字玉吾，號全陽子、林屋山人、石澗道人，吳縣人，生
卒年尚待考究〔註 84〕。以詞賦見稱，宋亡之後隱居，不復仕進。

至於內容，《四庫全書總目》云：「是書乃其札記雜說。惟上卷前數十條
為考証之語，詞意多膚淺無稽。如謂婦人俗稱媽媽，乃取坤卦利牝馬之貞
意，⋯⋯多附會穿鑿不足據。其餘則皆辟容成之術，及論褚氏遺書胎孕之
說。下卷則備述丹書，而終以黃白為戒。」〔註 85〕雖然書中記載不少與道教
有關之事，然其中也有部分篇章具有小說性質。例如記宋代胡文恭答應幫僧
人辦理後事，卻拒絕其傳授化金術的要求，凸顯胡某正直厚道的形象。又如
寫道人串通富家婢女，欺騙富人以高價購買號稱能「糞金」的鐵牛之事。故

〔註 79〕　《中國文言小說總目提要》，同註 8，頁 158。
〔註 80〕　《宋元小說研究》：「《春夢錄》在詩話體小說的基礎上，融合了自傳體和書信
　　　　　體的敘事手法，加強了藝術的真實感和感染力。⋯⋯這是在唐宋傳奇基礎上
　　　　　的一種創新。」同註 8，頁 214。寧稼雨進一步指出，《春夢錄》是「明代詩
　　　　　文愛情小說之先聲。」《中國文言小說總目提要》，同註 8，頁 158。陳新文也
　　　　　說：「《春夢錄》的寫法較為特別，先以序文敘述鄭禧與吳氏之間交往的情
　　　　　形，然後『具錄往來詞翰』，作為小說主體。⋯⋯這種情形在中國文學中極為
　　　　　罕見。」詳見氏著：《文言小說審美發展史》（武漢：武漢大學出版社，2002
　　　　　年 10 月），頁 452。
〔註 81〕　同註 4，卷 146，頁 1253。
〔註 82〕　《補三史藝文志》，同註 1，頁 170。
〔註 83〕　《千頃堂書目》，同註 1，頁 47。《補遼金元藝文志》，同註 1，頁 119。
〔註 84〕　同註 4，頁 146，頁 1253。
〔註 85〕　俞琰之生卒年，據《四庫全書總目》以為生於宋寶祐初，卒于延祐初。同註 4，
　　　　　頁 146，頁 1253。余嘉錫考據《蘇州府志》與《萬姓統譜》所載，認為俞琰
　　　　　在「寶祐間以詞賦稱」，而認為俞琰「非生于寶祐初也」。詳見余嘉錫：《四庫
　　　　　提要辨證‧經部一》（北京：新華書局，1958 年 10 月），卷 1，頁 19。因此有
　　　　　待進一步考究。

事篇末注明出自趙灌園《就日錄》，但今本《就日錄》並無此文〔註86〕，所以《席上腐談》又有助輯佚。

14.《姚月華小傳》一篇

傳奇小說。作者不詳。今見著錄於明人《廣豔異編》（卷 8）、《鄲邯記》等書。全文一千一百餘字，內容寫姚月華與楊達的愛情故事，最後以兩人相離的悲劇收場。

15.《庶齋老學叢談》四卷

歷代書目分別歸入「雜家類」〔註87〕、「雜家雜說」〔註88〕、「小說類」〔註89〕。作者盛如梓，號庶齋，衢州（今屬浙江）人，生卒不詳。大德年間任嘉定州學教授，後遷衢州路學教授，以崇明州判官致仕。〔註90〕

書中載錄元代君臣與文人軼事、唐宋詩人故事、名物故實及議論等。內容除有前人之作外，有部分為作者之見聞，不少故事頗具小說色彩。如記東陽知縣以炊餅上的齒痕斷案（卷 4）、喬孔山為官後不計前嫌，寬待曾欺侮他的官員（卷 4）。又如寫南宋名將夏貴對於攔馬、錯認夫婿的老嫗，非但不責怪，還厚贈之，表現夏貴仁德的一面。

16.《閑居錄》一卷

又名《閑中編》。歷代書目分別歸入「雜家類」〔註91〕、「雜家雜說類」〔註92〕、「小說類」〔註93〕。作者吾丘衍（1268～1311 年）為宋末元初人；一作吾衍，清朝因避孔丘之諱，遂作吾邱衍，字子行，號貞白，又號竹房、竹素，別署真白居士、布衣道士，浙江開化縣華埠人。為元代金石學家，「嗜古學，通經史百家言」〔註94〕。全書除了有奇人異事外，也有考訂、辨証之作。

〔註86〕據寧稼雨考據，《就日錄》今傳本《古今說海》與涵芬樓《說郛》本並無此則故事記載。《中國文言小說總目提要》，同註 8，頁 186。

〔註87〕同註 4，卷 122，頁 1051。《補元史藝文志》，同註 1，頁 259。

〔註88〕同註 2，卷 177，頁 630～374。

〔註89〕《千頃堂書目》，同註 1，頁 48。《補遼金元藝文志》，同註 1，頁 120。

〔註90〕關於盛如梓之生平，見（清）王梓材、馮雲濠編撰；沈芝盈、梁運華點校：《宋元學案補遺別附·元儒博考》（北京：中華書局，2012 年 1 月），卷 3，頁 6373。

〔註91〕同註 4，卷 122，頁 1052。《補元史藝文志》，同註 1，頁 259。

〔註92〕同註 2，卷 177，頁 630～374。

〔註93〕《千頃堂書目》，同註 1，頁 48。《補遼金元藝文志》，同註 1，頁 120。

〔註94〕（明）王禕：《王忠文公集·吾丘子行傳》（臺北：臺灣商務印書館，1983～1986 年《景印文淵閣四庫全書》），卷 21，頁 1226、438～439。

由於作者有才學，紀昀評論是書云：「雜談神怪，亦多蕪雜。以衍學本淹通，藝尤精妙，雖偶然涉筆，終有典型。」〔註95〕

內容有記奇異之事、人物世態，也有名物考證等等。其中志怪類故事寫的頗有新意，如記鬼婦買餅養兒、神託夢求人為其去除耳患等。而記人物世態者亦淋漓有致，如寫宋遺民王某行止如異人，能利市、言休咎之事。又有記元末饑荒，父食其子之事。除去考證的篇章，是書內容多可以小說視之。

17.《異聞總錄》四卷

歷代書目歸列於「小說家類」〔註96〕、「小說家異聞類」〔註97〕、「筆記小說類」〔註98〕。各本均不著撰人名氏，亦不著時代。《四庫全書總目》記載，是書之〈林行可〉一篇，「稱大德丁酉」，因而斷定為元人所編纂。〔註99〕李劍國進一步考據，認為編錄時間應在元仁宗延祐之後。〔註100〕

內容多輯錄唐、宋小說，所記多怪異之事。全書一百零二事，少數注明出處，如〈王軒遇西施〉（卷3）注出《翰府名談》，餘多未載明出處。部份故事可考出源於《夷堅志》、《玄怪錄》、《續玄怪錄》、《睽車志》、《宣和遺事》等書，其中取自《夷堅志》最多。〔註101〕對於《夷堅志》、《玄怪錄》等書的校勘輯佚頗有稗益。〔註102〕對於書中出處不明的篇章，有學者認為「可能有《夷堅志》之佚文，然不可確考」〔註103〕；其中不乏新奇之事，成為當時和後代小說戲曲取材的對象，如寫鬼魂投身女屍，跟隨郭姓銀匠遠走他鄉的故事，被認為是話本小說〈碾玉觀音〉的原型〔註104〕。

〔註95〕　同註4，卷122，頁1052。
〔註96〕　同註4，卷144，頁1228。《補元史藝文志》，同註1，頁261。
〔註97〕　同註2，卷180，頁630～415。
〔註98〕　同註3，頁441。
〔註99〕　同註4，卷144，頁1228。
〔註100〕　《中國古代小說總目・文言卷》，同註25，頁602。
〔註101〕　《異聞總錄》內容可考出處者，如寫賈知微寓舟洞庭湖，遇三位鬼仙之事（卷2），係出於《麗情集・黃陵廟詩》，記載卻更為詳盡。（宋）張君房：《麗情集》，收入（宋）曾慥編纂、王汝濤等校注：《類說校注》，同註74，卷29，頁863。又如記吳城龍女一事，出於《冷齋夜話》。（宋）惠洪：《冷齋夜話》，收入《類說校注》，同上，卷55，頁1642～1643。
〔註102〕　《中國古代小說總目・文言卷》，同註25，頁602。
〔註103〕　程毅中編：《古體小說鈔・宋元卷》，同註31，頁672。
〔註104〕　孫楷第：《小說旁証》（北京：人民文學出版社，2000年12月），頁5。

18.《紫竹小傳》一篇

傳奇小說。作者不詳。今見收錄於明人《廣豔異編》（卷8）、《續豔異編》（卷4）等書。全文一千一百餘字，內容敘述宋代大觀年間紫竹與方喬相遇，再透過古鏡穿針引線，終得以詩詞互通款曲、成就婚姻的故事。

19.《湖海新聞夷堅續志》二十卷

又名《續夷堅志》。歷代書目分別歸入「小說類」〔註105〕、「筆記小說類」〔註106〕。關於作者，有二種說法，一是編撰者不知其人；而據《千頃堂書目》載，作者為吳元復，字山謙，鄱陽人，宋德祐年間進士，入元不仕。〔註107〕

是書乃承續洪邁《夷堅志》與元好問《續夷堅志》而作，體例以類書編纂方式，先分前後兩集，再分門別類。前集共分「人倫」、「人事」、「符讖」、「珍寶」、「拾遺」、「藝術」、「警戒」及「報應」等八門類；後集分為「神仙」、「道教」、「佛教」、「文華」、「神明」、「怪異」、「精怪」、「靈異」、「物異」等九門類。每門類之下又分若干小類，如「人倫門」又分「君后」、「忠臣」、「父子孝行附」、「夫婦貞烈賢婦附」、「貴顯」、「寬容」、「莊重」、「勤儉」、「貪忌」等九類。全書總計十七門、八十類，共五百餘則故事。

書中所記多為宋代故事，有部分篇章寫元代與前代之事。內容多涉奇見異聞，鬼神怪誕，也有少數野史逸文。今人對是書評價，包括「記敘簡路，故事性不強。總的說是成就不高，但間亦有可取。」〔註108〕「敘事完整，語言簡潔，很少鋪排渲染。……不失其小說與史料價值。」〔註109〕綜合而言，《湖海新聞夷堅續志》內容廣泛，記載漢魏至元代之事，其中六朝至宋代的故事多取材自前人筆記小說，宋末至元朝之事則可能是作者親身之見聞；由於故事多經作者刪修改寫，所以敘事較為整齊劃一。另外，書中許多篇章描寫神鬼怪異、佛道宗教等情節，反映宋元時代的宗教盛況，對研究當代社會、文化有相當的參考價值。

〔註105〕《千頃堂書目》，同註1，頁48。《補遼金元藝文志》，同註1，頁120。《補元史藝文志》，同註1，頁261。

〔註106〕同註3，頁436。

〔註107〕《千頃堂書目》，同註1，頁48。

〔註108〕苗壯：《筆記小說史》（浙江：浙江古籍出版社，1998年12月），頁273。

〔註109〕《中國文言小說總目提要》，同註8，頁142。

20.《硯北雜志》二卷

歷代書目分別歸入「雜家類」〔註110〕、「雜家雜說」〔註111〕、「小說類」〔註112〕。作者陸友，據《四庫全書總目》記載，陸友，字友仁，亦字宅之，平江人。前述《吳中舊事》一書之作者陸友仁，字號、里籍與陸友均不同，但《中國人名大辭典》，以為陸友仁即陸友〔註113〕，現今學者多從此說。

是書有作者的自序，云：「余生好遊，足跡所至，喜從長老問前言往行，必謹識之。元統元年冬，還自京師，居吳下，終日無與晤語，因追記所欲言者。」可知書中所錄多作者之聞見、瑣事，有些記載不失故事性質。另外，由於陸友工詩善書，精於古物鑑賞，所以書中對於宋金以來的書畫、篆刻及古物等事，頗為詳盡。部份篇章具神異色彩，如寫趙子昂為嵇康廟題字之事；有些記人物軼聞則曲折有味，如寫暢師文個性好奇尚怪、鮮于樞隨身攜帶筆櫝，與人爭是非等事，都具小說意味。

21.《遂昌雜錄》一卷

又名《遂昌山樵雜錄》、《遂昌山人雜錄》。歷代書目列入「小說類」〔註114〕、「雜家類」〔註115〕、「小說家雜事類」〔註116〕、「筆記小說類」〔註117〕。作者鄭元祐（1292～1364），字明德，處州遂昌人，博學能文，聲名籍甚。至正丁酉時為平江路儒學教授，以右臂疾，左書，號尚左生。〔註118〕另著有《僑吳集》等書。

內容主要記載宋末與元代大臣名士的軼聞奇事，如寫林景曦盡心收拾被番僧掘墓而四散的宋帝遺骨，及數則記元代名臣趙頤事蹟。另有數篇奇異故事，如寫陳無夢被山鬼所魅，因神人之力得救，及全真道士羅蓬頭之異事等等。《四庫全書總目》對其評價頗高：「遭逢世亂，亦間有憂世之言。其言皆

〔註110〕同註4，卷122，頁1051。《補元史藝文志》，同註1，頁259。
〔註111〕同註2，卷177，頁630～374。
〔註112〕《千頃堂書目》，同註1，頁48。《補遼金元藝文志》，同註1，頁120。
〔註113〕臧勵龢等編：《中國人名大辭典》（臺北：臺灣商務印書館，1986年），頁1114。
〔註114〕《千頃堂書目》，同註1，頁49。《補遼金元藝文志》，同註1，頁120。《補三史藝文志》，同註1，頁170。
〔註115〕同註4，卷141，頁1203。《補元史藝文志》，同註1，頁259。
〔註116〕同註2，卷179，頁630～408。
〔註117〕同註3，頁439。
〔註118〕關於鄭元祐事蹟，詳見楊家駱主編、陳衍撰：《元詩紀事》（臺北：鼎文書局，1971年9月），卷20，頁387。

篤濃質實，非《輟耕錄》諸書捃拾冗雜者可比」。〔註119〕

22.《雋永錄》

作者無可考，也未見傳本，僅涵芬樓校本之《說郛》收錄六條。重編《說郛》（宛委山堂本）改題《詩話雋永》，並署元代喻正己撰，不詳所據。內容所記爲宋元間的雜事、詩話故事。

23.《瑯嬛記》三卷

歷代書目分別歸入「雜家類」〔註120〕、「雜家雜纂類」〔註121〕、「小說類」〔註122〕。舊題元代伊世珍撰，生平不詳。是書有自序云：「余無他嗜，惟喜載籍，自謂不敢後于世之君子矣。」可知作者雅好著述。至於書名，由於是書首條記載晉朝張華遇仙人引至石室，內多奇書，問其地，知爲瑯嬛福地，故以此爲名。

內容五花八門，有神話傳說、志人志怪等等，每篇故事最後均附注所引書名，所引之書達四十餘種。然這些書多不見著錄，眞僞難辨，有學者即認爲內容「眞僞各半」〔註123〕、「夾雜作者的創作」〔註124〕。《四庫全書總目》稱是書「語皆荒誕猥瑣」，並引明代錢希言《戲瑕》以爲乃明代桑懌僞託。〔註125〕然近代學者劉葉秋提出不同看法，他說：「查明錢希言《戲瑕》卷三『贋籍』一條云：『《瑯嬛記》傳是余邑桑民懌（悅）所藏，祝希哲（允明）竊之，第無核據。考之二公集中，初未嘗用《瑯嬛》語。後此而作者，有《緝柳編》、《女紅餘志》諸書五六種，並是贋品，不知何人締構，顧多俊事致談，書類勝國，要或近時好事者之耳。』《戲瑕》這段話很清楚，只是指出《瑯嬛記》有桑悅所藏、祝允明所竊的一種傳說，並無確證，《四庫提要》竟據此謂錢希言以爲僞託，且誤宋桑懌爲明桑悅，張冠李戴，粗疏可笑！《瑯嬛記》的成書年代，雖難斷定，但在明中葉即已盛行，文字內容皆能自成一格，不

〔註119〕同註4，卷141，頁1203。

〔註120〕同註4，卷131，頁1117。

〔註121〕同註2，卷178，頁630～388。

〔註122〕《千頃堂書目》，同註1，頁48。《補遼金元藝文志》，同註1，頁120。《補元史藝文志》，同註1，頁261。

〔註123〕朱一玄：《中國古代小說總目提要》（北京：人民文學出版社，2005年12月），頁229。

〔註124〕王恒展：《中國小說發展史概論》（濟南：山東教育出版社，1996年5月），頁287。

〔註125〕同註4，卷131，頁1117～1118。

似明人僞托，與輾轉抄襲、陳陳相因的筆記不同。」〔註126〕劉氏之說條理清晰，立論有據，儘管《瑯嬛記》的成書年代仍待更多證據加以斷定，此處姑且仍置於本文研究範圍。

24.《新刊分類江湖紀聞》十六卷

簡稱《江湖紀聞》。歷代書目歸入「小說類」〔註127〕、「雜家類」〔註128〕。今僅存元刊殘本，存於北京圖書館、大連圖書館。作者僅知是元代郭鳳霄，字雲翼。內容主要輯錄神奇怪異之事，多出前人記載，「對後代小說亦有影響、在元代志怪小說中頗有傳承作用」〔註129〕。

25.《萬柳溪邊舊話》一卷

歷代書目分別歸入「傳記類」〔註130〕、「小說家類」〔註131〕、「雜家類」〔註132〕。作者尤玘，字君玉，號知非子，累官至大司徒。是南宋宰相尤袤之第六代子孫。據該書跋語，稱作者入元後退居萬柳溪邊架木屋，談先世之事而成，故據以爲書名。

內容主要敍述尤氏先祖之事，從北宋尤叔保開始，至南宋末年尤山爲止。多載誇耀門楣之事，所記不少具有奇異色彩。如寫尤著生而敏慧無比，及其爲高僧轉世的異事。又如記兵侍公夫人夢見神人指點，找到泉脈而鑿井，使許舍山的居民免除井水鹹苦之患等等，這些記載已具小說性質。由於是書記載北宋到元代的尤氏家族之事，具相當的史料價值。

〔註126〕劉葉秋在文末還引《瑯嬛記》中寫歷史人物西施、王羲之及楊貴妃等三篇故事，並指出，「這些故事都是荒誕無稽之談，但作爲小說來看，借歷史人物的一點因由，馳騁想像，鋪陳渲染，也顯示了淡淡的褒貶。」見氏著：《歷代筆記概述》（北京：北京出版社，2003年1月），頁140～141。

〔註127〕《千頃堂書目》，同註1，頁48。《補遼金元藝文志》，同註1，頁120。

〔註128〕《補元史藝文志》，同註1，頁260。

〔註129〕寧稼雨指出：「《江湖紀聞》卷六〈醫不淫婦〉條記醫工拒絕李氏誘惑事，即出廖子孟《黃靖國再生傳》；〈測字〉條記謝石爲宋徽宗測字事，又見《春渚紀聞》、《鐵圍山叢談》、《夷堅志》諸書。書中所選故事簡略，但在元代志怪小說發展中頗有傳承作用。」《中國文言小說總目提要》，同註8，頁143。

〔註130〕同註4，卷61，頁548。同註2，卷165，頁630～241。同註3，頁135。

〔註131〕（清）倪燦、盧文弨：《宋史藝文志補》（臺北：臺灣商務印書館，1965～1966年《叢書集成簡編》），頁23。

〔註132〕《補元史藝文志》，同註1，頁259。

26.《綠窗紀事》

《晁氏寶文堂書目》著錄於「子雜類」〔註133〕。編著者不詳。現存明抄本《說集》收錄此書，不分卷。由於書中多為元代故事，學者推測為元末明初人所輯。〔註134〕內容輯錄數篇文言小說，有部份故事與《輟耕錄》互見，如〈投崖表節〉寫王氏被擄不屈而死、〈檢籍除娼〉記姚燧助歌妓脫籍嫁人，分別見《輟耕錄》之〈貞烈〉（卷3）與〈玉堂嫁妓〉（卷22）。又有數篇言情傳奇，如〈潘黃奇遇〉寫潘用中與黃氏女以桃帕寫詩詞傳情，最後終成眷屬之事。又如〈張羅良緣〉記宋理宗朝，張幼謙與羅惜惜相戀、相離，幾經波折，終成姻緣的故事。後兩篇故事流傳頗廣，被後世小說與戲曲敷演。

27.《誠齋雜記》二卷

歷代書目分別歸入「雜家類」〔註135〕、「雜家雜纂」〔註136〕、「小說類」〔註137〕、「筆記小說類」〔註138〕。作者林坤，事蹟不見史傳，惟周達觀在該書序文指出，林坤，字載卿，號誠齋，會稽（今浙江紹興）人，宋代曾在翰院供職，與同僚不和，掛冠歸里。

書中輯錄古代小說及野史筆記中的故事而成，但不注明出處，也未分門別類歸納，所以內容蕪雜。以唐宋兩代居多，約占十之八九，金元軼事頗少。其中唐宋故事多採錄自前朝，再加以刪節，致情節往往粗陳梗概而已。（本文第一章已舉例說明）不過，書中也有故事未見他書者，如記蘇東坡與蘇小妹以生理特徵相互嘲弄之事，為馮夢龍採入《醒世恆言‧蘇小妹三難新郎》一篇。由於這種專門收錄故事的文言小說在元代甚少，所以題材經常被後人引用，甚至明代毛晉還評論《誠齋雜記》的內容云：「新異可喜，絕無腐氣，頗似《太平廣記》」〔註139〕。此外，《誠齋雜記》與前述的《瑯嬛記》有些篇章寫得頗富詩情和意境，有學者認為這對「增強後世傳奇小說的蘊涵和藝術性

〔註133〕（明）晁瑮：《晁氏寶文堂書目》（上海：古典文學出版社，1957年12月），頁103。
〔註134〕《中國文言小說總目提要》，同註8，頁159。
〔註135〕同註4，卷131，頁1117。《補元史藝文志》，同註1，頁261。
〔註136〕同註2，卷178，頁630～388。
〔註137〕《千頃堂書目》，同註1，頁48。《補遼金元藝文志》，同註1，頁120。
〔註138〕同註3，頁438。
〔註139〕（明）毛晉撰、潘景鄭校訂：《汲古閣書跋》（上海：上海古籍出版社，2005年），頁44。

有積極的影響」〔註140〕。因此，儘管是書多雜抄歷代舊聞，較少自創之作，但仍爲時人重視，對後世亦頗具影響。

28.《稗史》一卷

目前僅涵芬樓本《說郛》收佚文三十四條。元代歷代書目分別歸入「雜家類」〔註141〕、「別史類」〔註142〕、「雜史類」〔註143〕。作者仇遠（1247～1326），字仁近，一字仁父，自號山村，錢塘人。宋咸淳年間，詩名與白珽並稱吳下，人謂「仇白」。由宋入元之後，曾於大德年間出任溧陽儒學教授，晚年謝事，與方士遊，著有《金淵集》、《山村遺稿》。〔註144〕

是書分爲志孝、志善、志賢及志詼等門類，從現存佚文來看，主要記載宋末元初之事，有當朝人物言行軼事，也有刲股批乳療親表彰孝行之事，另有乞丐報恩等宣揚善行的故事。可以說書中所載之事，多具有故事性。

29.《廣客談》一卷

歷代書目分別歸入「雜家類」〔註145〕、「小說類」〔註146〕、「筆記小說類」〔註147〕。作者有二種說法，其一不詳，另一爲徐顯，字克紹，紹興（今浙江）人，另著有《稗史集傳》。內容多爲作者之聞見，有奇事異聞、人物軼事等等。如寫龍廣寒孝感動天，致寒梅在六月綻放，以祝母壽。又如寫一群囚犯生前將財物寄放屠戶家，死後分別轉世爲豬、屠戶之子催討財物的奇異故事。

30.《嬌紅記》一篇

傳奇小說，一作《嬌紅傳》、《嬌紅雙美》。今見收入明人《豔異編》（卷19）、《國色天香》（卷8）、《繡谷春容》（卷5）等書。作者宋遠，號梅洞，祖籍涂川（今江西清江）。與元初文人滕賓、周景等人交遊，有詞一闋、詩二首

〔註140〕同註137，頁213。
〔註141〕《補元史藝文志》，同註1，頁260。
〔註142〕《千頃堂書目》，同註1，頁34。
〔註143〕《補遼金元藝文志》，同註1，頁106。同註3，頁109。
〔註144〕楊家駱主編、陳衍撰：《元詩紀事》（臺北：鼎文書局，1971年9月），卷20，頁108。（清）邵遠平：《元史類編》（臺北：文海書局，1984年），卷36，頁1947。
〔註145〕《補元史藝文志》，同註1，頁260。
〔註146〕《千頃堂書目》，同註1，頁49。《補遼金元藝文志》，同註1，頁120。
〔註147〕同註3，頁441。

存世〔註148〕。

內容敘述申純落第後，寄居舅父家，與表妹王嬌娘相戀。兩人時以詩詞互訴衷情，再私訂終身。幾經波折，終未能如願結爲連理，致嬌娘憂憤而死，申純絕食而亡。情節跌宕有餘韻，扣人心弦。全文一萬七千餘字，篇幅較長，爲單篇傳奇中較爲少見。可以說《嬌紅記》開啓中長篇傳奇小說寫作的風潮，影響後世傳奇甚鉅，如明代《賈雲華還魂記》〔註149〕、《鍾情麗集》〔註150〕、《劉生覓蓮記》〔註151〕、《懷春雅集》〔註152〕等傳奇作品，多沿其波，描寫男女曲曲折折的愛情故事。歷來研究者對《嬌紅記》評價頗高〔註153〕，尤其它代表中長篇傳奇小說的正式出現，在小說史上極具代表意義〔註154〕。程毅中說：「在工筆重彩的手法上，它（《嬌紅記》）有了新的突破，可以說代表了言情小說從短篇向長篇發展的方向。我們如果把它放在唐宋傳奇和明清通俗小說兩個重要發展階段之間，再和差不多同時代的宋元話本參照，也許就可以比較清楚它在中國小說藝術發展中的歷史價值。」

〔註148〕仇遠之作〈意難忘〉一詞收入於《元草堂詩餘》，詳見唐圭璋：《全金元詞》（北京：中華書局，1979年），頁952～953。〈挽胡宣慰〉、〈哭嶽山〉二詩，收入於（清）顧嗣立、席世臣編：《元詩選：癸集》（北京：中華書局，2001年），頁21。

〔註149〕〈賈雲華還魂記〉爲明人李禎所作，內容記賈雲華與魏鵬自小訂親，兩人情意甚篤，後來賈家背盟，雲華雖含恨而死，卻借屍還魂，終得與魏某偕老。（明）李昌祺：《剪燈餘話》（臺北：世界書局，1978年3月），卷5，頁78～98。

〔註150〕《鍾情麗集》寫辜輅與表妹黎瑜娘生死相許的愛情故事。（明）華陽散人：《鍾情麗集》（上海：上海古籍出版社，1994年《古本小說集成》）。

〔註151〕《劉生覓蓮記》寫劉一春與孫碧蓮一見鍾情，兩人的愛情幾經曲折，終成眷屬之事。收入（明）吳敬所輯：《國色天香》（上海：上海古籍出版社，1994年《古本小說集成》），卷3，頁87～248。

〔註152〕《懷春雅集》寫蘇道春與潘玉貞一見傾心，潘女堅守貞操，終不及亂，最後由兩家長輩主婚的故事。收入（明）林近陽增編：《燕居筆記》（上海：上海古籍出版社，1994年《古本小說集成》），卷10，頁643～724。

〔註153〕陳益源對《嬌紅記》有深入的討論，他認爲是篇「首開中篇傳奇小說寫作先河」。陳益源：《元明中篇傳奇小說研究》（臺北：中國文化大學中國文學研究所博士論文，1993年），頁44。寧稼雨對《嬌紅記》的評價爲「堪稱宋元傳奇小說顛峰之作」。詳見《中國古代小說總目・文言卷》，同註25，頁185。

〔註154〕陳文新說：「元朝傳奇小說亦未出現花繁葉茂的景觀，但《嬌紅記》一篇，精心營構，不乏動人之處；而從文言小說審美發展的角度看，《嬌紅記》標志著中篇傳奇小說正式出現，其小說史意義尤其值得關注。」見氏著：《文言小說審美發展史》（武漢：武漢大學出版社，2002年10月），頁447。

〔註 155〕清楚地評述《嬌紅記》在小說藝術發展史上具開創性的地位。

31.《樂郊私語》一卷

歷代書目分別歸入「小說類」〔註 156〕、「地理類」〔註 157〕、「雜家雜說類」〔註 158〕、「筆記小說類」〔註 159〕。作者姚桐壽，字樂年，睦州人。順帝至元中嘗爲余乾教授。解官歸里，自號桐江釣叟。至正十三年（1353 年）移居海鹽，讀書自娛，與當時名士楊維楨、貝廷臣等交遊，將聞見撰成是書。當時江南擾亂，惟海鹽尚未遭受兵火之災，作者自謂「天下土崩，猶得拈弄筆墨如此，海上眞我之樂郊」〔註 160〕，故以《樂郊私語》爲名。

全書凡記三十餘事，多爲海鹽一州之事，實概括了元末東南大事，頗資考證。其中傳聞軼事的記載，「筆墨細緻，刻畫入微，饒有趣味」〔註 161〕。《四庫全書總目》則評云：「雖若幸之，實則傷亂之詞也。所記軼聞瑣事，多近小說家言。」〔註 162〕是書之軼事小說寫得委宛生動，如記趙宋宗室趙子固之清高疏狂、德藏僧眞諦仗義力阻元僧發墓等。

32.《錢塘遺事》十卷

歷代書目主要歸入「雜史類」〔註 163〕。作者劉一清，臨安人，生平不詳，可能爲宋代之遺民。

內容主要記載南宋之事，其中對於高宗、孝宗、光宗及寧宗四朝所載較爲簡略，理宗以後所載之事較爲詳盡。尤其是「宋末軍國大政，以及賢奸進退，條分縷析，多有正史所不及者。蓋革代之際，目擊償敗，較傳聞者爲悉。」〔註 164〕例如書中記宋末宰相賈似道之事達數十篇，多面向反映賈某之個性與行事風格。另外，是書大抵雜採舊文而成，所以與宋代筆記《鶴林玉露》、《齊

〔註 155〕詳見《宋元小說研究》，同註 8，頁 210。

〔註 156〕同註 4，卷 141，頁 1203。《千頃堂書目》，同註 1，頁 49。《補遼金元藝文志》，同註 1，頁 120。

〔註 157〕《補元史藝文志》，同註 1，頁 251。

〔註 158〕同註 2，卷 177，頁 630～374。

〔註 159〕同註 3，頁 439。

〔註 160〕（元）姚桐壽著、李夢生點校：《樂郊私語》（上海：上海古籍出版社，2012 年 12 月），頁 121。

〔註 161〕同上註，頁 121。

〔註 162〕同註 4，卷 141，頁 1203。

〔註 163〕同註 4，卷 51，頁 466。《補元史藝文志》，同註 1，頁 237。同註 2，卷 163，頁 630～216。

〔註 164〕同註 4，卷 51，頁 466。

東野語》及元代《古杭雜記》等書的內容互有出入。

33. 《冀越集記》二卷

歷代書目分別歸入「小說家類」〔註165〕、「雜家類」〔註166〕、「小說家雜事類」〔註167〕、「筆記小說類」〔註168〕。作者熊太谷，字鄰初，豐城人，官至江西省員外郎。入明後不仕而終。據《四庫全書總目》記載：「由於熊太古生平足跡半天下，北涉河，西泛洞庭，東遊浙右，南至交、廣，故舉南北所至以冀越名其集。雜記見聞，亦頗賅博」。〔註169〕書中主要記載作者半生四處遊歷之見聞。

內容除可見地方風俗外，也反映出元朝中後期的社會文化。例如〈胎卵二族〉寫雕、犬、蛇三種不同的動物同時出於雕巢的卵生傳說。又如〈魚鳥〉記魚化為鳩等鳥類異聞之事。再如〈兩江婦人〉載錄兩江當地的婚俗。

34. 《隨隱漫錄》五卷

歷代書目分別歸入「小說家類」〔註170〕、「雜家類」〔註171〕。作者陳世崇（1245～1309），字伯仁，號隨隱，臨川人。父親陳郁曾在宋理宗朝任東宮講堂掌書，世崇十八歲曾隨父親入宮禁，充東宮講堂說書。之後因詩文得到度宗賞識，補承信郎。〔註172〕入元後不仕，自放於山水之間。

書中載錄許多宋朝人物軼事與風俗民情，其中尤以南宋故事最為詳盡。《四庫全書總目》云：「雜事亦多可採，其第二卷內論漢平帝后晉愍懷太子妃以下五條，皆借古事以寓宋亡後，臣降君辱之慘，所以致敗之由，而終無一言之顯斥，猶有黍離詩人，悱惻忠厚之遺焉，尤非他說部所及」。〔註173〕作者身為南宋遺民，所作多流露對南宋亡國之悲痛。另有數篇記載馬裕齋斷獄、陸游將驛卒之女納為妾、辛棄疾觴客滕王閣等故事，均可作為研究人物軼事之參考，補史傳之不足。另外，是書（卷5）有數篇志怪故事，如眾寺廟競相

〔註165〕同註4，卷143，頁1218。
〔註166〕《補元史藝文志》，同註1，頁260。
〔註167〕同註2，卷179，頁630～409。
〔註168〕同註3，頁440。
〔註169〕同註4，卷143，頁1218。
〔註170〕同註4，卷141，頁1201。
〔註171〕《補元史藝文志》，同註1，頁260。
〔註172〕（元）陳世崇著、郭明道點校：《隨隱漫錄》（上海：上海古籍出版社，2012年12月），頁135。
〔註173〕同註4，卷141，頁1201～1202。

奉迎沉於湖底的唐代鐘鼎之奇事等等。

35.《龍會蘭池錄》一篇

傳奇小說。載於明人《國色天香》（卷1）、《繡谷春容》（卷2）等書。作者不詳，學者推測作者可能是由宋入元的文人〔註174〕。故事以宋金元三國戰亂之際，社會動盪不安爲背景，寫蔣世隆和黃瑞蘭在亂世中顛沛流離，幾經悲歡離合，最後男主角中舉，迎娶佳人。全篇一萬五千餘字，與《嬌紅記》一樣都是篇幅較長的傳奇小說；文中穿插詩詞歌賦與駢文約六十則。學者以爲此篇是受《嬌紅記》的影響〔註175〕，但也因爲過度套用典故、摻雜詩詞過繁，甚至情節鋪敘等缺失，〔註176〕致價值被忽略。

綜合上述，遼金元文言小說總計三十八部，除傳奇作品外，內容多廣泛而駁雜，有神奇鬼怪的志怪小說，也有載錄名人軼事的志人小說，及記載地理掌故與民俗風情等故事。有些故事寫得精彩動人，其中又因不少作者是宋金入元的遺老，往往以親身的經歷，追述前朝的軼事遺聞，或是將所見所聞融入作品，所以記載軼事瑣聞的故事頗爲突出。值得一提的是，金元時期記載人物之逸事、瑣言等等小說，多爲殘本，作者的生平資料也有限，僅知時序多爲由宋入元，所以往往在作品中出現遺民情緒。苗壯指出，「元代前期的軼事小說，其作者多是前朝遺民。他們經亡國之痛，發而爲文，頗富感情。所記出自聞見，多爲第一手資料，亦較真實，往往兼具史料與文學價值。」〔註177〕誠然，遼金元文言小說確實有不少篇章利用人物或事件流露出亡國之慨嘆。至於傳奇小說總計有八種，多數作者不可考，少數知道作者，生平資料亦有限。至於流傳形式，除《綠窗紀事》爲輯本外，其餘均以單篇形式傳世。而除了《工獄》一篇爲公案題材外，其餘都是男女愛情小說，這些愛情傳奇作品，可歸結出三個特點：第一，在形式上以散文與韻文相間；散文用

〔註174〕《中國古代小說總目・文言卷》，同註25，頁268。
〔註175〕陳益源考據《龍會蘭池錄》一文，並指出：「《龍會蘭池錄》不時在作品裡談論《嬌紅記》故事及其人物，引爲典故，並留下明顯模仿的痕跡。」詳見《元明中篇傳奇小說研究》，同註153，頁46。李劍國指出：「《嬌紅記》開創了描寫才子佳人悲歡離合的長篇傳奇小說敘事文體，本篇（《龍會蘭池錄》）顯然受其影響，作品中提到嬌娘更是顯證。」詳見《中國古代小說總目・文言卷》，同註25，頁268。
〔註176〕詳見《元明中篇傳奇小說研究》，同註153，頁124～126。
〔註177〕同註108，頁314。

以敘事，韻文用於抒情。第二，情節著重於描摩男女主角，女主角通常聰慧、工詩詞；男主角多與科舉考試有關聯，也具癡情漢的形象。另外，多有第三者居間穿針引線，過程安插不少衝突、阻礙，使故事顯得曲折，較具波瀾。第三，詩詞頗占篇幅，主要在表達人物的內心感受，或是作者的情感，具有代言的作用。至於題材多為後世所繁衍，將待第六章進一步討論。

第三章　遼金元文言小說之內容類別

　　遼金元文言小說之內容類別，可分爲神靈鬼怪、世俗情態及逸聞軼事三大部份。其中神靈鬼怪主要探究神仙靈異、鬼魅精怪及動物奇譚等稀奇古怪的神秘故事。世俗情態類則討論關於男女婚戀、異類情緣之事，及社會公案與俠義的故事。逸聞軼事則分朝廷秘辛、名人韻事及趣聞瑣記等三個部分，探討關於朝廷人事物的逸聞，並將當時的趣聞瑣事、巧言妙語、及各種機智應答等小故事作一歸納整理。

第一節　神靈鬼怪類

　　神靈鬼怪是中國古典小說重要的題材之一，起源甚早，而且故事龐雜多彩。魯迅指出，志怪小說之興起，是中國原始宗教、道教以及從印度傳入的佛教共同起作用的結果。[註1] 遼金元時期戰事不斷，社會紛亂不安，在環境動盪和心靈不安之中，人們也喜歡談論神鬼靈異。以下分神仙靈異、鬼魅精怪及動物奇譚三方面探討。

一、神仙靈異

（一）神仙異人

　　過去許多神仙故事，多表現神仙的奇幻、神秘、虛緲而不可捉摸。但遼

〔註 1〕　魯迅：「中國本信巫，秦漢以來，神仙之說盛行，漢末又大暢巫風，而鬼道愈熾；會小乘佛教亦入中土，漸見流傳。凡此皆張皇鬼神，稱道靈異，故自晉迄隋，特多鬼神志怪之書。」見氏著：《中國小說史略》，收入《魯迅小說史論文集－中國小說史略及其他》（臺北：里仁書局，2003 年 2 月），頁 35。

金元文言小說的神祇異人傳說，除了神味外，更披覆些許人的色彩和脾性。

1.神仙傳說

人們相信神仙可以經由修煉而成，無論個人身分、貧賤及美醜等世俗條件皆然，因此小說家將得道仙人塑造成各種形象，最為人稱道的莫過於八仙故事。八仙者，呂洞賓、李鐵拐、鍾離權、劉海蟾、何仙姑、藍采和、韓湘子、曹國舅。〔註2〕八仙本為來是民間神祇，後被道教納入神仙譜系，使故事流傳更廣，形象也更豐富多姿。其中尤以呂洞賓的傳說相對突出而精彩。

呂洞賓，即呂祖，號純陽子，唐河中府永樂縣（今山西永濟）人。〔註3〕《湖海新聞夷堅續志・呂仙賦詞》（後集卷 1）寫宋徽宗寵信道士林靈素，某日設齋於朝，呂洞賓以「風癲道人」之姿赴齋，並「以布袍袖在殿柱上一抹」，隨即消失無蹤。眾人觀柱上有詩云：「高談闊論若無人，可惜明君不遇真。陛下問臣來日事，請看午未丙丁春。」詩中除諷刺徽宗所奉信的林靈素非仙者外，也預示靖康丙午丁未，徽、欽二帝被金人擄掠至北國之事。同書之〈呂仙劍袋〉敘述宋代宰相賈似道之母設齋，呂洞賓化身為即將臨盆的孕婦赴齋，不久婦人產下嬰兒，只留嬰兒在地。眾人抱起嬰兒一看，僅是一只「劍袋」。《輟耕錄・戎顯再生》（卷 22）則記元成宗年間，張漢臣尚書、趙松雪學士等人同遊杭州西湖。張尚書之僕戎顯猝死，「氣絕身僵」。忽有「一老一幼」道士及時出現，老者在戎顯臉上吹氣，幼者隨手摘一片青葉遞給老者，老者「若作法書符狀」，再置於戎顯頂上，戎顯隨即復活。文中道士即呂洞賓所化。此外，《湖海新聞夷堅續志・月影仙跡》（後集卷 1）寫呂洞賓一身「白衣」造訪宋代學士王庭珪家宅，由於天色尚早洗茱僕不肯通報。待王某得知後追出，但見月影而已，庭珪因此與呂洞賓失之交臂。小說留下白衣與月影交映成輝，而仙蹤藐藐，早已無處可尋。上述小說中的呂洞賓形象多變，忽為癲道人，又為孕婦，一下子又化身為老人或是瀟灑的白衣客；情節的鋪排著重於彰顯

〔註 2〕 八仙的說法不一，除上文所述者，尚有八仙乃漢鍾離、呂洞賓、張果、藍采和、韓湘子、曹國舅、何仙姑、李元中等。《集說詮真》引《事物原會》云：「世所傳八仙，宋以前未之聞也，其起於元乎？委巷叢談，遂成故事。」（清）黃伯祿：《集說詮真》（臺北：臺灣學生書局，1989 年 11 月），頁 455～482。按作者之意，八仙之說可能起於元代，另是書略提及歷朝的八仙故事。

〔註 3〕 關於呂洞賓傳說，在宋代已廣為流傳，試觀宋人筆記載錄其事跡者不勝枚舉，如曾慥《集仙傳》、《太平廣記》、《洛陽縉紳舊聞記》、《青瑣高議》、《鶴林玉露》等等。詳見王漢民：《八仙與中國文化》（北京：中國社會科學出版社，2000 年），頁 29。

呂祖的能力，包括預知人事、戲弄人間及起死回生之術。在在顯示呂洞賓神奇的一面。

另有劉海蟾賣不死藥的傳說。劉海蟾，本名劉操，字昭遠，道號「海蟾子」，五代宋初時的道士。〔註4〕《續夷堅志‧脫殼楸》（卷3）：「代州壽寧觀，宋天聖中，一楸樹老且枯矣。海蟾子過州賣不死藥，三日不售。投藥此樹中。明年枯楂再茂，人目之爲脫殼楸」。事後白皞子西題詩云：「一粒丹砂妙有神，能教枯木再生春。仙翁用意眞難曉，只度枯楸不度人。」詩中對海蟾子販售長生不死藥整整三日，卻竟無人「識貨」，流露出淡淡感嘆。似乎在說，凡人就是凡人，肉眼凡胎，哪識靈山仙藥？人界與仙界實乃殊異相隔。

尙有鐵拐〔註5〕的傳說，《湖海新聞夷堅續志‧鐵拐托夢》（後集卷1）寫宋末元初，張某夫妻「好道甚堅」，某次設齋僧道，發出一百個俵子（邀請僧道赴齋的證明），當天僅收回九十九個。原來一枚被「道院鐵拐」縛在拐上。原因則寫在俵上：「特來赴齋，見我不采。空腹且歸，俵縛我拐。」小說以平鋪直敘的手法寫神仙赴齋無人招呼，於是將俵子取回，再託夢告知，這種行爲一如凡塵俗世中的玩童，調皮而有人的性情，可說是另一種神仙典型，無形中也拉近了人界與仙界的距離和隔閡。

其他較有名的八仙故事，尙有張果老騎驢過趙州橋與魯班鬥法（《湖海新聞夷堅續志‧魯般造石橋》後集卷2）、陳靖姑救產（《湖海新聞夷堅續志‧神救產蛇》後集卷2）等等，都是八仙顯示神威之事，也都是這類故事最早的文獻記載。基本上八仙的形象變化多端，他們不以華麗鮮美的衣飾示人，反而經常化身凡人出現在你我周遭，和大家一樣或有各種外觀上的缺陷，但卻因有神力而能爲人所不能爲，鋤強扶弱、伸張正義、救人於急難等等，可說是一般低下階層或受苦無助的人最大的心靈寄託。

除了八仙故事，仙女傳說顯得瑰麗而美好。試觀《瑯嬛記》中的女仙故事：

〔註4〕　（明）王世貞輯、汪雲鵬補：《列仙全傳》（北京：中華書局，1961年）。劉海蟾最爲人知的故事，莫過於戲金錢一節。

〔註5〕　關於鐵拐身世的傳說頗多，《山堂肆考‧微集‧仙人‧鐵拐題俵》云：「拐仙姓李，不知其名，凤有足疾，西王母點化其昇仙，封東華教主，授以鐵拐一根。或是本名洪水，常行乞於市，爲人所賤，後以鐵杖擲空化爲飛龍，乘龍而去爲仙。又或者姓李名玄，遇太上老君而得道。」（明）彭大翼：《山堂肆考》（臺北：藝文印書館，1977年，據梅墅石渠閣藏版影印），冊16，葉26。

> 沈休文雨夜齋中獨坐，風開竹扉，有一女子攜絡絲具，入門便坐。
> 風飄細雨如絲，女隨風引絡，絡繹不斷，斷時亦就口續之，若眞絲
> 焉。燭未及跋，得數兩，起贈沈曰：「此謂冰絲，贈君造以爲冰紈。」
> 忽不見。沈後織成紈，鮮潔明淨，不異於冰。製扇，當夏日，甫攜
> 在手，不搖而自涼。

情節在似夢又似幻之中推展，充滿明淨與浪漫，尤其是仙女沈靜地隨風引雨
織絲，以豐富的想像力編織出美麗的畫面。

關於人仙之戀，《誠齋雜記》有數篇相關故事。其一寫書生文簫與仙女吳
綵鸞相會於民間中秋節慶典，「生意其神仙，植足不去。姝亦相盼」。吳綵鸞
離去，文簫追躡其後。兩人相會於山之絕頂，情意纏綿。突然風雨大作，仙
童持天判曰：「吳綵鸞以私欲洩天機，謫爲民妻一紀。」文、吳遂結爲夫婦。
故事情節在眞實與虛幻中交替進行，而仙女謫降凡間一節驟然凝結虛幻，使
愛情塵埃落定。另一篇則曰：「崔生入山，選仙女爲妻，還家得隱形符，潛遊
宮禁，爲術士所知，追捕甚急。生逃還山中，隔洞見其妻，告之。妻擲錦襪
成五色虹橋度崔，追者不及。」男主角倚仗隱形符侵犯宮庭，最後依賴仙妻
拋擲的仙襪得以逃脫。短短數語，卻充綺麗的幻想，尤其是那五彩的救夫虹
橋，更是美麗與愛情的結合。同書尚有男子與劍仙知遇，引發三角戀及一連
串殺機，後幸賴另一名男劍仙幫忙殺死妒夫，最終成全人仙戀。此故事值得
一提的是，女劍仙的形象勾勒：她遇到妒夫尋仇，先離開避難；與正室「相
拊接歡如姊妹，事姑甚謹」；端午節時，「製綵絲百副，盡餉族黨，其人物花
草，字畫點綴，歷歷可數」。這位劍仙可說是集美婦、孝婦及巧婦於一身，其
形象具世俗之完美，正是男子心目中完美妻室的典型。

這類人仙戀愛的傳奇故事，多寫女仙主動接近世俗男子，而原因如上一
則《誠齋雜記》故事中的劍仙所說：「妾與郎君有嘉約」，多是宿緣之故。又
如《湖海新聞夷堅續志‧天生女子》（前集卷 1）寫天女「受命」與後魏聖武
帝拓拔氏遇合之事。透露出仙女不能自行決定嫁給凡人，否則會如之前所述
的仙女吳綵鸞被貶謫爲凡人，甚至遭致悲劇。又如《異聞總錄》（卷 2）記韋
子卿及第後，被華陰廟神女招爲婿，並謂「我乃神女，固非君匹」，要韋生到
官後另娶刺史之女爲妻。故事的發展一如神女所言，韋生也享有齊人之福，
但在刺史女生病後，故事直轉急下：

> 刺史女抱疾，治療不效，有道士妙解符禁，曰韋郎身有妖氣，此女

> 所患，自韋而得。以符攝子卿，鞫之，具述本末。道士飛黑符追神
> 女曰：「罪雖非汝，緣爲神鬼，敢通生路。」因懲責之，乃杖五下。
> 後逾月，刺史女卒，子卿忽見神女曰：「囑君勿洩，懼禍相及，今果
> 如言！」神女叱左右曰：「不與死手，更待何時！」從者拽子卿捶撲
> 之，其夜遂卒。

道士的出現與韋生未能遵守保密的承諾，終致神女被杖責、韋生喪妻和亡命
的結果。原本受人稱羨的人仙婚姻，最終以悲劇收場。

　　綜上，金元小說中的神仙形象似乎不再遙不可攀，而是更貼近人，具有
更多人性。所以《瑯嬛記》寫有仙人「隱於農夫之中」，還因爲草履與鄰人爭
執，最後化鶴飛去。更有女仙的外貌有別於一般皎好形貌的想像，如《異聞
總錄》（卷 4）寫太社之神的形象「婦人著紅背子，戴紫冪首」、「大面如盤，
無口與鼻，但縱橫數十眼，光閃炯然」，如此恐怖的樣貌使親眼目睹的士子「絕
叫墮地」，昏死過去。這些都是神仙們更貼近人性的表徵。此外，還有各地山
川、風火、雷雨等大自然的神祇；各種與龍、虎、老樹等動植物相關的神，
或是與敬奉祖先、家宅門第等有關的神祇，及「謫仙」傳說。這些神人傳說
都隱含神話、類神話思惟，也與中國自古以來的泛靈崇拜有關，將在第五章
中進一步討論。

　　遼金元文言小說中另有一類遇仙故事，內容有神仙託夢預示吉凶，或指
示前程，也有神仙求助於人類等。其目的或爲宣揚神之威德，或假借仙遇以
宣示教化，抑是藉由神仙求人的情節說明神仙雖好，但絕非萬能，實不必對
仙境寄予過度艷羨和幻想。

　　關於宣示神威、神力之事，如《萬柳溪邊舊話》寫某鄉因井水鹹苦，致
里人常患腹疾，有夫人夢神人指示泉地，後果然掘得泉水，嘉惠鄉里。又如
《湖海新聞夷堅續志・鬼仙謁相》（後集卷 2）寫宋朝某宰相偶遇仙女贈詩，
勸退宰相。此二者分別以救人於苦與勸人放下權力，突出神仙預知過去未來
的神力。又有表現神仙遊戲人間，撲朔飄渺的行止，如《誠齋雜記》寫趙師
雄在酒肆偶遇梅花神，兩者共飲達旦，天明時花神忽爾失去蹤影。又如《續
夷堅志・雞澤神變》（卷 4）寫農民遇到「震盪天日」的強烈西風，被踏風而
行的神人帶到一間神廟中飲酒，座中「見神人各長丈餘，有鬼形者、人形者，
衣皆錦繡，香氣襲人」。神人們飲畢即馭風而去，獨留離家數百里之遠的農民。
故事都在彰顯神仙倏來倏去，不可捉摸的形象。

有些遇仙故事是作者藉此假託寄意，以宣揚個人理念。如《異聞總錄》（卷 1）寫宋代彭澹軒偶遇二名「峨冠博帶」裝扮的士人，士人的對話都意有所指：

> 右坐者曰：「酹酒於地，謂之祭，今人謂之奠，乃置於其所，非酹之也。祭饗自別，天神方謂之饗，取其氣達於上，祭乃縮酒於地耳！」
>
> 左坐者曰：「食居人之左，羹居人之右，取其便於飲食而已。」右坐者曰：「古人一飲食皆取陰陽之義，食以六穀，地產，所以作陽德，故居左。羹以六牲為主，天產也，所以作陰德，故居右。」……又聞右坐者曰：「漢制盡壞於武帝，唐制盡壞於明皇。」

對話中盡是討論古今禮儀之異。隔日彭生再前往拜訪，竟然無徑可達。詢問下山人家，才知那二位以古代士大夫裝束的異人是「朱公祠」的神明，左坐者為文公，右坐者乃魏鶴山。作者應是鑑於禮制崩壞，所以假藉小說人物遇仙的傳奇遭遇以解說正確儀俗，有矯枉社會禮制時弊之意。

神話傳說中的神仙形象多無所不能，遼金元文言小說卻有神仙求人幫助的故事。如《輟耕錄・箕仙有驗》（卷 26）描寫元代文士虞邵庵未做官時，偕友人去找煉師，要求召喚鬼仙卜示前程。煉師一番作法後──

> 箕動筆運而附降云：「某非仙，乃當境神也。」煉師叱曰：「吾不汝召，汝神何來？」神附云：「某欲乞虞公撰一保文，申達上帝，用求遷升耳。」因眾勸其無辭神請，遂諾。翼日，文成，火於潮濱。逾旬，再詣煉師禱卜，神復降云：「某已獲授城隍，謹候謁謝，公必貴顯，幸毋自忽。」

神仙不請自來已是奇怪，一開口竟是希望虞邵幫忙寫「推薦函」；眾人勸虞邵不可無理拒絕神仙的請求，虞在半推半就之下答應，最後該神因此順利升官為城隍爺。故事中的神仙就像凡間的一般大眾，需要努力謀取升遷，甚至為此請求凡人幫助。仙都如此，何況你我皆凡人！仙界原來也與人界一般，碌碌營營，甚至還需要人界伸出援手。既然如此，那麼何必羨仙？不如還是腳踏實地面對眼前生活。

類似的故事也見於《續夷堅志・麻姑乞樹》（卷 3），內容寫麻姑神託夢於劉氏，向他乞討槐樹修廟，劉在寤寐間應允。後數十日，風雨大作，昏晦如夜。待霽開雲散，槐樹竟已倒臥在數里外的麻姑廟前。《湖海新聞夷堅續志・觀音化手》（後集卷 2）寫觀世音菩薩現身李某夢中，請求他代為尋覓一

隻手，幾經曲折，李某順利完成菩薩的請託。兩篇小說頗相類，都是神明對於自身環境或塑像的崩壞殘損也無能為力，託夢請求某個特定人士代為完成。故事一方面表現神非萬能，必須向人間求助；另一方面，強龍不壓地頭蛇，即令是神祇，有無邊法力，也必須遵守某些分際，禮讓人主，不能「逾禮」。這其中似乎也隱隱看到數千年儒家教化影響力的無遠弗屆。

此外，仙遇故事尚有人們進入悠緲的仙境福地。如《湖海新聞夷堅續志・道人寄書》（後集卷 1）寫某差役為道人送信，有機緣得以入仙境門，只見「朱門洞開，碧瓦參差，亭臺窗戶，殊異人間世。翁姥男女皆歡迎出問，飲以湯一杯，香味襲人。」又如《閑居錄》記宋代楊文仲曾與林回陽遊仙洞，「見諸仙人與之飲酒，素不識字，忽作歌曰：訪古老洞天，撞見神仙飲，三杯復三杯，又三杯，不覺醺醺醉，回頭看人間，身在青煙外。」再如《江湖紀聞》敘北宋張亶於夢中進入仙境，「聞天風海濤，聲震林木，徐見海中樓闕金碧，瓊琚琅珮者數百人。」這些故事主角巧入仙境，多以全知的視角，帶領讀者一睹仙山秘境的富麗堂皇。另有利用仙人所贈寶物進入仙境者，如《瑯嬛記》記季女贈賢夫以「瑪瑙宛轉環」，其中「丹山白水」宛然可見。「握之而寢，則夢入其中，始入甚小，漸進漸大，有名山大川之勝，異木奇禽，宮室璀璨，心有所思，隨念輒見。」這些故事令人得以一窺仙界所居，揭露仙境神秘的面紗。

上述人類與神仙的交會故事，多流露弦外之音，或以仙境反襯人間疾苦，或暗示仙境並不完美以期勉面向現實；有時是遇兇險或災禍，企望神助；抑或渴求愛情，得與神仙美眷成就姻緣；或是為匡正時亂以正道德。總之，無非希望透過他界的力量，滿足未遂的願望，平衡失重的心理〔註6〕。

2. 奇人異術

金元時期戰事頻仍，人們身處社會動盪不安中，較之承平時期更容易遭遇各種生離死別和更多疾疫病苦，奇人異士的出現或醫病苦或度脫世人，都能稍解一般人生理與心理上的痛。另外有些人則是積極尋求解脫，希望透過道教修行，以超越凡胎成神成仙，以擺脫塵世貪嗔癡苦的輪迴，進入神仙境

〔註 6〕 劉燕萍指出，「遇險托幻、盼望仙人拔薦脫離苦海，乃常人遭受非常困厄時的心理表現。日常生活上有所欠缺如下第、貧窮，苦無出路，亦常衍生托幻、締結仙緣之作。在這類作品中，主人公往往透過他界力量，滿足種種未遂之願望，以求平衡失重的心理。」見氏著：《古典小說論稿——神話、心理、怪誕》（臺北：臺灣商務印書館，2006 年 7 月），頁 129。

界。因此產生許多求仙訪道的故事，及各種幻術道法或仙丹妙藥。

　　寫道者、天師之神通或異事，如《輟耕錄‧南池蛙》（卷 10）寫宋末元初，城信州的南池被某達魯花赤佔據後，群蛙聒耳得令人寢食難安。天師張廣微（興材）以「朱書符篆於新瓦」投入池中，戒之曰：「汝蛙毋再喧。」自是寂然。又如《瑯嬛記》記天師張與材善畫龍，晚年懶於舉筆，遇人求畫則口呼「畫龍來」，即有飛龍自動進入素絹上，畫作即成。

　　有許多奇人異士的行止介乎人仙之間，多以僧道或俗士的樣貌出現，而且或多或少都有些異於常人之處。有些是外貌奇醜或身體有缺陷；有些言語異於常人；抑或行止驚世駭俗。如《湖海新聞夷堅續志‧天師誅怪》（後集卷1）寫賈似道之母設雲水齋，有一個「滿身疥癩」的道人前來大顯其能：

　　　（道人）謂宅有厭氣，宜書符以厭之。請黃絹三尺，磨濃墨，方秉
　　　筆起，只圖一鳥圈如盤大。眾笑，道人亦去道堂，揭而置之壁間。
　　　須臾，見黑中一點，通明如玉，有金書正一祖師諱字，方知爲天師
　　　親降也。

天師化爲滿身髒汙的道者，在瀟灑起落間，手書符咒。故事並沒有收妖或點化世人等情節，只是點染天師下凡的身影；而眾人對癩道人的訕笑，則凸顯一般人對外貌的成見與迷思。其他異貌異人的故事，如《遂昌雜錄》之羅蓬頭「非癡非狂，多衣惟一衲衣」、「能前知」、「後將死，大笑拍手歌唱，立地卒」。又如《湖海新聞夷堅續志‧七眞僧》（後集卷 2）寫豬頭和尚，「專喫豬頭，手弄頭錢，坐化。歲旱，邵守禱雨，迎於郡前，頂髮自生。」再如《歸潛志》（卷 6）有王姓丐者「衣皮衣，露膝」，故被稱爲「哨腿王」。他時常對人說：「爲天帝所召，有某仙、某神在焉，所食何物」。這些主角的外形奇特，言語行爲也誕詭高深不可測。

　　異人經常以顛狂的行爲或莫知所以的歌謠，穿梭於市井。《湖海新聞夷堅續志‧天命革宋》（前集卷 1）寫宋朝末年，詹某經常醉酒、狂歌，被稱爲「風狂」。他說自己曾夢見天降使者手持「天符」，喻令祠神「毋得擅舉陰兵助宋」，因爲「天命革宋，江南田地盡屬大元」。又唱歌云：「至元十三年。」之後宋朝果於該時歸附大元。《歸潛志》（卷 10）敘述金朝滅亡前，南京市井間突然出現二名僧人，一人持「布囊貯棗，持以散市人無窮」；另一則「手拾街中破瓦子，復用石擊碎」。國亡之後，世人方知「散棗」意爲「早散」，「擊瓦」乃指「國家瓦解」。《平江紀事》記元代時有一個乞丐，「堆髻額上，身披皂衣，

赤腳，手攜大瓢」，穿梭在酒家間乞酒度日。接連三個月在酒醉後奔走叫喊：
「牛來了，牛來了，眾人跟我去。」同時在城門、民宅門上連書「火」字，
此舉被眾人厭惡與咒罵。不久，該地即被海賊牛大眼洗劫一空，居民多家破
人亡。三則故事分發生於宋金元，同樣是利用肉眼凡夫不識的奇怪異人，預
示家國的命運，無論是天命滅宋，或是金朝必亡，抑是家園遭難，他們都是
災禍的先知先覺者。反觀人們對異人的態度，不是不以為意，就是訕笑，甚
至撲打，更完全無法領會他們言談之間所透露出的訊息，似乎「平白錯失」
可以避難的機會。其實，作者正是利用異於常人的人物形象，塑造出人們不
可能相信、或者不願相信其所言說的「大事」，反而凸顯事物命定的思想及人
們迷信預兆的象徵。

　　上述小說的奇人異士往往化身為形貌不起眼的下等凡人，經常以顛狂的
行為或勸世的歌謠，警醒世人。最後往往又飄忽遠離，消失於無形。類似這
樣將仙人與瘋和尚或道士等異人畫上等號的情節，在古代小說中經常出現。
這些真假莫辨、行徑瘋癲的人物，往往具神秘的先知神通或預言人生的能力，
他們故意以醜陋癲狂的形象出現，一方面以其癲狂加深讀者對人物的印象，
並解讀其預言；另一方面也藉由兩者形象的反差，提醒世人人不可貌相，形
貌實為鏡花水月，只是空虛的軀殼，百年之後，俱是枯骨。以此幫助癡嗔貪
的人們能早早徹悟人生。化身為人間平凡的僧道俗人，相較於高高在上的神
仙之流，更能拉近與人間的距離，達到勸化人世的目的。

　　至於仙道奇術的故事，除了有人們熱中追求長生而求仙訪道外，抑有
涉及奇異幻術之事；其間事涉玄妙，難以言喻，所以故事也多流露詭奇的
基調。有寫求仙慕道者，內容不外乎人們在追求道仙的過程，或是吃砂服
丹、屍解〔註7〕成仙等情節。例如《湖海新聞夷堅續志‧戴道者屍解》（後
集卷1）記戴道嗜酒，忽忽如癡，盛雪常浴水臥石，蒸氣如霧，往來自語，人
不之語，或語人以禍福，後死「屍解」。同書之〈黃東美屍解〉寫黃東美「愛

〔註7〕　所謂屍解，據《後漢書‧王和平傳》之下注云：「屍解者，言將登仙，假託為
　　　　屍以解化也。」（南朝宋）范曄撰、（唐）李賢等注：《後漢書》（臺北：洪氏
　　　　出版社，1978年），卷82下，頁2751。屍解的形式頗多，如《太平廣記》《魏
　　　　夫人》：「人死必視其形。如生人者，屍解也：足不青、皮不皺者，亦屍解也。」
　　　　（宋）李昉等編：《太平廣記》（臺北：文史哲出版社，1981年11月），卷58，
　　　　頁360。又如「其隱化者如蟬蛻，留皮換骨，保氣固形於岩洞，然後飛升，成
　　　　於真仙。」詳見（唐）沈玢：〈續仙傳序〉，收入（清）董誥等編：《全唐文》
　　　　（北京：中華書局，1983年11月），卷829，頁8735。

酒落魄，舉動軼蕩」，最後屍解而去。《萬柳溪邊舊話》宋代名士尤時泰，多從高僧道士遊、食丹，年百餘歲，「童顏黑髮，無異少年」。無疾化去五日後，開棺發現其中只有「一履、一玉冠」。這類故事的主角生前行徑怪異，加上屍解過於神秘奇幻，所以情節往往以「入棺、復開棺、棺中留著某物」等簡筆帶過。這應是屍解的說法過於玄怪，或許作者也無法全然說明清楚所致。

人們羨慕仙道，所以好奇道者的生活，這也成為小說描寫的對象。如《平江紀事》描寫道翁古無極枕書、飲酒，怡然自得；居室四壁無塵，貓犬不敢近，蚊蟲不入。最奇的是他不曾向人化緣，卻不乏青蚨。鄰人以為他有妙術，逼他傳授，翁於是負籠荷杖飄然離去。又如《輟耕錄·李玉溪》（卷 29）寫趙琪有求仙之志，「燒水銀硫黃朱砂黃金等物為神丹，以資服食」。又獲得修道成仙者授以奇其術，最後也順利登仙。其他如《輟耕錄·龍廣寒》（卷 11）寫龍廣寒極為長壽，一百零八歲時仍然「童顏綠髮」，因為他以道家的「服氣導引」法養生，身上「常佩小龜十數於身。至晚，乃解飼之」。《續夷堅志·張居士》（卷 4）寫張居士閉關百日清修，從容自在而化。這些主角以迥異的方式登仙，但個個清修自守，過程並不輕鬆。

修練是一條艱辛、卻不見得有成效的長路。作者於是創造出一條成仙的捷徑，讓人食用奇妙異物可以登入仙籍。《湖海新聞夷堅續志·遇藥成仙》（後集卷 1）寫徐翁煉藥時常有黃犬旋於丹鼎旁，乃在犬頸上繫以紅線，追其蹤跡。最後掘得犬狀枸杞，遂蒸而食之，成仙而去。《瑯嬛記》敘述貓死後被主人埋葬在山陰而復活，身體已化去，僅剩「二睛堅滑如珠」。貓兒指點主人吞食其一，主人於是飛天成仙。《湖海新聞夷堅續志·井神現身》（後集卷 2）記載吳湛因致力護水，泉神化為仙女為其煮食，並謂吳湛云：「君食吾饌，當得道矣。」三則故事無論是食用枸杞、貓眼、神仙煮食，都可以一夕成仙。

登仙的捷徑除了服食仙物之外，尚須講究機緣。如《瑯嬛記》記某女食異菊飛天，老狐晚到一步而慨嘆無緣成仙。《湖海新聞夷堅續志·女食茯苓》（後集卷 1）寫楊女偶遇化為「嬰孩」的「茯苓」，主人令她將茯苓蒸熟，之後主人因事擔擱而未及食，楊女則因肚子餓「誤食」而成仙。同書之〈天降銅棺〉更為奇異，寫天降一具無蓋的銅棺，眾人躍躍欲試均不得入，但為官公正的鄒宿一入棺，立即又從天降下銅蓋，「綵雲繚繞，擎舉而上，仙韶鶴唳，

瑞氣天香，靄靄不散」，銅棺冉冉飛向天際而去。故事中主角成仙的經過充滿機緣，足見追求成仙，若無宿緣或機緣也是枉然。

學習道法仙術也是修煉求仙的目的之一。故事中許多修仙慕道者傾畢生之力，鑽研幻術、法術甚或妖術，以參天透地，超越肉體凡胎進入神仙境界。因此有各種神乎奇技的法術描寫，最常見的有預知術，如《續夷堅志‧王先生前知》（卷 4）寫王廣道預知學生閻某日後將失明，勸他放棄科考而鑽研奇門遁甲之術。閻生如其言，之後也果真喪明。又有許多預測未來飲饌之事，《萬柳溪邊舊話》有術士袁大韜預知兵侍公「五年未得食蟹」、《湖海新聞夷堅續志‧飲饌前定》（前集卷 1）某客預知李宗回食「五般餛飩」等。同書之〈知人壽命〉（補遺）則寫某僧「能知休咎」，預言姚令聲：「君不得以命終，候端陽節，伍子胥廟中見榴花開，則奇禍至矣。」姚某雖因此不敢登吳山，但最後仍不免巧遇「子胥廟」，應驗了術士之言。其他以預知術測知他人壽命、官祿等的描寫不勝枚舉，此應與古人深信萬事皆由命定有關。

此外，化金術也是故事常見的道術之一。《席上腐談》許多故事都與此術有關，如寫法空師父要求僧人法全傳授「點銅為金」之術，法全取數枚錢幣令他烹煮，卻因為「通夕不成汁」，法空著急地詢問法全。全笑曰：「人得此，視之溪砂，豈知實銅也耶？」於是再取少許「白藥」投之，「砂始融化」，取而視之，全是「真金」。小說將點石成金術寫得煞有介事，而對於法空汲汲於此術的形象描寫也頗為生動。其他的奇術尚有剪紙化人之術，如《湖海新聞夷堅續志‧神翁預知》（後集卷 1）寫徐姓神翁請纓為道觀催租，未見其外出，佃戶卻紛紛前來繳租，且抱怨：「米自當納，何用撮髻，人日相煎炒耶！」原來徐翁以紙人前去催租。另有隱身術，如《瑯嬛記》寫主父得神人傳授「玄女隱身之術」，後來他利用隱身術入秦宮行刺昭王，並逃過官差追捕。小說因為這些法術的描寫而奇異有趣。

上述故事中的法術言之鑿鑿，人們也多深信不疑。因此有故事利用幻術開玩笑，如《誠齋雜記》寫顧愷之深信小術，桓玄曾經以柳葉騙他說，「此蟬翳葉也，以自蔽，人不見己。」顧愷之高興地「引葉自蔽」，以為別人真的看不見他。故事中的顧愷之形象頗傳神，尤其他是晉代知名畫家，竟也醉心於法術而被騙，可見法術迷信之深入社會人心。

有道術，就有靈丹妙藥。這些仙丹大都出現在道人施藥為世人治病的情節，又以《湖海新聞夷堅續志》（後集卷 1）一書的篇數最多。如〈仙姥貨藥〉

寫周某之妻病重病，求醫問神毫無寸效，服用「南嶽魏夫人濟陰丹」後，大病即癒。又如〈仙醫曲背〉記某書生背傴不能仰視，食用道士給的藥後，痛苦一夜，天明之後身軀已經可以挺直。這些小說主要凸顯道家濟世的關照情懷，將在第五章第一節進一步討論。其他神奇的丹藥，尚見《瑯嬛記》的「黃昏散」可使男女情感順遂、「還魂香丸」可以起死回生等等。此外，《輟耕錄‧聖鐵》（卷 23）一篇頗為稀奇，寫有人在蕃中獲得一塊「聖鐵」，只要「作法撒沙布地」、施咒，刀刃不能傷害帶著鐵的人事物。將聖鐵與法術結合，使故事顯得神秘而奇幻。

（二）博物靈異

中國地大物博，先民很早即注意生活周遭的怪異事物和現象，不厭其詳的記載下來。〔註 8〕這些廣泛記錄地理奇聞與萬物靈異之事，成為中國小說中特殊的地理博物體志怪小說。〔註 9〕以下分述遼金元文言小說之地理博物等怪殊方異域的故事。

1. 天文地理之殊

金元文言小說中記載不少關於事物的起源或典故，內容富於神奇幻想。如流傳頗廣的「鯉魚傳書」、「魚傳尺素」〔註 10〕美麗傳說，於《瑯嬛記》有一則相關故事：

> 昔宗羨思桑娣不見，候月徘徊於川上，見一大魚浮於水面，戲囑曰：「汝能為某通一問於桑氏乎？」魚遂仰首奮鱗，開口作人語曰：「諾。」宗羨出袖中詩一首，納其口中。魚若吞狀，即躍去。是

〔註 8〕 如《軒轅本紀》：「帝巡狩，東至海，登桓山，於海濱得白澤神獸，能言，達於萬物之情。因問天下鬼神之事。自古精氣為物、遊魂為變者凡萬一千五百二十種，白澤言之；帝令以圖寫之，以示天下。」（宋）張君房編：《雲笈七籤‧軒轅本紀》（臺北：臺灣商務印書館，1979 年《四部叢刊正編》），卷 100，頁 1023。又如《山海經》中神獸異域的記載更是不知凡幾。

〔註 9〕 關於中國小說之地理博物體志怪小說之發展情況，詳見王增斌：《中國古代小說通論綜解》（北京：中國文聯出版社，1998 年 12 月），頁 71～78。陳文新：《文言小說審美發展史》（武漢：武漢大學出版社，2002 年 10 月），頁 92～103。

〔註 10〕 相關寫法頗多，例如漢樂府詩〈飲馬長城窟行〉：「客從遠方來，遺我雙鯉魚。呼兒烹鯉魚，中有尺素書。」收入（宋）郭茂倩編撰：《樂府詩集‧相和歌辭》（臺北：里仁書局，1984 年 9 月），卷 38，頁 556。宋人秦觀〈踏莎行〉：「驛寄梅花，魚傳尺素，砌成此恨無重數。」收入唐圭璋編：《全宋詞》（臺北：文光出版社，1983 年 1 月），頁 460。

　　夜桑娣聞叩閶聲,從門隙視之,見一小龍據其戶,驚而入,不寢達旦。開戶視之,惟見地上彤霞箋一幅,詩曰:「飄飄雲中鶴,遙遙慕其儔。蕭蕭獨處客,惄惄思好逑。愁心何當,愁病何當瘳。誰謂數武地,化作萬里修。誰謂長河水,化作纖纖流。誰謂比翼鳥,化作各飛鷗。悲傷出門望,川廣無方舟。無由謁餘款,馳想托雲浮。」

小說藉大魚暗通人性、會作人語、幻化小龍等神奇情節,將專為情人傳遞音訊的魚書描寫極富意趣美感。文中詩歌流露思念的愁緒,情感頗為深刻。同書另一則寫女主角試鴛溫宛癡情,以纖纖素手折弄鮮厚繭紙,作「鯉魚函」,外形「兩面俱盡鱗甲,腹下令可以藏書」,便於寄語情郎。如此美幻浪漫的想像,難怪文人墨客要以「魚函」、「鯉封」等修辭取代家書、情書。

　　其他的典故由來,尚如《江湖紀聞》記載「石尤風」之源由,乃石婦思念經商遠行的夫婿而死,死後化為逆風,以阻止普天之下的丈夫遠行。所以石尤風成為打頭逆風的代稱。又如《誠齋雜記》寫人魚傳說:「海人魚,狀如人,眉目口鼻手足皆為美麗女子,無不俱足。皮肉白如玉,灌少酒便如桃花。」美麗的人魚與酒結合,她的微醺美如桃花,酒讓她的美麗更添三分,也更引人遐思。《瑯嬛記》這類故事頗多,如「比翼鳳」乃雄雌一對,彼此不相離,雄曰「野君」,雌曰「觀諱」。此鳥很有靈性,「通宿命」,能死而復生。另有名喚「情急了」的鳥兒、名為「夜合」的「有情樹」等等。另外,花草的傳說更是繽紛而美絕,如敘菊花又名「更生花」的原因,乃女子曾與人相約於秋期,卻遲至冬初仍不履約。男子遂請人告訴該女曰:「菊花枯矣,秋期若何?」女子發誓一旦枯菊再開就實踐盟約,隔日果然「菊更生蕊」。另有寫婦人因思念久別的情郎,時時涕泣灑淚於北牆之下,後來該地長出花草,「其花甚媚,色如婦面」,名曰「斷腸花」。諸如這種事物起源之事,多寫得簡短,情節也較為粗略;同時,反映出在遠古時代,浩瀚廣博的土地上,蘊藏著美妙的山光水色、奇花異草,而先民因為對大自然一知半解,賦予萬物蒙上一層神秘色彩,因而流傳各式各樣奇異傳說。所以這些動物、花草的傳說,內涵豐富多姿,保留先民對大自然的豐富想像,令後人有無限遐想空間。

　　除了事物起源外,遼金元文言小說載錄不少地理掌故,包括地名、山名及宮觀名的由來,內容多具神怪色彩。如《瑯嬛記》載:有人偶得「安期大

棗」〔註11〕，久煮三日方熟，香聞十里。熟棗不但可以使「死者生，病者起」，還可以「白日上升」，登天爲仙。該地因此名爲「煮棗」。又如《平江紀事》寫吳城「白鶴觀」的建造源由，係宋代信安郡王之「藏春園」，在元代至元年間已是「草石荒涼」，僅殘存井旁大松樹。有道人張應玄在樹下造屋棲身，不久有羣鶴飛來，其中一隻白鶴在松樹作巢。由於該鶴「性若靈異」，於是信眾越來越多，便興建道觀名「白鶴觀」。故事雖記載地理掌故，卻同時流露朝代興廢之嘆。

再如同書載錄「鱸鄉亭」之地理掌故：

> 吳江鱸鄉亭，在長橋之側。宋熙寧中，郎中林肇所建，取陳文惠秋
> 風斜日鱸魚鄉之句爲名。亭勢俯瞰太湖，爲江南絕勝，過者多題詠
> 之。亭旁畫范蠡、張翰、陸龜蒙像，謂之三高。至元丙子，里巫爲
> 土偶，祠事之。張邁過而題壁有云：「功跡盡高天下士，豈惟吳地作
> 三高。」夜夢老人與論祠事，謂：張、陸，吳產也，吳人固當祀之；
> 范蠡，越產，與勾踐陰謀十年，卒以滅吳，吳之讐也，吳人不當祀
> 之，子何從而附會之乎？子之詩，吾不與也。搖手而去。……

內容雖然是寫該亭之來源與景緻，以及亭側立祠堂祭祀范蠡、張翰、陸龜蒙等三人的經過，卻藉由張邁與夢中老人的對話，說明范蠡乃滅絕吳國的敵人，吳人不應該祭祀的觀點。可見作者在載錄這些地理掌故時，多有其目的。

有些地名的更易肇因於發生奇特神異之事物，尤其是動物的變化。例如《瑯嬛記》載，吳國時代之姑蘇城皮日休市有「鶴舞橋」，相傳是因爲有「二鶴在其地對舞」而得名。更神奇的是雙鶴飛至金昌門外的青楓橋時，化爲鳳凰飛入雲間，青楓橋於是又名「鳳凰橋」。又如《續夷堅志·仙貓》記載天壇山有「仙貓洞」，傳說燕眞人在此煉丹，丹成之後，「雞犬亦升仙，而貓獨不去」。每遇遊人在洞前呼喊：「仙哥」，洞中必有回應，而且「聲殊清遠」。作者元好問曾到此一遊，其子叔儀也對洞一呼，「隨呼而應」。又如《湖海新聞夷堅續志·泉有豬龍》（後集卷 2）寫蘇軾在眉州時，曾到訪名爲「豬母佛」的小佛堂。該佛堂曾有牝豬化泉、鯉魚爲豬龍的傳說，蘇軾之妻兄王愿不相信此事，兩人便向泉水祝祈，希望能親眼看見龍魚現身，之後兩人果然看到

〔註11〕 所謂安期棗，傳說中的仙果名。《史記·封禪書》：「臣嘗遊海上，見安期生，安期生食巨棗大如瓜。」後因有「安期棗」之稱。（漢）司馬遷：《史記》（臺北：七略出版社，1985 年），卷28，頁547。

「二鯉復出」。這則傳說結合歷史名人，使地理掌故更顯活靈活現。

　　另有說明地理環境變化的故事。如《湖海新聞夷堅續志·飛來殿宇》（前集卷 2）寫廣州清遠峽的「飛來殿」，傳聞是古代有佛殿飛來此而得名。同書之〈幻僧煮海〉則記天師渠的由來，乃僧道鬥法，為保住東海龍的水脈，龍王因而造一道石渠流泉。其他如《輟耕錄·瑞應泉》（卷 26）寫靈泉之水脈的有無，全賴朝廷是否致祭而定；《庶齋老學叢談》（卷 2）引李膺《益州記》寫灉湖地陷之由，乃靈蛇復仇的結果。這些故事將地理掌故與神靈怪異之事結合，除了想像力豐富外，更讓地方風物易於流傳。

2. 世間博物之異

　　由於古人對宇宙、醫學等科學知識的認知有限，一旦生活周遭出現異常，即視為異類，以怪名之，在口耳相傳之下，變成各種奇詭的不思議傳說。例如小說中就有許多怪異的懷孕、生產故事。如《續夷堅志·不食而孕》（卷 3）寫婦人異夢之後，不食而孕、生子。《至正直記·生菓栄》（卷 2）記婦人饑渴，將「筍殼以齒嚙開」而成孕，最後產蛇。這些故事大同小異，是屬於「感生神話」一類，係「母親受到某種異象的感觸而懷孕」〔註 12〕。其中《續夷堅志·產龍》（卷 1）較為奇特：

> 一婦名馬師婆，年五十許，懷孕六年有餘。……其夫曹主簿懼為變
> 怪，即遣逐之。及臨產，恍忽中，見人從羅列其前，如在官府中。
> 一人前自陳云：「寄託數年，今當捨去。明年阿母快活矣！」言訖，
> 一白衣人掖之而去，至門，昏不知人。久之乃蘇。旁人為說，晦冥
> 中雷震者三，龍從婦身飛去，遂失身孕所在。

龍寄身於婦人之腹，待時機成熟脫胎離去。文中最有趣的應是龍子以「阿母快活」告別婦人。又有「脅下生子」的故事，如《輟耕錄·犬脅生子》（卷 22）、《續夷堅志·右腋生子》（卷 3）等等。

　　另有母體生下異類或畸胎之事。《湖海新聞夷堅續志》一書有不少類似記載，如〈神救產蛇〉（後集卷 2）記徐清叟的媳婦懷孕十七個月，在神人幫助之下，「產一小蛇」。〈生子有鱗〉（補遺）寫金州某人以殺蛇為生，其婦懷孕，「產大蛇，九頭一尾」。〈法救產母〉（後集卷 1）敘某婦懷孕十二月難產，後在道人幫助下，「產一肉毬，有小蛇三隻，蜿蜒而出，首紅而身青，背有金線」。

〔註 12〕傅錫壬：《中國神話與類神話研究》（臺北：文津出版社，2005 年 11 月），頁
　　　　5。

這些故事不似上述母親因感觸而懷孕，多以婦人產下異類，幫助鋪寫後續情節，或彰顯神人、道士之能，抑是因果報應之說。

動物生子出現人形者，《湖海新聞夷堅續志》（後集卷2）頗多記載，包括「豬形人腳」（〈豬母生孩〉）、「豬身人面，眼相如鳳，下頷長而彎腫」（〈人面豬形〉）、「狗母獨產一狗兒，通家呱呱，似初生牙兒啼聲」（〈狗母生孩〉）、「（貓產三子）其一手足面目皆人形，亦作人聲」（〈貓母生孩〉）。小說最後通常是人們將這些畸形兒殺害，這或可反映人們視家畜產下異形為不祥之故。另外，這些故事並沒有安排特別的情節，應是作者從傳述奇聞異事的角度記載下來的。

另有奇怪的醫病故事。如《山居新語》（卷1）記元代某駙馬在墜馬之後，「兩眼黑，睛俱無，而舌出至胸」。群醫束手無策，有一位回回醫生挺身表示能治此病。「以剪刀剪去之。少頃復出一舌，亦剪之。又於其舌兩側，各去一指許，用藥塗之而愈」。《湖海新聞夷堅續志‧肉瘤有虱》（後集卷2）寫李生之背長瘤，不痛卻極癢。某醫認為是「蝨瘤」，為其上藥。隔天瘤破，「出蝨鬥許，皆蠢蠕能行動」。之後傷口一直無法癒合，時時有蝨湧出，遂死。同書之〈病噎吐蛇〉、〈肉中有雀〉等等都是這類異事。這些奇怪的疾病與治療方法，被作者以記異的心態載錄，留給後人奇異的故事，同時可作為醫療領域的史料。

天地之間本就有形形色色的奇特事物，經過小說家之筆，就更顯奇異。如《至正直記‧徑寸明珠》（卷1）寫某人進禦「徑寸明珠」，宦官索賄不成，「取絲絡懸珠于梁，焚乳香薰之。須臾，珠即化為水。」原來那不是明珠，乃「猿對月凝視久，墮淚含月華結成者。」想那猿猴眼淚化為明珠，著實唯美浪漫。又如《湖海新聞夷堅續志‧石內雞鳴》（後集卷2），陳某拾獲某石，「每當月夜中，置之月光中，雞必鳴」。其子將石頭剖開，頑石內竟然有色彩殊麗的雄雌二雞，還會鳴叫，殊為怪異。這種石中藏活物的故事以《續夷堅志‧石中蛇蠍》（卷1）一篇尤奇，寫金章宗泰和年間，修路時槌破一個牛心大石，其中有「蛇蠍相吞螫」。有賢者認為，「是怨毒所化，隨想而入，歷千萬劫而不得解者。」於是用大杖想將他們分開，卻都無法辦到。作者將蛇蠍相螫，說成怨恨之深無能化解，用佛理解釋這種自然形成的異物，具相當的理趣。其他的奇物記載，如《瑯嬛記》寫水晶在月光之下，可見綠樹、白兔搗藥、嫦娥在其中；又有神奇的鏡子，可以看到亡故的親友等等。

除少數篇章外，這類故事的情節大多簡略，可見作者是以述奇記怪的心態記載這些故事。

由於古時資訊不發達，在口耳相傳之下，千奇百怪的事情更顯得離奇。《湖海新聞夷堅續志》之〈易頭顯貴〉（補遺）、〈益公陰德〉（前集卷2）是寫士子易頭、變臉的異聞。更多故事是寫人類變成異類，如《江湖紀聞》記兄妹雙生子被社會現實逼迫，「依人爲難，不如去之」，最後化爲雙鴛鴦飛去的淒楚故事。又《湖海新聞夷堅續志》（後集卷2）之〈婦變狸驢〉寫婦女可以自由地變爲狐狸、驢子偷人東西；〈楊女豬身〉則寫主角人頭豬身；〈人變虎〉寫王用因爲宰食靈魚，被冥官變成老虎。二年後身體雖變回人形，但虎頭人身的外貌仍嚇死弟弟，因而被村民所殺。這些人類變成動物的奇異故事，蘊含物、我混同的思維，表現古人與動物關係密切。

怪事不僅發生在人們身上，也環繞在人們日常生活中。例如《輟耕錄·志怪》（卷7）寫元代至正年間，人們在傍晚聽見「軍聲漸近」、看見「黑雲一簇，中彷彿皆類人馬」，等烏雲散去後，「惟葑門至齊門居民屋脊龍腰悉揭去，屋內床榻屏風俱仆，醋坊橋董家雜物鋪失白米十餘石，醬一缸」。從文意無法推知何等異物爲怪，景象卻頗爲駭人。《異聞總錄》（卷1）則記紹興年間某村落在夜半時分，「聞數百千人行聲，或語，或笑；或歌，或哭，雜擾匆遽⋯⋯。而凝寒陰翳，咫尺莫辨。有膽者開門諦視，略無所睹。明旦，雪深尺餘，雪中跡如兵馬所經，人畜鳥獸之蹤相半，或流血污染，如此幾十許里，入深山乃絕。」這種異事，是鬼抑是神，實難測量！《續夷堅志·空中人語》（卷4）一則更爲有趣：

> 金宣宗年間，進士張顯卿與客人飲酒，向日酹酒，語執壺者云：「不
> 必滿，薦誠而已！」忽聞空中有人言：「安知空中無海量者乎？」眾
> 客駭，立酹數滿杯。

主人或因惜酒，以酌量的酒祭奠大地，卻引來冥冥中的「神鬼」開口說話，嚇得眾客連酹數杯盈滿的酒。當然，那位無形、海量的神鬼，也得以多喝數杯。而無論空中發言者是神或鬼，小說成功塑造冥冥之中的「神人」那股懾人的氣勢。相形之下，人類經常自以爲「心誠則靈」的阿Q哲學，被一語道破，令人莞爾。內容短短數語，卻包含人們與異類的心態描摩，可謂成功的短篇小說。

許多當時難以解釋的離奇之事，如《廣客談》記宋理宗朝的丞相鄭性之

致仕後，雖曾造福鄉里，但他在朝時，家人侵奪民舍以擴建其居，致該民「自殺於清風堂階下」，於是清風堂的石階上有「眠屍形跡」。每逢陰天下雨，屍跡尤為明顯。此故事亦見《輟耕錄・清風堂屍跡》〔註13〕（卷5），作者陶宗儀認為這種異象是「冤抑之志不得伸」的結果。其他如《續夷堅志・廣寧寺鐘聲》（卷3）、《續夷堅志・豪雨落羊頭》（卷3）等等，都是奇異而又無法解釋之事。這些故事多少具有神秘色彩，或許是地理異象或萬物畸變常使人們因為無知而產生恐慌，使故事或多或少流露出迷信的意味。

二、鬼魅精怪

（一）鬼魂故事

何謂「鬼」？《禮記》云：「大凡生於天地之間皆曰命，其萬物死皆曰折，人死曰鬼。」〔註14〕「眾生必死，死必歸土，此之謂鬼。」〔註15〕《論衡・論死》：「人死精神升天，骸骨歸土，故謂之鬼，鬼者，歸也。」〔註16〕《說文解字》：「人所歸為鬼。」〔註17〕由上述可知，「鬼」乃人死歸土，泛指人死後與軀體脫離的「靈魂」。在靈魂不滅的基礎上，生命雖然有限，死亡卻只是肉體毀壞，人仍可以另一種形態（鬼魂）存在於他界，甚至出現於當世。於是，鬼魂正如人們般的具有善惡之分。

1. 惡鬼

為惡之鬼魅形形色色，有作祟為禍的男鬼、有魅惑男子的女鬼、更有群鬼為禍。被祟者通常昏寐不知所以，鬼魅形象則多變無常。這類故事在《異聞總錄》、《湖海新聞夷堅續志》頗多記載。男鬼為禍者，如《湖海新聞夷堅續志・髑髏為怪》（後集卷2）記劉某被鬼所魅，「病狂發時，亂走不避井塹」，經家人請善符咒者治禁，方才痊癒。又如《異聞總錄》（卷1）婦人被鬼祟，

〔註13〕 此事《廣客談》所記較《輟耕錄》為詳，尤其《廣客談》作者在故事最後寫道：「余游閩中，親至其堂，取水噀石上，其跡果見。今所居竟為官豪所據，子孫不絕，如線書脈遂斬然矣。世之梗強，可不知所鑒哉。」作者曾親自探訪該地、端詳石階上的屍跡，最後一語更表現其為文之目的在警醒世人。

〔註14〕 （漢）鄭玄注，（唐）孔穎達疏：《禮記注疏・祭法》，收入（清）阮元校勘《十三經注疏》（臺北：藝文印書館，2007年8月），卷46，頁798。

〔註15〕 《禮記注疏・祭義》，同上註，卷47，頁813。

〔註16〕 （漢）王充：《論衡・論死》（臺北：世界書局，1957年），頁202。

〔註17〕 （漢）許慎撰、（清）段玉裁注：《說文解字》（臺北：黎明文化事業股份有限公司，1986年12月），頁439。

隨即「病如瘮瘵」。被鬼女魅惑的故事，如《異聞總錄》（卷 1）女鬼經常半夜從墳墓出來，跟和尚倒鳳顛鶯。同書（卷 4）寫被縊殺後埋於芭蕉下的女鬼在人世作祟，她的形貌多變，在婦人面前則「容色頗秀、逡巡而別」；遇幼兒時，「伸舌如五尺紅綃、捽髻而困苦之」，一下子是可人的紅顏，一會兒又變為容色可怖，刻意傷人的惡鬼。最後人們將芭蕉樹叢剷除，女鬼遂絕。又有群鬼一起為祟的故事，如《異聞總錄》（卷 4）群鬼商量尋找富有魚船依附，因為富家才能「稱我所須」，最後未能如願。又如《湖海新聞夷堅續志·廁鬼迷人》（後集卷 2）寫某廁常有人溺死於溷池，原來是有廁鬼出沒，最後告官將廁所拆除，鬼祟方絕。故事中透過被祟者看到進入廁所後的場景，「亭館高潔，鼓樂喧闐」，與現實環境中的廁所形成極大反差，更凸顯人們被鬼魅迷惑時，自迷其中，無法解脫困境。另外，通常這些為祟的鬼靈，只要「葬身之處」被剷除，或請僧道人士符禁處置，就會消失不見。

　　另有一種鬼只作祟卻不作惡，通常更像是與人玩笑。如《江湖紀聞》記某人拿食物置髑髏之口，戲問「辣不辣？」髑髏終日大呼「辣——辣——」。〔註18〕令人莞爾。又如《瑯嬛記》有一則寫人們因為怕鬼而「夜忌野行」之事，類似故事亦出現在《湖海新聞夷堅續志·疑心生鬼》（後集卷 2），記林某每日經商必經過刑場，為了壯膽，經常邊走邊大聲痛罵。某日黃昏回家途中，遇到真的鬼魅主動與他為伴。對方一再追問他怕不怕鬼云云，林某猛地回頭，看到「無頭人」，忙撇了擔子，驚走回家。內容頗為生動，也表現出疑心生暗鬼，最後反而招致鬼靈侮辱。鬼祟故事最有趣者，莫過於描寫人毆鬼：

> 南恩州陽春縣，即古春州，有異鬼棲於主簿廨，能白晝形見，飲食言笑如生人，尤惡人言其狀，言之即肆擾，主簿家苦之，旦必拜，食必祭，奉事唯謹。有斑直為巡檢，初到官，簿招以飲，語及奇事，因詢此為何怪，未及對，鬼已立於巡檢後，簿色變起立，巡檢覺有異，引手捽之，鬼不覺倒於地，巡檢且捽且毆，鬼顧簿哀鳴求救，簿力為請，乃得脫。其夜恐其邊怒，終夕弗敢寢，到晚寂然無聲。啟戶見壁間大書曰：「為巡檢所辱，不足較，且去！」自此遂絕。（《異聞總錄》卷 4）

〔註18〕　類似故事亦見《異聞總錄》（卷 1），寫某人將「鹽梅」核置於骷髏的口，問曰：「鹹不鹹？」骷髏張口大呼「鹹——鹹——」，在場者反而被鬼狠狠地驚嚇了一番。

文中活靈活現地描寫鬼魂惡形惡狀地欺負人，及鬼被人毆打的場景。值得注意的是，主簿與巡檢對鬼魅的態度：前者是「且必拜，食必祭，奉事唯謹」，後者則是「且捽且毆」。寫出一怕鬼、一打鬼；一懦弱、一剛強的形象。反觀鬼魅，一味地欺壓主簿，尤其是寫他向鬼求饒，甚至還怕鬼生氣而終夜不敢睡的情節，令人忍俊不住。最後，鬼魅竟然因為被毆而覺得受辱，更令人拍案叫絕。故事生動活潑，利用對比的手法，襯映出人們面對鬼魅的反應，寫作頗為成功。

　　另有復仇屬鬼之事，這些故事相形精彩，而其復仇的原因各不相同，或因被人害死或因情感相負，故而化屬鬼報復。《江湖紀聞》寫張姓主簿曾因醫藥誤送人命，婦人冤魂不散，「用裙兜糞土揚其身」。最後，張某全身生惡瘡而死。《輟耕錄‧陰府辯詞》（卷9）記正室因妒嫉婢妾有娠，將婢妾「捶撻苦楚」，致其自殺身亡。女婢死後化為鬼女復仇，其復仇的方式頗為奇特，讓正室得奇疾，「宛若死者，但只心肋微溫，肢體不僵」，宛如活死人般，使家人對她生厭，最後全賴術士方才得救。雖說謀害人命，惡有惡報，但這種讓人雖生猶死的復仇方式，著實駭人聽聞。

　　另有被謀害致死而化為屬鬼索命之事，如《湖海新聞夷堅續志‧冤鬼現形》（前集卷2）陳某謀殺藥商，「席船生藥」。當要轉賣該批藥品時，「解開藥裹，則見被殺商人之頭在內，裹裹皆有。」驚駭而亡。《續夷堅志‧王生冤報》（卷4）則是一篇情節曲折有致的小說：

> 定襄邱村王胡，以陶瓦為業。……一日，有強寇九人為尉司根捕急，避死無所，就此家藏匿。以情告云：「我輩金貝不貲，但此身得免，願與君父子平分之。」王因匿盜窯中，滿實坯瓦。尉司兵隨過，無所見而去。胡父子心不自安，且利其財，乘夜發火。不移時燻九人死。即攜金貝還鄉。……（王胡之子）恍惚中有所見，驚怖墮馬遂為物所憑。扶舁至其家。生口作鬼語，嗔目怒罵……其家無奈，召道士何吉卿驅逐之。何至，作法，鬼復憑語辯訴。……黃籙超度，或可解脫。胡陳狀齋壇，吐露情實。……生未幾竟死。

王家父子覬覦盜賊的金銀財寶，昧著良心將躲在窯中的強寇活活燒死，實較酷刑更為凶殘，所以即便道士作法事超度，其子仍不免死亡。這一群鬼的死法甚慘，復仇的方式卻遠不及前述故事駭人。當然冤死者本來就是強盜，或許死有餘辜，但應交由法律制裁，而非動用私刑，更何況王氏是為財殺人。

因此術士施法對賊寇的亡魂無效，「因為有『枉』死，就有冤魂，就得申冤；有冤則有怨，就得發泄。而復仇是申冤、發泄怨氣，從而也是矯正枉死現象的常用手段。」〔註 19〕換言之，在怨、仇相報的前提下，任何外力都無法制止冤鬼的復仇行動。

其他的復仇鬼魂故事，如《湖海新聞夷堅續志・鬼雪子冤》（後集卷 2）記陽世法官錯判成案，鬼母投書詳述兒子形貌、被殺經過、屍體藏匿地點等相關案情，向法官告狀。法官積極辦案，終致水落石出，兇手伏法。故事中鬼母穿越幽冥為兒子伸冤，傳達出母愛之偉大。又如《輟耕錄・夢》（卷 11）記某人在避難時未及保護母弟，致其冤死，他們的冤魂向其索命。《異聞總錄》（卷 4）寫妒婦死後為鬼仍舊嫉意甚殷，一再到陽世為怪，終致其夫與後妻所生的兒子慘死。這類違背道德或情感相負的鬼報故事，背德與負情者的下場通常是悽慘而死，甚至家破人亡。像這種利用鬼報情節作為道德的評判，使倫理道德的價值更為突出，使故事更具警世的作用。

2. 善鬼

鬼未必皆惡。有一類鬼不害人也不作祟，只是如生前般的與人相處。中國古代小說中這種鬼不在少數，就像《異聞總錄》（卷 3）作者曾藉故事中一位具有陰陽眼的婦人說道：「天下之居者、行者、耕者、桑者、交貨者、歌舞者之中，人鬼各半，鬼則自知非人，而人則不識也。」世間人鬼參半反映於故事中，到處可以見鬼魂在陽世生活，如常地嬉戲或活動。如《續夷堅志・玉兒》（卷 1）記有鬼婦葬於齋舍旁，時常入舍與人戲語，「然不為祟」。又如《異聞總錄》（卷 4），三個鬼婦時於夜間出沒，某夜突遇醉酒者出聲質問，鬼婦竟然驚恐走避，表現出比人膽小的眾鬼形象。

鬼魂既然生活於人間，需要飲食、衣著之具等日常所需。因此鬼故事不乏買賣東西的描寫，如《續夷堅志・鬼市》（卷 2）寫有孩童「看到」鬼市集，「穰穰往來，市人買賣，負擔、驢駝、車載，無所不有」。《閑居錄》記鬼婦買餅供養幼兒；《異聞總錄》（卷 1）則寫愛漂亮的鬼女購買珠冠；《湖海新聞夷堅續志・鬼開典庫》（後集卷 2）寫開當鋪營生的鬼魂，客人不分人、鬼，而且生意興隆。這些鬼魂採買東西的故事，通常會安排所購物品在棺中被發

〔註 19〕翟存福：「冤鬼經報是基於冤鬼的意志，而冤鬼意志的根據是鬼神之佑。」見氏著：《復仇・報復刑，報應說：中國人法律觀念的文化解說》（長春：吉林人民出版社，2005 年 1 月），頁 106。

現，而群鬼所使用的錢，最終也被發現是「冥幣」。較奇特的是《湖海新聞夷堅續志・死僕賣鵝》一篇，寫「鬼」主角賣烤鵝為業，其生活起居、飲具一如常人，「所用之錢即世間錢」、「夜則泊於街旁肉案上」。表現出這個社會「人鬼相雜」，難料孰是人或鬼！

這種鬼靈如常地生活在陽世的情節，早在六朝小說即屢見不鮮。揆其原因，金師榮華有中肯之論：

> 從志怪小說的理論看，神和鬼原是人死後的異名，具有人性乃是當然之事。從客觀的角度看，如果神鬼世界本來是人們構想的，那麼世界基本上，就是人們自身活動的反映，不過添加了一些超自然的想像而已。除去這些超自然的想像，神鬼的行事和人沒有什麼兩樣，而神鬼的世界也就是人的世界。〔註20〕

簡言之，由人們構想出來的鬼世界就是人的世界，群鬼理所當然也需要娛樂活動，所以也就有鬼魅與音樂的故事。《湖海新聞夷堅續志》（後集卷2）之〈鬼動絲竹〉寫群鬼每逢陰雨，「鼓樂交作」，鄰家都可以聽到管絃絲竹之聲；〈死屍鼓舞〉記死屍聞樂起舞。《異聞總錄》（卷4）寫某家妓「善琵琶」，被已過世的翁婆喚去彈琵琶，期間飲食如「市井間常食」。其他的鬼故事，如《湖海新聞夷堅續志・鬼妓勸酒》（後集卷2）寫鬼妓勸酒。《續夷堅志・賀端中見鬼》（卷4）記賀姓進士看到「一大青鬼」，嚇得以被蒙頭、伏床下。之後發現，水甕、硯池及溺器等處全部乾涸。篇中寫「渴鬼」的形象，頗為有趣。

除了生活在人世的鬼魂外，還有楚楚可憐或無助求援的「求助鬼」。一般人多認為鬼的能力大於人類，甚或是鬼有無所不知的能力。但遼金元文言小說有一群必須向人們求助的鬼魅。如《異聞總錄》（卷4）寫鬼婦請求人類代為印製尊勝陀羅尼幡，以便超脫地獄之苦。同書另有鬼魂求助漁人橫過渡河，最後還慷慨給錢。又如《湖海新聞夷堅續志・鬼偷饅頭》（後集卷2）記某鬼請求婦人代孕其子，最後贈送金銀答謝婦人。

更有「求醫病痛」的無助鬼。如《江湖紀聞・髑髏求醫》（卷6）寫髑髏化為婦人求醫；《湖海新聞夷堅續志》之〈鬼扣醫門〉（後集卷2）寫鬼女深夜求醫；同書之〈鬼求針灸〉記徐熙「善醫方」，夜聞有鬼呻吟聲，甚淒苦。鬼魅表示，自己「患腰痛死」，雖已成為鬼仍不免疼痛難忍。最後徐熙幫他針

〔註20〕　金榮華：〈從六朝志怪小說看當時傳統的神鬼世界〉（《華學季刊》第5卷第3期），頁20。

灸、設齋超度，解除其患。這個故事說明人們在陽世的病痛會延續到冥間，因此才會疼痛難慰。反映人們相信人死為鬼，在生時的一切會延續到陰間，設齋之功則可助鬼魂早日超生。前述這些求經、求渡、求人代為撫育後代及飽受病痛煎熬的鬼靈，他們的形象不再兇惡難測，反而多了人味，更像是社會上的普羅大眾。

（二）妖精故事

1. 動物草木為妖

有虎妖為怪的故事。如《異聞總錄》（卷1）寫倀鬼協助虎妖引出醫者，欲食其肉，幸虧醫者機警脫困。又同書（卷2）有一篇虎、倀要吃人之前，竟然先「取草鼓舞為戲」，似是為飽餐之前的慶祝之舞，頗為有趣。再如《湖海新聞夷堅續志・倀鬼引虎》（後集卷2）是一篇情節豐富的虎化僧者食人的故事：

> 昔有處士馬拯、馬沾，相會於南嶽衡山。晚宿一庵，見一老僧古貌龐眉，揖見甚喜。僧乃倩馬之僕持錢往山下市少鹽酪，僧亦尾其後，久而不歸。須臾馬沾至，乃云在路逢一虎，食人方畢，即脫斑衣而衣禪衲。拯詰虎食之人服色，乃知己之僕也。沾指示曰：「食僕之虎乃此僧也，僧口吻尚有餘血。」二人相顧駭懼，夜不安枕，極力撐住房門，終夜默禱南嶽之神，忽聞空中有人吟詩曰：「寅人且入欄中水，午子須分艮畔金。若教特進重張弩，過後將軍必損心。」

之後情節依照神人指示的詩歌進行——先將僧人推入古井，以巨石壓上；兩人瓜分佛案上四定白金，急趨以歸；半途遇獵人幫忙射殺追趕他們的倀鬼；最後二人厲聲叱罵倀鬼，「眾鬼大悟」而離去。若非南嶽之神顯靈，主角很難從虎妖與倀鬼手中逃出，彰顯的是禱神之功。雖是宣教之作，但寫得曲折離奇，頗有餘韻。

其他尚有《續夷堅志・白神官》（卷1）狐妖假託「天神」為怪，後被聰明的官吏識破，被刑杖死。另有《輟耕錄・鬼贓》（卷6）猴妖在村莊為惡，後被道人收服。再有《湖海新聞夷堅續志・蛇竊酒飲》（後集卷2）蛇妖化為小兒偷喝酒。故事寫得相形曲折有致，也承繼六朝以來志怪述奇的特色。

上述妖精異類多是逞兇作惡，以下是報恩之事。故事多見《湖海新聞夷堅續志》（後集卷2），如〈虎謝老娘〉寫虎妖請吳老娘幫忙接生，後以「豬肉一邊，牛肉一腳」回報。又〈犬事病患〉有「老犬作人行」，殷勤服侍臥病在牀的老嫗。再如〈猿請醫士〉，醫者被猿精「擒去」，「見一老猿臥於石榻之上，

侍立數婦人，皆有姿色。」之後醫者爲老猿治癒腹疾，猿回報以財物，使醫者大富。故事情節頗有趣味，如連老猿身邊都環伺美婦，反映小説作者重色心態。再者，猿妖爲報答醫者，贈其偷竊而來的黃白，害醫生差一點惹上官司，猿妖因此「有愧」，於是到距離較遠處竊盜財物，以避免再累及醫者。姑不論酬謝的財物來源，這些動物表現出受人點滴恩當泉湧以報的道德情操，展現禽獸有仁心的一面。

至於植物爲怪者，《湖海新聞夷堅續志・芭蕉精》（後集卷2）記男子遇芭蕉精所化婦人主動求合，男子推拒，婦人終夜糾纏，男子終不爲所動。後來婦人聽到鐘聲，主動離去。《異聞總錄》（卷1）有柳樹化爲女子魅惑年輕男子。《湖海新聞夷堅續志》尚有榆木、樟精等樹木爲怪的故事。此類故事以《輟耕錄・葛大哥》（卷9）一篇較爲精彩：

> ……有蔡木匠者，一夕，手持斧斤自外歸，道由束山。束山，眾所殯葬之處。蔡沉醉中，將謂抵家，捫其棺，曰：「是我榻也。」寢其上，夜半，酒醒，天且昏黑，不可前，未免坐以待旦。忽聞一人高叫，棺中應云：「喚我何事？」彼云：「某家女病損證，蓋其後圍葛大哥淫之耳。卻請法師捉鬼，我與你同行一觀如何。」棺中云：「我有客至，不可去。」蔡明日詣主人曰：「娘子之疾，我能愈之。」主人驚喜，許以厚謝。因問屋後曾種葛否，曰：「然」。蔡偏地翻掘，內得一根，甚巨，斫之，且有血，煮啖女子，病即除。

醉得不醒人事的木匠偶然間聽到鬼魂交談，知道樹精迷魅少女，順利解救少女、消滅妖怪葛根。篇中既有鬼魅，也有妖精，似乎都不敵人類機警，流露人類的能力勝過於鬼魅精怪，鬼怪根本不足爲懼的旨趣。情節曲折有致，妙趣橫生。

其他如《遂昌雜錄》寫馬黃蜻爲怪，《湖海新聞夷堅續志・天師斬黿》（後集卷1）寫古塘有「廣二丈長許，狀如黿，有殼」的水怪作祟，最後水怪被道士以雷符殺死等等。另有動物間的幻化變異，如《湖海新聞夷堅續志・擊犬受報》（前集卷2）寫犬被擊殺之後，化爲蛇妖復仇之事。這些動、植物化爲人形，登堂入室調戲婦人、魅惑男子，在荒野等僻靜處傷人；或是精怪幻化人形爲害作怪等等怪異紛呈之事，多是承繼自六朝以來的志怪故事。

2. 金石土木成精

中國古代相信萬物有靈，認爲「物老成精」，所以小説中的金石土木等無

生命的物類，可以任意變化爲人類，抑是幻化爲妖精怪物出沒於人世。如《瑯嬛記》寫古錢有靈性，能相依相隨之事：

> 窈窕以古錢一枚贈叔良，青綠色，徹骨而凸起者。叔良時置袖間，一日忽瑩潤而小凹，叔良第謂弄久剝落耳，明日則又復青綠凸起矣，心甚異之。後語窈窕，窈窕言同。蓋窈窕有二古錢，贈一留一，留者乃極瑩潤而小凹，時復類贈者焉。自後察之，張藏者只日則青綠而凸，姜藏者只日則瑩潤而凹，乃二錢有靈，能來去耳。

二枚古代的銅幣，化身爲活靈活現的小精靈，不管路途遠近，在難以察覺的瞬間互換。反映人們認爲古錢自有神靈的思想，可以招財添壽、避邪鎮鬼等等用途〔註21〕。

鼎是古人靈物崇拜之一；寶鼎象徵政治權力的標志，是政權更替的表徵，所以具有宗教、政治的意義。〔註22〕《隨隱漫錄》（卷5）記宋紹興二十九年，常州澄清觀先是滆湖有物湧出波濤，原來是唐廣德年間的洪鐘。寺觀爭取之，莫能得。澄清觀以香花迎之，則凌波而上。也表現出洪鐘、寶鼎等自尋主人、人獲物自有命定的思想。其他如《湖海新聞夷堅續志·湯盞鶴飛》（後集卷2）、《續夷堅志·鐵中蟲》（卷1）及《平江紀事》之「酒甕忽作牛鳴」等，都是此類異物故事。

木板爲妖的故事，如《異聞總錄》（卷4）寫士子在避亂回鄉途中欲投宿於某舍，該舍主人以該邸不潔，主動準備僕馬送士子到他莊。士人抵達後，僕馬竟然變成兩枝大枯竹、兩條木橙。《續夷堅志·棣州學鬼婦》（卷2）一篇的木妖故事更爲有趣，記棣州學的廚工抱怨，「一婦人鬼，每夜來攪擾，不得睡。」王仲澤告訴他：若鬼婦再來，「汝捽其衣大叫」，眾人會趕來幫忙。是夜廚工如其言，「把其臂不放」。原來是「古棺板」作怪，於是將其焚燬。第一則故事的木妖並沒有害人之心，反而因時局紊亂而良善地保護人類；後一篇中的木妖最多就是擾人清夢，他們的形象遠不及那些爲禍作祟的鬼魅可怕。

石妖爲怪者，如《湖海新聞夷堅續志·石鷹竊米》（後集卷2）寫某江畔有十數丈高的石頭，形狀類似「鷹喙插水，翼如墜而將斂」。後來州倉米穀

〔註21〕蔡養吾：《中國古錢講話》（臺北：淑馨出版社，1999年3月），頁416～417。

〔註22〕關於寶鼎的崇拜，詳見詹鄞鑫：《神靈與祭祀——中國傳統宗教綜論》（江蘇：江蘇古籍出版社，1992年6月），頁79～81。

被竊，三四十人受冤枉，原來是被石鷹偷走藏在石下。又如《續夷堅志‧石妖》（卷 4）某農家的地碾石可驅動井架移動，村民害怕凶禍將及，棄家遠徙。再如《湖海新聞夷堅續志‧泥孩兒怪》（後集卷 2）記某民家女獲贈「泥孩兒」，百般愛惜。某夜突然有自稱「神斑」的少年來與少女合，後來少年不慎遺留「金環」，少女喜藏於箱篋中。數日後少女發現金環是泥土所製，大驚之餘，又發現泥孩兒「左臂上金環不存」，於是將該泥娃粉碎。作者在故事一開始寫道：「臨安風俗，嬉遊湖上者，相尚多買平江泥孩兒，仍與鄰家。」明顯是將泥娃作怪與地方習俗結合，像這種買泥塑土偶饋贈親友的臨安風俗至今仍然頗流行。

有些物怪先以言語或詩詞暗喻真實的身份，如《湖海新聞夷堅續志‧古器為怪》（後集卷 2）寫姚某夜宿廢宅，聽見三人正在賦詩：

> 一人細長面黑，吟曰：「昔日炎炎徒自知，今無烽竈欲何為？可憐長柄今無用，曾見人人未下時。」一人細長，面黃創孔，吟曰：「當時得意氣填心，一曲君前直萬金。今日不如庭下竹，風來猶自學龍吟。」又一人肥短，鬢髮散亂，吟曰：「頤焦鬢禿但心存，力盡塵埃不復論。莫笑今來同腐草，曾經終日掃柴門。」

三人在吟詩之後隨即不見。姚某心生害怕逃離該宅，等天明後返回該處，發現三者分別是鐵銚、破笛、禿黍穰帚。同書之〈木燈檠怪〉寫趙某夜半獨坐觀書，有美婦自稱「東方人、豈可孤眠暗室」，兩人遂共寢。之後趙某發現是木燈檠妖為怪，遂將其火化。文中婦人的自我介紹，完全符合其本質外形。

上述無生命所化的精怪故事中，幾乎都不傷人，化為婦女最多只是芳心寂寞而求宿，也多有吟唱詩歌的特點，所以故事作者似乎是以好玩或逞才的心態在寫作。不論幻化為人或妖，這些沒有生命的物類因幻化成精而得以發聲說話、自由移動，就像擁有人的自由意志或說幻化成自由的靈魂，蘊含人們無限豐富想像力的同時，也代表人心一種脫出軀殼的美麗與自由的想像，在怪異中蘊含美好。

三、動物奇譚

以下討論動物的奇異故事，文中的動物們並沒有幻化為人類或妖精的能力，而是表現出它們具有人性，或是替天行道的行為，反映出動物與人們的關係。

（一）牲畜走獸

描寫動物具有仁心的故事，如《湖海新聞夷堅續志·老鼠祖公》（後集卷2）寫一隻年紀很大的老鼠偷竊栗子，因動作遲緩被老僧活逮，僧人因同病相憐而放過老鼠。故事生動有趣，結局頗有人味。又如同書〈獸有人心〉寫猿母被獵人追殺，臨死之前餵乳於子。再如〈猴劫醫人〉寫山中群猴劫財為禍，後老猴母生病，群猴劫走郎中醫治，事後致贈金銀、紙絹等物品。故事中既寫慈母，又書孝子，以禽獸尚且具有仁義與孝慈之行，藉以教化人心。

又有藉動物模擬人類日常生活情態，如《玉堂嘉話》（卷7）：

> 楊勸農春卿夜讀書，有鼠出，躍書几上，忽投膏罐中。楊子取一方
> 木覆之。隨突以出，環書冊走不輟，作人語曰：「油著，油著。」楊
> 笑起曰：「吾避汝。」燕城閣前晌午市合，更忙猝不能過，即攀虛器
> 云：「油著，油著。」人即避開，故鼠亦云云。

人們為順利通過擁擠的街道，經常假裝拎著油瓶，高喊：「滾燙的油！」藉以使路人避讓。老鼠竟也有樣學樣，相當有趣。其他尚有描寫動物能力，如《續夷堅志·獵犬》（卷3）興州的獵犬具有追捕老虎之能；《續夷堅志·軍中犬》（卷4）記征西軍所畜養的犬，能隨人依拍唱和《落葉曲》，且「聲節高下，少不差異」。

尚有寫動物報恩復仇的故事。有犬類的報恩，如《續夷堅志·原武閻氏犬》（卷2）描寫家犬在兵災中守護主家的遺體，不令野獸吞噬。同卷之〈王氏孝犬〉寫家犬在主人死後，每日至墓旁守侯，直到暮晚方歸。又有記狗為主人申冤者，例如《異聞總錄》（卷2）寫貨藥郎一家三口遭劫財殺害、埋屍林間，其所豢養的狗「以爪掊地，哀頓不已」，先到縣衙為主鳴冤，再引兵尋屍、緝兇。又如《續夷堅志·蕭卜異政》（卷1）描述船戶覬覦船客朱某的貲囊，將其謀殺、棄屍於河岸眢井。朱某畜養的黃犬在縣官面前「掉尾馴擾，且走且顧」，替主鳴冤，終令兇手俯首認罪。這些篇章中的犬類為了報達主人的飼養之恩，在主人遇害後積極幫助官府追捕兇手，都傳達出動物對主人的忠誠與報恩行為。其他尚有馬兒報恩（《續夷堅志·孝順馬》卷3）、母豬要求主人將其賣出以償還前世欠債（《山居新語》卷2）等等奇特的動物報償故事。

至於復仇故事，《續夷堅志·馬嚙定襄簿》（卷2）寫一匹馬報前世冤仇：

> 泰和中，一國姓人為定襄簿。一日，河西程氏馬逸，直上廳嚙主簿

倒。旁立數十人，號叫捶楚，不能救。不半時頃，嚙薄死。傷折處
所不忍視。馬走出城，羅得之。三日葬薄，縛馬投火中。人謂：此
馬不爲物所憑，則他世報怨也。

馬兒沒來由地咬死人，作者認爲是前世因果所致，凸顯報應之思。其他報恩
故事，尚如寫蛇爲飼主報仇（《庶齋老學叢談》卷 2）、馬爲主人鳴冤（《湖海
新聞夷堅續志・馬傷投牌》後集卷 2）等等。

由於野獸多具兇猛的形象，經常在故事中成爲守護倫理道德與懲罰惡人
的工具。例如《輟耕錄・虎禍》（卷 22）描繪老虎懲罰惡人的故事：

大德間，荊南境內，有九人山行，值雨，避于路傍舊土洞中。忽有
一虎，來踞洞口，哮咆怒視，目光射人。内一人素愚，八人者密
議。虎若不得人，惡得去。因詒愚者先出，我輩共掩殺之。愚者意
未決，遂各解一衣，縛作人形，擲而出之。虎愈怒，八人并力排愚
者於外，虎即銜置洞口，怒視如前。須臾，土洞壓塌，八人皆死，
愚者獲生。

在危難之際，八個「正常人」竟然合謀要將癡愚者送入虎口，以救自己的性
命，實天理不容。所以老虎扮演看守的角色，天神則負責使洞穴塌陷，了結
眾人的性命。《至正直記・溧陽父老》（卷 3）也是故事類似，記老虎吃掉專門
擄掠良家子女轉賣爲婢僕的惡人。

又有蛇、龍懲處作惡多端者。如《山居新語》（卷 2）記神龍懲豪強惡人；
《湖海新聞夷堅續志・悖逆不孝》（前集卷 1）描寫汪某百般悖逆父母，某日
生病，在昏寐間突然夢見隣近寺廟的神——

（神）云：「汝可來吾祠下，燒香許祭即愈。」悖逆之人扶憊而去。
方跪拜間，神坐下忽有一大蛇出，紅冠黑質，長一丈餘，絞其身，
仍以頭對其面而舐之。其人遂拜告於神，誓死不敢無狀，蛇方逡巡
脫去。自後痛改爲孝子。

一個既不怕左鄰右舍嘲諷也無懼官府羈押的不孝子，經過蛇的「驚嚇」後，
立即痛改前非，成爲孝子。這個描寫是動物（蛇）貫徹神的意志，也正是作
者在最後所作的註腳「不孝爲神所譴，冥冥間可畏也。」《輟耕錄・不孝陷地
死》（卷 28）也是此類故事，不孝者最後受巨蛇「威嚇」，雙足陷入地底下，
倍受苦楚而死。以上代爲執行天的意志者，如虎、龍及蛇都是形象較爲兇猛
的動物，他們替天行道，爲相對弱勢的人懲治不公不義者，同時賞善懲惡，

表現出天道自在，報應不爽。因此，動物替天行道的故事具有教化作用。

（二）飛禽細類

有寫人類與禽鳥之間的關係。如《輟耕錄・鶖鴿傳書》（卷24）描寫一隻鶖鴿爲主人傳信十七年，飛躍數千里路，卻不幸被幼童以彈弓射殺。幾經波折，鴿子的屍體回歸主家，主人哀傷地將其埋葬。又如《湖海新聞夷堅續志・飼燕知恩》（前卷2）寫王氏不忍失去母親的幼燕無處覓食，遂每日餵食米飯，直至燕子長大飛去。隔年春天燕子復來，王氏卻已病故。三燕於是鑽入其墓土，殉身而死。再如同書之〈鸚鵡悟佛〉（後集卷2）記人類經常對馴養的鸚鵡曉以佛理，牠死後遺有舍利子。第一篇故事中表現鴿子之誠信與主人之厚愛；第二篇則寫飛禽捨命以殉恩人；最後一文表現佛理之教化不分人或動物。三則故事既寫人與動物之間的情誼，又傳達物我間的平等觀念。

又有報恩故事，如《山居新語》（卷2）寫元成帝大德年間，地方官曾上奏朝廷請求禁捕禿鷹，之後地方發生蝗災，突如其來的成群禿鷹，打落蝗蟲，「爭而食之。既飽，吐而再食」，終於消弭蝗害。故事表現出禽鳥有靈，回報人們不殺之恩。又如《瑯嬛記》有一篇描寫主角薛嵩秉性仁慈，即使微細如虱子也捨不得殺害。某日薛某夢見虱子說：「今君有急，正吾儕效命之秋」。薛嵩刹時驚醒，發現蓋被上有一條血痕，細看——

> 橫廣尺餘，乃死虱也。嵩痛惜久之，不知其故。蓋是夜有刺客爲主
> 所囑得金百斤來害嵩，其人有古劍利甚，著處必破，見血立死。是
> 夜，其人劍一下，即見血，以爲殊死矣，歸報其主，相對歡甚。明
> 日遣人間之無恙也，訪得虱事，始知其夢，蓋虱代嵩死也。

虱子也能代替人類受死，這種想像力和描寫手法，頗爲細膩可感，凸顯出再細微的動物都懂得知恩圖報的道理。其他尙有巨蛙爲人類雪冤（《輟耕錄・蛙獄》卷15）、巨黿救治恩人（《湖海新聞夷堅續志・放黿報恩》前集卷2）等故事，都是反映水族細類的報恩。值得注意的是，主角大多是因戒殺、勸殺或放生等行爲而獲得動物的回報，寄寓愛生、護生的觀念。

再有禽鳥水族的復仇故事，在《湖海新聞夷堅續志》一書頗多，如〈殺鱔取命〉（前集卷2）寫道人嗜食鱔魚致報；〈蝨咬死人〉（補遺）寫人類欲殺蝨子，反被其咬死；〈沃蜂螫死〉、〈取蜂受報〉（補遺）寫人們毀壞蜂窠，反被蜜蜂螫死之事；〈鷹攫卒巾〉、〈鸛訴取子〉（後集卷）則寫鳥類報仇的故事。其中〈鸛訴取子〉一文頗爲眞切有味：

> 魏鶴公次子名克愚，字明己，號靜齋，受蔭出身，歷仕清白。知溫
> 州，決疑獄，庭無留訟，專治譁徒，千里之民畏之如神。忽有老鸛
> 泊戒石亭上，吏驅之不去，靜齋曰：「此鸛如有訴。」遂差直日排軍
> 隨老鸛看去飛泊何所。忽至報恩寺鐘樓上，排軍入寺，但見一行者
> 取二雛下樓，禽之赴州。靜齋怒，將寺主押出寺門，行者杖一百，
> 湼面，編管百里，仍令排軍送其雛於樓上。

鳥類藉由青天老爺的明察秋毫，拯救自己的孩子。故事除表現動物的復仇外，同時彰顯明官的形象與愛護生命的觀念。

綜上，動物報恩是一個古老的主題，主要仍是突出禽獸尚且知恩圖報、主動行善，勸戒人們莫要連動物都不如。此外，受宋代小說內容通俗化的影響，金元文言小說的動物故事雖然事涉靈怪，內容卻表現出更多社會生活面，跟人類的距離也更為接近。

第二節　世俗情態類

世情小說之內容，「大率為離合悲歡及發跡變態之事，間雜因果報應，而不甚言靈怪。」〔註23〕意即，世情小說以現實生活為素材，描寫人間的風情世態；透過敘寫人事，表現普羅大眾的日常生活、情感糾葛等面向，從而反映現實社會的人情世風。以下由愛戀婚姻和公案俠義二端來探討遼金元文言小說中對人間世俗的歡愛和社會公理正義的看法。

一、愛戀婚姻

（一）人間姻緣

愛情是人生的課題。遼金元文言小說中的愛情故事，有純純之情，引人遐想；有浪漫之愛，令人顛狂；有生死以許的悲歌，動人心魄；更有激越的情仇糾葛，使人驚悸。無論何者，都讓人感受愛情的熾烈與震撼。

1.才子佳人譜傳奇

（1）比目雙飛結同心

相愛相守，是世間男女追求的愛情目標。小說作者也經常利用男女主角

〔註23〕魯迅：《中國小說史略》，收入《魯迅小說史論文集—中國小說史略及其他》（臺北：里仁書局，2003 年 2 月），頁 161。

結婚或團聚的結局，傳達愛情的圓滿。例如《瑯嬛記》寫癡情少女蘇紫藭暗戀謝耽，於是遣侍兒借來謝耽常穿的小衫，「晝則私服於內，夜則擁之而寢」。謝耽知道後，寄詩給蘇曰：「蘇娘一別夢魂稀，來借青衫慰渴饑。若使閑情重作賦，也應願作謝郎衣。」最後兩人結為夫婦。郎情妹意，在文字間曖昧流轉，傳達少男少女之間既稚氣又純真的愛情。又《三朝野史》記讀書人逾牆偷情少女，被發現後送官究辦，縣官認為二人因「有情生愛欲」，判決男女主角結成連理。表現有情人終成眷屬的圓滿喜劇。

《庶齋老學叢談》（卷 4）載，宋代呂君訂親後，未婚妻因故失明。待呂君中第而歸，女方「以疾辭」，呂君不改初衷地迎娶盲妻。作者特別將呂君故事與「劉庭式不絕瞽女之婚而娶之」相提並論。劉庭式婚娶盲妻一事，曾載入史冊，[註24] 劉在妻子死後，甚至不再他娶。作者利用歷史人物，有意鋪墊呂君重義守諾，不棄糟糠的形象。類似故事也出現在《輟耕錄·賢妻致貴》（卷 4），內容描寫宋末元初之際，程鵬舉與宦家女在戰亂中悲歡離合三十餘載的故事。表現出夫妻在患難時仍堅持相守，屢遭橫逆仍執著於彼此，令人感佩。

傳奇作品中也有數篇描寫才子佳人幾經離合，終究成雙的故事。如《綠窗紀事·潘黃奇遇》，敘述潘用中善笛，因此吸引鄰女黃氏注意，兩人首度偶遇即「脈脈靈犀一點通」。之後兩人將詩詞寫於帕子上，再內裏桃胡相互擲遞，藉以傳情。未久，潘男相思成疾，黃女亦病垂死，兩家父母因此主婚，令諧伉儷。同書另有一篇類似故事，〈張羅良緣〉寫理宗端平年間，張幼謙與羅惜惜自幼相戀，因貧富懸殊婚事不成。雙方屢以詩詞訴情，卻因偷情被發現，男被執入獄、女投井自殺，幾經波折，終成眷屬。

又如《紫竹小傳》，記宋徽宗大觀年間，才女紫竹與秀才方喬相互孺慕，

〔註24〕 《宋史·卓行傳》：「劉庭式，字得之，齊州人，舉進士。蘇軾守密州，庭式為通判。初，庭式未第時，議娶鄉人之女，既約，未納幣。庭式乃及第，女以病喪明，女家躬耕貧甚，不敢復言。或勸納其幼女，庭式笑曰：『吾心已許之矣，豈可負吾初心哉。』卒娶之。生數子，後死，庭式喪之逾年，不肯復娶。軾問之曰：『哀生於愛，愛生於色。今君愛何從生，哀何從出乎？』庭式曰：『吾知喪吾妻而已。吾若緣色而生愛，緣愛而生哀，色衰愛弛，吾哀亦忘，則凡揚袂倚市，目挑而心招者，皆可以為妻也耶？』軾深感其言。」（元）脫脫等撰：《宋史》（臺北：鼎文書局，1983 年 11 月），卷 459，頁 13471。文中劉庭式守諾婚娶盲妻，妻子死後執意不肯再娶，並對亡妻懷念不已、哀痛逾恆，令人感動。

藉道士所贈的純陽寶鏡爲媒介，將紫竹倩影留在鏡中，互通詩詞。最後喬父知情，促成兩人婚姻。再如《龍會蘭池錄》，描寫蔣世隆和黃瑞蘭在亂世中顚沛流離，幾經悲歡離合，終於世隆文魁天下，迎娶佳人。小說多處著墨年輕男女勇於追求愛情，更能誓心堅守，情感不渝；對於社會家國動亂不安的現象也屢見觸及。

上述故事都表現出強烈的「團圓」意識，故事的夫妻或戀人即便歷經千辛萬苦也終究要團聚，才算是圓滿人生。有學者曾批評這是「團圓的迷信」、「說謊的文學」〔註25〕，但不管如何，這些小說都傳達出愛情純靜美好的一面。

（2）鴛鴦失侶暗銷魂

在愛情的方圓里，兩情眷戀，計較的不是情感付出多寡，而是害怕離別、恐懼失去。一旦失去伴侶，飛雁終身孤行，情鳥決不獨活，因爲生命已注定缺憾。所以這類故事表現的情調多是哀傷而纏綿。例如《續夷堅志‧護蘭童子》（卷 4）寫路宣叔與妻子成婚不久，妻子即亡故。路某哀痛追悼不已。某夜夢見妻子如平生，對其訴說身後「爲護蘭童子住翡翠庵」。癡情的宣叔於是作詩云：「翡翠庵前花草香，護蘭童子淡雲妝。夙緣還卻三生債，不道未歸人斷腸。」思念亡妻的郎君，透過夢境看到物故的妻子仍然美麗如昔，甚至變成仙子。是何等的愛戀，才能掛懷如許！只是佳人已逝，徒留在陽世不曾忘情的斷腸人。《輟耕錄‧夫婦同棺》（卷 20）則寫丈夫死後，妻子的思念與哀痛：

> 張春兒，葉縣軍士李青之妻也，年二十，青疾革，顧謂春曰：「吾殆矣，汝其善事後人。」春截髮示信，誓弗再適。未幾，青死，春慟垂絕，且囑匠人曰：「造棺宜極大，將以盡納亡者衣服弓劍之屬。」匠如其言。既斂，乃自經。鄰里就用此棺同葬之。

女主角殉情的決心，在夫君死前已然絕決。就像赴水自盡的劉蘭芝、墜樓而死的綠珠，沒有絲毫猶豫，因爲紅顏一生僅以夫君爲是，而君死即情滅，獨

〔註25〕 胡適曾說：「『團圓的迷信』乃是中國人思想薄弱的鐵證。做書的人明知世上的眞事都是不如意的居大部份，他明知世上的事不是顚倒是非，便是生離死別，他卻偏偏要使『天下有情人都成了眷屬』，偏要說善惡分明，報應昭彰。他閉著眼睛不肯看天下人的悲慘慘劇，不肯老老實實寫天公的顚倒殘酷，他只圖一個紙上的大快人心，這便是說謊的文學。」見氏著：《胡適論文學‧文學進化觀念與戲劇改良》（合肥：安徽教育出版社，2006 年 9 月），頁 37。

活不若同亡。

傳奇作品也有數篇男女主角為情而死的故事。如《春夢錄》，寫才女吳氏愛鄭禧之才，兩人唱酬傳情，互相傾慕，吳女寧為側室也要嫁給鄭禧。吳母卻強迫她下嫁不學無術的周生。吳女不能忘情於鄭，抑鬱而死。故事中的女主角執意於情，終死於愛，形象鮮明。男主角對這個愛情多有可議之處：明明已有妻室，卻應媒人要求輕佻的「戲」作詩歌贈吳女；直至吳女相託，才「漫囑意」媒人赴吳家說親，卻已太晚，終致女死。另外，吳家父母的態度也至為關鍵，其父親臨終時，「命歸儒士」，令吳女始終懷抱非儒不嫁的執念，是直接影響她喪命的原因。不過，這表現出超越金錢與門第的價值觀，明顯擺脫唐宋以來求富貴，攀高門的婚姻觀。至於吳母，則以利益為主的「普世」價值觀，令她嫁給「理想」夫家。直至吳女病篤而「大悔」，已來不及。小說多處描寫婚姻現實面和女主角的執著愛戀，令人不勝唏噓。

另有鸞分鳳離的情傷故事。《姚月華小傳》寫宦家女姚月華愛慕書生楊達的才華，曾乞得楊生之詩燒成灰燼，和酒而飲，在尺牘往來間種下愛苗。初見後，楊生深愛姚女之貌，經常私會。未久，月華隨父遷官江右，從此天涯海角各一方。文末寫楊生到姚家舊院，不見伊人，但見滿地落英。故事情韻悲涼纏綿。這些故事的男女主角，個個能詩擅文，在小說中舞文弄墨，也不約而同各有阻斷戀情的波折，最後以悲劇收結。故事流露出浪漫、感傷的情調。此外，上述傳奇故事的情節多曲折感人，經常被戲曲所敷演。此將待第六章進一步討論。

2. 男女戀情千百態

（1）節烈殉情垂千古

中國自古以來有許多節婦的故事，尤其「餓死事小、失節事大」的貞節觀念經過長時間的流傳與渲染，成為故事中女主角的教條。金元時代兵連禍結，女性的命運更為多舛，卻也更襯托出其執著守節，既專情、又節烈的形象。

有婦人以身殉夫的悲劇。如《輟耕錄·傅氏死義》（卷23）寫年輕的傅氏之夫被苛吏逼死，傅氏「匍伏抱屍歸，號泣三日夜」、「既入棺，至齧其棺成穴」、「及葬，投其身壙中」。之後母親逼她改嫁，她投井而死。小說透過描寫傅氏對夫婿身後事的異常舉止，凸顯她對夫婿的不捨與愛情。《萬柳溪邊舊話》則記范氏在丈夫死後，先託孤於婆婆，再自殺。下一篇之女主角更形

義烈：

> 張員妻，黃氏女也，名帛。員乘舟覆沒，求屍不得，帛至沒處灘頭，
> 仰天而嘆，遂自沉淵。積十四日，帛持員手於灘下出。（《誠齋雜
> 記》）

婦人堅持「死要見屍」而不可得，悲極無奈之下，求死尋夫，最終如願地夫妻屍體攜手而出。故事中的女主角與其說是對愛情的執著，不如說是貫徹以夫為綱的規範，所以毅然絕然地捨命共赴黃泉。作者為文的目的，正如第一則小說最後引楊維禎所寫的贊，云：「余讀古節婦事，至青綾臺及祝英氏，以為後無繼者，世道降也久矣。今瑜妻（傅氏）乃爾，謂世降德薄者，吾信歟。夫婦倫與君臣等，世之稱臣子者，獨不能以瑜妻之義于夫者義其君歟？噫！」楊維禎在讚揚傅氏死節的同時，更諷刺當世不忠不義的臣子。意即，為文的旨趣是讚揚烈女的貞節，教化忠君的義理。

另有婦人在兵禍或盜賊作亂中被掠，堅絕貞潔守志而死節，如《續夷堅志》一書中的〈單州民妻〉、〈海島婦〉等。其中是〈海島婦〉一文，寫某海島之婦人，被海邊獵人集體擄回鄉里。首批被捉者，「悉自沉于水」；第二批被擄者，十數日不食，再一起「自經於東岡大樹上」。那些自縊於樹上的婦人，就如同電影「賽德克巴萊」中，為免除丈夫、兒子的後顧之憂而毅然上吊的婦人一般，貞烈得令人心疼。那一群屍體在空中飄盪，貞婦的靈魂也在空氣中縈迴、久久不散。這場景令人震撼，感傷不已！

類似貞婦守節的故事在《輟耕錄》中多所載錄。如〈胡烈女〉（卷 15），胡氏被苗獠擄獲，義不受辱，乘隙赴水而死。又如〈楊貞婦〉（卷 29），寫王靜安年十七，嫁給楊伯瑞，不久楊男即死於兵禍。「靜安守節不嫁，權貴爭求之，至截髮自剄不殊。」再如〈貞烈墓〉（卷 12），敘婦人因為容顏絕色，致夫婿被冤入獄，幾經曲折，最後投水而死。不同於上述的良家婦人，〈李哥貞烈〉（卷 27）寫倡女守節之事。主角李哥從小為倡女，假母教她歌舞，之後她「不粉澤，不茹葷，所歌多仙曲道情」。曾拿刀抵抗縣官污辱，知州知道後，「以禮聘」娶她為媳婦。不久，紅巾入寇，李哥夫婦被執，盜賊覬覦李哥美色，將殺其夫。李哥抱其夫大呼：「吾斷不從汝求活」！最後夫妻都被紅寇殺死。小說多面方刻劃李哥的才能與貞德，歌頌她節烈的形象。這些女主角莫不是花樣年華，姿容姣好，可惜生逢亂世，或遭遇夫婿死於戰事，抑是在兵亂中被掠、被逼為賊婦，卻個個寧死也不屈於盜寇，誓死守住貞節。

　　朱恒夫曾以「心靈汙濁」抨擊古代士大夫讚揚婦女守節〔註26〕。誠然，當政府或社會一味宣揚婦女守節，或是小說作者特意凸顯這類情事時，無一不是禁錮婦女的身心。若是女性篤於情感而願意持節而終，值得尊重；反之，若外在環境鼓吹，或給予壓力致不得不服膺屈從於守節教條之下，令人不平。試觀《輟耕錄・妓妾守節》（卷15）三則妓妾守節之事：

　　　　李翠娥，「誓不適他姓以辱身，終日閉閣誦經」。

　　　　王巧兒，「奉正室鐵氏，以清慎勤儉終其身」。

　　　　汪憐憐，「髡髮尼寺」、「故毀其身形」、「卒老於尼」。

婦人守志不貳，除了以身相殉外，不外乎謹奉正室、誦經、為尼，甚至自毀形貌度過餘生。而此等烈女，歷代史傳、小說中俯拾皆是，似乎社會大眾關注的是對婦人超高的道德標準與貞節牌坊下的表相光華，至於那些在深閨與教條之下度過漫漫餘生的女子，她們的心靈注定禁錮終生，她們充其量只是禮教殿堂中的祭品。

　　相較於貞女，對男子的規範呢？在婚姻關係裏不但沒有必須遵守的聲名，甚至婚姻也可視為遊戲。《輟耕錄・賢烈》（卷4）寫戴復古未顯達時，流寓江右，有富家愛其才而將女兒嫁給他。二、三年後，戴復古「忽欲作歸計」，妻子這才明白他已有妻室。之後妻子「宛曲解釋」以平息父親之怒，甚至「盡以奩具贈夫」、寫詞餞別。詞云：「惜多才，憐薄命，無計可留汝。揉碎花箋，忍寫斷腸句。道傍楊柳依依，千絲萬縷，抵不住一分愁緒。捉月盟言，不是夢中語。後回君若重來，不相忘處，把杯酒澆奴墳土。」這樣的詩句無法挽留浪子的心，戴復古仍舊離開，婦人也投水而死。故事只讚揚婦人「賢烈」，於丈夫浪蕩、草率的作為隻字不提，無一字針砭。貞婦之死，豈非不值？

（2）負情背盟多報應

　　在愛情的國度裏，企盼忠貞不二的誓言，現實社會卻多的是棄盟背約的負心郎君與變節婦人。小說經常反映這一群在愛情中呈現負面形象的人物，

〔註26〕朱恒夫：「（女子）不論是嫁過還是未嫁過，該女子對『節』都是極為認真的，她以生命為代價，來表明『節』的不容玷汙。女子無知，受禮教毒害太甚，辨別不清是非。可有知的士大夫不但不同情她因愚昧所造成的不幸，反而認為，這是罕見的令人擊節讚歎的壯舉，則讓人感到他們心靈的汙濁了。他們為何不捫心自問，男子們養妓納妾，冶游秦樓楚館，怎不以『節』來約束？為何不在小說中以『貞男』形象號召？」見氏著：《宋明理學與古代小說》（上海：上海古籍出版社，2005年12月），頁85～86。

創造出多姿的情節。關於負心漢的故事，如《續夷堅志・雷氏節姑》（卷 3）
寫雷氏與夫婿丁某被迫離婚，兩人誓言不再婚嫁，否則雙眼失明。之後，雷
氏寡居終老，丁某再娶，果然喪明。《湖海新聞夷堅續志・薄妻削祿》（前集
卷 1）則敘述史堂微時娶妻，及第之後悔恨當初未娶富家女。自此「薄其妻」
致死。其妻託夢於父親，表示自己所託非人，史堂為夫不義，將「壽祿削盡」。
史堂的下場果如妻子所言。故事表現出負心漢通常沒有好下場，下一則故事
寫被妾室迷惑而得疾之事：

> 吳給事女敏慧，工詩詞，後歸華陽陳子朝，名儒也。晚年惑一外家，
> 緣此遂染風疾。一日，親戚來問，吳同外家在側，因指外家曰：「此
> 風之始也。」後西南士夫，凡有所惑者，皆以風之始為口實。（《僬
> 永錄・風之始》）

正室戲謔夫婿因為迷戀婢妾而感染風疾，此說後來還成為時人流傳的典故，
頗為有趣。短短數語，描繪出女主角聰慧機敏的形象。另外，這與前文曾提
及婦人死後化為狂風，以阻撓丈夫遠行的「石尤風」故事有異曲同工之妙。

　　另有婦女他嫁或違背誓言，夫婿討公道之事。如《輟耕錄・河南婦死》
（卷 22）寫河南某婦人因戰亂被虜後，再嫁給富家。丈夫苦苦相尋，不辭千
里之遠，終於找到她。婦人與後夫「情好甚洽」，對前夫置之不理；前夫失
望而回，婦人則死於雷震。《湖海新聞夷堅續志・陸氏再嫁》（前集卷 1）敘
婦人再婚，鬼夫「訴於上蒼，行對理於幽府」。故事中的丈夫也與那些被拋
棄的婦人一般，對於妻子的改嫁無能為力，只好以訴諸天刑的方式進行報
復。像這種夫妻之間因為更娶或改嫁而背約的故事，多與鬼靈復仇的情節結
合〔註27〕。

　　愛情婚戀類型故事中，妒婦的形象一向鮮明。古代男子再娶理所當然，
三妻四妾，更是稀鬆平常，卻不許婦女因此妒恨，甚至將「嫉妒」列為「七
出」〔註28〕之一，成為丈夫休離妻子的理由。但妒婦悍妻從不曾因此消失，
反而以更形兇悍之姿出現在小說中。《輟耕錄》（卷 9）即引《酉陽雜俎》云：

〔註27〕諸如郎君變心或丈夫更娶，抑是婦人背棄盟約改嫁，通常另一方死後會化為
　　　　鬼魂復仇的故事，名篇頗多。如唐代〈霍小玉傳〉、宋代〈太原意娘〉、〈王魁
　　　　傳〉、〈李雲娘〉等等。故事中的鬼魅對負心人的復仇多展現勢在必得的氣勢。
〔註28〕《禮記正義》：「按《大戴禮》本命云：『婦有七去。不順父母，去；無子，去；
　　　　淫，去；妒，去；有惡疾，去；多言，去；盜竊，去。』」同註14，卷27，
　　　　頁521。

「（面花子）本婦人面飾用花子，起自唐昭容上官氏所制，以掩黥跡，大歷以前，士大夫妻多妒悍，婢妾小不如意，輒印面，故有月黥、錢黥。」婦人爲忌妒竟然可以使出毀容的殘酷手段來懲罰婢妾。

　　妻妾之爭自古以來就是一個難解的課題，尤其中國社會重視正室在家族中的地位，所以婢妾的命運之悲慘可想而知。遼金元文言小說中，婦人因爲嫉妒，經常對側室施加凌虐。如《異聞總錄》（卷 4）寫郡守之妻因爲嫉妒侍妾生子，遂百般凌虐，妾不堪虐待，抱兒赴水死。又如《續夷堅志・玉兒》（卷 1）寫鬼婦生前乃妾室，「爲正室妒，捶而死，倒埋學旁」，是正室直接殺害妾婢的故事。再如《異聞總錄》（卷 4）記某婦「性頗凶橫」，嫁給鹽商之後，將家中的侍妾「日夜捶罵、殺之，投屍於江」。另外還有些妻子因爲忌妒，甚至不惜捨命，與妾婢共赴黃泉。如《異聞總錄》（卷 1）寫侯某新置一妾，妻子裴氏因妒而「推溺之」，再自戕於林間。同書另有一篇寫嚴某性喜尋花問柳，經常「匿娼」，其妻「不勝忿妒」，自經而亡，死後魂魄一直留在屋內作怪。

　　前述的妻妾爭風吃醋，受傷害的仍限於當事者。以下更擴及子嗣與財產等問題，使妻妾之爭的問題更形惡化。《湖海新聞夷堅續志・妒害胎孕》（前集卷 2）寫吳某之妻「妒悍」、無子，其夫有四妾都懷有身孕，其妻竟然「投毒藥之」。吳家因此絕嗣、敗家。《輟耕錄・戴氏絕嗣》（卷 27）的情節更加曲折，內容敘述巨富戴君實有妻王氏，「妒悍無比」，兩人育有一女，招謝某爲贅婿。君實隱瞞妻子在外納妾，妾室一舉得男。王氏知道之後，「早夜怒詈」。君實只好遣走妾室，將兒子帶回家。其女惟恐同父異母的弟弟瓜分財產，竟凌虐繈褓中的親弟致死。數年後，該女懷孕分娩，得男隨即夭亡。上一輩的妒恨，使下一代也遭殃，其女狠心傷害幼弟，也因此自招報應。這等殘忍行逕，使作者也跳出來評論道：「天道豈遠」。因爲婦人的妒意，導致家破人亡，令人遺憾。值得一提的是，這類妒妻故事的男主角經常懦弱平庸。試觀戴某在外納妾、得男，卻因懼內而遣妾、攜子回家，間接造成後來絕嗣。這也反映當時社會上，正室爲了爭取在家中的地位，千方百計生下子嗣，一旦不成，也將側室及其所生的小孩視爲禁臠，作其宰割。

　　由上面故事來看，強勢而嫉妒的正室多將婢妾他嫁或逐出家門，而流落在外的婢妾往往因爲沒有謀生能力或情感絕望，只有自殺一途。《輟耕錄・夢》（卷 11）即寫陸氏爲婢，遭正室妒忌，被逐之後，「赴水死」。《至正直

記‧脫歡無嗣》（卷 2）則載錄元代鎮南王脫歡的侍妾被正室淩辱、誣陷的經過：

> 脫歡大夫無嗣時，納一民家女為妾，頗謹願。既生子，脫歡加意待之，甚為其妻所妒，驅迫陷誘，其妾不受污。一日，以冷熱酒相和，命之飲，既醉，使二婢扶其就寢于脫歡之榻，蓋重裀列褥錦繡之鄉。睡未熟，復呼之。其妾勉強起行，已被酒惡所病，遂嘔吐穢物滿床席。脫歡歸，妻趨而前曰：「官人愛此妾，不知其不才也。伺爾出間，即痛飲醉，且與僕廝嬉笑，今壞爾衾褥，當何如？」脫歡素好潔淨，視之，不覺大怒。此妾欲明主母之計，不敢言也。于是出之。

脫歡是元世祖忽必烈的第九子，位高權重，卻被妒妻耍弄得團團轉，幾致絕嗣。也再次映證此類故事的男主角形象多怯懦、平庸。

另外，妒婦死後似乎無法彌平心中的妒意，仍會化為鬼魅作祟為怪。例如《異聞總錄》（卷 4），寫衛寬夫喪妻後再娶劉氏，亡妻經常附身於某妾四處作怪，並使劉氏與初生兒生病。衛某萬般祭拜亡妻，仍舊不得解。衛某一氣之下拿斧頭砍伐亡妻的神主牌位，「每刃一加，兒輒大叫，凡三砍三叫，兒死，怪亦息。」又如同書（卷 1）敘鬼婦的靈魂附身於其妹，指責她：「何處無婚姻，必欲與我共一婿」，堅持要置其妹於死地。小說中這些妒嫉世間新婦的鬼女，張牙舞爪地伸出「復仇」的黑影，必定索命方休，形象可謂鮮明。

（二）異類情緣

異類情緣主要指人與異類或是異類之間的戀愛故事，此種題材在六朝小說已屢見不鮮。以下將分人鬼戀和人妖戀兩端說明：

1. 人鬼戀

（1）兩情相悅續前緣

人鬼戀的主題基本上離不開離魂或死而復生等情節。其中離魂故事最知名的莫過於唐代陳玄祐的《離魂記》〔註29〕，後代這類小說的主要情節多難

〔註29〕 嚴紀華分析離魂故事的結構，以「體魂分離（離魂）→體魂翕合（離魂）」為其基本共有母題。並指出，類似「陳玄祐的離魂記描寫女主角離魂依歸男主角的故事，……反映出『執著追求，達成理想』的無怨無悔。」嚴紀華：〈離魂暗逐郎行遠，淮南皓月冷千山──「離魂」故事系列試探〉（《世界新聞傳播學院學報》，1991 年 10 月），頁 51。

出其右。如《江湖紀聞・生魂赴任》一篇，寫洪女嫁給同里人羅尉，羅尉登第赴任。之後——

> （羅尉）思想成疾，百藥不效，年餘其妻忽至，羅怪且喜，疾遂脫然。妻元好飲少食，至是不飲酒，顆粒不進。任滿罷歸，其妻由入中堂，復見其妻由室出，中堂荏苒而合。乃知羅赴任後，妻在家亦淹淹如瘵。蓋其情感而神交云。

作者安排男主角相思成疾，致妻魂前來相聚的情節，深化了兩人的情感，凸顯相愛至深，精魂神交愛情。此較《離魂記》更具感情感至上的浪漫唯美情懷。

至於「死而復生」故事，多表現出鬼魂因為眷戀之深，殷望之切，於是盡一切可能跨越陰界，復活再續陽世情緣。有食人間煙火而復生者，《輟耕錄・鬼室》（卷 11）寫少女及笄即卒，父母畫其像以備歲時哭奠。有少年偶然看到畫中容顏，心生愛慕，竊念能與妻少女為妻。後女子果來相就，並因食人間煙火而復生，兩人結為夫婦。《江湖紀聞》有一篇更奇特的復生故事：

> 李強名妻崔氏，暴疾卒。忽見夢曰：「吾命未合絕，但形已敗。帝命天鼠為吾生肌膚，待七七日盡，則生矣。」果有白鼠出入殯所，發其柩，有肉焉，積四十九日，妻則蘇矣。妻素美麗，及再生，美倍於前。

鬼婦因為命不該絕，天鼠為其生肌，助其復活。這樣的再生方式有著美麗的幻想，同時流露壽命有定的思想。其他尚有因人發棺而復活的故事，如《異聞總錄》（卷 1）記耿愚曾買一侍婢，後該婢之夫找上門，兩人因此鬧上官府。方知該婢因為被發棺而復活，只是雙方官司未了，該婢又失蹤，只好停訟。又如《湖海新聞夷堅續志・負約求娶》（前集卷 1）同樣是因復活而引發官司訴訟的故事。

（2）幽明異路兩分離

有些人鬼戀故事的主角相遇並非偶然，而是其中一方已先行愛上對方。如《異聞總錄》（卷 1）寫晁某「悅里中少婦」，終不可得。某夜婦人突來相就。晁某於三日後才知該婦已死，於是「掩涕而歸」。同書另一則故事寫鬼魂投身女屍，跟隨所戀的郭姓銀匠私奔，二人情感甚是歡洽。半年後，忽有道人前來拆穿女鬼身份，並拘其魂魄至東嶽廟，鬼女魂飛魄散。最後，郭銀

匠「厚禮焚殯」，女鬼則託夢感謝。二篇故事頗相類，都是女鬼突然相就於男子，差別只是被愛慕的對象，一是男子，另一是女性；而後一則郭銀匠因安排道人收鬼以阻礙戀情，使情節較有波瀾起伏。同書（卷4）另一篇寫蔡禔愛上畫中美婦，不久她果來相就，人鬼之間「相與甚歡」。後因鬼婦以財物資助蔡禔，遭其友妒嫉而加以破壞，終致女鬼「再亡」，蔡禔也因為官司致憂駭而死。像這種畫中美女相就於世間男子的故事，也是人鬼戀故事常見的類型。

有夫妻陰陽兩隔，死者鬼魂回陽世探望之事。如《異聞總錄》（卷2）寫沈君死後年餘，到陽世探望妻兒，又對兒子殷殷垂誡之後離開。又如《續夷堅志·王碻為兄所撻》（卷1）敘述作者元好問的外祖王君死後顯靈，保護妻兒之事：

> 外祖柔服簿王君，大定中卒官。其最小弟碻，酗酒，欺幼孤。外祖母張容忍既久，無所控訴，遂病不能起。一夕，與諸女並寢。夜半燈暗，聞騷窣聲。少之，觸雙陸棋子亂，嘖嘖有聲，屢嘆。外祖母哭失聲。因言：「五叔恃酒見凌，官法不能制。若不禁止之，母子將為魚肉矣！」不數日，碻承醉，夜出定襄，歸，至趙村，值外祖于中路，畫地大數，隨以馬策亂捶。碻抱頭竄伏，僅能至家。取火視之，衫服碎破，腫青滿背。明日，就外祖像前百拜謝。後酒亦不飲。

幽明異路，令鬼夫只能屢屢嘆息，妻子僅能在漆黑之中聞聲痛哭，這場景令人鼻酸！尤其鬼夫對陽世妻兒的眷顧，深情之致，感人肺腑。其中亡兄顯靈痛毆親弟的情節，其衣衫越是破碎、傷痕越是累累，越能表現出亡夫無能護衛妻小之恨，自責之深，令人掬淚。同時，也反映古代婦人一旦喪夫，等同失去倚靠、謀生能力，很容易受欺凌。情節描寫頗為細膩，尤其是暗夜中無形的影像，經過一陣陣窸窣聲、一句句無語嘆息聲，對比婦人的痛哭出聲，更凸顯出鬼夫對愛妻被欺負，卻不能出面保護的無奈。

錯過約期，致人鬼分離者。如《異聞總錄》（卷1）寫胡天俊因琴音吸引鬼女青睞，約定佳期再會。後來胡某因宿醉而錯過約期，待趕赴約所時僅餘一方白羅帕，上面題詩云：「蕭蕭風起月痕斜，露重雲環壓玉珈。望斷行雲凝立久，手彈珠淚滿梅花。」故事帶有淡淡的哀愁，尤其詩句表現鬼女久候情郎不至的失望心情，頗為感人。另有因情人相疑，致女鬼不得不黯然離去者。

如同書有一篇寫黃生寄宿於某家，與自稱「主家婦」相戀，後疑心該婦爲鬼，甚至「明心禱天地，默誦經」，鬼女遂死心離去。《續夷堅志・京娘墓》（卷1）敘王元老與鬼女京娘相遇，元老「悅其稚秀」，「微言挑之」、「與之合」。後來元老偶見京娘墓而起疑，京娘因爲身份被識破，囑咐元老珍重後隨即離去。本篇寫得頗曲折有致，女主角京娘富含感情，形象頗爲鮮明。

2. 人妖戀

《湖海新聞夷堅續志・狐戀亡人》（後集卷2）寫陳某「家貧無取資」，有老狐化爲婦人與之合。雙方「情意稠密」，陳某因與妖精交合而氣衰致死。在治喪期間，老狐「扶頭坐於陳喪之側，嗚嗚聲有悲哀之狀」，之後傷心離去。故事將狐妖刻劃得頗富人性，同時表現當時家貧致無力婚娶者的情況。同書之〈犬精迷婦〉、〈白犬化人〉、〈蚯蚓爲妖〉等均寫動物幻化爲人，與世間男女雲雨。其中〈蚯蚓爲妖〉寫蚯蚓幻化爲美男子，使少女懷孕。少女之母教她偷偷將線「密縫其衣」，才揭發白蚯蚓作祟之事。又如《平江紀事・蓮塘美姬》寫楊彥采、陸升之二人夜遊蓮塘，遇一位彈奏琵琶的美姬，自稱是大都樂籍供奉女，隨人來遊江南。二人請她唱歌，她唱了一些唐人歌詠西施的詩作。全文寫得細膩感人，使用敘述與對話交錯的手法，使男子與蓮妖所化的美婦的畫面如在眼前。

前述人妖之間的情緣都極爲短暫，一旦被妖精的身份被揭穿，不是妖怪遠走他方，就是被人類殺死。不過《誠齋雜記》有一篇人妖戀頗爲特殊，故事寫道：

> 桃源女子吳寸趾，夜恆夢與一書生合，問其姓氏，曰：「僕瘦腰郎君也。」女意其休文、昭略入夢耳，久之若眞焉。一日晝寢，生忽見形，入女帳，既合而去，出戶漸小，化作蜂，飛入花叢中。女取養之。自後恆引蜜蜂至女家甚眾，其家竟以作蜜興，富甲里中。

蜂妖化爲男子直闖閨閣與女子交合，最後女方還因收養牠而致富。這是遼金元文言小說少數異類情戀中幻設情境較爲豐富的故事。

以上關於男女婚戀故事，不論是人間的才子佳人傳奇，抑是一般男女愛情中的節婦妒夫，又或者是人鬼、人妖的戀情，除了反映出時人的愛情觀外，也揭示因爲社會動盪引發主角歷經悲歡離合的曲折故事。不過，遼金元文言小說描寫異類的愛情故事明顯不多，應與作者不尚虛構，而多記實的創作觀有關。這個部份將待第四章第三節一併討論。

二、公案俠義

（一）案獄斷訟

「公案」故事是指「一般為犯罪、偵查、破案、懲處的連鎖過程。」〔註30〕金元多數公案類小說沒有完整的結構，通常只寫犯罪的經過，至於破案、懲罰則是數語帶過，可以說較偏重犯罪與懲處的情節。以下由賢官明辨、胥吏枉法和神斷天判三端來探討。

1.賢官辦案

有數篇關於金朝士大夫王翛然嚴明辦案的故事。如《歸潛志》（卷8）載錄他任大興府尹之事：

> 王翛然後知大興府，素察僧徒多遊貴戚家作過，乃下令，午後僧不得出寺，街中不得見一僧。有一長老犯禁，公械之。長老者素為貴戚所重，皇姑某國公主使人詣公請焉，公曰：「奉主命，即令出」。立召僧，杖一百，死。自是，京輦肅清，人莫敢犯。今人云過宋包拯遠甚。

王翛然勇敢挑戰強權，立下律法；又不畏朝廷勢力，嚴格執行，為國家法律豎立權威。其實，明確而合宜的立法，應貫徹執行，才能達到公平正義的目的。

元代名臣呂思誠在地方政績卓著，《輟耕錄》載錄數篇他任憲僉時的斷案故事。〈憲僉案判〉（卷28）寫沈伯雲與教授陳仲微有嫌隙，沈的父親為替兒子出氣，率領婢妾「詈棰」仲微，眾人鬧上官府。知府呂思誠認為沈父「詬辱師表，有傷風化」，必須處罪。沈因其父年紀逾七十，哀求「以銅贖」。呂判云：「既能為不能為之事，正當受不當受之刑」，仍判其杖刑。上述是寫呂思誠依法懲治的形象，同書之〈文章政事〉（卷12）則表現他遵重人性的一面，內容寫某長輩自首云：「不合令女習學謳唱」。思誠判云：「男女無父母之命，私有所從，王法不許。父母違男女之願，置之非地，公論豈容？」於是判決長輩敗訴。

由前述故事可知，賢官判案雖然依循法律，但法律不外人情，尤其是中國人向來先講究情、理，再論法。所以在律法不周全，或是沒有規範的情況之下，官員往往審酌現況，權衡輕重之後，不免依其自由心證做出判決。這

又可由《山居新語》（卷1）聶以道斷拾鈔案之事得到印證，內容寫賣柴人拾獲錢財，經母親勸說後將錢財交還失主，卻遭質疑錢財短少，兩人因此鬧上縣府。縣尹聶以道仔細傳喚相關證人，最後將錢財判給賣柴人以奉養老母，至於失主則因爲金錢財數量不符，認定他的錢財「當在別處，可自尋之」。故事中聶以道明知失主是該筆錢財的所有者，卻作如是判決，足見他審斷的觀點並非全然以法論法，而是將社會倫理道德觀納入考量，是基於人們對賢母孝子的同情、貪婪者的厭惡的認知。所以故事特別寫旁觀者「稱善」，來讚許聶以道的巧妙辦案。

再如《庶齋老學叢談》（卷4），寫周竹坡守產閑居，「爲佃客告其私酒」。縣官判云：「私醞有禁，不沽賣者其罪輕。然告主之罪大，此風不可長。周某杖八十，贖銅，佃者杖一百。」故事中的縣官認爲周某釀私酒非爲營利，犯意明顯不大，反而是告密者揭發主人的行爲不可取，所以罪行較重。這個判決結果令許多人稱許，反映當時認爲主僕之間的份際乃社會的基本倫理，所以佃戶告發主戶隱私，才會令社會不滿。

也有心細、聰慧的法官，仔細察言觀色或運用心理學來巧妙辦案。《稗史・禁捕蛙》寫馬裕齋任處州知府時，禁止民眾捕蛙。有村民半夜捕蛙，並將多瓜切一小塊作蓋，再挖空瓜心，最後把捕獲的青蛙放入瓜內。儘管將青蛙藏得如此縝密，他入城時仍被守衛逮捕。馬裕齋「心怪之」，因而細細問案。原來是蛙民之妻與人私通，姦夫唆使其妻教村民以該法捕蛙，再密告守衛抓人，故意要陷蛙民於罪。因爲馬公窮究其罪，才發掘姦夫淫婦預設的圈套，令二人伏法。同書另一篇〈決蒲團〉則敘元代平章游顯偵辦竊盜案的經過：

> 有城中銀店失一蒲團，後於鄰家認得，鄰不服，爭詈不置。平章行
> 馬至，問其二人，以告。平章曰：「一蒲團直幾何，失兩家之好，杖
> 蒲團七十，棄之可也。」及杖之，銀星滿地，遂罪其鄰。

贓物只是微不足道的「蒲團」，眼看游顯似乎要「隨便」結案，情節卻在杖刑下峰迴路轉，那掉落的銀星，原來是判官經過審斷的算計，方使賊子現出原形、物歸原主。又如《續夷堅志・蕭卜異政》（卷1）寫金人蕭卜破奇案。內容敘述金宣宗貞祐年間，蕭卜治理壽州。周立之妻告官，表示丈夫外出打柴，「爲虎所食」。蕭卜率領十餘個僮僕隨婦人至案發地點，射殺已然「帖耳瞑目」、「若有鬼神驅執」的老虎，剖開虎腹，發現周立的屍體仍舊完好。兩個

故事的判官並沒有因為案由只是丟失蒲團、老虎吃人就敷衍報案人，反而積極辦案，反映出「人饑己饑，人溺己溺」為民服務的精伸。

有些故事寫判官不僅遵守法律，還凸顯證據的重要。如《續夷堅志‧范元質決牛訟》（卷2）敘述范元質擔任縣令時，以科學方式偵破侵佔牛隻的官司：

> 函頭村彭李家兄弟皆豪於財。彭李三水牯生一犢，數日死，棄水中。鄰張氏水牯亦生一犢。李三為牧兒所誘，竊張犢去，令其家水牯乳之。張家撻之，遂告張曰：「李家犢死，投水中；今所乳，君家犢也！君告官，我往證之。」張愬之官。元質曰：「此不難。」命汲新水兩盆，刺兩牛耳尖，血瀝水中，二血殊不相入。又捉犢子亦刺之，犢血瀝水上，隨與張牛血相入而凝。即以犢歸張氏。縣稱神明。

李家兄弟倚仗家勢，強佔張氏的牛隻。本案雖然已有牧童當證人，但范元質並未匆促做出判決，反而仔細利用「滴血認親」的科學證據，一方面讓犯人心服口服，也塑造出清官斷案並非全賴自由心證，是有其公信力。

同樣是積極尋找證據做為破案依據的故事，尚見《至正直記‧蜈蚣毒肉》（卷3）。內容寫孝婦經常親手製作婆婆喜歡吃的燒肉，某次婆婆在食肉之後暴卒。小姑告官，指稱「嫂氏有私通，懼姑覺，故進毒殺其姑」。婦人「不勝拷掠」而認罪。縣官「識其情疑之」，於是重覆婦人製肉的過程，發現夜半有「蜈蚣毒蟲羣食其肉」，便將肉餵食死囚，囚犯也暴卒。孝婦因此洗刷冤屈。《庶齋老學叢談》（卷4）有縣官利用咬痕斷案的故事：

> 郎某，臨安人，知東陽縣。有婦人同夫來告某人富家兒欲強奸，不從，咬傷乳頭。追至，云即無此事。吏欲究問，公令取炊餅三個，使各人咬而莫斷，對其齒痕，乃其夫，即杖之。人服其明決。

不見嚴刑拷打，郎縣官利用比對炊餅的咬痕作為證據，順利解決訴訟，使富人冤屈得雪。故事簡短，節奏明快。

另外，遼金元文言小説有一類公案故事較為特別，是著重描寫判官所寫的判詞。如《誠齋雜記》寫馬光祖治理京口時，有士人踰牆偷人室女，事發被押至官府。馬光祖問明案由，令士子當場作〈踰東墙摟處子〉詩，光祖大為讚賞。於是判二人結婚，其判詞云：「多情〔多〕愛，還了半生花柳債。好箇檀郎，室女為妻也不妨。傑才高作，聊贈青蚨三百索。燭影搖紅，記取媒人是馬公。」書生的行為逾矩非禮，非但未受罰，還獲贈嫁資，迎娶美嬌娘。

〔註31〕此判例一出，蔚爲佳話。

其他關於馬光祖的絕妙判詞，如《三朝野史》寫當朝福王〔註32〕府出租漏水房屋給民眾，非但不肯修葺，反倒控告居民不肯付房租。馬光祖查明後，判云：「晴則雞卵鴨卵，雨則盆滿鉢滿。福王若要房錢，直待光祖任滿。」判詞以「四句六字」的句式，使用白描的手法，使詞義生動俏皮；而利用協韻，顯得輕快活潑。另外，從馬光祖面對權貴與民眾的官司，以嘲弄的口吻諷刺福王府出租的屋況之不堪，甚至挑明任內絕對不可能讓福王得逞。所以作者稱讚他「不畏貴戚豪強，庭無留訟，頗得包孝肅公尹開封之規模」。馬光祖這種有擔當的形象，也出現在《稗史·諱》一篇。內容記馬裕齋（光祖）初赴任時，官員請示他在書牘方面是否有忌諱。光祖批示：「祖無諱，光祖無諱。所諱者，強盜奸吏。」塑造他嫉惡如仇的形象。就是因爲馬光祖這種盛名，《湖海新聞夷堅續志·生報死冤》（前集卷2）寫犯人聽到「馬裕齋」一詞即畏罪自殺。〔註33〕可知史傳評論馬裕齋「治浩穰，風績凜然」〔註34〕，實非浪得虛名。

有些故事將案情的來龍去脈寫在判詞中，使判詞成爲重要情節之所在。如《庶齋老學叢談》（卷4）一篇開門見山寫道：「都吏王琳二妻，次妻有子及婿。二婦常不和。琳死，有詞互訴。」略敘原由後，接著寫縣官的判詞：

> 王琳存日，阿張因阿顧爲之不平久矣。一朝琳死，阿張未必不暗以爲喜也。昨張煥有詞：「官司已爲阿張作主。」今阿張復有詞，不恤其子婿，是不恤其夫也。王琳固有不足恤者矣，不思家業何人做來，當以此爲念，與阿顧子母及婿和同過活，則鄉里以阿張爲曉事。今互相攻擊，疊興詞訟，王琳肉未及冷，何忍爲之？各合究斷，姑且從恕，仰遵照使府所行。如再有詞，各坐以不孝不義之罪，籍沒家產。

〔註31〕這則故事流傳頗廣，吳萊《三朝野史》也有載錄，情節大同小異。

〔註32〕宋度宗的生父趙與芮。原爲榮王，後晉封福王。（元）脫脫等撰：《宋史·度宗本紀》，同註24，卷46，頁891～898。

〔註33〕《湖海新聞夷堅續志·生報死冤》（前集卷2）寫余二曾害死姦婦，該婦投胎爲女子，被余二收養。馬裕齋爲制置使時，行轎過余二家門，該女「在樓上狂叫，謂其父余二強逼之姦私。」余恐制司怪問，「被此一嚇，自經而死。」

〔註34〕《宋史·馬光祖傳》：「（馬祖光）朝廷以之爲京尹，則剗治浩穰，風績凜然。」「馬光祖治建康，逮今遺愛猶在民心，可謂能臣已。」同註24，卷416，頁12487、12488。

在判詞中將二造訓斥一頓，同時補述故事的不足。內容生動活潑，頗有趣味性。類似故事在《庶齋老學叢談》中有不少，判詞內容也多具嘲弄調笑的意味。

　　關於遼金元文言小説的公案名篇，尚有《湖海新聞夷堅續志‧追攝江神》（補遺）記太守審問江神的神奇案件、《輟耕錄‧勘釘》（卷 5）寫元朝監察禦史姚天福因爲一根鐵釘，連續偵破二件殺夫命案。學者指出，「公案小説在南宋到元這個時期較已往繁榮，主因是市井的『說話』藝人。由於法律的不公、官吏昏聵、徇私包庇，使得豪惡橫行無忌，小民有冤莫伸。這種情形雖然常見，但元代尤爲嚴重。而『說話』藝人多身居下層，對此更爲有感，也因此更受大眾所喜愛。」〔註35〕上述當是爲白話小説而發，反映到同時期的文言小説，公案題材的數量相較同期其他類較少，但情節類型卻也精彩多姿。

2. 官吏枉法

　　不是所有官司訴訟都可以得到公平正義。一旦遇到懦弱怕事、貪婪受賂或因循苟且，敷衍了事的判官，不是勾結地方紳紳爲害鄉里，就是屈打成招致冤獄。此類小説的代表非《工獄》莫屬，內容一開始寫京師小木局有數百名木工，其中之一與工長因隙相爭，眾人以爲「口語非大嫌」，準備酒肉勉強該木工到工長家和解。雙方把酒言歡，飲醉而歸。接著，劇情出現第一個關鍵：

> 工婦淫，素與所私者謀戕良人，不得間。是日以其醉於讎而返也，殺之。倉卒藏屍無所，室有土榻，榻中空，蓋寒則以措火者，乃啓榻瓦磚置屍空中。

由於空隙太小，還將屍體四分五裂才完全塞入。隔日婦人到警巡院告狀，表示工長殺了丈夫。工長被逮捕入獄，「搒掠不勝毒」而認罪，指稱屍棄於壕溝。二名仵作往壕溝找屍，卻遍尋不著。刑部禦史、京尹等督辦甚急，限期得屍，否則鞭笞二人。眼看接連著數個期限已過，二人已四度被笞打，仍舊無法找到屍體。於是出現重要轉折：

> （仵作）二人歎惋，循壕相語，笞無已時，因謀別殺人應命。暮坐水傍，一翁騎驢渡橋，掎角擠墮水中，縱驢去。懼狀不類，不敢輕出。又數受笞，涉旬餘，度翁不可識，舉以聞。

〔註35〕同註30，頁 142。

官府召婦人認屍，殺人案至此確立，工長也被判死刑。另一方面，老翁失蹤，家人百尋不著，卻發現老翁的驢子已被剝皮，「皮血未燥」，於是將負驢皮者執於官。負皮者不禁酷刑，承認爲盜驢而劫殺老翁，是案最後也因找不到老翁屍體，犯人在獄中凍餓而死。年餘後，工長將受刑，眾木工相送，知其冤而「譟若雷」，卻也無可奈何地看著工長被斬首。悲憤之餘，大家籌資懸賞，希望緝拿眞兇，卻遲遲沒有下聞。不過，此舉卻成爲日後破案的關鍵。某日木工之妻被姦夫毆打，在斥罵中說出殺夫經過，恰巧被乞丐偷聽到，於是向木工們舉發以領取賞金，進而揭發一連串命案的前因後果。最後婦被「磔於市」、仵作被「誅」，判工長死刑的官吏「廢終身」。最諷刺的是，故事的結尾特別寫道：

> 官知水中翁即鄉瘝死者事，然以發之，則吏又得罪者數人，遂寢，
> 負皮者冤竟不白。

這段話令人憤怒！竟然因爲害怕牽連其他官吏獲罪，放棄說出眞相。置蒙受不白之冤的死者於何地！又置公平正義於何地！何其可恨的官官相護的官場文化。

　　試觀此案，因爲姦夫淫婦殺死木工，引發長工、老翁及負驢皮者先後爲此而死，是一連串官吏枉法的結果。作者宋本爲文時的語氣透露諸多無奈，這應與他的個性有關，史傳指他「稟性高亢，持論堅正，操行純清」，官拜監察御史時，曾多次建言懲治不法者，均未被采納。之後調任國子監丞，又目睹多件不公義之事，痛斥「刑政失度」。〔註36〕對於律法不彰的怒火，無能改變現狀的憤懣，只能透過文字宣洩於小說之中。全文可說是眞實反映古代社會長期以來的獄政沈屙，在胥吏枉法弄權之下，不是考掠成冤，就是誣陷成獄。

　　像上述官員沒有擔當，遇訟則虛應故事，或完全不作爲之事，常見於故

〔註36〕 《元史・宋本傳》：「（宋本）調國子監丞。夏，風烈地震，有旨集百官雜議弭災之道。時宿衛士自北方來者，復遣歸，乃百十爲群，剽劫殺人桓州道中。既逮捕，旭邁傑奏釋之。蒙古千戶使京師，宿邸中，適民間朱甲妻女車過邸門，千戶悅之，並從者奪以入，朱泣訴於中書，旭邁傑庇不問。本適與議，本復抗言：『鐵失餘黨未誅，仁廟神主盜未得，桓州盜未治，朱甲冤未伸，刑政失度，民憤天怨，災異之見，職此之由。』辭氣激奮，眾皆聳聽。」（明）宋濂：《元史・宋本傳》（臺北：鼎文書局，1986年3月）卷182，頁4203～4206。宋本面對中書右丞相旭邁傑包庇犯行或不積極作爲態度，痛聲責問，卻也無能改變現狀。

事中。如《湖海新聞夷堅續志‧雷撤卦肆》（前集卷 2）寫某學士在胡四修建的橋樑之間搭出違建，出租給人作卦肆，營私謀利。胡四訟於官，縣官竟然「觀望不敢問」。胡四不得已，「繞市呼天以呪之」。數日後突然陰雨迅雷，徹底毀壞卦肆。小說中的學士仗勢謀利，官府竟然不敢追究，百姓必須自立救濟，甚至是祈求上蒼幫助才能解決問題。官員膽小怕事，瀆職無能，致公權力不彰可見一班。

又如《至正直記‧鄞縣侏儒》（卷 2）寫某侏儒戇騃不智，其妻先私通某甲，再通某乙，後又唆使某乙殺害某甲，棄屍於海；未幾婦人再教唆某乙謀殺其夫，仍舊投屍入海。最後婦人與某乙經鄉里人士證婚，結為夫婦。此則故事甚為奇怪，鄰里明知淫婦與姦夫先後殺害姦夫、親夫，卻只是「以為大恨」，然後企盼未來「賢宰縣者至」才要告官求究。若不是當時地方吏治不彰，眾人何以不願報官懲辦，而讓姦夫淫婦逍遙法外？這其實也反映百姓面對無能官府，往往只能消極聽其所為，然後盼望能有賢官清吏「突然降臨」的無奈吧！

其他胥吏枉法致冤案的故事，尚如《湖海新聞夷堅續志‧富僧冤死》（前集卷 2）寫昏憒無能的判官致富僧枉死、同書之〈托生報讐〉（前集卷 2）記某子被誣冤死，投胎復仇、〈枉死報冤〉（前集卷 2）敘主簿王虎被同僚誣陷，無由辨明，氣死獄中等等。這些故事描述當時社會日常生活中各種案件，小到鄰里糾紛、竊盜，大到各種情殺、妒殺、兇殺等，反映當時平民老百姓對正義公理的嚮往。

3. 神斷天判

神判是指通過某種方式體現神意，以判斷訟事的是非曲直。〔註 37〕通常是偷盜、誑語、姦淫的嫌疑犯，試以魔術匣、熱刀、沸水或沸油，只要不受傷的便是無罪。歐洲中古也有過這種裁判法，而由旁人卜斷罪人的是占卜的本式；由嫌疑犯自己實行試驗的是占卜的變式，可別稱為「神斷」。〔註 38〕

例如《續夷堅志‧陳守誠感》（卷 2）寫某囚多次被判死刑，行刑日期延宕十三年未決。後來正值大旱，該州太守陳大年夜禱云：「決囚無復疑，尚慮有冤。今旱已極，囚果不冤，明當大雨；如冤，則雨且止。以此卜之。」

〔註37〕 詹鄞鑫：《神靈與祭祀——中國傳統宗教綜論》（江蘇：江蘇古籍出版社，1992年 6 月），頁 445。

〔註38〕 林惠祥：《民俗學》（臺北：臺灣商務印書館，1968 年 2 月），頁 38。

隔日大雨，遂斬死囚。文中太守雖然也認為該囚當死，卻因人命關天，遲遲無法決行，最後交由天意決定。果然天降甘霖，解決旱象，也「證實」死囚不冤。

　　另一種較為殘忍的神判方式，是「過沸油」，以這種方式來證明嫌犯清白與否的情況，主要見於古代少數民族〔註39〕。《湖海新聞夷堅續志・誠心有感》（前集卷2）寫翁生傭書於劉氏，劉之訪客遺失了「油絹紗褂」，劉某與客人都疑心是翁生所竊。翁生百口莫辨，劉某等人於是片面決定採用「試盜術」：

> 閭閻風俗有試盜術，以香油鑊煎，候沸，用「當三銅錢」投中，令盜以手撈取銅錢，若真盜則手立燋爛，非者無傷。劉家依上安備，令翁如之。翁見鑊油滾沸，氣焰薰蒸，欲伸且縮，曰：「某以傭書為生而餐老母，且日不給，若賠一衫還，非惟貧無所出，抑且終身是盜。雖言非盜者撈油者手不能傷，設若燋爛，何術以養母？願以輕紗扇盛紙錢而化，如紙與扇俱焚，衫則我盜；紙化扇存，我非盜也。冀天地神明鑒之。」須臾，紙化盡而扇纖毫無損，人猶不以為異。旁觀者堅從臾以其手撈錢，翁度不能免，乃曰：「既如是，願以左手撈錢，萬一燋爛，尚留右手可以傭書贍母。」其時油正滾沸，以手投油，撈上銅錢，悉無纖損。

書生被誣作賊，已是莫大侮辱，眾人再三逼迫他以沸油證明清白，更令人為其處境擔憂。故事以平鋪直述的方式，帶領讀者與書生一起經歷「下油鍋」的可怕經歷。幸而以母親為念的孝子，平安渡過試盜術的考驗，證明其無辜。故事中沒有判官，是透過「試盜術」測試，呈現「清者自清，濁者自濁」的天罰意味。另外，以沸油評斷個人的清白，看似荒謬，卻有其心理學基礎。一旦「做賊心虛」，望之卻步，或許真能揪出真正為惡者。不過，這種試盜術的陋俗與民眾堅信其為真的態度，顯現古代「私刑」的浮濫，及深信天罰神判的意志。

　　另有故事以「神靈」的處罰直接判人善惡。由於人們普遍認為神祇無所不知，且較能秉持公正，所以多能欣然接受。尤其是雷神，經常扮演正義使

〔註39〕據《維西見聞紀・夷人》記載，栗粟一族，「不敬佛而信鬼，借貸，刻木為契，負約，則延巫祝，置膏於釜，烈火熱沸，對誓，置手膏內，不沃爛者為受誣。失物令巫卜其人，亦以此法明焉。」詳見（清）余慶遠：《維西見聞紀》（臺北：新文豐出版公司，1985年《叢書集成新編》），頁564。

者，執行天神的意旨，保護善良無辜的民眾，懲罰爲惡的罪人。雷神替天行道的故事，如《續夷堅志・雷震佃客》（卷3）寫佃客與人共謀誣告同里的農民，二人私縛農民往衙門途中，「忽雷震佃客，從空而下，骨肉皆盡，惟皮髮存」。又如《輟耕錄・河南婦死》（卷22）：

> 河南婦，世爲河南民家。天兵下江南，婦被虜，姑與夫行求數年，
> 得之湖南，婦已妻千戶某，饒於財，情好甚洽，視夫姑若塗人。會
> 有旨，凡婦人被虜許銀贖，敢匿者死。某懼罪，亟遣婦。婦堅不行，
> 夫姑留以俟，婦閉其室，弗與通，遂號慟頓絕而去，行未百步，青
> 天無雲而雷。回視，婦已震死。

面對鍥而不捨、哀求破鏡重圓的夫婿與婆婆，婦人選擇「饒於財，情好甚洽」的後夫，最後被雷震死。故事中青天無雲卻打雷，是異常的天象；婦人被雷打死，是不尋常的死法，所以作者最後引白湛淵的詩云：「爲報河南婦，天刑不可干。」傳達婦人死於「天刑」，雷神是執行天神的意志。再如《湖海新聞夷堅續志・占人陰地》（前集卷2），有富豪人家強占他人的陰地爲墳墓，臨舉柩之時，居中牽線的牙人被雷擊死，倒在新墳之前；棺柩則在半路「爲雷劈開」，當場屍身暴露。故事表現雷神懲惡罰罪的觀念，及作惡必報的果報觀。

　　綜觀遼金元文言公案小說，仁吏清官斷案的故事明顯多於胥吏枉法及神判等。這或可說明公案故事主要還是歌頌爲民伸冤、剛正不阿、清廉執法的清官。不過，有時這類情節過於強調倫理教化作用，使清官的形象過於單一，流於形式，反而導致部份人物失去藝術魅力。至於那些視律法於無物的敗壞官箴的故事，則多少反映古代官吏爲滿足私欲，抑爲因循圖便，無心正法，以致陷人於囹圄、草菅人命等社會現實。而神判故事，凸顯當時律法與法官也無法伸張正義，只有靠冥冥中的天理，施以善惡報應、懲罰。這彌補人道的不足，既還受害者清白，也使其心靈得到安慰，更讓百姓藉此惕勵莫作惡事，否則即使逃過法律制裁，也難逃鬼誅神罰，甚至是下地獄的惡果。

（二）豪俠好義

　　「俠」，在中國出現的很早，《韓非子》云：「儒以文亂法；俠以武犯禁。」〔註40〕司馬遷則認爲「游俠」是「救人於厄，振人不贍，仁者有乎！不既信，

〔註40〕　（周）韓非：《韓非子・五蠹篇》（臺北：臺灣中華書局，1966年3月《四部備要》），卷19，葉5。

不倍言，義者有取焉。」〔註 41〕可見俠者是有能力濟弱扶強的仁義之士，他們非鬼非神，但卻充滿力量，能行公義之事，在公理不彰、奸惡橫行時，能執行公理，是社會正義的化身。

　　金元文言小説關於俠義之事，如《輟耕錄‧倜儻好義》（卷 24）記顧仲庸「以財雄一鄉，倜儻好義，有古豪俠風」。雖然薪俸微薄，仍然義擲所資而禮賢養士，表現出俠義行徑。另有仗義殺死姦夫淫婦者，如《錢塘遺事‧趙信庵》（卷 3）記趙葵個性意氣豪邁，發現某婢與客人有私，「袖劍出帳中，一揮斷之，人頭棄之城溝」。又如《萬柳溪邊舊話》記尤大好公義，殺姦夫淫婦，最後登進士第，文中反映出現義行得善報的果報之思，及對俠士的崇拜。再如《歸潛志》（卷 10）：

> 王副樞晦子明，自布衣時慷慨以俠聞，其友人出遊久，妻與一僧私，既歸，晦以告，其友無如之何。晦教之，復爲遠出計。治裝即岐，而他寓。夕造其家，僧見之，趨啓軒以逃，晦伏軒外，以鐵簡迎擊，僧腦出而斃。明日，晦詣有司等自陳其事，有司義而釋之。

故事主角王子明本著義氣「替天行道」，殺死友人妻子的姦夫。官府認爲這是義行，而加以釋放，仍是凸顯古人對於義士俠客的尊崇。

　　另有收葬皇室遺骨的俠義行爲，如《遂昌雜錄》記林景曦本是太學生，宋亡後淪乞丐。當時楊總統（西番僧人楊璉眞珈）發掘宋室帝陵，宋帝骨頭四散，林景曦不畏艱難地收拾皇帝遺骨。舊時的皇陵、祖墳是國家與宗族的象徵，皇陵被掘是國家民族的奇恥大辱，因此作者推崇林景曦爲「義士」。他發揮的是俠者以仁義爲本，路見不平拔刀相助的精神。

　　由本節所討論的公案俠義類故事，可以看出時人對社會公理與正義的看法，基本上公案故事以凸顯清官伸張公義的形象爲主；對比於枉法胥吏，則是寫實描繪社會上的不公不義以凸顯社會不平。神斷天判則是藉由神人審判訟事，斷定是非曲直，以證實天道不遠、報應不爽的道理。至於俠者的出現，則像是人間的救贖，代替律法和執法者的不公不平，執行俠義之事，替天行道，以彰顯天理，同時也大快人心。

〔註41〕《史記‧太史公自序》，同註 11，卷 130，頁 1361。

第三節　逸聞軼事類

遼金元文言小說以逸聞軼事一類的數量最多〔註 42〕，此與當時作者以補史的創作心態有關〔註 43〕，而這些有別於官修史書的野史遺事〔註 44〕，多來自民間的街談巷說，或是正史未載，抑是避諱而不敢書者。所以可以補正史之不足，表現當時的風俗民情。

一、朝廷秘辛

（一）遺聞舊事

宋朝承平日久，靖康之難導致國家滅亡，是時人刻骨銘心之痛。尤其徽、欽二帝等三千餘人，連同文物、圖籍、寶器等一併被擄至北，南宋君臣卻自欺欺人地委婉稱之為「二帝北狩」。小說多處描寫宋二帝北行過程所發生的事，如《湖海新聞夷堅續志・欺君誤國》（前集卷 2）：「金人擁徽宗、欽宗北狩，慘不忍言」。又如《三朝野史》描寫當時旅途舟車困頓、飲食不濟的慘況：

> 丙子，三宮赴北行省，俘三學生一百人從行，責齋僕足其數。時見機者悉已竄州橋，吳府子弟名棠孫僅一入齋，至是乃為齋僕所指驅之。北去出關後，諸生趑趄不行，人捶以棍棒三下，登舟餒甚，得粥飲一桶，無匙箸，乃於河邊拾蚌蛤之殼，爭攫而食之。飢寒困苦

〔註 42〕　蕭相愷，同註 30，頁 164。侯忠義也說：「宋元是我國文言軼事小說興旺發達的時期。」見氏著：《中國文言小說史稿》（北京：北京大學出版社，1993 年 2 月），頁 60。

〔註 43〕　《漢書・藝文志》引如淳之言：「王者欲知里巷風俗，故立稗官，使稱說之。」（漢）班固：《漢書》（臺北：鼎文書局，1986 年），卷 30，頁 1745。中國自古即設立稗官以採民風，所以歷代文人多重視著述以補史，如劉知幾云：「偏記小說，自成一家，而能與正史參行。」（唐）劉知幾著、（清）浦起龍釋：《史通通釋・雜述》（臺北：里仁書局，1980 年 9 月），卷 10，頁 273。司馬光云：「遍閱舊史，旁採小說，簡牘盈積，浩如煙海。」（宋）司馬光編撰、（宋）胡三省注：《資治通鑑・進書表》（臺北：中新書局，1978 年 8 月），卷 294，頁 9607。明顯是將小說、野史採入正史之中。遼金元文言小說作者自不免俗地承繼此一傳統，甚至發揚光大，多方載錄軼事遺聞，影響此時期的小說寫法趨向求實、寫實。

〔註 44〕　正史與野史的差異，正如清人徐震所言：「……殊不知天下有正史，亦必有野史。正史者，記千古政治之得失；野史者，述一時民風之盛衰。譬之於《詩》，正史為《雅》、《頌》，而野史則《國風》也。」（清）徐震著、丁炳麟校點：《珍珠舶・序》（南京：江蘇古籍出版社，1993 年 3 月），頁 161。

道亡者，多皆身膏原野，後授諸路府教授，僅餘十七八人耳。

當時太學生以讀書爲主，氣節爲重。身處國難之中，如牲畜般被捶打，最後屍沃草野，怎不令人感嘆。而撿拾蚌殼搶食粥飲一節，尤不忍卒睹。

　　另有以術士之言表達兩宮北狩實乃命定，如《輟耕錄・金鼇山》（卷7）寫徐神翁能鑑往知來，徽宗曾「以寶禮接之」。神翁獻詩云：「牡蠣灘頭一艇橫，夕陽西去待潮生。與君不負登臨約，同上金鼇背上行。」時人莫知所以。之後兩宮北狩，船隻擱淺，二帝暫留於臨海縣章安鎮的「金鼇山」。更奇的是二帝登岸後隨即見到神翁之詩，「在寺壁間，題墨若新」。故事言之鑿鑿，而《宋史》曾載二宮禦舟幸章安鎮〔註45〕，卻不見金鼇山之事。因此，此故事或可補正史之不足，或佐證史籍的載錄。其他如《湖海新聞夷堅續志・北狩異聞》（前集卷1）、《異聞總錄・帝北狩》（卷2）、《江湖紀聞・石像起立》等等都是二帝被擄至北方的記載。

　　另有因二帝北狩而引發宗氏騙局。《湖海新聞夷堅續志・冒稱帝姬》（前集卷1）寫靖康之亂時，柔福帝姬隨二帝北行。之後突然有女子自稱是柔福帝姬，從北虜中逃歸南方。該女「貌良是、略能言（宮禁事）」，惟「足長大」而被懷疑。柔福如此爲自己辯護：

　　女子顰蹙曰：「金人驅逼如牛羊，跣足行萬里，寧復故態哉！」上惻

　　然，不疑其詐。即詔入宮，……下嫁高世榮，資妝一萬八千緡。

三言兩語道出女子在離亂中不忍言的遭遇，尤其以「顰蹙」取代所有未竟的語言，真是無聲勝有聲，也將柔福的形象刻劃得楚楚動人。而帝王的回應寫得輕淡，卻緊接著厚資以嫁，更能反映出帝王初見歷劫逃歸的舊宮人之百感交集，及補償心理。故事真相是柔福早已死於北方，假柔福則是女巫喬裝，最後伏誅。一段戰亂引發的宮庭大戲就此落幕。

　　又有寫宋孝宗朝之事，如《庶齋老學叢談》（卷4）寫鄭顯向孝帝告狀，指稱吳曾所著《漫錄》中涉及謗訕，皇帝爲了杜絕朝臣之間相互告訐之風，將二人各降兩級，鄭某因爲告人而罪加一等。又《湖海新聞夷堅續志・通神》（後集卷1）有孝宗屢召道人何蓑衣不至之事。《錢塘遺事・孝宗問卜何蓑衣》（卷1）進一步寫皇帝面對來勢洶洶的金人，除「於禁中默禱」，又遣使「問何蓑衣」。何只請人寫了詩詞云：「鬧啾啾，也須還我一百州」等。另有記孝宗朝較輕鬆的一面，如《庶齋老學叢談》（卷2）寫孝宗與理學家張栻在夜半

時分，君臣輪對之事。又如《捫掌錄》：

> 孝皇聖明，亦為左右者所惑。有一川官，得郡陛辭〔註46〕，有宦者
> 奏知，來日有川知州上殿，官家莫要笑。壽皇問如何不要笑。奏云：
> 「外面有一語云，裏上襆頭西字臉，恐官家見了笑，只得先奏。」……
> 來日上殿，壽皇一見，憶得先語。便笑云：「卿所奏不必宣讀，容朕
> 宮中自看。」愈笑不已。其人出外，曰：「早來天顏甚悅，以某奏箚
> 稱旨。」……

川姓官員大而怪的「西字臉」，惹得孝宗大笑，川姓官員竟以為是奏章迎合上
意，致皇上「龍心大悅」而沾沾自喜。作者以生動活潑的人物，諷刺朝臣曲
解揣摩上意的情形，昭然若揭。由上述數則故事來看，可以看出孝宗的形象
與當時處境：他能杜絕臣子的紛爭、半夜問政於臣子，足見其致力於朝政，
自立圖強；遇可笑之事，任其本性的大笑。又從他屢召道人一事，表現他崇
道的一面。然面對金人蠢蠢欲動，他雖憂心忡忡，卻只能向上蒼默禱，再遣
使去問術士，側面反映宋朝武力之弱，及國事、江山岌岌可危的情況。故事
雖然寫孝宗朝，卻也是南宋朝政的縮影。

又有寫理宗朝時，世道混亂與社會慘況。《錢塘遺事·理宗升遐》（卷5）
寫理宗因為重用擁立有功的史彌遠，使朝政大壞，不過理宗早死，未看到「死
者相枕藉」血流成河的畫面。其他多處載錄宋理宗、度宗各朝的軼事傳說，
內容也多是朝政腐敗，國家朝不保夕之事。

關於金代朝廷舊事，由於金朝末年國政被不同武將把持，《歸潛志》一書
描寫不少當時武將你爭我奪的情況。如（卷10）寫武將胡沙虎殺國君衛紹王，
改立宣宗之政變（1213年），最後胡沙虎被朮虎高琪所殺。文章寫法頗為明快
順暢，尤其寫勇悍如胡沙虎者，竟在濯足間慌張逃走、被殺一節，暢快有味。
又有記金朝權貴世家紈綺子弟之殘暴與生活。如（卷6）寫完顏白撒，以能打
球著稱；完顏訛可也善打球，甚至有外號「板子元帥」；完顏定奴，號「三脆
羹」。又有紇石烈牙忽帶的外號為「盧鼓椎」，以其好用鼓椎擊人，卻因為屢
有戰功，所以跋扈而不受制於朝廷。更甚者，他「尤不喜文士，僚屬有長裾
者，輒取刀截去。」不但處處凌辱文人、下屬，甚至連下屬之家人都不放過。
暴橫若此，人卻莫其奈何。篇中的素材係真人真事，作者利用幾個惡作劇式

〔註46〕 所謂「得郡陛辭」是朝庭慣例。官員得到的任命後，按朝廷慣例去向皇帝告
辭赴任。

的典型事例，揭露盧鼓椎「恃勢妄為」，專橫殘暴的醜惡形象。透露出文恬武嬉，這正是金王朝速敗亡的原因之一。

另有大篇幅載錄金末帝王完顏守緒、崔立叛變之事。《歸潛志》（卷 6）描寫金末，哀宗完顏守緒逃往歸德，西面元帥崔立發動政變，以城順降蒙古軍，並擄太后王氏、皇后徒單氏、梁王從恪、荊王守純及宮妃等等，宮車三十七輛促赴青城，宗族男女又五百餘人。其間保持氣節之朝臣，忠義節烈，不屈服而殉國者，亦比比皆是。如李蕡，「北兵至，城陷自殺」。又如參知政事完顏速蘭，與紇石烈牙虎帶一起禦守京兆，兩人不合，遇害。再如完顏奴申，留守南京，在崔立之變被殺。其他如完顏胡斜虎，南京被圍時，奮戰到「止存五六人」。哀帝自殺後，他「帥兵三百，力戰不支，赴蔡水死，軍士皆從之。」故事寫紛紛之亂世，荒淫殘暴之權臣，及末代君臣之悲。內容流露亡國哀音，正如中國歷代皇朝之末的亡國故事一般，篇篇血淚。

至於描繪元代朝野故事與遺聞者，如《輟耕錄‧巴而思》（卷 2）寫世祖忽必烈監察禦史姚忠肅公（天福），「彈擊權臣，無所顧畏」。世祖曾對他說：「巴而思，臣下有違太祖之制，干朕之紀者，汝抨擊毋隱。」又如《輟耕錄‧應聘不遇》（卷 20）記元代理學家胡石塘應聘入京，元世祖召見時，胡某「趨進張惶」致帽子欹斜。忽必烈問他有何才學。胡答道：「修身齊家治國平天下之學」。忽必烈笑道：「自家一笠尚不端正，又能平天下耶？」因憐其貧困，授以儒學教授。胡石塘是當世飽學之士，作者為他「不見遇於明君」而嘆惋，卻也將此歸諸於命定。元世祖為了衣冠不正這等理由，或許失去一位足以幫他治國平天下的賢才。從接受諫言及重視禮儀等事觀之，世祖行事受儒家之影響。

又如《山居新語》（卷 1）有二篇元順帝之事，其一是順帝曾看見佛戒壇「以羊心作供」，問刺馬（即帝師）是否曾用人心肝為供，刺馬回答：「凡人萌歹心害人者，事覺以其心肝作供。」世祖曰：「人有歹心，故以其心肝為供。此羊曾害何人，而以其心為供耶？」另一則是順帝外出途中，有酒車百餘乘從行。回頭看兀剌赤（馬夫）〔註47〕，多無禦寒之衣。「有一小廝無帽，雪凝其首，若白頭僧帽者。望見駕近，哭聲震起，上亦為之墮淚。遂傳命令遣之……命分其酒於各愛馬……」最後還發鈔給在列者。順帝在民眾「呼萬

〔註47〕　「兀剌赤」（兀喇只），蒙古語，指馬夫。詳見（元）火源洁：《華夷譯語》（北京：書目文獻出版社，1988 年《北京圖書館古籍珍本叢刊經部》），頁 79。

「歲」聲中離開。故事中無論是羊心未嘗害人或憐憫雪中窮困的馬夫，突出順帝懷抱仁心的形象。設若他執政後期未嘗「怠於政事，荒於遊宴」〔註48〕，元朝國祚或許不至於如此短促。

元代是由多個民族組成的社會，除寫蒙、漢人的故事外，也寫其他族群。如《輟耕錄‧越民考》（卷10）記西夏人邁里古思的故事。〔註49〕內容寫敘述邁里古思，性至孝，屢有戰功，官至行樞密判官。治理紹興有成，愛民如子，民愛之如父母。當時御史大夫拜住哥，統「臺軍」三千，紀律不嚴，經常擾害民居。邁里古思爲此與拜住哥結怨，加上方國珍派兵侵佔紹興屬縣等，致拜住哥以「議事」爲由，召至宅第，以「鐵槌摑殺」。小說以順敘的手法，前半段極力敘寫主角邁里古思的英勇、戰功，及爲地方百姓殫心竭力。及至其被殺，故事一轉爲激越，先是部下黃中「臥病，方飲藥，得少汗，尚昏潰困頓。左右扶翼，擐甲上馬」，以此凸顯部下爲報仇奮不顧身；接著寫「郡民老幼皆號泣」、「壯者助中軍殊死戰」，寫出百姓爲報恩而急欲尋仇雪恨。凸顯邁里古思的愛部下，護百姓的好官形象。其他尚有西域人高克恭、黨項人楊璉眞珈等異族的人物故事。

（二）帝王丞相

1. 帝王逸聞

帝王的逸事中有一類是關乎他們出生的異象〔註50〕，或是由神仙與星宿投胎轉世，藉以突出他們異於凡人的背景，或聰敏穎悟，或是有神人護持。例如宋代開國皇帝趙匡胤，《隨隱漫錄》寫他是「上界霹靂大仙下凡」。《湖海新聞夷堅續志‧神光滿室》（前集卷1）記趙匡胤「生於洛陽夾馬營，是時神光滿室，照耀人影，異香馥郁，經月不散，人因號曰：香孩兒營。」又寫他向廟神祈問未來名位之事：「嘗被酒入南京高辛廟，見案上石珓杯，因取以占己之名位。自小校而至節度使一一擲之，皆不應。乃曰：『過是則爲天子』。一擲而得聖珓」。再寫當時趙匡胤爲後周世宗的臣子，世宗偶然在文書中得到

〔註48〕　（明）宋濂：《元史》之〈順帝紀〉、〈哈麻傳〉，同註36，卷43、卷205，頁907～919、4581～4585。

〔註49〕　邁里古思（生卒年月不詳），元朝官吏。字善卿。寧夏（今寧夏銀川）人，黨項族。同上註，卷188，頁4311～4312。

〔註50〕　帝王出生時會伴隨著異象，這種故事不勝枚舉，例如，殷契出生之異，據《史記‧殷本紀》：「殷契，母曰簡狄，有娀氏之女，爲帝嚳次妃。三人行浴，見玄鳥墮其卵，簡狄取吞之，因孕生契。」同註11，卷3，頁60。

一個木簡，上面寫著：「點檢作天子」。小說從趙匡胤出生之異象、擲珓預示未來及前代帝王所見等三個跡象，揭示他是「天生」的帝王。另外，《瑯嬛記》也寫趙匡胤未發跡前的異事：

> 夜臥至人靜時，常有光如車輪，內見黃龍，若在波浪中出沒，魚鱉
> 之類不可勝數，亦有極怪之物從而見焉。皆作金色，光芒刺目，頃
> 之始滅，有見之者後皆貴。

龍自古是帝王的象徵，趙氏身邊經常出現黃龍，符合其日後貴為帝王的身份。上述故事都讓後來趙匡胤黃袍加身之事合理化。傅師錫壬指出：「『感生神話』之被讖緯學利用，是為了營造統治者王權的神聖化。」〔註51〕換言之，這類帝王異貌、出生異象及帝王命定的故事，都是為了維護帝王專制統治刻意神化的結果。因此，歷代帝王無不設法為自己編造一段出生異常、前世非凡的神話傳說。

南宋高宗趙構也有不少這種異常的故事。《錢塘遺事・吳越王取故地》（卷 1）記他是五代十國之吳國開國君王錢武肅王（錢鏐）投胎轉世。《湖海新聞夷堅續志・錢王現夢》（前集卷 1）寫他出生之時，「紅光滿室」；從金國往南方脫逃時，屢得神人的幫助；之後要渡黃河，「禱天地河神」，瞬間「河冰凍已合」，終順利渡河逃脫。故事以異常的景象烘托趙構之不凡，表現他乃天生帝王的氣勢。

除了出生之異，另有故事突出帝王之能。《續夷堅志・內藏庫龍》（卷 2）記遼太祖英勇射龍之事。又《山居新語》（卷 1）寫元世祖收附江南時，引大軍至黃河，無舟可渡。夜夢一老曰：「汝要過河，無船，當隨我來。」之後發展一如夢中所示，忽必烈果然順利帶領大軍直達南方，終於滅宋，統一中原。再如《歸潛志・金海陵》（卷 1）寫金代海陵王完顏亮有文才，曾寫「大柄若在手，清風滿天下」等詩，表現他的才學，及望治天下的企圖心。

此外，有記帝王的風流韻事。《瑯嬛記》有數篇描寫唐玄宗與楊貴妃之事，例如楊太真著「鴛鴦並蓮錦襪襪」，玄宗藉機讚美楊貴妃的玉足。另有篇章記兩人「於皎月之下，以錦帕裹目，在方丈之間互相捉戲。玉真捉上每易，而玉真輕捷，上每失之，滿宮之人撫掌大笑。一夕，玉真於桂服袖上多結流蘇香囊與上戲，上屢捉屢失，玉真故以香囊惹之，上得香囊無數，而笑曰：『我比貴妃差勝也。』謂之『捉迷藏』。」小說以流暢的筆法寫出玄宗和

〔註51〕同註12，頁 109。

貴妃二人的嬉戲、調笑，童心未泯。另外，故事也可佐證中國早在唐朝就有捉迷藏的遊戲。《續夷堅志・宣靖播越兆》（卷4）則寫宋徽宗因為熱愛遊戲民間井巷，弄臣在龍德宮據以仿建「村落田家所居，山莊、漁市、旗亭、茶店，無所不有。」再令宮婢裝扮成平民百姓，當徽宗來到，「一與外間無異」。如此大費周章，只為帝王一人風流好玩。足見當時朝政之腐敗，及北宋早有敗亡之兆。

2. 丞相故事

不但帝王前世異於常人，王公大臣也一樣可能被賦與不凡的身世。例如《三朝野史》寫宋丞相史彌遠乃高僧轉世、《湖海新聞夷堅續志・中興名將》（前集卷1）記宋代抗金名將韓世忠，是白虎星下凡。更有趣的是《江湖紀聞》有一篇寫將相們在轉世之前，必須先經過「調教」，才能下凡成為當世大臣，輔佐君王。內容為宋人李春興錯過旅店，人僕饑倦。忽遇一老父殷勤款待。李生睡至半夜，聞誦書聲而醒，循著屋後火光走去，偷窺之下，發現：

> 一人中坐，身長八九尺，侍坐者約三百餘人，皆人身而首則奇怪不
> 一。李懼而返。老父大笑，李問：「教書何人？」老父曰：「王安石
> 也。此輩將來分遣治世，故遣王教之，使識字耳。」

由王安石在陰間調教來世將治理國家的人才，作者想像力著實無邊無際！無論如何，故事既推崇王安石的學識與能力，又表現朝廷重臣的「培養」在出生前已開始，傳達命定之思。

另有不少關於秦檜的故事，如《湖海新聞夷堅續志・欺君誤國》（前集卷2）寫秦檜為太學生時，號「秦長腳」。從北方逃歸故國後，在相位長達十九年，而且「實佩兩國相印，陰受金人兀朮約主和」，之後寫他「於東廂綺窗下畫灰密謀」，陷害岳飛，最後秦檜死後在地獄受苦。又《錢塘遺事・格天閣》（卷1）記「（秦檜）諂事撻懶，陰遣檜歸為反間，遂決意主和。檜之奸賊不臣，其罪可勝誅哉……真誤國之賊也。」同書之〈東窗事發〉（卷2）寫秦檜與妻密謀誅殺岳飛。另有故事旁及秦檜家人，如《山居新語》（卷3）記秦檜孫女要求官兵協助尋找失蹤的「獅貓」；《吳中舊事》寫秦檜妻之弟王奐為害地方。這些故事多突出秦檜奸臣誤國的形象，及因他位高權重，家人借勢藉端之事。

也有記韓侂冑的故事，如《錢塘遺事・慶元侍講》（卷2）以韓侂冑「自謂有夾日之功，已居中用事」，在朝廷剷除異己。彭龜年直上書以韓侂冑「親

戚交通關節，則奸人鼓舞，良民怨諮」，請求皇帝將他罷逐。皇上回答：「侂胄是朕親戚，龜年是朕舊學，極是難處。」不久，彭龜年突然被貶官。「自是眾君子皆逐矣」。另《湖海新聞夷堅續志‧煩惱自取》（前集卷1）寫韓侂胄對金國是主戰派，但對金戰役卻又勝少敗多，因而「鬚髮俱白」，被伶人取笑是「煩惱自取」。

又有寫丁大全事。《湖海新聞夷堅續志‧風子丞相》（前集卷1）丁某未顯之前，在寺廟當行者，之後還俗，讀書及第，「愈驕傲」，人稱其「丁風子」。又寫其與丞相董槐不合，竟然唆使人持棍恐嚇董相，致其去國，所以有「恨無漢劍斬丁公」的民謠流傳於世。故事同時寫出當時官場黑暗，為整肅異己不擇手段的情況。《錢塘遺事‧丁相罷政》（卷4）記北兵渡江時，丁大全「藍色鬼貌……為戚里婢婿，夤緣取寵位」。後當宰相，蒙古軍隊已攻入鄂州，「匿報不以上聞，誤國欺君」。之後他被理宗一再貶官，於發配海島途中，被押解官擠入水中而死。死後還靠他人「借錢買棺」方得殯葬。其他寫史彌遠、賈似道等「壞國之相」〔註52〕的篇幅也頗多，可以說遼金元文言小說反映當時朝廷亂象。

金代寫丞相的故事也多反映其無所作為的情況。如《歸潛志》（卷7）有兩處描寫宣宗貞祐年間丞相術虎高琪，其一是術虎認為南京城域過大，不易防守，於是在城內建築一座子城，「壞民屋舍甚眾，工役大興，河南之民皆以為苦」。後來子城尚未完工，北兵已南下，只好又轉移兵力去固守外城，致建築子城根本毫無用處。其二是術虎用人偏頗，曾為了樹黨固權而拔擢文人，被諫官上奏彈劾，因此「大惡進士」，反而重用胥吏。從此宣宗朝都喜「獎拔」胥吏，導致「吏權大盛」。作者劉祁透過故事對術虎的作為加以撻伐，說他築子城的作法是「愚人之慮」，重用胥吏則是引發金國衰敗的「亡國之政」。

另有記丞相高岩夫之事，如《歸潛志》（卷6）寫他是金代唯一「書生當國者」，為人「慎密廉潔，能結人主知；守格法，循默避事，不肯強諫」。他默守成規的行事風格導致「無正言直諫聞於外」，這種無所作為的情況讓社會輿論極為鄙視。又同書（卷9）寫他施行新鈔法，在當時財政困難之下，於

〔註52〕　《古杭雜記》：「溫陵呂中作《國史要略》，謂南渡之後，一壞於紹興之檜，再壞於開禧之韓，三壞于嘉定之史。愚亦謂理宗四十年在御，一壞於嵩之，再壞于大全，三壞於似道也。相之壞國如此哉！」文中列出南宋秦檜、韓侂胄、史彌遠、史嵩之、丁大全及賈似道等六個壞國之相。

軍糧支出頗爲吝嗇計較，經常以他物折支，所以被軍民取綽號名「不支」。甚至高岩夫死後，被人譏誚道：「丞相死，既焚，其聲猶不支也。」可見其聲望之不得民心。這些丞相施政無能的描寫，主要仍是要表達「無恢復之謀」、「因循苟且，竟至亡國」〔註53〕的創作旨趣。從故事可以側面看出金代從宰相到侍臣，錯誤政策、諂諛成風，金代朝政已然江河日下，難以挽回。

元代的丞相故事主要寫伯顏、桑哥等人。《輟耕錄》（卷8）多處寫伯顏率領蒙古大軍南下的過程，殺奪擄掠，晚年則恃功而日益奢靡貪暴。小說寫伯顏自恃功高權重，無所顧忌，任意誅殺朝臣。「剡王徹徹都、高昌王貼本兒不花，皆以無罪殺」。有人寫詞曲諷刺他，伯顏一怒，竟令左右明查暗訪，肖形追捕。又同書之〈聖聰〉（卷2）記伯顏察覺元順帝對他不滿，遂結集反叛兵力，「以飛放爲名，挾持皇太子」，圖謀造返。在千鈞一髮之際黜謫伯顏的詔書剛好抵達，救出皇太子歸國。《山居新語》（卷3）寫伯顏頗排斥漢族與相關文化。在他擅權時，「盡出太府監所藏歷代舊璽，磨去篆文，以爲鷹墜，及改作押字圖書，分賜其黨之大臣。」這是漢族文化的劫難，經此一磨難，前朝的國璽多所不傳。《輟耕錄·譏伯顏太師》（卷27）寫伯顏生前貪惡無比，被貶爲恩州達魯花赤時在半途自殺，寄棺驛舍。有滑稽者在寄屍的寺廟壁上題詩道：「百千萬定猶嫌少，垛積金銀北斗邊。可惜太師無運智，不將些子到黃泉。」諷刺他生前貪婪無度，積累金山銀礦，死後卻一點也帶不走！這些故事對他軍事上的功績歌頌者少，卻於他貪婪好殺的形象多所著墨。

元代世祖朝的另一個丞相桑哥，維吾爾族人，曾拜西藏人膽巴爲師，可能當過和尚〔註54〕。據史傳記載，桑哥好貪，其善於結黨營私，貪贓受賄，「以刑、爵爲貨」〔註55〕。小說多處反映他的貪婪，如《輟耕錄·數讖》（卷22）：「桑哥拜中書平章，立尚書省，貪暴殘忍，又十倍於阿合馬」〔註56〕。

〔註53〕 劉祁在《歸潛志》（卷7）中指出：「南渡之後，爲宰執者往往無恢復之謀，上下同風，止以苟安目前爲樂，凡有人言當改革，則必以生事抑之。每北兵壓境，則君臣相對泣下，或殿上發歎。……因循苟且，竟至亡國。」尤其金代末期，重用近侍「爲耳目以伺察百官」。一時之間朝廷諂諛成風，臣子若想上奏社會上的災異或民間疾苦，竟然以「恐聖上心困」爲由，加以勸阻。於是被譏刺：「今日恐心困，後日大心困矣。」

〔註54〕 黎東方認爲：「桑哥兩字也很像『僧伽』一詞的訛寫。」見氏著：《細說元朝》（臺北：傳記文學出版社，1981年7月），頁255。

〔註55〕 （明）宋濂：《元史·崔彧傳》，同註36，卷173，頁4038～4046。

〔註56〕 阿合馬是元世祖重用的左右手，賣官鬻獄，賄賂公行。喜女色，強佔良家婦

又同書之〈善諫〉（卷 2）寫桑哥深得世祖信任，雖然民怨四起，卻少有人敢直於帝王。某日中書平章徹理以激烈陳辭，指控桑哥誤國害民，忽必烈聞言大怒，以爲「醜詆大臣」，命左右批其頰。徹理毫不退讓，更云：「國家置臣子，猶人家率犬。譬有賊至而犬吠，主人初不見賊，乃棰犬。犬遂不吠，豈良犬哉？」世祖因此將桑哥革職，籍沒其家。故事中徹理以守護主人的家犬自比，可謂忠臣義士，如此更襯托出桑哥貪婪不忠的形象。這些故事可以看出作者突出伯顏、桑哥等誤國宰相，抨擊他們是元代國祚僅近百年的原因之一。

　　其他尚有寫丞相脫脫之事，如《輟耕錄·幽圄》（卷 15）記他的死因，乃受樞哈馬等人結黨誣陷所致。又如《至正直記·脫脫還桃》寫其幼年時：

　　　太師馬箚兒爲小官時，嘗賃屋以居。居有桃樹未實，至熟時，脫脫
　　尚幼，一日盡采以貯小奩。太師歸，思問曰：「此桃何在？」脫脫曰：
　　　「當時賃屋時，未嘗言及此也，當還其主。」太師深喜之。

故事凸顯脫脫幼年時誠實無私的行爲，此與《世說新語》描寫王戎七歲知李苦、孔融四歲能讓梨等〔註 57〕夙慧童子的故事相類，都傳達出幼童神悟早發的穎慧之美。

　　上述遼金元文言小說中記載人事的軼事小說，有些有所本而具實錄精神，卻也有作者的主觀意識與虛構成分。作者在文末處，又常加入個人評論，實爲承繼史書精神，善惡必書，心存褒貶〔註58〕之意。

二、名人韻事

（一）聞人與雅士

　　小說呈現名人雅士的個性和行止，或廉潔耿介，或者率性天眞，抑是風流爽颯。記宋代名人者如黃庭堅、王安石、蘇東坡等人，其中以蘇東坡故事相形精彩有趣。如《席上腐談》寫東坡年輕時，曾得異僧傳授化金術，此術

　　　女，「次妻」與妾多達四百餘位。同註 54，頁 239～249。
〔註57〕　兩則故事分別見《世說新語》之〈雅量第六〉、〈言語第二〉注引《融別傳》。
　　　（南朝宋）劉義慶撰、徐震堮校注：《世說新語校箋》（臺北：文史哲出版社，
　　　1985 年 7 月），頁 195～196、31。
〔註58〕　劉知幾：「愛而知其醜，憎而知其善，善惡必書，斯爲實錄。」（唐）劉知幾
　　　著、（清）浦起龍釋：《史通通釋·惑經》（臺北：里仁書局，1980 年 9 月），
　　　卷 14，頁 402。

雖可令朱砂煅金，東坡再貧苦也不願意使用。《捫掌錄》記東坡喜歡閱讀杜牧的《阿房宮賦》，「一日讀凡數遍。每讀徹一遍，即再三諮嗟歎息，至夜分猶不寐。」《誠齋雜記》敘述蘇軾貶惠州時，與少女溫超超相識，她因思慕他而死，蘇軾則為溫女寫「揀盡寒枝不肯棲」〔註59〕句。前述篇章從不同面向描寫蘇軾的正直、好學及善詩文的形象。

另有一群清儉自守，宅心仁厚的重臣。如《湖海新聞夷堅續志·剃鬚求謁》（前集卷1）寫劉光祖在瀘州時，有人先後以「多髯」與剃鬚之後兩個不同造型來訪，分別獲贈三十緡。劉子認為其父被騙，光祖喟嘆：「吾與爾輩修德，人生剃鬚豈得已哉！」劉光祖的行為可謂忠厚之至。又如《庶齋老學叢談》（卷4）記宋末抗元大將夏貴不咎責婦人攔馬，並誤認他為夫婿的仁厚德性。再如《湖海新聞夷堅續志·羅漢降生》（後集卷2）宋代書法家謝諤，書法名滿天下，求字者眾。大金國曾出價千金欲購其字而不可得。有江湖士人哀求謝諤書寫「劉國大銷金鋪」六字，公憐而書之，該人卻從中套出「大金國」三字。謝諤為此被朝廷詰難，他也不以為意。有人勸他年邁不必如此勞苦筋骨。他回答：「人在門前等守此字，送人便可得五七千或十數千糴米供家，我何可憚勞！」這些人物莫不流露出仁心厚德的形象。

有描寫刻苦自勵、行事磊落的人物言行。《庶齋老學叢談》（卷4）寫宋代喬孔山〔註60〕之事：

> （喬孔山）未第時，每夜提瓶，沽油四五文，藏於青布裌袖，中歸然燈讀書。本縣周押司日見而揶揄之，故觸瓶汙衣。孔山及第，……判云：「排軍押出本縣押司周某，限幾日。」一邑驚駭何謂，其人自分必死，輕則黥籍。及至，呈到狀，公不判，亦無語。旬日再呈，亦然。月餘又呈，公令押出。公曰：「周押司無恙否？」周再拜，告乞免性命。公但指其座云：「此座是秀才，都有分來坐得，今後休欺凌窮秀才。」送一千貫壓驚，放之。

〔註59〕 語出蘇軾：〈卜算子〉：「缺月挂疏桐，漏斷人初靜；誰見幽人獨往來，飄渺孤鴻影。驚起卻回頭，有恨無人醒省；揀盡寒枝不肯棲，寂寞沙洲冷。」收入唐圭璋編：《全宋詞》（臺北：文光出版社，1983年1月），頁295。《誠齋雜記》故事寫蘇軾貶惠州時，有少女溫超超仰慕東坡，曾在窗外偷聽東坡吟詩。蘇軾表示將「託媒為作姻緣」，卻被貶官而擱置議親。溫女因此病死，蘇軾因而為她寫「揀盡寒枝不肯棲」句。

〔註60〕 《宋史·喬行簡傳》：「弘深好賢，論事通諫。」同註24，卷417，頁12512。

故事以讀書人雖困窘，卻不墜青雲之志，挑燈苦讀。十年後，飛黃騰達的孔山面對曾戲侮自己的周某，只是稍加「驚嚇」他。正當周押司驚恐地自認不死也要黥面刺配時，喬僅輕言地問候，並不以個人恩怨進行報復。又如《輟耕錄‧廉介》（卷 5）寫元代李仲謙「廉介有為」。每退則閉戶讀書，稽今考古。因為薪俸少，仲謙「止有一布衫，或須浣濯補紉，必俟休暇日」。於是每有賓客見訪，則俾小子致謝曰：「家君治衣，弗可出。」主角僅一件布衫，清儉廉潔若此！同時反映當時官吏俸給不豐，常陷於入不敷出的窘境。

有寫文人風雅的行止。如《硯北雜志》寫元代名士鮮于樞：

> ……意氣鮮豪，每晨出，則載筆櫝。與其長廷爭是非，一語不合，輒欲棄去。及日晏歸，焚香弄翰，取鼎彝陳諸幾席，搜抉斷文廢款，若明日急有所須而為者。客至，則相對指說吟諷，或命觴徑醉，醉極作放歌顛草，人爭持去，以為榮。於廢圃中，得怪松一株，移植所居旁，名之曰「支離叟」。

小說以鮮于樞隨身帶筆與人爭是非、搜殘尋缺及醉酒放歌等事，刻劃出他既率直任性，又執著認真的精神風貌。又如同書寫趙子固「清放不羈，好飲酒。醉則以酒濡髮，歌古樂府，自執紅牙以節曲。」短短數語，描繪出趙子固風流灑脫的形象。又如《山居新語》（卷 4）寫元代黃大癡獨遊孤山，聞湖中笛聲，隨即取鐵笛自吹下山。遊湖者（吾邱衍）則吹笛上山，二人交會時彼此不相顧，卻笛聲不輟，交臂而去。又《樂郊私語‧海鹽丞》敘宋代海鹽丞去找一位鄉大夫，他到時大夫正在午睡，等大夫醒來時海鹽丞卻睡著。於是二人你睡我醒、復醒、復睡，直至日沒竟未交一言而去。二則故事寫出落拓不羈，風流爽颯的氣韻，足見元代文人崇慕的風尚。

（二）后妃與紅妝

遼金元文言小說有一群女子的形象頗為凸出，她們或為巾幗，或善諫、能識人，或膽識過人，不一而足。寫后妃者，如《焚椒錄》描寫遼道宗之妻懿德皇后蕭觀音被奸臣耶律乙辛等人誣陷與伶人趙惟一私通，因而被遼道宗賜死，以一匹白練自縊的故事。《瑯嬛記》寫楊貴妃「生而有玉環在其左臂，環上有八分『太真』二小字，故小名『玉環』。楊貴妃死在馬嵬坡之後，明皇朝夕思念，形神憔悴。於是請道士以仙術招楊妃之魂。兩人會面過程在如真似幻中進行，為慰勞玄宗深情，楊妃脫下臂上玉環戴到皇上手臂。最後，貴妃精魂離去，皇上悵然若失，只是「玉環宛然在臂」。小說寫得曲盡綢繆，

情意纏綿。

記元朝皇后之德者，如《輟耕錄・后德》（卷 2）記元朝帝師希望太子專心修習佛法，並認為「習孔子之教，恐壞太子眞性」。據此請示太后。太后義正辭嚴地反駁帝師，認為孔子之道才能治天下。最後帝師赧服而退。故事除了表現皇后的賢能與見識外，也反映元朝對儒家的重視。另有寫才識俱佳的官夫人之事，如《山居新語》（卷 1）記有人獻給北庭文貞王一枝可以暗藏鐵簡的馬鞭，他高興地拿給夫人看。夫人「大怒」曰：「令亟持去。汝平日曾以事害人，慮人之必我害也，當防護之。若無此心，則不必用此。」表現她正直凜然的形象。又如《輟耕錄・女諫買印》（卷 9），記宋末元初畫家龔翠岩之女的賢德：

> 淮海龔翠岩先生開，寓吳門日，一僧權道衡者，頗聰慧，識道理，先生與之遊。偶市肆粥漢印一顆，權嘗酬價。歸取鏹，適見。主人以實告，遂用十五緡買之。語諸女，女曰：「大人乃亦奪人所好。」驚悟，即持送權。遇諸道，權曰：「先生愛而收藏。奚以贈？」曰：「在彼猶在此也。」權固辭。曰：「在彼猶在此也。」相讓久之，沉諸淵而別。

龔女的一句話，適時地惕醒父親，讓他懸崖勒馬未奪人所愛。雖然她在小說中僅有這一句話，卻鏗鏘有力，成為情節轉折的關鍵，也突出她的聰慧與賢德。此外，龔、權二人一再相讓漢印，最後將之沉於河中，他們的交誼、行事與前述黃大癡、海鹽丞等事相類，表現率眞任性的人生態度。

另有善於識人、手段柔軟的夫人。如《輟耕錄・田夫人》（卷 23）記劉復新因小事問罪令史亢子春，「枷項示眾」。劉夫人田氏知道後，軟言勸說：「此小節耳，何足怒也？」並喚亢某至，請劉公親自為他脫枷，再以酒慰勞。亢感謝而退。之後亢某升官，劉公已卒，他迎接田氏母子回家，敬養不怠。又如《錢塘遺事・劉雄飛》（卷 3）記楊都頭收管拘鎖數名囚犯，楊妻八娘見其中一位名喚雄飛者貌魁偉，待之極厚。又趁機釋放雄飛，並贈送盤費。之後雄飛投身軍旅，累有戰功，官拜帳前副都統。之後雄飛欲待報恩，但八娘已死，故厚贐楊都頭。小說中的婦人自有識人之明，能在他人落難時伸出援手，給予溫柔的力量，都是奇女子。

膽識過人者，如梁紅玉。《湖海新聞夷堅續志・中興名將》（卷 1）記南宋巾幗英雄梁紅玉，在韓世忠寒微時即認定他「定非凡人，將來必至榮達」，於

是接納他，並結爲夫妻。之後韓世忠果然屢建戰功，爲中興名將。梁紅玉慧眼識英雄，也從京口娼女搖身一變爲兩國夫人。這段記載，部分情節或有所本，卻也有作者斧鑿的痕跡。又如《續夷堅志・戴十妻梁氏》（卷 1）敘戴十被富家奴馬策捶死，戴妻先取刀欲砍該奴，又親手「掬血飲之」，再攜二子去。戴妻之形象完全顛覆傳統女性柔弱、逆來順受的依附角色。

　　另外，遼金元文言小說有一批雅韻才女，有的善於舞文弄墨；有的機智而擅長應對；形象頗爲多姿。《山房隨筆》記元好問之妹具文采，有姿容，張當揆平章想娶她爲妻。託人詢問元好問，他辭以：「可否在妹！」張某於是去拜訪好問之妹，他抵達時，她正「白手補天花板」，他問近日所作，她當場吟道：「補天手段暫施張，不許纖塵落畫堂。寄語新來雙燕子，移巢別處覓雕梁。」張「悚然」而出。明顯被好問之妹的才情與拒婚嚇得退避三舍。《誠齋雜記》寫蘇東坡之妹，「善詞賦，敏慧多辯，其額廣而如凸」。子瞻嘗戲曰：「蓮步未離香閣下，梅妝先露畫屏前。」妹即應聲曰：「欲叩齒牙無覓處，忽聞毛裏有聲傳。」東坡先調侃妹妹凸額，蘇小妹也以子瞻多鬚髯，加以嘲謔。其才思之敏捷，可知矣！

　　應對機智有文采的女性故事，如《輟耕錄・妓聰敏》（卷 19）寫歌妓順時秀，「性資聰敏，色藝超絕」，得寵於翰林學士王元鼎。中書參政阿魯溫也愛慕她，於是作弄地問她：「我和元鼎相比怎樣？」順時秀機敏答道：「參政，宰相也；學士，才人也。燮理陰陽，致君澤民。則學士不及參政。嘲風詠月，惜玉憐香，則參政不如學士。」利用兩人的官職之別，巧妙地說出心中所屬，非但沒有得罪人，還褒獎阿魯溫的才能，讓他只能「一笑而罷」。因爲順時秀得宜的應對，順勢化解一場尷尬。又如《山居新語》（卷 2）寫名妓曹娥秀之事：

> 鮮于伯機（樞）一日宴客，呼名妓曹娥秀侑尊。伯機因入內典饌未
> 出，適娥秀行酒，酒畢，伯機乃出。客曰：「伯機未飲酒。」娥秀亦
> 應聲曰：「伯機未飲。」座客從而和之曰：「汝何故亦以伯機見稱？
> 可見親愛如是。」遂佯怒曰：「小鬼頭焉敢如此無禮？」娥秀答之曰：
> 「我稱伯機固不可，只許你叫王羲之乎？」一座爲之稱賞。

作者以淺顯的筆觸，酣暢淋漓地表現出曹娥秀反應快，敏銳又富機智的形象。前述二則故事寫出元代名歌妓的才智與機敏，周旋在眾文人之間毫不遜色。其他如傳奇小說《嬌紅記》、《潘黃奇遇》、《龍會蘭池錄》等故事的女主

角，個個具有沉魚落雁之容、信手拈來成章之才，將那一篇篇美麗的愛情故事點染得更爲出跳。上述女子在小說中的形象完全不同於《女誡》所謂的：「女以弱爲美」、「不必才明絕異、不必辯口利辭、不必顏色美麗、不必工巧過人。」〔註61〕她們各具才能或膽識，有的能掌握局勢，堅強樂觀，有的才德兼具，機智聰穎，形象十分鮮明。

上述無論是朝野遺事或是名士軼事，多寫宋金及元代的朝野逸聞、宮闈秘辛，內容雖時有奇情怪誕的虛構情節，卻同時載錄宋金元時代許多帝王將相及聞人名士的言行軼事，文才美德及遭逢際遇等等，都是研究宋元士人思想言行的寶貴資料，具有一定的史料價值。

三、趣聞瑣記

（一）調笑生活

嘲笑他人的個性或癖好者，如《輟耕錄・病潔》（卷 27）寫倪元鎮有潔癖，買春時懷疑妓女不潔，三番二次令該妓去洗浴，竟致終夜未及雲雨。《硯北雜志》（卷上）則寫暢師文有潔癖，某晚，暢師文正在洗腳，友人劉時中、文子方來訪，暢某起身相迎，並取出四個桃子放在桌上，再拿其中二個放進洗腳水中，再三清洗，然後請友人吃。劉、文二人相視而笑，各拿一顆桌上的桃子，並說：「洗過的桃子你自己享用，以免二桃污三士！」大笑而去。文中多處描寫暢某在生活面的潔癖，例如，酒杯必須飲完一杯、擦一回；又如，「水惟飲前桶」，以免後續的水桶受挑水人走路揚起的灰塵污染；再如，「薪必以尺，蔥必以寸」的齊一規格等，更遑論每日必須多次盥手、浣足。二則故事將主角因爲潔癖而引起的笑話寫得生動有趣。

有主角自我解嘲，達到自娛娛人的「笑」果。如《歸潛志》（卷 9）寫李屏山與雷希顏、張伯玉等人宴遊，三人各有所好，其中李嗜酒，雷善飲啖，因相戲言：「之純愛酒如蠅，希顏見肉如鷹，伯玉好色如僧。」如此幽默的方式令人會心一笑。

送禮與宴客是人們生活交際的一環，是一門生活的藝術。有人在送禮時運用「一物異名」手法戲弄他人。如《瑯嬛記》：

> 張九齡知蕭炅不學，故相調謔。一日送芋，書稱「蹲鴟」。蕭答云：

〔註61〕 （漢）班昭：《女誡》，收入（元）陶宗儀編：《說郛》（臺北：臺灣商務印書館，1983～1986 年《景印文淵閣四庫全書》），頁 880～45。

> 「損芋拜嘉，惟蹲鴟未至耳。然僕家多怪，亦不願見此惡鳥也。」
> 九齡以書示客，滿坐大笑。

大芋因爲形狀如蹲伏的鴟，所以別稱「蹲鴟」，張九齡藉以戲弄不學無術的蕭炅。至於宴請賓客，飲食與擺飾都是學問，如《捫掌錄》寫蘇東坡以老太婆塗面，「搽（茶）了又搽（茶）」，嘲弄一再熱情勸茶的主人之鄙吝。《輟耕錄・待士鄙吝》（卷 24）則利用這個典故諷刺專門沽名釣譽的官員。故事寫主人林某款待「名流」則烹羊殺豬，面對「士夫君子」則以素湯餅打發。某日林某求畫於黃大癡、求詩於潘子素，潘某詩云：「阿翁作畫如說法，信手拈來種種佳。好水好山塗抹蓋，阿婆臉上不曾搽。」大癡進一步說道：「好水好山，言達官顯宦也；阿婆臉不搽，言素面也。」三言兩語令這位官員大爲羞慚，數日不敢見客。

像上述運用一語雙關的手法達到調笑目的之故事，尚有《裨史・鐘神投降》，利用「鐘神」諧音「忠臣」，諷刺官員不忠。《湖海新聞夷堅續志・傚人做屋》（前集卷 1）則藉以取笑他人東施效顰，內容寫宋朝丞相崔與之去職，在故鄉興建一座華麗的府第，同里李某據此蓋了一座一模一樣的屋子。落成之日：

> 崔相親登其門借觀，李商大喜。既歸，崔相喚匠人來，問曰：「汝與某人瞖此居，好則好矣，則少兩枝梁。」匠人云：「此一依相府規模，不知少兩枝梁在何處？」崔相曰：「一枝是沒思量，一枝是沒酌量。」

反映出古人宅第需配合身份，崔相出將入相所以得配華宅；反之，李某只是豪商，仿效大官建造的豪宅則「僭侈」，與身份不相襯。像這種有趣的故事，散見於遼金元文言小說各書之中，可見古人幽默的一面。

前述故事中不少是知名的文學家，他們以風趣的語言，表現滑稽的一面，同時利用豐富的文學根柢融入調笑之中，可謂戲而不謔。而且這些笑話趣聞的內容多與生活息息相關，所以有學者認爲，「所有的笑話與小說作品，最能反映古代各階層民眾之心理、生活、政治、學術與文化。」〔註 62〕確實，這些故事不僅表現生活情趣，也陶冶讀者生活。

〔註62〕黃慶聲：〈論笑話與小說的關係〉，收入周建渝、張洪年、張雙慶編：《重讀經典——中國傳統小說與戲曲的多重透視》（香港：牛津大學出版社，2009年），頁 65。

（二）針砭官場

中國向來有以文學美刺的傳統，文人在記載趣聞瑣事時多少會表達其對社會人生的看法，而寄寓褒貶於其中。有學者指出，笑話是另一種常用諷刺手法的文學樣式。〔註 63〕以下故事可以看出以笑話趣事，行諷刺之實的情況。如《硯北雜志》寫元代翰林學士暢師文，性情怪異奇特。某汪姓總帥欲宴請暢師文與盧處道，卻因暢某的個性而不敢造次，委請盧某代為邀約。盧、暢兩人以汪帥「連姻帝室」、「家世勳伐」，於是赴約。隔日宴會一開始，暢某屢次支使童僕將飯菜傾瀉於地，隨即上馬離去。後盧公問其故，暢某答道：「獨不見其犬乎？或寢或吠，列於庭下，是不以犬見待，且必以犬見噬也，吾故飼之而出耳。」暢師文以汪帥家的狗呲牙咧嘴地作勢要咬人，才不得不以食物去餵狗，行為著實令人發笑。表面上看來，或以為暢師文個性古怪；但就前文推敲，暢某在應邀時曾說：「汪公今時重臣，相好有素，使其設具見招，固當一往。」因為皇親而不得不答應，卻又打從心裡不願意，就只好以狗當藉口，故意打翻飯菜、鬧場，讓主人臉上掛不住吧。

《稗史·罔兩鳧》記某鄭姓縣令治理有方，臨去職前，縣人致贈一面錦旗，上云：「鄭君製錦天下無，一封紫詔覲皇都。邑人借留不肯住，誰能舉網候雙鳧！」鄭某因此大喜，經常拿出錦旗炫耀。鄭某之弟也是縣令離任，嫉妒兄長的待遇，故意曲解詩意云：「『網』乃『魍』；『雙』即是『兩（魎）』；『鳧』則是『鴨』。『網雙鳧』就是『魍魎鴨』，這詩實是嘲諷而非讚美。」鄭宰於是怒燒錦旗。其實「鳧」之本義雖是野鴨，但「雙鳧」是指地方官，係為《後漢書·王喬傳》的典故〔註 64〕。鄭縣令不求甚解、不通典籍，任由其弟的妒意而穿鑿附會，非但成為笑柄，也使縣民的番美意白白被糟蹋。《湖海新聞夷堅續志·貪酷竄身》（前集卷 1）一則更為譏誚，寫某官因為貪酷，致體型大幅改變，回鄉時「恐失觀瞻」，於是藏身在大籠之中，令人扛著登舟。著實狠狠地嘲笑了搜刮民脂民膏、中飽私囊的官吏。

〔註63〕 陳寧指出，「笑話是另一種常用諷刺手法的文學樣式。……『詼諧』、『諧語』、『俳諧』等，都是歷來為人們所喜聞樂道的笑話。笑話的『話』，是『故事』的意思，笑話就是可笑的故事。笑話與小說同樣為敘事文學，只不過是側重於逗趣情節而已。見氏著：《通識中國古典小說》（香港：中華書局，2008 年 6 月），頁 142。

〔註64〕 王喬曾任葉縣令，有神術，經常騰空飛行來往於治縣至京師之間，謁見帝王，臨至必有雙鳧飛來。時人舉網得之，則為王喬的鞋履。詳見《後漢書·王喬傳》，同註 7，卷 82 上，頁 2712。

有嘲弄讀書人迂腐，尤其是仕人不求甚解，或固執据泥，致笑料百出者。《稗史》記南宋大臣錢良臣因為講究名諱，其子為了避父親名諱，讀《孟子》之「今之所謂良臣，古之所謂民賊也。」改云：「今之所謂爹爹，古之所謂民賊也。」令人又好氣又好笑。另《輟耕錄・譎誕有配》（卷23）寫元代詩人陸居仁每每讀詩至得意時，即稱「見到孔子」，被嘲笑是頭昏眼花，夢寐顛倒。《拊掌錄》寫有官員愛花成癡，知道友人被調任到昌州，立即恭賀他：「海棠無香，昌州海棠獨香」！這些故事的主角個性多迂闊，不知變通，所以惹出笑話。另外，這些笑話蘊含「意在言外」的特點，其所衍生的人情世態，令人深思而引以為鑑。

前述這些趣聞瑣事以諷刺的筆法，描寫出人性與生活逗趣的一面。有時揭發炎涼世態，有時嘲笑人性弱點，不同程度表現作者對當時社會及個別人生的看法。雖然幽默笑語與嘲諷傷人有時只是一線之隔，但記趣聞瑣事的笑話之結構精巧，往往能在簡短的情節中達到揭露、諷刺或幽默、詼諧的喜劇效果。

此外，有些生活瑣事會以詩詞呈現，或是因詩詞而引發故事後續情節。這種詩詞小說往往篇幅短帙，卻在三言兩語之間，雋永地表現人物的情感、心理及性格；抑是運用淺白淺顯易懂的詩句，嘲弄時事，調侃人物。例如《稗史・富鄰還券》記某富家子家道中落，迫於無奈將房屋賣給鄰人，之後有感而發云：「自嘆年來刺骨貧，吾廬今已屬西鄰。殷勤說與東園柳，他日相逢是路人。」最後鄰人「見詩惻然」，將房子、買金一併送給他。又如《拊掌錄》敘某趙室宗子寫詩云：

　　日暖看三織，風高鬥兩廂。蛙翻白出閣，蚓死紫之長。

　　潑聽琵梧鳳，饅抛接建章。歸來屋裏坐，打殺又何妨。

由於內容頗為怪異，請教作者之後才知道詩意原來是——他看見三隻蜘蛛在屋檐下織網，又看到兩隻麻雀爭鬧。然後，看見死蛙翻肚皮，像個「出」字；蚯蚓死了，像個「之」字。正要吃飯時，聽見鄰居正彈唱《鳳栖梧》；饅頭都還沒吃完，就聽人報說建安章秀才來訪。待秀才離去時，看見門上鍾馗打小鬼的畫像，便隨口說了句「打死又何妨」。類似因為詩詞而引起的趣事，如《拊掌錄》寫李廷彥曾獻《百韻詩》給上司，其中一聯云：「舍弟江南沒，家兄塞北亡。」上司同情地要他「節哀」。李某說，詩句純屬虛構，只為求屬對的效果。二則故事雖是笑話，卻側面反映出瞭解詩詞的創作背景、內涵等等之重

要性，若強爲曲解容易鬧出笑話。這些詩詞沒有華美的辭藻，卻富含情感，流露眞實性情，頗能打動人心。

　　又有夫妻間寄語問候之歌。餘韻纏綿者，如《輟耕錄‧寄衣洞庭》（卷29）：

> 劉氏，有夫葉正甫，久客都門，因寄衣，侑以詩云：「情同牛女隔天河，又喜秋來得一過。歲歲寄郎身上服，絲絲是妾手中梭。剪聲自覺和腸斷，線腳那能抵淚多。長短只依先去樣，不知肥瘦近如何。」

字裡行間滿溢的思念與慰問，都化作手上的征衣，寄予遠方的良人。而心間之苦無可訴說，點點滴滴總是淒涼意！這些詩詞故事，短短數語之中，或調笑世情；抑是犀利諷喻人物；甚或是辛辣嘲弄實事，饒富趣味。

第四章　遼金元文言小說呈現之特色

　　文學與社會、文化密不可分。一個時代的文學往往受當代之政治、社會及文化等影響。葉朗指出：「小說是屬於再現藝術，它應該眞實地反映、摹仿、再現社會生活。」〔註1〕尤其金元時代的社會，主要由漢族、女眞及蒙古三個民族組成。時空彼此交錯、相互爭戰，也彼此融合。如此特殊背景，遼金元時期的文言小說特色，自然就多面向地表現當時社會環境的紛擾不安、天災人禍等亂象；同時也反映政經情況與豐富多姿的文化活動。因此，本章擬先將遼金元文言小說之內容，結合當代的社會、經濟、文化等背景，作一通盤探討，以瞭解當時社會環境對小說的影響。接著由內容與形式切入，探討此時期文言小說的時代特徵，藉以全面展現遼金元文言小說的特色。

第一節　鼎革易代之悲歌

　　從南宋到元朝滅亡期間，中原地區天災不斷，又先後遭受女眞、蒙古的鐵騎蹂躪。他們所到之處，無不以征服、掠奪爲目的〔註2〕而盡其破壞。天災人禍的結果，造成社會極大的震盪，百姓遭受巨大的苦難。本節探討鼎革易代之交，在不同民族、不同文化的激烈碰撞和交互衝擊聲中，遼金元文言小說所呈現的天災與人禍的時代悲歌。

〔註1〕　葉朗：《中國小說美學》（臺北：里仁書局，1987 年 6 月），頁 3。
〔註2〕　成吉思汗曾對諸將部下說：「人生最大之樂，即在勝敵。逐敵，奪其所有，見其最親之人以淚洗面；乘其馬，納其妻女也。」（瑞典）多桑著、馮承鈞譯：《多桑蒙古史》（臺北：臺灣商務印書館，1965 年），卷 1，頁 160。

一、烽火連天，災禍頻仍

（一）戰禍兵災

宋元時期，漢族、女眞及蒙古等民族雖然各有承平時期，但長年處於對峙、交戰情況。最後，遼與北宋被金國消滅，金國又被南宋與蒙古聯軍打敗，最後元軍又把南宋滅國。混亂而激烈的戰事，及人民面臨的慘況都在小說中呈現。

1. 國家交戰，使節交鋒

遼金元文言小說涉及戰爭的層面頗廣，既有帝王對亡國的悔恨，也有苟活求全獻出降表；亦有透過將領力守城池，表達敵軍的殘暴；更有表現各國的外交角力等等之事。這些被作者以記史的心態「如實地」寫在小說中。試觀《續夷堅志》所記之戰事，如〈邊元恕所紀二事〉（卷 4）寫蒙軍入侵金國，攻破雲中城的慘況：「驅壯士無楡坡，盡殺之。……同時曹氏小童，爲軍士驅逐，與群兒亂走，追及者皆以大梧擊殺之。次第及曹，忽二犬突出，觸軍士仆地。軍士怒逐犬入人家。比出，兒輩得散走，逃空室中。」在亂軍之中，見人就殺，不分男女老幼，表現戰爭的冷酷無情。又〈虱異〉（卷 1）一篇以細膩之筆寫下戰爭的殘酷：

> 德順破後，民居官寺皆被焚。內城之下有礮數十，垂索在故營中。
>
> 人有欲解此索者，見每一索，從上至下大虱遍裹，如脂蠟灌燭然。
>
> 聞汴京被攻之後，亦如是。喪亂之極，天地間亦何所不有也！

文中描寫戰後恐怖的詭異景像，肥大的虱子倚附在砲台的繩索，足見砲索曾經鮮血淋漓，才會吸引成千上萬的虱子附著其上。短短一則故事，隱藏著戰時的城鎮曾經血流成河、屍橫遍野的慘狀，只留下飽食人血而肥大的吸血蟲，其狀何其殘忍與諷刺！

金國被宋元聯軍打敗，降城投降。《歸潛志》（卷 7）特別寫下獻城的經過：「（青城）乃金國初粘罕駐軍受宋二帝降處。當時后妃皇族皆詣焉，因盡俘而北。後天興末，末帝東遷，崔立以城降，北兵亦於青城下寨，而后妃內族復詣此地，多僇死，亦可怪也。」作者刻意突出金國滅宋之後，將宋帝、后妃等眾人擄至北方的落腳點，恰是金亡後后妃被殺之地，流露出因果報應的意味。

關於宋、蒙之戰，《錢塘遺事》載錄極多。如〈三京之役〉（卷 2）詳述宋

軍原本希望收復三京，最後「士卒乏糧，遂殺馬而食。俟糧不至，遂班師」。眾軍出場聲勢之浩大，對照班師回朝草草收場，既諷刺，又令人感慨當時朝政之散漫。又〈諸郡望風而降〉（卷 8）以大篇幅描寫宋朝守臣先後遁逃或獻城降元之事；〈金山之敗〉（卷 7）寫潘文卿捲公帑棄城而去，導致「京口第一重門戶而失之，行闕岌岌矣」。作者刻意描繪當時朝廷貪逸圖安，將領多只是附諛、貪財之輩。另〈余樵隱〉（卷 3）寫將軍統帥兵敗之事，如余玠初有作為，後來恃功驕恣、輕忽戰局，最後大敗而歸，因而羞愧地飲藥自盡。其他尚有余晦兵敗（〈余晦帥蜀〉卷 3）、劉整投降元軍（〈劉整叛北〉卷 4）之事。另多處描寫宋軍毫無鬥志的情況，如〈遣使請和〉（卷 7）寫宋朝軍官未戰即預備後路；又〈徵諸帥不至〉（卷 8）：「時京城招軍，年十五以上號武定軍，長不滿四尺，觀者寒心。」表現出當時朝廷招軍買馬不利的情況。〈襄陽受圍〉（卷 6）寫面對蒙古大軍，宋朝將帥根本無心戀戰。小說由多面向凸顯宋朝軍心潰散，少數有志恢復之士，不是被迫去職，就是死於戰事，彰顯宋國戰敗之必然。

　　由上述可以發現，遼金元文言小說中關於戰事的描寫特色，多是以人物為中心，再輔以事件來進行。有些描寫是在史傳的基礎上，稍加繁衍；有的則是據聽聞的資料，稍加潤飾。另外，有些作者在寫這些歷史事件時，具有特定立場，如《錢塘遺事》作者對投降異國者，以「鄙哉」（〈王爌平章〉卷 8）來形容，顯見他是從儒家忠君愛國的倫理觀來描寫故事。

　　此外，小說也表現元軍打敗宋朝並非偶然。《遂昌雜錄》寫元丞相伯顏曾派遣先鋒「諜江南凡八年」；《輟耕錄·浙江潮》（卷 1）記南宋一投降，伯顏隨即諭令居民於門首各貼「好投拜」三字。篇中對於元軍長久而深入地派遣間諜潛伏到南方，及伯顏在宋國投降之前已做好接管的準備，表現元軍侵吞中原並非只靠鐵騎強兵，而是深具謀略。

　　兩國交戰，不僅止於戰場上，也表現在外交角力。在宋金方面，《湖海新聞夷堅續志·不拜金臣》（前集卷 1）記宋朝派張純孝到金帥營帳談和，金帥粘罕下令要他跪拜，張孝純以二人均是一國之臣，「豈有一國大臣拜一國大臣之禮」，寧死不屈。粘罕莫可奈何只得作罷。同書〈奉使辭樂〉寫禮部尚書京仲遠在國宴會場不屈服金使無禮的要求，最後皇帝嘉勉他時，他回應道：「虜畏陛下威德，非畏臣也。使臣死虜，亦常分耳，敢覬賞乎！」這種功成不居的態度，展現使節的忠貞與氣節；同時也傳達朝臣以君為本的心態，透露出

儒家忠君思想。又〈忠愍罵賊〉寫金人渡河直抵汴京，宋朝令李若水前往金帳議和，金帥粘罕不肯和談，又勸降於李若水，若水不肯屈從而被打死。故事寫得頗為感人，先由李若水之母知道兒子出使必然沒有活路，彰顯若水之赤誠忠心；再藉由敵軍讚揚李若水的「死義」，塑造他寧死不降的忠義形象。據史傳記載，李若水臨死之前，「罵不絕口，監軍者摑破其唇，噀血罵愈切，至以刃裂頸斷舌而死」。〔註3〕斷舌裂頸乃是酷刑，更突出其死節之慘烈！李若水有絕命詩云：「矯首問天兮天卒無言，忠臣效死兮死亦何怨！」詩歌流露出國破家亡，孤臣無力可回天的悲壯情調。一場戰爭，表現使節的氣節與為國捐軀的赤膽忠心。

至於金元的外交使節故事，《歸潛志》（卷11）寫道：

> 秋七月，北兵遣唐慶等來使，且曰：「欲和好成，金主當自來好議之。」末帝托疾，臥禦榻上，見慶等掉臂上殿，不為禮。致來旨畢，仍有不遜言，近侍皆切齒。既歸館，餉勞。是夕，飛虎軍數輩，憤慶等無禮，且以為和好終不能成，不若殺之快眾心。夜中，持兵入館，大噪，殺慶等。館伴使奧屯按出虎及畫二人亦死。遲明，宰執趨赴館視之，軍士露刃，詣馬前請罪，宰執遑遽慰勞之，上因赦其罪，且加犒賞。京師細民皆歡呼踴躍，以為太平，識者知其禍不可解矣。

元使無禮於金朝國君，為此將領無謀地殺元使而後快。金元戰事本就一觸即發，此事遂成為壓垮兩國戰事的最一根稻草。故事節奏流暢明快，筆法沉厚樸實，情節安排環環相扣，頗為精彩。此外，小說將殺使節一事歸咎於飛虎軍，但若非金帝貪生怕事，托疾而臥榻接見來使，致使節產生輕慢之心，或許不會發生後續斬殺來使，進而導致金國滅亡之事。金帝之平庸可見一般！其實，金帝「無能」形象經常出現在劉祁筆下，如「二月，陷陳州，陳帥粘割奴申死之。京畿諸邑，所至殘毀。末帝在宮中，時聚后妃涕泣。嘗自縊，為宮人救免。又將墜樓，亦為左右救免。」（卷11）眼見敵軍步步進逼，金末帝涕泣、自縊、墜樓等行為，將金朝末代皇帝懦弱形象描繪得淋漓盡致，同時塑造國之將亡，一國帝王之悲。

宋元兩國之間的使節之戰，南宋也和金國一樣犯下殺害蒙古使者的錯

〔註3〕 李若水事蹟與絕命詩，詳見（元）脫脫等撰：《宋史·李若水傳》（臺北：鼎文書局，1983年11月），卷446，頁13160～13163。

誤，間接導致亡國。《輟耕錄‧獨松關》（卷1）記元世祖在江南連戰皆捷，本來只想藉由強大兵力向宋國索財納幣，於是派出廉希賢、嚴忠範等人前往宋國議和。宋將張濡以為蒙軍來犯，「率眾掩擊，殺忠範，執希賢。希賢亦病創死」。世祖大怒，起兵滅宋。作者陶宗儀評論道：

> 宋之亡也，非有桀紂之惡，特以始之以拘留使者，肇天兵之興，終
> 之以誤殺使者，激世皇之怒耳。藉使獨松之使不死，宋之存亡未可
> 知。其亦有數也歟！

作者平實地載錄這個事件，除將亡宋的起因歸咎於誅殺來使，更重要的是天數亡宋。將戰爭的勝敗歸諸於上天的意旨，非人事的努力所能改變，充滿命定思想。在宋元鼎革之際，國與國的交戰中，作者以補史的心態載錄故事，有時會借重某些情節，表達自己的政治觀點，或是對現實不滿，或有所批評，因此不少篇章末了都有作者的議論評語。

2. 內亂紛擾，盜賊四起

　　關於金元文言小說的內亂描寫，在兩宋之交有方臘之亂（《湖海新聞夷堅續志‧日蝕無光》前集卷1）、李全與李亶叛變（《錢塘遺事‧李亶歸國》卷4）等故事。而《異聞總錄》（卷4）寫讀書人返鄉避禍，舍旅也有「禦寇之備」。表現外患內戰紛擾，致盜賊四起。金代一樣內亂不斷，《續夷堅志‧單州民妻》（卷1）寫宣宗貞佑年初，黃九者從佛兒埚賊鑽天怪作亂擾民之事；《歸潛志》（卷10）以明快筆法記胡沙虎跋扈乖張，擁兵想廢立帝王的政變故事。這些故事表現當時社會亂極，亡命之徒趁社會混亂之際，聚集為禍，致社會擾攘不安。

　　元末群雄並起，相關載錄屢見故事之中。《輟耕錄‧朱張》（卷5）寫宋末元初時，海賊朱清、張宣為禍之事〔註4〕。朱、張二人先販私鹽，再當海盜。「當時海濱沙民富家以為苦」，派官兵追捕，因兩人熟悉海路，「來若風與鬼，影跡不可得」，官府無所獲，只好招安，再令朱清等人管理海路運糧。海盜侵擾，為禍民家，政府竟然束手無策，社會環境之混亂可想而知。《樂郊私語‧張士信杉青之敗》、《樂郊私語‧繆同知》、《輟耕錄‧紀隆平》（卷29）、《輟耕

〔註4〕　史傳寫朱清原為楊家奴僕，殺害主人後避走海上，與張瑄先販私鹽，再淪為
　　　　海盜。後兩人投降元朝，最後為中萬戶，管理海路運糧，官至江南行省左丞。
　　　　柯劭忞：《新元史‧朱清、張瑄傳》（臺北：藝文印書館，1982年），卷182，
　　　　頁1705～1707。

錄‧松江之變》（卷 30）等等是描寫元末張士誠、陳友諒等人起義及苗僚楊完者為亂的故事。《輟耕錄‧忠孝里》（卷 27）、《輟耕錄‧忠烈》（卷 14）是寫紅巾為亂時，人民自組保衛隊，保護家園的感人故事。《輟耕錄‧軍前請法師》（卷 28）則寫元軍緝捕農民起義軍領袖方國珍之事：

謝景陽居松江北郭，結壇於家，行召鬼法。至正十一年，官兵下海剿捕方國珍，傳云賊中有人能呼召風雨，必得破其法者，乃可擒討。千戶也先等遂以謝薦，總兵官給傳致請。省劄有云：「參裁軍事，必訪異人既達天時，當為世用。」時知府王克敏廉介端嚴，有聲於時，不得已親造其廬，起赴軍前。其術一無所驗，自後全軍敗衄。

元代面臨張士誠等叛軍之亂正四面楚歌，統領數十萬大軍的將領，竟然必須倚賴一位術士的法力來圍剿海寇，事實證明所謂「召鬼法」全然無用，致官兵敗北。可見元末將帥之無能，無怪乎百姓必須以自身力量保護鄉里，無怪乎元朝很快就湮沒於歷史的洪流中。

元末的紅巾起義，在小說中佔有不少篇幅，內容多從叛軍首領、抵禦將領及事件本身著手描寫。《輟耕錄‧戲語》（卷 29）一篇切入的角度頗不相同，寫元軍屢次進擊叛軍不克，有參謀建言：「自古行師，必先祭旗。」將領反問他，屢次打勝仗的王元帥祭旗否？答曰：「不祭。」將領於是說：「王元帥不祭，我也不祭。」小說以「祭」與「濟」諧音，嘲諷將帥不濟、無能。應是紅巾之亂逐漸平息之後，有人為凸顯將帥多平庸之輩，無法討伐逆賊而做出的註腳。小說利用戲謔的手法，或可稍稍安慰飽受內亂之苦的平民百姓的心靈。

元曲〈醉太平〉：「堂堂大元，奸佞當權，開河變鈔禍根源，惹紅巾萬千。官法濫，刑法重，黎民怨。人哭人，鈔買鈔，何曾見？賊作官，官作賊，混賢愚，哀哉可憐！」（《輟耕錄‧醉太平小令》卷 23）詩歌寫出當時內亂的原因，所謂「開河變鈔」，乃指強徵十五萬農民重開黃河故道，以及變更鈔法以彌補惡化的財政。為政者以人民為芻狗，當官者又濫法重刑，人民在忍無可忍下，因而起義。短短數語，道盡末世亡國的亂世浮生。此外，這一首小令的作者已不可考，全賴《輟耕錄》得以保存，反映當時作者載錄耳聞目見之事化用於小說之中，凸顯文言小說保存史料的價值。

金元文言小說中載錄相當多宋金元之間戰爭的情節，無論是各國因內部矛盾所引發的內亂；或是各國之間因戰爭引發的社會動盪、征戰場景；抑

是彼此的外交角力，都是顯出那個時代的戰爭血淚與歷史。夏志清指出，中國小說有許多特色，但只有透過歷史才能充分了解，而且給予較為公正的評斷。〔註5〕此外，無論是國與國之間的交戰，還是國家內亂的故事，往往透露鼎易代、戰事勝負乃由命不由人的天命觀念。例如朝代的更迭利用「取地還地」情節來描寫，《錢塘遺事‧夢吳越王取故地》（卷1）敘宋高宗趙構是吳越王投胎，要取回被宋太祖奪取的國土。《至正直記‧上都避暑》寫元代宰相劉秉忠曾建議世祖在上都興建避暑宮殿。由於「上都本草野之地，地極高，甚寒」，加上「地有龍池，不能乾涸」，於是奏請世祖向龍王借地，之後地基果然築成。元末紅巾首腦韓林兒以「龍鳳」為年號，在亂中將該宮殿焚燬。作者以為是與龍王借地、還地的結果，表現江山轉換乃天數命定。龔鵬程說：

> 天命觀念可解釋為中國小說的形上學，它提示故事來源及衍變的脈絡，操縱著情節的發展，以及整體結構之預設，而其本身所欲表達的主題，往往仍是天命。〔註6〕

確實，古典小說經常表現命定觀。尤其是對於戰爭結局的安排、朝代之間的轉換，多具不可違逆性，人們只能順應天命，依循天帝所決定的方向前進。

（二）天災地變

北宋末年至元朝，兵禍、天災屢見於書冊。《雞肋編》載：「自中原遭北敵之禍，人死於兵革水火、疾饑墜壓、寒暑力役者，蓋已不可勝計。而避地二廣者，幸獲安居。連年瘴癘，至有滅門。」〔註7〕反映於小說者，如《異聞總錄》（卷4）寫宋代陳氏因為水災導致全家溺死，「流屍」魂魄無所繫。《湖海新聞夷堅續志‧江神通書》（後集卷2）記景定年間，「因大水，人病涉」。

〔註5〕 夏志清：〈中國古典小說導論〉，收入劉世德編：《中國古代小說研究——臺灣香港論文選輯》（上海：上海古籍出版社，1983年5月），頁4。

〔註6〕 龔鵬程：〈傳統天命思想在中國小說裡的運用〉，收入龔鵬程、張火慶著：《中國小說史論叢》（臺北：臺灣學生書局，1984年6月），頁24。

〔註7〕 《雞肋編》：「自中原遭胡虜之禍，民人死於兵革、水火、疾饑墜壓、寒暑力役者，蓋已不可勝計。而避地二廣者，幸獲安居。連年瘴癘，至有滅門。……紹興二年冬，忽大寒，湖水遂冰，米船不到，山中小民多餓死。富家遣人負載，蹈冰可行，遽又泮拆，陷而沒者亦眾。泛舟而往，辛遇巨風激水，舟皆即冰凍重而覆溺，復不能免。……七夕日，興化軍忽大水，城內七尺，連及泉州界，漂千餘家。……」（宋）莊季裕撰、蕭魯陽點校：《雞肋編》（北京：中華書局，1983年3月），卷中，頁64。

金元的災禍也不遑多讓，金朝末年的災害頻繁，「春冬寒雹，夏秋水旱」，導
致境內民不聊生。元世祖在位期間，發生過旱蝗、水禍等大規模的自然災害，
〔註8〕甚至是旱澇交替的情形。金代《歸潛志》（卷9）記正大年間春旱，一場
突如其來的大雨，令文士們悲喜交集之事。《續夷堅志》也提及春、秋乾旱，
及祭祀火神之事。最堪憐的，應是《輟耕錄·檢田吏》（卷23）描寫一位飽受
天災人禍折磨的農夫：

> 有一老翁如病起，破衲襤褸瘦如鬼。曉來扶向官道傍，哀告行人乞
> 錢米。時予奉檄離江城，邂逅一見憐其貧。倒囊贈與五升米。試問
> 何故爲窮民。老翁答言聽我語：「我是東鄉李千五。家貧無本爲經商，
> 只種官田三十畝。……賣衣買得犁與鋤，朝耕暮耘受辛苦，要還私
> 債輸官租。誰知六月至七月，雨水絕無潮又竭。欲求一點半點水，
> 卻比農夫眼中血。滔滔黃浦如溝渠，農家爭水如爭珠。數車相接接
> 不到，稻田一旦成沙塗。……縣官不見高田旱，將謂亦與低田同。
> 文字下鄉如火速，逼我將田都首伏。……男名阿孫女阿惜，逼我嫁
> 賣陪官糧。阿孫賣與運糧戶，即目不知在何處。可憐阿惜猶未笄，
> 嫁向湖州山裡去。我今年已七十奇，饑無口食寒無衣。東求西乞度
> 殘喘，無因早向黃泉歸。」旋言旋拭腮邊淚。……

作者以詩歌形式講述自己邂逅貧農的經過。該農因爲天旱缺水、官吏強徵民
糧等原因，致生活困頓、貧病交迫，只有等死一途。故事中「爭水如爭珠」
正是因爲長期乾旱所引起的社會現象。此外，這一首敘事詩爲七言歌行，
總共五十二句，使用十四次三平調，尤其每八句就使用一次，如憐其貧、寒
無衣、黃泉歸等等，利用悠長的聲調表現出哀愁的無盡與綿長。全詩語言質
樸，情感眞摯；同時，刻劃生動，反映人生，曲盡人情，可說是元末亂世的
史詩。

元代嚴重的天災，影響至鉅。陳高華指出：「元代是一個多災害的時代，
各種自然災害對這個時代的政治、經濟以至文化生活，都有深刻的影響。」
〔註9〕確實，元代文言小說對此多所反映。如《輟耕錄·皇舅墓》（卷20）：

〔註8〕元世祖在位時，各路水災、旱蝗相仍，在《元史·五行志》之〈水不潤下〉、
〈火不炎上〉、〈木不曲直〉及〈稼穡不成〉等篇中多所載錄。（明）宋濂：《元
史》（臺北：鼎文書局，1986年3月），卷51，頁1093～1115。

〔註9〕陳高華：《元史研究新論》（上海：上海社會科學院出版社，2005年），頁10
～11。關於元代的水旱情況，陳志銘做過詳實的討論，並認爲其發生的頻率

「河間路景州蓨縣河漘一土阜，相傳爲皇舅墓。……至正辛卯，中原大水，舟行木杪間。及水退，土阜崩圮，墓門顯露。天下多事，海道不通……」水災大作，即使是皇親國戚的墓園都不得免，更糟的是南北運輸的水運航道淤塞不通，民眾因此苦上加苦。由於旱澇不均，蝗害隨之而來。《湖海新聞夷堅續志·驅蝗蟲詩》（後集卷 2）、《庶齋老學叢談》（卷 4）等都有蝗蟲爲害的相關記載。

　　在自然災害頻傳之下，導致糧食供需失衡，甚至引發饑荒等社會現象。遼金元文言小說自然記載因此而出現的謬施，或是以人肉做餡等駭人聽聞的事件。在糶糴斂散方面，一旦缺糧或米價湧貴，就有平準物價或開糧倉濟荒之事。如《湖海新聞夷堅續志》（前集卷 2）之〈平糶榮顯〉、〈平心感天〉及〈米價不增〉等均是描寫平糶故事，內容多大同小異，或是「典錢糶米來施捨」，或是「米貴之時，減價發糶」。其中〈米價不增〉之主角張八公的作爲尤其令人感佩：

> ……（張八公）產分二子。每歲禾穀率銅錢六十文一把，其歲歉，鄉價增八十，其子意欲薄有所增，張公坐於門首，看糴者出，問之價，曰：「略增些少。」公以錢還之。自後，其子價不敢增。

張公對於兒子調漲米價，並不多加干涉，而是直接將錢退還給買者，此等敦厚的行爲，終讓其子不敢再任意提高米價。故事對這些平衡米價的善人，也都以善報作終。又《湖海新聞夷堅續志·前賢榜語》（後集卷 2）記辛稼軒帥潭日，值穀價大漲，富家閉廩的傳聞甚囂塵上，導致盜賊四起。辛出榜云：「閉糶者籍，強糴者斬。」《山居新語》（卷 2）則記元代太師伯顏被黜逐後，楊瑀認爲開倉可以「使百姓知聖主恤民之心，伯顏虐民之跡，恩怨判然」。皇帝聽從楊瑀的建議，果然都城百姓都舉手附額感謝聖德。

　　天候不定，時而乾旱，時而大水，再加上蝗害，農產品歉收，接踵而來的饑荒，引發無數慘絕人寰的故事。如《輟耕錄·夫婦死孝》（卷 11）：

> 杜陽父隱居教授，妻吳，辟纑以資之。天歷間，浙右薦荒。米價騰踴，學徒散去。困於饑餓。吳之兄弟，屢勸斬丘木，鬻墓地，以少延餘息。陽父堅持不可，繼欲挈吳歸。吳曰：「夫既盡孝，妾獨以不義自處。寧不食若粟。」遂相枕藉則卒。

明顯較宋、明等前後代高出許多。見氏著：《元代荒政之研究》（新竹：國立清華大學歷史研究所碩士論文，2007 年），頁 106。

因爲饑荒無以爲繼，又爲了孝順不肯出讓墓地，在生存與孝道之間的兩難，他們選擇全孝。於是夫死，婦殉夫。故事流露悲傷的情調。因爲天災所引起的悲慘故事中，最駭人聽聞的莫過於「人相食」。例如《湖海新聞夷堅續志‧人肉餛飩》（前集卷 2）寫宋代紹定年間，「禾稼秀而不實，民間飢荒」，民眾以牛肉雜以人肉爲餡。該民眾被捕後，政府怕引起恐慌，不敢明正典刑，將他偷偷處死。他臨死之前透露，「人之一身苦無多肉，僅有臀腿亂削之餘有淨肉一縉半重。」小說寫得煞有介事，試想，若殺人僅取臀腿之肉，那要殺多少人才能營生獲利？又有多少人成爲俎上肉、盤中飧。同一篇故事又寫「嘉定庚子，臨安大旱，歲飢。」時人以剔死人的肉做餛飩包子。因爲饑饉，可以買人肉而食。這種「人相食」的慘劇，令人不忍聽聞，卻有大半的眞實性存在。據史傳記載，元惠帝元統年間，連年饑荒，死者無算，有人殺子而食，有人相食，更有軍士掠屠弱以爲食，可以說路殍死盈道。〔註 10〕這種狀況，到了元末更形嚴重。《輟耕錄‧想肉》（卷 9）以大篇幅描寫亂軍食人肉之事，內容詳述如何殺人取肉，哪個部位較爲鮮美，連肉源也有等次之分：「小兒爲上，婦女次之，男子又次之」，又如何煮食方能去其苦味等等，令人匪夷所思，卻也反映出當時社會必然蜚短流長，傳言紅巾叛軍的倒行逆施，作者也才能如此詳實地寫入故事中。由此來看，《水滸傳》中孫二娘用人肉製成包子的情節，在金元小說中就有鉅細靡遺的描寫了。

二、世局擾攘，社會階級

在天災連年、兵連禍結之下，宋金元三朝中晚期的吏治黑暗，權貴多重享樂，朝政廢馳；又過度揮霍，致財政惡化，只好增加賦稅，搜刮民脂民膏；再因刑罰不公，民怨四起，民不聊生。另外，金元統治者面對異族人民，採取階級分治，造成種族歧視、社會階級的不平等現象。以下分述之：

（一）政局紛亂

1. 賣官鬻爵，吏治敗壞

對於官場文化，小說家的批判之筆向來不曾手軟。遼金元時值亂世，描寫吏治、嘲諷世道的篇章歷歷可數。在販賣官爵方面，如《山房隨筆》寫南宋賈似道爲了避免吳潛罷官後東山再起，命令劉宗申伺機謀殺吳潛〔註 11〕之

〔註 10〕同註 8，卷 51，頁 1110。
〔註 11〕關於吳潛之死，《山房隨筆》寫道：「宗申至郡，所以捃摭履齋者無所不至，

事。內容描繪劉某的形象：「江湖士，專以口舌嚇迫當路要人，貨賄官爵。士大夫畏其口，姑濃饋彌縫之，其得官亦由此。」短短數語道出官爵買賣所引起的官吏素質參差的問題。

元朝更是明目張膽買賣官位。《至正直記‧江南富戶》（卷4）記至正乙酉年間，「江南富戶多納粟補官，倍於往歲」。楊希茂父子等多人因此獲官，一時炫耀於鄉里。不久，這些人分別因為「因贓罪黜、倨傲被訐、因事被拘」相繼出事罷官。故事接著寫當時「行納粟之詔」，由政府公然賣官，只要繳納「二萬石」，即可任「正五品」。故時人有「茶鹽酒醋都提舉，僧道醫工總相公」之譏。《輟耕錄‧鬻爵》（卷7）則記至正乙未年間，官府直接出賣官位，內容寫中書省遣兵部員外郎劉謙到江南進行「募民補官」，官階「自五品至九品，入粟有差」。雖然「功名逼人」，卻沒有自願者。原來——

> 知府崔思誠惟知曲承使命，不問民間有粟與否也，乃拘集屬縣巨室，
> 點科十二名。眾皆號泣告訴，曾弗之顧。輒施拷掠，抑使承伏，即
> 填空名告身授之。

知府為了達成使命，竟然聚集當地富豪，施以私刑。最後幸有某官出面勸阻，富人才得以獲釋。兩則故事的背景相差逾十年，事情卻頗為相類，可見元末賣官情況之嚴重。試想，以旁門左道得官者，一旦居其位，心思盡在私利，如何能為民謀福，為國謀利？吏治又如何清明！

另有反映因為戰功得官，致官員素質低落之事。如《湖海新聞夷堅續志‧判執照狀》（前集卷2）寫趙姓武人擔任主簿時處理案件的經過：

> 胡七陳狀過劉產錢，乞判執照狀，為他日之據。武人素不通文理，
> 叱之於吏曰：「要如何判？」吏覆云：「只判執照二字。」簿乃書為
> 「執昭」，吏曰：「尚欠四點。」趙乃書四點於「執」字下，吏曰：「此
> 點合在昭字下。」即拂起曰：「但要不少他底。」

武人不僅不懂法律，又大字不識，連執照二字都無法寫好，才使故事顯得荒唐可笑。全篇以主簿「寫錯字」為主軸，再以「叱」吏、「拂起」等側寫，襯

隨行吏僕以次病亡，或謂置毒所居井中，故飲水者皆患足軟而死，履齋亦不免。」不過，據史書載：「壬寅（辰），故丞相吳潛暴卒于循州。賈似道以黃州之事，必欲殺潛，乃使武人劉宗申守循以毒潛，潛鑿井臥榻下，毒無從入。」吳潛雖然在臥榻下鑿井處處防範，但在劉宗申多次邀宴，甚至移庖廚至吳潛居處，最後吳潛仍然不得免「得疾」而死。詳見（清）畢沅：《續資治通鑑》（臺北：世界書局，1969年），卷176，頁4822。

托出主簿「不通文理」的武人形象。同時彰顯官吏的素質之低劣，人民如何期望有公平審判？社會又如何信任司法？可以說小說寫得活潑生動，人物傳神有味，也表現出小說的美刺功能。

金國同樣有武人擔任文官的情況。反映於故事，如《湖海新聞夷堅續志·富僧冤死》（前集卷 2）寫金國銀朱因戰功貴顯，「不諳民事」，被通事擺弄而誤害人命：

> 昔金國有富僧，居民數十家負僧金六七萬緡，不肯償。僧言欲赴留守銀朱哥大王處伸訴。……逋者大恐，相率賂通事，祈緩之。通事曰：「汝輩所負不貲，今雖稍遷延，終不能免。苟厚謝我，則爲汝致其死！」皆欣然訴喏。僧既陳詞，跪聽命，通事僭易他紙畢，言曰：「久旱不雨，僧願焚身動天以蘇民望。」銀朱笑，即書詞尾云「賽哏」者再。……僧莫測所以，扣之，則曰：「『賽哏』，好也。狀行矣！」須臾出郭，則逋者已先期積薪，擁僧於上，下面舉火，號呼稱冤不能脫，遂死矣！

銀朱身爲地方官，既不懂法令，也不會當地語言，凡事必須仰賴翻譯官。凸顯武將因戰功封賞而得官貴顯，但只懂得領兵打仗，既非知書達禮，也不懂法律，既鬧出笑話，又弄出人命。

金元的文官素質良莠不齊，同樣成爲小說諷刺的對象。如《歸潛志》（卷7）寫金宣宗責問宰相僕散七斤云：「近來朝廷紀綱安在？」他一時答不上來。僕散七斤下朝後，怒問下屬：「上問紀綱安在，汝等自來何嘗使紀綱見我？」竟然不知「紀綱」乃典章法度，令人又好氣、又好笑！元代的情況有過之而無不及，《山居新語》（卷1）有二篇相關故事：

> 至元間，有一禦史分巡，民以爭田事告之。曰：「此事連年不已，官司每以務停爲詞，故遷延之。」禦史不曉「務停」之說，乃諭之曰：「傳我言語，開了務者。」聞者失笑。

> 至正間，松江有一推官，提牢至獄中，見諸重囚，因問曰：「汝等是正身耶？替頭耶？」獄卒爲之掩口。

寥寥數語寫出一場場鬧劇，同時描繪出元朝吏員顢頇無能的形象。更糟的是，不少官員連提筆寫字都不會，《輟耕錄·刻名印》記當時爲官的蒙古、色目人，「多不能執筆花押」，只好刻印章取代，當時官吏之素質可見一般。也因此，故事經常描寫他們在地方爲惡作禍之事，例如《輟耕錄·李哥貞烈》（卷

27），寫孟津縣達魯花赤欲侵犯李氏，李氏罵他：「汝職在牧民，而狗彘之不若。」由於元朝政府在地方、軍隊和官衙設立「達魯花赤」〔註12〕作為各地執政長官，卻規定達魯花赤僅能由蒙古人和色目人擔任，作者藉婦人之口責罵這些欺壓百姓的惡官。其他如《續夷堅志・枸杞》（卷1）寫金代官家強奪農家所種出的奇特枸杞。同卷之〈王增壽外力〉寫泰和年間，「官括駝」，力大無窮的王增壽「作詭計」，故意以釘使駱駝跛足，並背負駱駝步行二百餘公里，騙過強搶駱駝的官府。這三則故事分別反映出官吏素質低落，不是重色好淫，就是與民爭利，或是搜括民財等社會亂象。

　　值得一提的是，元代官吏之素質良莠不齊的原因，除了以戰功加爵的因素外，招降納叛也是原因之一。元末動亂頻仍，民間率眾起義者眾，朝廷無力對付叛軍，只好向其招安、封官。如《樂郊私語・杭州新城碑》寫元末率農民起義的張士誠兄弟接受朝廷招安，相繼拜為太尉。又如《輟耕錄・朱張》（卷5）寫宋末元初朱清、張瑄本是「群亡賴子相聚，乘舟鈔掠海上」的亡命之徒，接受招安後，先授金符千戶；後因管理海路運糧有功，再官拜江南行省左丞，富貴不可言，親族更多為大官；最後二人因為行賄被抓而自殺，部下也樹倒猢猻散。其實，朱、張二人本是海盜，為人心狠手辣，朱清「嘗傭楊氏，夜殺楊氏，盜妻子貨財去」，而且部屬多是烏合之眾，政府卻無限度地授予他們高官厚祿。這些人原本就是亡命之徒，一旦為官顯耀，以勢欺人，為非作歹在所難免，平民百姓往往深受其害。

　　官員素質低落，吏治黑暗，隨之而來的是濫用刑罰，或是於刑案得過且過。如《吳中舊事》載，南宋宰相秦檜之妻弟王奐，任知府時，「峻於聚斂，酷於用刑」。《輟耕錄・趙辦官錢》（卷10）記府判王某，外號「殘忍」。某出納侵用官錢，王某為了追回官錢，竟然「拘其妻妾子女」，令人以「小舟載之，求食於西湖」。《續夷堅志・焦燧業報》（卷4）敘開封焦燧，「以廉能」擢大興推官。「凡鞫囚有不伏者，即腦勘」。又《湖海新聞夷堅續志・受賂殺人》（集卷2）寫前宋代陸儀當官時，「有一辟囚當杖死，被勢家用錢賂之，法外凌遲至死。」後來因犯冤魂不散，向陸儀復仇。這些故事最後酷吏雖都受到報應，

〔註12〕　所謂「達魯花赤」，乃官名。是蒙古語「鎮壓者、制裁者、蓋印者」的意思。有監領官、總轄官之意。元代規定漢人不能任正官，多數行政機關及各路府州縣均設達魯花赤，以掌印辦事，由蒙古人、色目人擔任，以監視漢官。詳見上海師範大學古籍整理研究所編：《中國文化史大詞典》（臺北：遠流出版社，1989年），頁336。

但因胥吏收賄致苛政、嚴刑及冤案等不言自明。至於當時縣官隨意辦案的態度，更可在《輟耕錄‧鞫獄》（卷23）中一覽無遺：

> 元統間，某吏杭東北錄事。一日，有部民某甲與某乙鬥毆，某甲之母勸解，被某乙用木棒就腦後一擊。仆地而死。適某承該檢驗，腦骨唇齒皆有重傷。某乙招伏，繫獄經二載，遇赦，以非謀殺合宥，既得釋放，來致謝，因言與某甲鬥毆時。其母來勸，力牽其子之裾，手脫仰跌，自搕其腦，昏絕在地。鄰里有剪刀挑母唇齒灌藥，不甦，乃死，故腦唇有傷，實未嘗持棒擊之也。某問何爲招伏，某乙言：「倉皇之際，惟恐捶楚，但欲招承，償命弗暇計也。鄰里見我已招，遂皆不復言矣。」

某甲母親的死因明明是拉某甲不慎跌倒，再因鄰人以刀剪唇齒灌藥所致；某乙根本不曾持棒毆打她，卻因爲懼怕威逼刑供而認罪。官府竟也不追究，草草結案。可以想見當時官吏虛應故事，案獄不清，刑法徒具的情況。作者在文末說：「今之鞫獄者，不欲研窮磨究，務在廣陳刑具，以張施厥威。或有以衷曲告訴者，輒便呵喝震怒，略不之恤。從而吏隸輩奉承上意，拷掠鍛煉，靡所不至。其不置人於冤枉者鮮矣。」感喟當時官吏動輒以酷刑恫嚇人心，屈打成招者眾，頗有慨嘆青天之不復見的意味。

　　無論是因戰功得官，或出錢買官，甚至是接受招安而得官者，姑不論其人品如何，也不論其是否具備最根本的法律素養與治理能力。試想，買官者可單純地只想光耀門楣，還是想從中獲利？從故事中買官者不是斂財就是作惡，他們徇私枉法的形象不辯可明！難怪有小說作者要藉故事人物感嘆道：「向時人中揀賊，今日賊中揀人。」（《至正直記‧黃華小莊》卷3）這些使吏治江河日下的弊病，透過小說呈現，是作者不滿現實中吏治腐敗，進一步對社會弊端揭露與批評的結果。

　　2. 投訴無門，企盼青天

　　對清官賢吏的讚揚，就是對貪官污吏的憎惡。所以此時期的小說除描寫吏治紊亂，公義不彰之外，更寫平民百姓官司纏訟多年無能解決，或是遇冤卻投訴無門，直到遇到認真負責的官吏才得以斷出是非曲直，凸顯亂世中人們引頸期盼出現清吏能伸張社會公義。如《湖海新聞夷堅續志‧辭金不受》（補遺）：

> 益州劉府君，初爲福江尉，民有爭田十年不決者，郡亦屬公，公得

其苾，立爲剖決曲直。人稱爲神，不知公非神也，特公心爾。及去官，直者候公於建州，屛從告曰：「有好香數斤，聊爲長者壽。」發而視之，乃黃金也。公笑曰：「君事本直，非私也，其敢以公事受君之私乎？」堅卻不受。其人感泣，拜謝而去。時人甚偉之。

故事凸顯出一個很重要的觀念——用心即可做出好判決。而以送香之名行賄賂之實的作爲，在現今社會也時有所聞，可見行賄手法千古一般同。

　　元代《至正直記・梁棟題峯》（卷 2）一篇更能表現亂世之中，願意負責任的清官之難能可貴。內容寫宋末元初名士梁棟有詩名，恃才傲物，得罪不少人。曾作詩云：「大君上天寶劍化，小龍入海明珠沉。安得長松撐日月，華陽世界收層陰。」有道人因與梁棟有隙，遂以該詩「謗訕朝廷，有思宋之心」，據以訴於縣官。此案在縣、郡、行省及都省之間層層相轉，無人能做出判決，苦了梁棟一直被關在監獄。終於案情送到禮部，官某擬云：「詩人吟詠情性，不可誣以謗訕。倘使是謗訕，亦非堂堂天朝所不能容者。」梁棟於是免罪放還江南。其中最爲荒謬的是，一首詩所引起的官司必須層層上轉，從地方到行省的官吏無人肯擔當與作爲。此外，一首詩作足以陷人於獄，可見當時社會蒙漢之間會因爲小小的嫌隙而挑動民族意識的敏感神經。另就禮部官員的判詞來看，不但尊重個人創作自由且尊重言論自由，具有很先進的民主思想。當然，相較於明、清兩代嚴密的文網，元代相對寬鬆許多。

　　此外，在賣官、勒索等紊亂的吏治中，青天難尋，因此小說作者亦有藉自然界的神祇或動物行爲，代替天神執行裁罰。如《至正直記・溧陽父老》（卷 3）寫元初「居民荒業」，有人專門掠買良家婦孺，轉賣至北方爲婢僕，最後被老虎啗噬。故事傳達人們對人口販橫行無能爲力，只好安排老虎吃掉奸人。其他類似故事在本文第三章第一節已有討論，內容不外乎藉冥冥中正義之神附身於動物身上，爲平民百姓主持公道。

（二）種族階級

1. 種族分治

　　金元兩朝先後統治中原部份或全部地區，他們採取保護自身種族的統治策略，建立社會階級制度。金代的種族階級，女眞稱爲本戶，契丹與漢人稱雜戶，而漢人之北人與南人的地位又不相同。〔註 13〕元朝則將全國居民分爲

〔註13〕蕭啓慶：《元代的族群文化與科舉》（臺北：聯經事業股份有限公司，2008 年

四等，分別爲蒙古族、色目（包括中國西北地區和中亞、東歐來華者）、漢人（包括北中國的漢族居民及契丹、女眞人等）及南人（江南地區居民，因爲最晚歸附元朝，所以等次最低）。〔註14〕這四等人在法律上的地位、政治上的待遇和經濟上的負擔都有很大差別。蒙古人、色目人的地位、待遇最高，經濟負擔最輕，漢人、南人則反之。

據《至正直記》記載：「色目與北人以右族貴人自居，視南人如奴隸」，可見南人的地位。另外，「蠻子」之稱，其貶意也由少數民族身上轉到漢族人身上。《輟耕錄·五龍車》（卷 26）記忽必烈曾公開稱呼江南名士葉李爲「蠻子秀才」。雖然元世祖在國家政事上頗仰仗葉李，卻用此稱呼他，可見世祖在心裡仍對漢儒有歧視。

由於蒙古人的社會地位高於漢人，因此表現在男女婚嫁上，便有「誓不以女嫁異俗」的主張。《至正直記·不嫁異俗》（卷 3）寫當時名士王起岩將女兒嫁給達魯花赤之子，因習俗差異經常起衝突，卻又懾於對方社會地位而隱忍不敢言。作者指責王氏與異族通婚的決定「無遠識」，而且譏諷道：「士大夫家或往往失此禮，不惟苟慕富貴，事于異類非族，所以壞亂家法」。換言之，時人與蒙古等異族通婚通常是看上其社會地位與政經關係。尤其這些蒙古與色目人多任職官吏，頓時成爲有心人巴結的對象。《山居新語》（卷 4）記：「都城豪民，每遇假日，必以酒食招致省憲僚吏翹傑出群者款之……江南有新官來任者，巨室須遠接，以拜見錢與之。」內容寫出富豪巴結官吏的醜態，及官吏收受賄賂的現狀，而這些官僚的身份多是社會地位高人一等的蒙古與色目人。故事同樣也反映出當時社會黑暗、吏治腐敗的情況。

金人同樣是種族階級的社會。如《歸潛志》（卷 8）：「遼東路多世襲猛安謀克〔註15〕居焉，其人皆女眞功臣子，驁兀奢縱不法。」因爲貴族世襲，桀驁不馴，於是欺負平民百姓屢見不鮮，如《續夷堅志·戴十妻梁氏》（卷 1）即有貴族放任通事捶死平民之事。這種不平等的差別待遇也反映在科舉考試，《湖海新聞夷堅續志·金國試舉》（前集卷 2）寫金國科考主試官粘罕早有

---

1 月），頁 10。

〔註14〕 關於元代的種族制度，詳見蒙思明：《元代社會階級制度》（上海：上海人民出版社，2006 年 8 月），頁 37～69。

〔註15〕 所謂「猛安謀克」，又作「明安穆昆」等，原是女眞族的部落氏族組織，猛安是部落單位，謀克是氏族單位、首領。後來逐漸演化爲以地域劃分的生產單位和基層軍事組織。同註 12，頁 336。

魁首的人選，於是在漢人初試當日，先呼試場中的年老者出列，眾人以為可以「免試」，爭相出列。沒想到粘罕竟然持鞭、透過譯官說道：

> 爾等無力老奴，若有文章，何不及第於少年！今茍得官，年老死近，
> 向去不遠，必取贓以為身後計，安有補於國？又聞爾等之來，非為
> 己計，多有圖財假手後進者，如此則我所取老者、少者皆非其人也。
> 我欲殺爾等，又以罪未著白；復欲逐爾等，亦念爾遠來。故權令爾
> 終場，當小心以報國，不然皆有所犯，必殺無赦！

眾考生嚇得伏地叩頭，快速逃離現場。於是有少年作賦嘲諷道：「草地就試，舉場不公，此榜既出於外，南人不預其中。」可見金人對於漢儒之不尊重，也側面反映出當時讀書人仕途無望的困境。這種偏激仇怨的不堪，反映出的正是種族主義下的社會不公與不義。

金元時代之所以實施種族階級、差別待遇，「無非欲借種族牽制、大權專攬之方法，以保持其已成之政治地位，而因以永續其既得之經濟利益而已。」〔註16〕或許當權者真的從中獲得經濟利益，但此政策影響層面極大，尤其在當權者日益腐敗之下，各族群的衝突對立加劇，進而導致元末農民起義風起雲湧，成為元朝滅亡的原因之一。

2. 階級分明

金代在不斷對外征戰中，逐步發展出奴隸制度。〔註17〕金朝由於在戰爭中掠奪而獲利，所以從金太宗開始到北宋滅亡為止，每每在戰爭中搶掠俘虜等生口〔註18〕。不獨女真族如此，蒙古族出征經常以擄掠財富和人口為目的，而他們把掠奪來的戰俘奴隸當成「驅口」。據陶宗儀指出，「今蒙古、色目人之臧獲，男曰奴，女曰婢，總曰驅口。」意指，驅口就是驅丁、驅奴、家僮等等奴婢。驅口的地位很低，「宰牛馬杖一百，毆死驅口比常人減死一等，杖一百七，所以視奴婢與馬牛無異。」（《輟耕錄·奴婢》卷17）換言之，驅口（奴隸）等同牛馬財物，可以任由主人隨意買賣。如《遂昌雜錄》寫南宋

〔註16〕同註14，頁69。
〔註17〕關於金代奴隸制度的發展，見陳智超、喬幼梅主編：《中國歷代經濟史——宋遼夏金元卷》（臺北：文津出版社，1998年1月），頁435~450。
〔註18〕據《靖康傳信錄》記載：1126年女真族首次入侵汴京，「厚載而歸，輜重既眾，驅掠婦女，不可勝計」。第二次攻掠汴京時，僅僅是大名、成安二縣即驅掠子女達二千餘人。（宋）李綱：《靖康傳信錄》（臺北：新興書局，1987年《筆記小說大觀》），卷2，頁116。

胡姓官人被俘虜的遭遇：

> ……一日，（宛丘公等人）哨馬南歸，睹一纍囚，兩足凍垂墮，呻吟饑凍馬足間。宛丘之父問囚爲誰，囚顰蹙曰：「我南宋官人盧州（通判胡某），城破爲所虜。」公父復問：「如此汝則是秀才？」囚復曰：「我春秋登科。」公父曰：「汝如此則能教學否？」囚曰：「豈有秀才而不能教學者乎？」公父請於統兵官，用兩馬易得之，浣濯以湯液，包裹以氈毳，溫糜酒以飲食之，絕而復蘇，蘇則兩足墮矣。……

胡通判成爲蒙軍的俘虜，幸得善心人士爲他贖身，性命也僅值兩匹馬。胡某本是讀書人，卻被如牲畜般的對待，甚至聽任其失去雙足，如此悲慘的遭遇，頗有百無一用是書生之嘆。故事表現時人因戰敗被迫成爲俘虜、爲奴隸，任人宰割的境況，更傳達出亡國人民的悲歌。

故事也經常寫金元貴族通過戰爭擄掠婦孺。如《續夷堅志・單州民妻》（卷1）民妻因亂而被擄。同卷之〈包女得嫁〉寫包公孫女，「庚子秋，泰安界南徵兵掠一婦還，因爲頗具姿色，所以將被轉賣爲倡。」同書之〈泗州題壁詞〉（卷4）寫金帥侵略南宋淮水一帶，掠走良家婦女北歸。婦人寫〈木蘭花〉詞云：「淮山隱隱，千里雲峰千里恨。淮水悠悠，萬頃煙波萬頃愁。山長水遠，遮斷行人東望眼。恨舊愁新，有淚無言對晚春。」婦人眼看離家鄉越來越遠，只是無言與淚眼，而離恨，恰似春草，更行更遠還生！寫出被掠者的悲歌。其實不只金元貴族搶掠人口，有些平民惡霸也趁亂拐騙婦孺轉賣。如《至正直記》（卷3）：「國初兵革之後，居民荒業。有一奸民，……每掠買良人子女，投北轉賣爲奴婢。」這種趁火打劫的惡人最後多逃不過惡報。另外，《輟耕錄》一書載錄相當多在戰爭中被掠者的故事。如〈胡烈女〉（卷15）記胡氏被苗獠擄獲，將妻之，她於是投水而死。〈河南婦死〉（卷22）寫婦人被擄之後，改嫁而引發的家庭悲劇。〈歸婦吟〉（卷17）是婦人被掠後，主人知道該婦的父母、舅姑及夫婿都在，將她放回之事。〈貞烈〉（卷3）一篇更敘述多位少婦被擄而自殺，試舉其一：

> 臨海民婦王氏者，美姿容，被掠至師中。千夫長殺其舅姑與夫，而欲私之，婦誓死不可。自念且被汙，因陽曰：「能俾我爲舅姑與夫服期月，乃可事主君。」千夫見其不難於死，從所請，仍使俘婦雜守之。師還，挈行至嵊，過上清風嶺。婦仰天竊歎曰：吾知所以死矣。即齧拇指出血，寫口占詩於崖石上曰：「君王無道妾當災，棄女拋男

逐馬來。……回首故山看漸遠，存亡兩字實哀哉。」寫畢，即投崖
下以死。……

女主角因為顏容秀美而在被掠，為保全貞節選擇自殺。這些婦女多能詩善文，
莫不是讀書識字的「儒家女子」，所以守節的意志更為決絕；相對於當時望風
而逃的文官，及獻城投降的武將之卑躬屈膝，她們的形象顯得更為義烈而鮮
明。由詩作來看，悲惋激切，指責當權者無能無道，於國難當頭，卻救國無
方，才使黎民備受苦難。流露出「十四萬人齊解甲，更無一個是男兒」〔註19〕
的嘲諷意味。

不只是女性，男性在戰亂中同樣也身不由己。《輟耕錄‧賢妻致貴》（卷4）
寫程鵬舉因戰亂被掠至富家為僕，經主家安排婚娶同樣被擄為婢的某女，之
後他與妻子歷經三十年餘年的悲歡離合。故事背景為宋末元初，正值戰事紛
擾，男女主角因而被掠、轉賣為奴婢，連男子都無法自保，更何況是手無縛
雞之力的婦人！上述被掠者的故事，多流露出悲傷的情調，也反映當時社會
混亂之世態。

金元社會由於是階級與奴婢制度，社會上貴賤懸殊，王公貴族恃權勢欺
凌弱者；而富者益富，倚勢欺貧。《歸潛志》（卷 8）記載：「時遼東路多世襲
猛安、謀克居焉，其人皆女真功臣子，驕矜奢縱不法。」於是發生有郡民欠
一世襲猛安的錢，郡民因貧甚無錢償還，猛安就率家僮強闖民宅，強行擄走
牲畜。又如《遂昌雜錄》中寫一個蒙古官員的氣燄驕恣之狀：

（馮翼）為中臺監察禦史時，嘗與一蒙古禦史並馬行。蒙古馬肥健，
嘗先一射行，馮馬老瘦，策莫前。道遇一醉達達，見馮馬羸，衣笠
弊，用捶策馮馬三四鞭。前行禦史亟呼曰：「監察禦史為人捶，憲度
墜矣。亟捕捶者毋貸。」馮舉手謝曰：「無是無是。」醉達達躍馬去。
前禦史至察院，語同僚曰：「馮禦史道中為人所捶，我命捕之，而馮
曾不恤，惡有是耶！」語竟，馮至。同僚迎謂曰：「何故？」馮謝以
無事，前行禦史怒曰：「如此則是我妄言？」馮因起立語眾人曰：「某
本疏遠下僚，朝廷不以某無似，擢置言路，已二十日矣。天下大事，
未有小建明而先與醉人競曲直。」

故事從馮翼與蒙古禦史兩人騎馬的樣態、醉漢捶馬及對人的言行等事，描繪

〔註19〕　（五代）花蕊夫人：〈述亡國詩〉，收入清聖祖御定：《全唐詩》（臺北：文史
哲出版社，1978 年 12 月），卷 798，頁 8981。

出馮翼不與醉漢爭理，以天下大事爲己任的寬大胸襟。同時也反襯出蒙古禦史驕恣倨傲，對人頤指氣使的態度。這可看出蒙古人因爲社會階級較高，往往氣勢凌人，稍一得理即不饒人的情況。

階級壓迫和剝削的關係，也可從《輟耕錄·金鎞刺肉》（卷 11）一篇寫婢女受私刑而死之事得到印證。故事寫西域人木八剌之妻以小金鎞刺臠肉，因有客來訪而暫時離席，回來後發現金鎞不見，懷疑是小婢所竊。主家對小婢「拷問萬端，終無認辭，竟至損命」。之後金鎞連同一根朽骨在大掃除時被發現，推測可能是當時野貓刁肉時連金鎞一起帶走，因而證明了小婢的清白。主人因爲莫須有的罪名，竟將婢僕私刑致死，當時婢僕就像私人物品，處境地位堪憐。

農民因爲戰亂而失去土地，通常不是被軍人官吏強奪，就是被漢族富豪竊佔。如《至正直記·宋末叛臣》（卷 2）寫宋末叛將范文虎，得到「湖州南潯及慶元慈溪等處田土，皆以勢豪奪之者。」《輟耕錄·朱張》（卷 5）記海盜朱清、張瑄接受朝廷招安爲官後，「園宅館遍天下」。元代詠物散曲名家王和卿寫小令〔醉中天〕云：「掙破莊周夢，兩翅駕東風。三百處名園，一采一個空。難道風流種，諕殺尋芳蜜蜂。輕輕的飛動，賣花人搧過橋東。」（《輟耕錄·嗓》卷 23）其中「三百處名園，一采一個空」，是諷刺權貴富豪、流氓地痞侵佔市井小民的醜態。這首小令在當時廣爲流傳，王和卿名聲因此遠播，這無非是因爲歌曲揭露權豪勢爲非作歹，魚肉鄉民的無恥行爲，是百姓厭惡富豪權貴強奪民產的反映。

三、易代臣僚，亂世庶黎

（一）仕宦的抉擇

宋金元三國江山易主，仕宦面對朝代更迭而做出不同選擇。有死節的忠臣，不屈於異族在被生擒活捉後慷慨就義，或奮力固守城池與民共存亡；也有倒戈投誠，在異朝一展長材；抑或是選擇隱居，終老於山林野村。故事多流露出死生契闊，可歌可泣的動人情調。

1. 板蕩忠士

（1）忠肝義膽，以身殉死

疾風知勁草，板蕩識忠貞。當蒙古統帥伯顏統軍二十萬直搗臨安，所到之處，投降者雖眾，但拼死衛國者亦所在多有。《錢塘遺事·下饒州》（卷 7）

敘元軍攻克饒州時，多位宋臣以死全節。文章一開始寫饒州守臣唐震，「竭力守禦」，城破戰死，死後七日，「遺體溫然如生」。接著描寫曾位居丞相的江萬里在城破時投水而死，當時其弟適來省親，遇兵不屈而慘遭「磔死」，至死罵聲不絕。作者最後寫江萬里與張世傑的對話，云：

> 前丞相江萬里，寄居饒州，州入皆遁，萬里坐守以為民望。……張世傑至饒州，萬里與之飲，大醉。世傑曰：「國事如此，丞相如何？」萬里曰：「力不能以報朝廷，惟有死爾。」世傑曰：「丞相之言是也。他家事世，傑盡知之。拿一個盞跪在地，不能得他接，接了未能得他飲，安能忍辱事他人耶？吾盡吾職分，延得一日，也是趙家一日之天下。如不可為，亦只有一死，庶幾可見趙皇於地下。」

江、張兩人在言談之間，都展現以身報效朝廷、從容就義的決心。作者以補敘的方式描寫江萬里以身殉國的心意早在城未破之前已然決定，更凸顯出他的忠烈。

　　上文中張世傑的一言一行，莫不展現決不忍辱偷生於異族、忠臣不事貳君的氣魄。形塑出張某面臨生死，豁達坦然；面對國家，赤誠忠心之形象。史傳中的張世傑也如小說所言，不斷地為延續趙宋命脈奔走，甚至竭盡心力到生命最後一刻。據《宋史》記載：「張世傑，范陽人。少從張柔戍杞，有罪，遂奔宋。」〔註20〕可知張世傑曾在元朝將領張柔之陣營，因為犯罪而奔逃南宋。在抗元的戰役中，他先後冊立趙昰、趙昺二位年少的皇子為帝，展現「為主死不移」〔註21〕的決心；當他得知陸秀夫負幼帝趙昺跳海身亡（1279）時，泣道：「我為趙氏，亦已至矣，一君亡，復立一君，今又亡。……豈天意耶！」〔註22〕可知張世傑在小說中的形象，幾乎呼應史傳。由於他愛國的忠義行為昭彰，所以《山房隨筆》載錄一則他死後的神異故事：「……一夕大風雨，皆不利，張（世傑）舟覆而薨。翌早獲屍，棺殮焚化。其膽如斗大而焚不化，諸軍感慟，忽雲中見金甲神人，且云：『今天亡我，關係不輕，後身當出恢復矣。』」故事中張世傑神靈不滅，不但化為金甲神人，還矢志來生將收復趙宋江山。他的忠義英烈，可謂耿耿。

〔註20〕　《宋史・張世傑傳》，同註3，卷451，頁13272。

〔註21〕　據《宋史》記載：元至元十六年（1279年），張弘範擒獲張世傑之外甥，接連三次命人招降世傑，並許多大官。張世傑歷數古忠臣曰：「吾知降，生且富貴，但為主死不移耳。」同註3，卷451，頁13274。

〔註22〕　《續資治通鑑》，同註11，卷184，頁5027～5028。

汪立信字誠甫，號紫原，是南宋深具謀略、置死生於度外的忠臣。他在淳祐六年登進士第，理宗見其狀貌雄偉，顧侍臣曰：「此閫帥才。」〔註23〕《錢塘遺事‧紫原三策》（卷4）寫汪紫原曾在襄陽危急時上書賈似道，獻上三策，前二計闡述調兵遣將、利誘元使等謀略，第三策則是「若此兩說不可行，惟有準備投拜其意。」因此激怒賈相而被罷黜。之後元兵長驅直入江南，賈相緊急召紫原為端明殿學士、招討使以抗元軍。紫原將妻兒託付給部將後，與賈似道遇於蕪湖：

> （賈似道）拊紫原背面哭曰：「端明，端明，某不用公言，遂至此！」紫原對云：「平章，平章，今日瞎賊更說一句不得。」賈問紫原何故，對曰：「今江南無一寸趙家地，某去尋一片乾淨土上，死也要死得分明。」後抵高郵，適巴顏（即伯顏）丞相駐蹕紫原之家。有告以紫原曾獻三策於賈者。丞相驚歎：「江南有這般人，這般話，若遂用之，我得至此耶？」……紫原拊案大哭曰：「吾猶幸得在趙家地上死也。」竟大慟而絕。

小說利用獻策、託孤、死於故土等情節，塑造紫原有智慧謀略、有為有守等符合史傳之記載。尤其是寫賈、紫兩人相遇之情節，成功襯托出賈似道誤國之甚、汪紫原愛國之誠；同時藉由哭泣與冷峻、一奸一忠的對比，彰顯紫原忠肝義膽的形象。此外，元軍統率伯顏對紫原三策的讚許，也成功地映襯他善於謀略的形象。

驍勇善戰而以身殉國的將領故事，在《湖海新聞夷堅續志》（前集卷1）一書多所載錄，如〈出戰遭虜〉寫李震率領部下戰到一兵一卒，被金人「綳弔於街市凌遲」，李震「罵口不絕，剝皮將盡，但未破腹，尚有氣，尤大罵，仰首向天而死」。又如〈石上釘撅〉，石保正也是奮戰到最後，金兵將其「釘之於車，刺刃於股」，並支解而死。兩則故事都以主角寧死不屈的行為，彰顯忠烈之甚、死狀之慘，及金人的殘暴；同時側面反映出戰爭的慘烈。再如〈寧死不降〉，寫南宋抗元將領姜才之事。當時蒙古兵陷揚州、下泰州，李庭芝與姜才寡不敵眾，仍奮力守城。元軍派遣使者以歸還兩淮之地利誘、招降李、姜。姜才認為這是蒙軍的騙術，堅持為朝廷死戰，還自刎表明心跡。據《宋史》記載：「（姜才）貌短悍，以善戰名。知兵，善騎射」。元軍將領阿術愛其才，使人招之，才曰：「吾寧死，豈作降將軍邪！」阿術怒，「剮之揚

〔註23〕《宋史‧汪立信傳》，同註3，卷416，頁12473。

州」。〔註24〕可見元軍招降姜才一事應為眞實可信。不過，關於姜才的死因，《錢塘遺事・揚州死節》（卷8）載：「姜才身生九疽，不可掛甲，遂敗。」最後被元軍執獲而處決。這與上述《湖海新聞夷堅續志・寧死不降》記他自刎而死的情況差異甚大。兩相比較之下，《錢塘遺事》一篇以他生瘡無法披甲再戰而敗陣，更能突出他勇猛善戰的英烈形象，及英雄末路之悲！另外，小說中諸多獻城者不必死，為國奮戰者卻含血受刑，不禁令人慨嘆！

　　記南宋末年將領死守不退的故事相當多，如《錢塘遺事・五木之敗》（卷7）寫姚訔、劉師勇、王安節等人堅守城池，因糧盡而亡。同書之〈潭州死節〉（卷8）寫李芾〔註25〕固守潭州八、九個月，因元兵與日俱增而不支。城破之日——

> （李芾）命積薪樓下，於是攜家人盡登樓大宴，積金銀於兩畔。李與館客上坐，其餘列坐左右，數杯後，命喚二劊子來。既至，則令「將此金銀去，與你家口。取法刀來。」一不肯受，一會意，徑受之，攜去分付家人。後須臾將法刀至。李帥呼之至前，分付「先從頭殺人，到尾殺我，待我點頭時下手。」復飲酒，良久點頭。惟館賓與一妾墜樓而走，妾折一足。最後李帥伸頭受刃。此劊子遂四面放火，自剖其腹而死。

作者以全知視角引領讀者觀看李芾全家與館客等人灑脫赴死、殉國；而劊子手「良久點頭」，寥寥四個字隱含不忍、卻不得不然的殺主之悲痛，其甚至最後以切腹方式結束生命，選擇與主人共赴國難，何等氣魄！其間，作者以輕淡的筆觸寫：「惟館賓與一妾」不願就死，反而襯托那些倒臥在火光中慷慨就義的身影。另外，李芾在就死之前，先「積金銀」留贈劊子手，突出他為屬下設想的仁心。故事將李芾的形象寫得何等之開脫生死，何等之氣魄！

　　其他不屈而殉國者，尚有謝枋得被元軍囚禁，不食而死。（《輟耕錄・不食死》卷2）度宗朝狀元陳文隆，「北兵入閩，不屈，生縛至杭」，最後病死於獄中。（《稗史》）這類故事的主角多具有強烈的忠君愛國思想，死法也多慷慨

〔註24〕　《宋史・姜才傳》，同註3，卷451，頁13267～13269。
〔註25〕　《宋史・李芾傳》：「芾為人剛介，不畏強御，臨事精敏，奸猾不能欺。且強力過人，自旦治事至暮無倦色，夜率至三鼓始休，五鼓復起視事。望之凜然猶神明，而好賢禮士，即之溫然，雖一藝小善亦惓惓獎薦之。平生居官廉，及擯斥，家無餘貲。」同註3，卷450，頁13256。

激昂，恰如一篇篇可歌可泣的史詩。除了宋朝外，金末爲國鞠躬盡瘁、全節而亡的士大夫也見於小說之中，如《歸潛志》（卷 6）寫烏古孫仲端〔註 26〕知道國家將亡時，「與夫人宴飲爲歡。⋯⋯閉戶自縊，其夫人亦從死。」劉祁稱讚他是「金國亡，大臣中全節義者一人。」同書（卷 5）記楊居仁「入仕，以能稱」，最後全家投河而死。值得一提的是，士夫夫忠貞殉國的故事中，不少婦人跟隨婿夫而死，如李萜的妻兒、烏古孫仲端的夫人等等，也反映出當時儒家思想對婦人貞烈行爲的影響。

（2）不仕異族，遁世隱逸

中國隱逸文化源遠流長。〔註 27〕遼金元文言小說有一群形象鮮明的逸者隱士，他們身處動亂的時代，幾經仕宦浮沉，眼見國家前途全然無望，隱逸不再是浪漫，而是更爲堅決、悲壯的抉擇。如《庶齋老學叢談》（卷 2）寫兩宋之交的奇士趙宗印〔註 28〕曾率眾奮力一戰，敗師之後，散盡家財，入山爲道。國勢如江河日下，孤臣卻無力回天，徒呼負負！表現救國不成，入山尋求佛問道，以求慰藉。

宋元之交在山林野隱而不仕的故事不少，其中最深刻而感人者莫過於呂徽之之事。《輟耕錄・隱逸》（卷 8）記呂徽之博學多聞，長於詩文，隱居萬山中，耕漁自給。某大雪日，徽之「露頂短褐，布襪草屨」，與人論詩文，眾人爲之折服；當下有人懷疑他是「呂處士」，他堅絕否認。有富人遣隨從尾隨呂某回家，等雪停後再去拜訪他。發現呂家是一間簡陋草屋，家徒壁立，呂妻更因爲天寒卻無衣可添，躲在米桶裡取暖。最後有文士在溪邊找到他，呂徽之將釣到的魚換成酒，大家相談盡歡而別。第二天，文士再訪呂某時，他已遷居而不見蹤跡。故事以平實的筆觸長篇幅地鋪陳呂徽之的形象，包括一再否認自己是「欲一見而不能」的呂處士，即便衣著不足以蔽寒，仍堅持不接

〔註 26〕 （元）脫脫等撰：《金史・烏古孫仲端傳》（臺北：鼎文書局，1985 年 6 月），卷 124，頁 2702～2703。

〔註 27〕 劉強指出：中國隱逸文化是傳統文化中最具傳奇性、超越性和浪漫氣質的一種文化現象。看起來，隱逸文化和主流意識形態格格不入，似乎處於社會文化生態的邊緣地帶，但是，在傳統士大夫的心靈世界中，隱逸卻有著遠比出仕爲官更高的精神品性。見氏著：《一種風流吾最愛：世說新語今讀》（臺北：麥田出版，2011 年 8 月），頁 522～523。

〔註 28〕 北宋末年，有僧趙宗印，率「尊勝隊」、「淨勝隊」兩支僧兵在潼關抗金。五臺山僧正眞寶率眾抗金而壯烈犧牲。陸游有〈趙將軍〉詩讚美之。（宋）陸游：《陸放翁全集・劍南詩稿》（臺北：文友書局，1959 年），卷 9，頁 144。

受別人的接濟，指稱那是「不義之財」，以及在天寒地凍的天氣釣魚換酒，與眾人言歡。形塑出呂徽之博學多聞與貧賤不能移的隱者身影。此外，呂妻雖然驚鴻一瞥，只佔極小篇幅，但她爲支持夫婿歸隱的選擇，瑟縮在米桶裡取暖的形象卻鮮活得令人難忘。

　　文人尋求歸隱山林的動機各不相同。《萬柳溪邊舊話》寫有人勸名士尤山出仕，他「輒以醇酒醉之」，並強調其家族世代爲宋臣〔註29〕，「何忍失身二姓」。清楚表達尤山不願出仕異族使先人蒙羞，選擇在祖厝隱居終老。《後漢書》曾舉列六種隱逸的動機：

　　　　或隱居以求其志；或回避以全其道；或靜已以鎮其躁；

　　　　或去危以圖其安；或垢俗以動其概；或疵物以激其清。〔註30〕

試觀前述的呂徽之、尤山等人選擇歸隱的堅決態度，不僅僅是「隱居求志」或「全身遠禍」，更像是「不食周粟」的伯夷與叔齊，寧願落拓潦倒於僻林山野，決不仕異族。突顯出耿介高潔、清風峻節的品行。

　　趙宋宗室趙子固同樣是選擇「不爲貳臣」而隱。《樂郊私語》：「（趙子固）入本朝，不樂仕進，隱居州之廣陳鎮。時載以一舟，舟中琴書尊杓畢具，往往泊蓼汀葦岸，看夕陽、賦曉月爲事。……」接著描寫趙孟頫前來拜訪他，他先閉門不見，見面之後又揶揄孟頫的情節。這個故事曾引發近代學者的議論，論者以趙孟堅死後十五年，宋朝才亡，因此不可能有所謂「入本（元）朝」，不出仕而歸隱的問題。〔註31〕其實，學界對於趙孟堅的生卒年本就存有異說；〔註32〕再者，《樂郊私語》本來就是小說家言〔註33〕，尤其作者爲文的

〔註29〕 《萬柳溪邊舊話》乃作者記尤氏先祖之事，所以篇中多處敘寫尤山之先祖尤保叔、尤大公、尤輝、尤袤均在朝爲重臣，也多是耿介之士。特別是其父尤袤在宋光宗朝爲禮部尚書，不滿光宗朝政，多次上書諫光宗「澄神寡慾」、「虛己任賢」，均不獲納，於是多次辭官不成，七十歲才致仕歸家。

〔註30〕 《後漢書·逸民列傳》曾列舉六種隱逸的動機：「或隱居以求其志，或回避以全其道，或靜已以鎮其躁，或去危以圖其安，或垢俗以動其概，或疵物以激其清。」（南朝宋）范曄撰、（唐）李賢等注：《後漢書》（臺北：洪氏出版社，1978年），卷83，頁2755。

〔註31〕 詳見蔣天格：〈辨趙孟堅與趙孟頫的關係〉（《文物》第12期，1962年），頁145～149。

〔註32〕 關於趙孟堅的生卒年，歷來學者考據結果不一，有的據其臨終詩「百年處世欠三秋，事業都歸海上漚」，認爲應卒於元成宗元貞元年（1295）。另有以爲是卒於宋景定五年至咸淳三年（1264～1267）之間，同上註。

〔註33〕 王作良爲文表示：《樂郊私語》對於趙子固等生存年代有誤，乃「開了歷代誤

旨趣應在於趙孟堅與孟頫會面的情節，由於兩人同為趙室宗氏，一個堅持歸隱，一個出仕異族，藉此對比忠貞與貳臣的形象。

在堅持不作異朝臣民的隱逸之士故事中，鄭思肖堅持抗元的形象相當鮮明。鄭思肖字憶翁，別號所南，福建連江人。《輟耕錄‧狷潔》（卷 20）、《遂昌雜錄‧鄭所南》兩篇載錄他不同事蹟。前者著重描寫宋亡後，鄭思肖的愛國與慕舊的行為。例如，他的字號：「曰肖，曰南」，是取趙之半「肖」與心向南方宋帝，意不忘趙宋，不順服北方異族。又如，「坐必南向，歲時伏獵，望南野，哭而再拜」。再如，「誓不與朔客交往」，一旦聽到外國口音就轉身離開。形塑出孤臣孽子的忠貞形象。最後寫他善畫蘭花：

工畫墨蘭，不妄與人，邑宰求之不得。聞有田三十畝，因脅以賦役取。怒曰：「頭可斫，蘭不可畫。」

以富人求畫的情節，凸顯思肖威武不能屈的節操。而《遂昌雜錄》除描寫鄭所南的愛國情操外，則多處描寫他個人特色，如：「孤僻」、喜「佛、老兩教」；也記他的才能：「平日喜畫蘭，疏花間葉，不求甚工」、「自賦詩以題蘭，皆險異詭特」。最後評價鄭所南曰：「在周為頑民，在殷為義士」鄭思肖在當時以愛國與畫蘭花聞於世，尤其宋朝亡國後，他所畫的蘭花均無土、有根，寄寓國土淪喪，無處紮根之意。他執拗的愛國情操，正如倪瓚〈題鄭所南「蘭」〉詩：「只有所南心不改，淚泉和墨寫離騷」的深刻描寫，令人感佩。其他較知名的隱者，如金代名士元好問、劉祁等人在國破家亡之後，隱居專心著述。由於戰亂毀滅一切，士無賢不肖都飽受顛沛饑寒之苦，生命在旦夕之間的不安讓人更慨嘆吾生之脆弱與人情之可貴。所以這些亡國隱士的作品，經常流露懷念故國之思或是對生命的深沉體悟。

另有些隱士刻意以一種異於常人的方式處世。例如《硯北雜志》（卷下）記席琰曾在宋朝為官，之後「隱居南山下、喜飲酒」。嘗謂人曰：「貧者以酒為衣，吾非苦嗜酒，特托此以寓其遠，俗人所不能知也。」《湖海新聞夷堅續志‧預知國祚》（後集卷 1）宋末元初吳道人，「每年隨寓遨遊市井，只丐殘

___

記的先河」、「誕妄」等云云之批評。詳見王作良：〈趙孟頫仕元問題再探〉（《西安電子科技大學學報》「社會科學版」第 17 卷第 6 期，2007 年 11 月），頁 31。其實，紀昀編纂《四庫全書》時，將《樂郊私語》入「子部，小說家類」，並謂：「所記軼聞瑣事，多近小說家言。」既然如此，可以藉由《樂郊私語》了解時人交遊、社會現況之參酌，以補史料之不足，當不能以「信史」看待，更不必據以指摘而作出嚴厲的批評。

酒痛飲，人不見其喫飯，言事輒中。」有如先知般的預知國家興亡，說偈語警世。故事中的人物不論現實是否真有其人，他們行舉怪異，然而佯狂的外表其實遮掩不了他們在肉體與心靈上的雙重折磨。「嗜酒」或「常醉」的面具下有他們對世情的清醒。這些士人原是正統的知識分子，他們具有使命感，以治國與平天下為己任，但大廈將傾或已傾，使他們想大展鴻圖的願望破碎。有良知的文人士子為了逃避做「貳臣」的屈辱與尷尬，只能寄情於酒，借酒精來麻醉悲苦落寞的心靈，他們的這種「苦節」，與節烈婦女如出一轍！如果說女子以不事二夫為貞節，士子則以「臨難一死報君王」為最高境界。也因此，文人筆下，忠孝節義的道德準一次次被發揚光大，所謂「義犬」、「義猴」（如《湖海新聞夷堅續志‧獸有仁義》後集卷 2、《續夷堅志‧原武閻氏犬》卷 2）傳記便是這種精神追求的產物。事實上，他們所固守的「忠」、「義」，不能簡單地視之為狹隘的民族主義，歸根結底，他們堅守的是一種文化、一種文明。這種文化千年以來固守在民心民情中，而今那深入骨髓的精神支柱被異族的馬蹄踐踏得粉身碎骨，叫遍體鱗傷的他們如何能不借酒澆愁，以醉自遣呢？

　　正如高士談〈將赴平陽諸公祖席〉一詩：

　　　灞橋波似箭，南浦草如裙。此夜燈前淚，他年日暮雲。

　　　醉和醒一半，悲與笑相分。莫作陽關疊，愁多不忍聞。〔註34〕

詩作雖無明顯的遺民意識，但在當時兵燹戰亂下，流露出淒涼的身世之感。他們並沒有為新朝的建立而鼓舞、振奮，相反卻有意逃避紛亂，嚮往寧靜閒適的生活。因此造成當時文壇上普遍的淡遠悵惘及懷舊的意緒。

　　由上述可以發現，遼金元文言小說的隱士們，身處鼎革之交的亂世，一生沒沒無聞、退隱山林。他們既不同於東晉名士以一種幾近「時尚」〔註 35〕的態度歸隱山林；更不似隋、唐時代將隱逸當成一條飛黃騰達的終南捷徑。金元文言小說中的隱者有的安貧樂道，有的縱酒常醉近似自虐；對那些堅持守節的士人來說，施展抱負、兼濟天下的大門已封閉，他們只能另闢蹊徑，退而求其次，將自身投入俗世，隱於市井。這是隱者的選擇，也是時勢使人不得不然的抉擇。

〔註34〕　（金）元好問：《中州集》（臺北：臺灣商務印書館，1979 年《四部叢刊正編》），
　　　　　卷 1，頁 31～32。

〔註35〕　劉強：《一種風流吾最愛：世說新語今讀》，同註27，頁 524。

2. 貳國之臣

（1）投降為官，入侵祖國

在兵荒馬亂的時代，有人在戰爭中投降，更有人在倒戈之後帶兵侵犯祖國。在描寫宋元對戰故事中，南宋節節敗退，呂文煥、夏貴及劉整等具有軍事才能的將領不但投降，又領兵回擊宋軍，是兩國戰爭勝敗的關鍵。

呂文煥〔註36〕，襄陽太守，最後投降蒙古軍。《錢塘遺事·襄樊失陷》（卷6）云：

> 咸淳癸酉春二月，破樊城，下襄陽。文煥捍禦應酬，備殫心力，糧食雖可支吾，而衣裝薪芻斷絕不至。文煥撤屋為薪，緝麻為衣，每一巡城，南望慟哭。城破，遂以城降。且獨守孤城，降於六年之後，豈得已哉？

故事寫呂文煥殫心竭力守城長達六年，彈盡援絕，頗有孤臣無力可回天之意，所以降城是不得不然的決定。據史載，「襄樊之戰」發生在咸淳四年到九年（1268～1273年）間，蒙古軍持續圍困襄陽城。宋軍遲遲沒有援兵，又無法突破蒙古軍的封鎖。咸淳八年（1272年）元軍展開攻擊，先順利攻下襄陽的鄰城樊城，並展開屠城，甚至用死屍堆疊成山，企圖瓦解襄陽城軍民的士氣。隔年呂文煥為了保全襄陽城軍民的性命，開城投降蒙古軍，結束長達六年的「襄樊之戰」。近代有學者認為，儘管呂文煥投降為貳臣，致後世對其評價不高，但他在資源有限之下，仍守禦襄陽城長達六年，其能力應予以正面肯定。〔註37〕話雖如此，但呂文煥在投降之後，又為元軍獻策，反攻宋朝（詳見《錢塘遺事》之〈下郢復州〉（卷6）、〈諸郡望風而降〉（卷8）等篇章），這是呂文煥無法迴避的責難。由於他稔熟宋軍事務，有助於元軍取得致勝先機。雖然呂文煥自認投降是「報國盡忠，自許初心之無愧」（《錢塘遺事·呂文煥回

〔註36〕呂文煥在《宋史》、《元史》並未立傳，僅《蒙兀兒史記》有〈呂文煥傳〉。詳見屠寄、孟森：《蒙兀兒史記》（臺北：鼎文書局，1987年6月），卷110，頁2691～2694。清末民初之《新元史》亦有編列呂文煥傳記。同註4，卷177，頁1672～1674。

〔註37〕〈南宋末年的「襄樊風雲」〉一文對於呂文煥的軍事能力作了番分析，並指出，民兵出身的張順、張貴，及副將牛富等人都名列史傳，呂文煥等人卻沒有，對呂等人何其不公，「難道在戰亂當中必須為國捐軀，才有資格留名青史嗎？」該文收入臺灣省高級中學教學輔導團：《高中歷史教學與研究》第三輯（臺灣：臺灣省政府教育廳，1997年6月）。詳見網路 http://w3.yfms.tyc.edu.tw/yyu/nen-song.htm，上網日期：2014/06/11。

本國書》卷 8），矧且不論他投降的理由是為保全性命或是兒女私情，抑或當時國力戰情之勢不可挽，在強調忠君愛國情操的中國社會，呂文煥選擇獻城投元的當下，他在青史的罵名已然注定。

夏貴（1197～1279），字用和，南宋將領。元國丞相伯顏率領二十萬大軍南下（1274 年）時，夏貴鎮守淮西，不戰而逃，之後獻出淮西諸郡投降元軍（1276 年），元世祖授以參知政事行中書省事。《錢塘遺事・北兵渡江》（卷 6）寫夏貴官居淮西制置使，在陽羅堡之役（1274 年）拒戰而敗仗，之後夏貴乘船順流而下，「沿江南岸縱兵放火」。作者認為當時夏貴「心已無國」。同書之〈蕪湖潰師〉（卷 7）寫宋軍潰師於蕪湖（1275 年）一事：

> ……是日三鼓，孫虎臣告急，至似道舟中，泣告曰：「追兵已迫。」
> 夏貴亦曰：「彼眾我寡，委難抵當。」垂泣而去，似道撫諭三軍，遂
> 許喝轉官資。諸軍詬曰：「要官資做甚！己未、庚申官資何在？」鳴
> 鑼一聲，……十三萬軍一時潰散。

面對來勢洶洶的元軍，夏貴綜觀局勢，認為雙方軍力懸殊，自己勢難抵擋而離去。賈似道雖以發放軍餉激勵士氣，怎奈朝廷因拖欠官資多時，根本無法說服官兵。作者以簡短的對話反映戰事危急；同時以將領「泣告」、「垂泣而去」，營造宋軍氣勢已盡的氣氛，再用「一時潰散」烘托出宋國無力扭轉乾坤的景象。

《山房隨筆》更深入地描寫夏貴降元始末。小說以〈刺夏金吾貴〉〔註38〕一詩為開端；接著，先寫元軍利誘夏貴以淮西之地「養老」，致其遲遲不肯打仗；再敘夏貴與元軍交戰失利，兒子夏松又死於戰役，而統帥賈似道又不肯聽從夏貴的建言，使夏貴心中不樂，這都指向「宋當國者處置失宜」。最後敘述宋兵「無戰心」，所以數十萬士兵「一鼓而潰」。小說以元朝利誘、宋庭失當及宋軍渙散等三個面向，層層鋪陳夏貴不戰而降的原因。雖然開文詩有嘲弄的意味，但其結尾寫道：「夏雖勇健，亦何為哉？」對於夏貴的遭際不無感喟之意。清代趙翼評論夏貴時，曾惋惜道：

> 正月宋亡，二月貴遂以淮西入獻，其意以為國亡始降，猶勝於劉整、
> 昝萬壽、呂文煥、范文虎等之先行投拜。然《宋史》既因其降元而

〔註38〕 《山房隨筆》之〈刺夏金吾貴〉：「節樓高聳與雲平，通國誰能有此榮。一語
淮西聞養老，三更江上便抽兵。不因賣國謀先定，何事勤王詔不行。縱有虎
符高一丈，到頭難免賊臣名。」

不爲立傳，《元史》又以其在元朝無績可紀，亦不立傳，徒使數十年
勞悴，付之子虛。……眞可惜也！〔註39〕

趙翼認爲夏貴曾爲南宋四處征戰，立下不少汗馬功勞，卻因降元而名不列史
冊；在元朝又無顯赫功績，身家同樣湮滅於青史傳記。那一聲「眞可惜」的
輕唱，或是爲其晚節不保而惋；抑是爲其功績不顯於世而傷；或者是對其時
不我予之嘆！此外，由於夏貴被元帝授予中書左丞時已七十九歲，四年之後
即死亡。《三朝野史》收錄兩首近似戲謔的打油詩，詩云：「自古誰無死，惜
公遲四年。問公今日死，何似四年前！」「享年八十三，而何不七十九。嗚呼
夏相公，萬代名不朽。」詩中對夏貴降元一事冷嘲熱諷，可見一旦投身異朝
淪爲「貳臣」，再多理由都難以獲得輿論的諒解。

劉整（1211～1275年），字公齊，原爲金人，之後投奔宋朝，並領軍抗金。
他驍勇善戰，卻遭呂文德等人嫉妒，故意隱其戰功；後又被俞興以貪污軍糧
事誣構，致劉整叛逃投元。劉整順降元朝後備受重用，除強硬主張以武力攻
打宋朝，直取襄、樊兩城外，並爲蒙古訓練水軍、建議在樊城外白河口附近
設置榷場〔註40〕，使元軍順利取得襄陽，奠定戰勝的基礎。可以說劉整降元
是宋元兩國勝負的關鍵人物。劉整故事主要見於《錢塘遺事》之〈劉整叛北〉
（卷 4），內容著重於劉整與俞興有隙一事，對此《元史》僅以「俞興與整有
隙」〔註41〕帶過，小說則敷衍爲：

> 先是鄭興守嘉定，被兵，整自瀘州赴援，興不送迎，亦不宴犒，遣
> 吏以羊酒饋之。整怒，杖吏百而去。及興爲蜀帥，而瀘州乃其屬郡，
> 興遣吏打算軍前錢糧，整賂以金瓶，興不受。復至江陵，求興母書
> 囑之，亦不納，整懼。……

劉、俞兩人因爲征戰的禮節結怨，俞興成爲劉整的上司後，企圖以「打算
法」〔註42〕挾怨報復。文中劉整先賄之以財，又請俞興之母動之以情，再三
求和，仍無法取得俞興的諒解。之後劉整得知賈似道利用打算法以侵盜官錢
的罪名誅殺向士璧等人，使劉整心生懼怕而投降蒙軍。小說將劉整叛變的原

〔註39〕 （清）趙翼：《廿二史劄記》（臺北：世界書局，1988 年 4 月），卷 26，頁
359。
〔註40〕 李天鳴：《宋元戰史》（臺北：食貨出版社，1988 年 3 月），頁 891～892。
〔註41〕 同註 8，卷 161，頁 3786。
〔註42〕 「打算法」是景定年間賈似道所推行，爲挽救南宋中央財政危機和加強對地
方控制的措施。

因直指朝廷，若非賈似道強行推動打算法，殺害將領，或許就可以避免襄陽城破、宋朝國亡。

　　其他順降敵軍再侵犯祖國者，尚如宋臣范文虎，降元後率領北兵征戰南宋故土，此在《錢塘遺事》一書略有著墨。《至正直記·宋末叛臣》（卷2）一篇則寫范文虎之妻與子孫屢遭橫禍，甚至不得善終，是因為范文虎不忠不義，故而招致惡報。又如宋代王良臣、金人李全、李檀父子等人（故事散見《錢塘遺事》、《庶齋老學叢談》、《三朝野史》等）都是背叛國家的將領。在中國傳統強調忠君愛國的思想之下，士大夫似乎只有以死示忠一途，才得以名垂青史；至於貳臣，背君叛國，降志辱身，其定位已昭然若揭。

（2）異朝為官，一展長才

　　前述叛將領軍侵犯祖國，得到戰功後，也多居官顯要。以下主要論述具有輔佐才能的文官，原本在社會即擁有極高聲望，改朝易代之後被延續入仕，繼續發揮長才，擬制獻策者。

　　耶律楚材（1190～1244年），金末元初名士，契丹皇族後裔。祖先歸附金國後一直在朝為官；父親耶律履通曉術數，楚材出生時即預言他未來不凡、將為異國所用，於是取「楚雖有材，晉實用之」〔註43〕之典故為其命名，金章宗時曾在中書省任左右司員外郎。宣宗貞佑二年（1214年）成吉思汗攻陷金國燕京，聞耶律楚材之才，遂招他為輔佐之臣，協助治理中原漢族。有學者稱讚他為「無國籍的人物，拯救民眾於苦境」的政治家〔註44〕。耶律楚材熟知天文地理，雄才大略，小說即突出他滔滔雄辯之能材。如《輟耕錄·治天下匠》（卷2）：

> 中書令耶律文正王（楚材），……從太祖征伐諸國。夏人常八斤者，
> 以治弓見知於上，詫王曰：「本朝尚武，而明公欲以文進，不已左乎？」
> 王曰：「且治弓尚須弓匠，豈治天下不用治天下匠耶？」上聞之，喜，
> 自是用王益密。

〔註43〕 語出（春秋）左丘明：《左傳》，收入（清）阮元校勘《十三經注疏》（臺北：藝文印書館，2007年8月），卷37，頁635。

〔註44〕 竺沙雅章：「在異民族統治的所能容忍狀況下，努力於安定民生的耶律楚材之言行，與五代時期的馮道相似。在經常成為異民族統治區域的華北社會，偶而會出現這種馮道式的政治家——無國籍的人物，拯救民眾於苦境。」詳見（日）竺沙雅章著、吳密察譯：《征服王朝的時代》（臺北：稻香出版社，1998年9月），頁145。

善於造弓的西夏人常八斤，原想羞辱文士耶律楚材，卻讓楚材藉此機會巧妙地凸顯自己是「治理天下之匠」，獲得帝王更多賞識。另有故事呈現耶律楚材善知天文的一面。《庶齋老學叢談》（卷1）記：「世祖皇帝欲平江南，諸老以東南為諫者數人，耶律丞相獨不諫，曰：『此舉必取。今諫者日後定羞了面皮。』公明天文，知氣運歷數而然。」寥寥數語，展現耶律楚材在群臣中獨排眾議，袖裡乾坤的自若神態。又有表現他善諫之事，如《輟耕錄・切諫》（卷2）寫耶律楚材數度直諫太宗皇帝勿嗜酒，屢敗屢諫，最後以鐵製的「酒槽金口」被酒所蝕，比喻酒亦將侵蝕人的五臟六腑，成功地讓皇帝減少喝酒，形塑出為人臣切諫君王的形象。有學者認為耶律善知天命是獲得成吉思汗賞識的原因之一〔註45〕，而他在小說中既是天下治匠，也是知天命的術士，更是不畏權勢的謇謇之士。

　　史天澤（1202～1275年）也是由金國入仕元朝的名臣，官至中書右丞相。據《元史》載：史天澤「身長八尺，音如洪鐘，善騎射，勇力絕人」〔註46〕。他雖是漢族，但其父史秉直原為金軍將領，在元太祖八年（1213）舉族歸降蒙古，天澤亦隨父歸降。之後史天澤在元軍滅金伐宋的戰役中，功勳彪炳，成為元世祖軍事倚重的左右手，而被賜名「拔都」〔註47〕，以稱許其英勇與地位。《輟耕錄・染髭》（卷2）記史天澤對忽必烈之忠：

> 中書丞相史忠武王（天澤），髭鬢已白。一朝，忽盡黑。世皇見之，驚問曰：「史拔都，汝之鬢何乃更黑邪？」對曰：「臣用藥染之故也。」上曰：「染之欲何如？」曰：「臣覽鏡見髭鬢白，竊傷年且暮，盡忠於陛下之日短矣。因染之使玄，而報效之心不異疇昔耳！」上大喜。

故事透過史天澤染黑白髮這等小事，成功突出他對皇室鞠躬盡瘁的心態。關

〔註45〕有學者認為，元帝是看重耶律楚材的天文術數和理財技藝，而非其以儒學治國的能力。其據「以儒治國」為思考方針而擬訂的改革措施，屢遭在朝的蒙古人與西域人反對，最後鬱鬱而終。參看羅依果（Igorde Rachewiltz）：〈佛家的理想主義者和儒家的政治家〉，收入中央研究院中美文化社會科學委員會編譯：《中國歷史人物論集》（臺北：正中書局，1973年），頁257～297。劉曉：《耶律楚材評傳》（南京：南京大學出版社，2001年），頁141～156、227～232。

〔註46〕關於史天澤事蹟，詳見《元史・史天澤傳》，同註8，卷155，頁3657～3663。

〔註47〕《廿二史札記》：「拔都者，勇士之稱，即今所謂巴圖魯也。」同註39，卷29，頁419。

於史天澤的才能，〈李郡王山東事跡〉〔註48〕一文寫金末山東軍閥李全死後，其子李檀反元歸宋，忽必烈派丞相史天澤率兵圍困濟南。「自圍之後，城里長有白蜃氣，觀者以為白蛇精。」史天澤因此令人「吹牛角、咒語」作法，利用白蛇精吸乾李檀的血。之後果然順利捕獲李檀，降服叛將，順利平反亂事。故事寫史天澤利用傳言，巫術及厭勝思惟，成功打敗英勇的李檀，鋪墊出史天澤驍勇善戰的形象。

宋代文人在元朝為官者也不少。據史載：至元二十三年（1286年）行台禦史程鉅夫奉世祖之命，南下江南網羅人才，他舉薦人數二十餘人。其中葉李〔註49〕頗具聲望而被世祖忽必烈召見延攬入朝。《錢塘遺事・士人言賈相》（卷5）寫葉李為宋太學生時，曾上書詆訕當朝丞相賈似道專權，禍國殃民，被似道誣陷，流放他州害。《輟耕錄・五龍車》（卷26）更寫元世祖平定江南後，對葉李的倚重，每遇國軍大事必找葉李商量。有一次葉李因為「病足」無法前來，世祖「以所禦五龍車召之至」。可見世祖對葉李的器重。後來有人畫「應召圖」，只見五龍車上，坐一位「山野質樸」老人。作者感嘆道：葉李一介書生，卻名顯天下，都是拜揭發賈似道誤國之賜！

虞集（1272～1348年），字伯生，曾任元代翰林學士，先祖是南宋抗金名將虞允文。《至正直記・蕭𣂪講學》（卷4）寫虞伯生在元文宗朝極蒙寵眷，文宗視他如兄弟。有一回，虞伯生正在庭上與仁宗論事，監察禦史孛述魯翀在殿外聽候入召：

> ……翀聞伯生稱道帝曰：「陛下堯、舜之君，神明之主。」翀在外屬聲曰：「這個江西蠻子阿附聖君，未嘗聞以二帝三王之道規諫也，論法當以罪之。」文宗笑曰：「子翬醉也，可退，明日來奏事。」帝雖愛其忠直，又恐中傷于伯生也。文宗愛伯生如手足。然是時伯生竦懼，月餘不敢見子翬也。……

文中成功塑造三個角色：虞集曲意逢迎、畏縮怯儒；仁宗適時當和事老，既未違逆監察禦史孛述魯翀，也維護情如兄弟的虞集；孛述魯翀在皇帝面前屬聲斥責虞集，不畏權貴、廉介剛毅。故事將阿附、仁厚及剛直的三個人物形

〔註48〕 關於〈李郡王山東事跡〉一文，作者不明，收入於《野記》一書，據該書作者祝允明說：「予嘗得一古牒，中有題李郡王山東事跡，蓋元人記也。因節述於此，亦可以備闕文。」（明）祝允明：《野記》（臺北：新興書局，1985年《筆記小說大觀》），卷4，頁463。由於此事不知真偽，故聊備一格。
〔註49〕 《元史・葉李傳》，同註8，卷173，頁4046～4051。

象，寫得入木三分。不過，虞集在金元小說中並非都如此膽小怯懦，《輟耕錄‧論詩》（卷 4）寫他論詩時的意氣風發姿態，及為學作詩所做的努力。〔註 50〕其他寫漢人在元朝為官，又受帝王器重者，尚有趙孟頫、劉秉忠、郝經及許衡等人。

上述故事不論是寫堅守崗位的忠臣義士，或棄位潛逃的變節貳臣叛將；抑是歸隱山林的士大夫、政治世家，都是經過作者篩選出來的大時代人物。他們的事蹟經過文人的潤飾，表現出文人武將面對的是非死即降的抉擇，或隱或仕的難題，投射出那個時代的困境與沈重。本文無意強辯「忠君愛國」與「變節叛國」價值觀之優劣，因為歷史往往是成者為王、敗者為寇。故而僅就故事內容的記載來論述，至於功過爭議，就留給歷史汰擇。

（二）庶民的哀愁

1.伶人俳優

金元小說中有一群表演戲曲的伶優之形象極為突出。他們面對戰事紛沓，社會離亂的環境，以戲謔的方式在公眾表演時，諷刺主事者、針砭時事。有諷刺官員鑽營之事，如《古杭雜記》：

> 史彌遠作相時，士夫多以鑽刺得官。伶人俳優者，一人手執一石，用一大鑽鑽之，久而不入。其一人以物擊其首曰：「汝不去鑽彌遠，卻來鑽彌堅，可知道鑽不入也。」遂被流罪。

利用主角名字的雙關性，嘲弄宰相史彌遠利用職權，收取賄賂賣官的情形，內容令人莞爾。不過兩位伶人卻逃不過當權者的弄權，最後被處以流放之刑。又有嘲諷為將而兵敗者，如《湖海新聞夷堅續志‧樊惱自取》（前集 1）寫韓侂冑領兵打敗仗，惱怒得鬚髮盡白。皇帝特別賜宴以寬解其煩惱。宴會上有「伶人為戲」，一人扮成孔子的學生樊遲，一個裝扮為劉邦的武將樊噲，另一

〔註 50〕 虞集與揭傒斯、楊載、范梈等四人，善於詩作，且風格各異，被稱為「元詩四大家」。《輟耕錄‧論詩》（卷 4）載：有人曾問虞伯生，四人的詩風如何？伯生回答：「曼碩（揭傒斯）詩如美女簪花」、「仲弘（楊載）詩如百戰健兒」、「德機（范梈）詩如唐臨晉貼」，而自己則如「漢廷老吏」。虞集將揭、楊、及自己的風格分別評為「穠麗新豔」、「雄勁蒼莽」、「學古得其近似」及「深遠峭刻，字鍊句鍛」。可見虞集對自己詩作的信心與豪氣。可是虞集作詩的能力也不是平白從天上掉下來的，小說也寫楊仲載批評伯生不會作詩，虞集於是經常攜酒向楊仲請益「作詩之法」。每次楊仲酒酣，「盡為傾倒」，虞集送「超悟其理」，詩路大開。故事中可見虞集於作詩上的意氣風發姿態，也見他致力詩學的情況。

個則名為樊惱，再有一人擔任串場。串場者先問樊遲：「誰幫你取名？」答道：「夫子所取」。接著問樊噲，他對以「是高祖所命」。最後問樊惱，他回答：「樊惱自取」。故事以諧音的「樊惱自取」嘲笑韓侂冑「煩惱自取」，譏諷他作戰之前不思振興強兵，只知作樂，打了敗仗悔恨無益，只是徒增煩惱罷了。類似故事，如《稗史・志詼》：

> 至元丙子，北兵入杭，廟朝為虛。有金姓者，世為伶官，流離無所歸。一日，道遇左丞范文虎，向為宋殿帥時，熟知其為人，謂金曰：「來日公宴，汝來獻伎，不愁貧賤。」如期往，為優戲云：「某寺有鐘，奴不敢擊者數日。」主僧問其故，乃言鐘樓有巨神，怖不敢登也。主僧亟往視之，神即跪伏投拜，主僧曰：「汝何神也？」答曰：「鐘神。」主僧曰：「既是鐘神，何故投拜？」眾皆大笑，范為之不懌。

伶官以「鐘神」下跪投拜，諷刺范文虎變節非「忠臣」。前述故事中，伶優所戲謔的對象，個個大權在握，有為奸作惡的大臣、懦弱無能致統軍戰敗的將領及棄民而變節的叛將。這些伶優不懼權勢，以諷刺當朝權貴為橋段，表現出伶優表演的「滑稽調笑諷刺」〔註51〕傳統。就像《稗史》作者在文末感嘆道：「伶人以亡國之餘，快其忠憤，亦賢矣哉！」讚揚威武不屈的德性與愛國的節操。

另有小說寫伶人曲承環境，諷刺忠良。《湖海新聞夷堅續志・寧死不降》（前集卷1）寫宋末李庭芝鎮守維揚，直至城破被斬首，頭顱被懸於橋上示眾。之後，「省官在設廳茶飯，伶人戲侮此事，即嘔血而死。」小說雖未載明該伶人如何顱演其事，但刻意安排伶人嘔血而死，傳達讚揚忠良賢臣的基調。同時，這類表演一旦不符合社會大眾的道德觀或期待，其下場當然不好。顯示中國古代以儒家忠臣烈士為主軸的倫理道德觀，也反映在戲曲表演。

宋元時代的伶優們不僅僅是粉墨登場，他們生活在民間，深切了解百姓的苦難，更能感同身受於憂患中的無助與無奈。所以小說作者藉由他們的形象，在故事中以戲曲的方式，揭露、譏刺當時朝廷腐敗、社會不平等現象。因此，故事中的伶優多身懷憂憤，伶人的角色更像是作者的替身，為作者說

〔註51〕魯德才：《中國古代小說藝術論》（天津：百花文藝出版社，1988年12月），頁50。

出想說而不敢、不方便說的眞心話。而這類諷刺故事的表現方式，有時運用字義雙關的手法，隱喻人事；或是以諧音字代換的方式，曲折地諷刺目標；抑或是使用誇張的方式，嘲弄標的；甚或是以直接而鮮明語言，冷峻而犀利的直刺事物的中心。

2. 黎民百姓

亂世中的市井小民往往承受多方面的衝擊與壓迫，既有猖獗的盜賊燒殺劫掠，又有權豪勢要強奪家產，更有貪官酷吏橫徵暴斂。百姓遭受欺凌，哀哀無告，眼見家園荒蕪，良田荒塚。遼金元文言小說多面向反映庶民之慘況，如《續夷堅志·原武閻氏犬》寫當蒙軍兵分三路揮向汴京時，所到之處無不殘破不堪，死於兵亂者，屍體相枕藉，「僵屍滿野，例爲狐犬所食，不辨誰某」。又如前文曾經提及的餓死、吃人肉等情節。

又有描述百姓遭致流離失所之痛。如《輟耕錄·馬孝子》（卷 29）記盜賊作亂，馬孝子背著母親四處藏匿，母死暫聚石淺葬，遇盜時又伏於墓上守護，強盜以其孝而釋放他。之後又因亂失去墓地所在，數次往返千里終於尋獲母親遺體遷葬。《湖海新聞夷堅續志·身代母死》（前集卷 1）寫「宋建炎間，大盜群起，遇人必殺。」何某以身代母被執，最後盜匪憫其孝心將他釋放。其他如《輟耕錄》之〈奉母避難〉（卷 12）、〈趙孝子〉（卷 12）、〈趙孝子〉（卷 2）等都是戰亂中的孝親故事。不過，並不是所有盜賊都有仁心，如《輟耕錄·繆孝子》（卷 24）寫至正十六年，「淮兵寇城，執其（繆倫）父，將殺之。倫哀號乞免，弗聽；傾家貲以贖，又弗聽。乃自縛請代。於是殺倫而釋其父。」這種毫無人性之舉，使作者忍不住斥責兵寇「不仁」。上述捨身代人的故事多發生在親族之間，另有奴僕以身護主，不惜犧牲己身性命。如《輟耕錄》之〈義奴〉（卷 7）、〈女奴義烈〉（卷 11）等等。本該安居樂業的黎民百姓，卻在戰禍盜賊交相作亂之下，遠離家園四處避難，甚至落得家破人亡。這種離亂中的親情故事，既寫亂世之悲，又突出孝順的倫理精神，流露出人性光輝。

又元末紅巾軍起事時造成百姓諸多苦難，此於《輟耕錄》多所記載。如〈李哥貞烈〉（卷 27）記當時賊寇擄走李哥夫婦，想佔有李哥不成，遂將他們殺死。同卷〈劉節婦〉寫紅巾軍陷河朔地區，四處燒殺擄掠，婦人爲守節而慘死。另一篇〈劉節婦〉（卷 24）之婦人在亂中喪夫而出家。從故事中可見紅巾起義期間百姓遭受極大痛苦，這與起義軍的素質參差不齊有關，試觀〈蘭

節婦〉（卷 27）一篇，寫起義軍「陳友諒部屬稱鄧平章」，覬覦蘭氏「有殊色」，殺光她全家，再強行擄走她。節婦以先祭夫、再順從，最後留血書於壁，自刎而死，鄧姓統帥竟還得「倩人讀其詩」，其不學無術可知矣。另外，由於紅巾軍四處爲亂，〈胡仲彬〉（卷 27）寫說書人胡仲彬組織義勇軍抵抗，招募的卻都是「遊食無藉之徒」，受苦的仍是百姓。由這些故事可知元末之亂世，既有紅軍起義說是要對抗黑政治，打著爭取社會公平正義爲口號，卻無法掌控良莠不齊的屬下；又有要消滅紅巾的義軍，結集的卻又是一群無賴之徒。如此紛至沓來的內亂，讓無辜百姓苦上加苦。

　　此外，由於連年征戰，而上位者又持續享樂，無所作爲，政府只能不斷加稅，致一般百姓因苛稅傜役而苦不堪言。如《遂昌雜錄》寫梁溪倪文鎮不勝州郡之腏剝，財力逐漸耗減，最後在沒完沒了的需索，甚至強制徵收之下，家業於是沒落。又如《樂郊私語・杭州新城碑》記張士誠兄弟順降朝廷後，相繼拜高官。「大城武林，至起平、松、嘉、湖四路官民以供奔築。雖海鹽一州，發徒一萬二千，分爲三番，以一月更代，皆裹糧遠役。而督事長吏復藉之酷斂，鞭朴棰楚，無有停時，死者相望。」百姓受賦役之苦，連性命都不保，可見當時賦役之繁重。又如《輟耕錄・檢田吏》（卷 23）寫農夫被政府強徵民糧、又遇天災之下，不得不將兒女賣身予富家，反映農戶的收入既要養家活口，還必須繳納繁重的賦役，讓農戶的生活普遍清苦。

　　覆巢之下無完卵。戰亂不但摧毀人類生活，也破壞動植物的生存環境及長期積累的文化。如《續夷堅志・天慶鶴降》（卷 1）寫忻州天慶觀本來每年都有仙鶴飛來。貞佑兵亂之後，鶴遂不至。此外，改朝換代也使文物被毀，如《山居新語》（卷 3）記元朝太師伯顏曾起出歷代玉璽，磨去篆文，改造成押字圖書等物。《輟耕錄・發宋陵寢》（卷 4）敘江南釋教總統楊璉眞珈率眾發掘宋陵。這些故事反映出戰爭對生態的破壞，及造成文化浩劫。

　　綜上所述，遼金元文言小說的最大特色，就是一個大時代的浮生錄，記述著那個天災人禍動亂下的浮光片影，因爲烽火連天、盜賊四起，時局紛亂、天災連綿加上種族階級的歧視，凸顯出生活在其中的人們對生命的無奈抉擇與苦難的血淚。這些故事串連出一首大時代的悲歌，交織出一張生動的時代縮影，任人馳騁想像，隔空憑弔。

第二節　民俗文化之反映

　　金元分別由女眞與蒙古族組成，佔領中原後借助儒人治理〔註52〕，因此產生彼此的文化互相交融，相互影響。有學者指出，遼金元文化是「逐漸捨棄其舊俗，而服從我中夏之文教」的結果〔註53〕、是漢文化延續〔註54〕、元朝蒙古與色目人在婚葬等方面已實行漢族習俗〔註55〕。意即，女眞與蒙古族入主中原之後，本身也受漢族文化的影響。至於民俗文化的範圍，舉凡具有「群眾性、時代性、民族性、區域性、穩定性」〔註56〕等特點者都可以稱之。因此可以說衣食住行、歲時節日、藝文生活等關乎民生的活動；婚嫁、喪葬等人生儀禮；信仰、祭祀及禁忌等精神層面；甚至社會、政治及經濟等制度，都是民俗文化的一部份。本節將探究遼金元文言小說所反映的社會生活、政經商貿及風俗民情等文化面貌。

一、社會生活文化

（一）飲饌文化

　　金元時代小說作者更多名不見經傳的下層文人，他們貼近市井生活，將

〔註52〕　金國佔領中原之後，以儒士建立典章制度。《金史・文藝傳上・序》：「金初未有文字。世祖以來，漸立條教。得遼舊人用之。……太宗繼統，……及代宋，取汴經籍圖（書），宋士多歸之。熙宗款謁先聖，北面如弟子禮。……當時儒者雖無專門名家之學，然而朝廷典策鄰國書命，粲然有可觀者矣。」同註26，卷125，頁2713。另外，元代忽必烈建元之後，也不得不借用儒士治國，晉用如耶律楚才等儒士，建立制度。

〔註53〕　吳梅：《遼金元文學史》（上海：商務印書館，1934年3月），頁2。

〔註54〕　「（金元）文化實際上是漢族文化的一種延伸和繼續，只是由於環境和歷史條件的差異，而染上一種特殊的色彩。」詳見夏承燾、張璋編：《金元明清詞選・前言》（北京：人民文學出版社，1983年1月）。

〔註55〕　陳高華指出，元代在忽必烈時期推行「漢法」，建立日後元朝政策的基礎，卻也爲保護自身文化，強調「蒙古、色目人各依本俗」的措施，但不管如何，農業區的蒙古、色目人與漢族以及其他民族長期交叉居住，交往日益增多，風俗習慣必然互相影響。到了元朝末年，蒙古、色目在婚姻、喪葬等方面實行漢族習俗已屢見不鮮，改用漢名、漢姓者也爲數甚多。元朝政府在風俗方面實行的民族隔離政策受到了很大的沖擊，在多數場合已名存實亡。陳高華、史衛民：《中國風俗通史・元代卷》（上海：上海文藝出版社，2006年3月），頁10。

〔註56〕　王平：《中國古代小說文化研究》（濟南：山東教育出版社，1996年9月），頁155。

民眾的飲食習慣或趣事載入小說，表現時人的飲食文化。如《湖海新聞夷堅續志‧劉咬指臥雪》（後集卷 1）之劉生甘貧好道，「賣豆乳為活」。又《庶齋老學叢談》（卷 4）有一則縣官利用「炊餅」審斷婦人誣告富家子的故事。文中縣官令三個嫌疑犯各咬一個炊餅，且要求「咬而莫斷」，再據齒痕比對婦人身上的咬痕，最後還富人清白。文中的炊餅，就是蒸餅，〔註 57〕也就無餡的實心饅頭，如此才有可能留下清晰的齒痕，讓法官作為斷案的依據。足見宋元時代將無餡的稱為炊餅，有餡的叫做饅頭。此又可由《歸潛志》（卷 6）記金代將領在會宴時，請諸將與家眷共食「豬肉饅頭」得到印證。

　　古人對於飲食與食器有嚴謹的要求。《硯北雜志》寫元代翰林學士暢師文有潔癖，經常鬧出笑話，尤其他每到任新職就會因此引發事端。某次，暢某初赴新職，其友盧處道與劉時認為「必有佳話」，於是私下問驛館的姬妾，她說：

> （暢師文）未至也。聞為性不可測，供頓百需，莫不極其嚴潔。既至，首視廚室，怒曰：「誰為此者。」館人曰：「典史。」攝之前跪，而罵之，眾莫曉所謂。良久，其童從旁言曰：「相公不與吏輩同饔爨，當別覓小竈。且示以釜之大小，薪之短長，各有其度，俾別為之。」典史者，奔去持鍋負薪，與泥覓偕至，仍命典史躬自塗之。既畢，復怒捽典史跽之。曰：「吾固知汝不克供職，行且決罷汝矣。」眾亦莫曉所謂。其童又言曰：「釜腹有煤，未去也。」令館人脫釜，覆之地，以手拭煤，塗典史之面，而叱出之。

由於暢某對食器的要求「極其嚴潔」，所以初來乍到縣舍，竟然先管廚房大小事。從鍋子大小、薪柴尺寸等無一不要求，甚至連鍋底都見不得一點髒污。小說中最可憐的人莫過於「典史」，為了這平常看似小事的廚具一再被斥罵、折騰，最後還被鍋底的煤漬塗了臉，狠狠地羞辱了一頓。接著，姬妾又說另一事：

> 一日，作餛飩八枚，召知府畢食之。其法，每枚用肉四兩，名為滿楪紅。知府不能半其一，彼則享已盡矣。時所供醢頗醶，知府云：「敝舍有佳者，當令姬副使送膳夫所。」少頃，知府遣姬以碗盛醢至。

〔註 57〕　《青箱雜記》：「仁宗廟諱禎，語訛近『蒸』，今內庭上下皆呼蒸餅為炊餅。」（宋）吳處厚著、李裕民點校：《青箱雜記》（北京：中華書局，1985 年 5 月），卷 2，頁 19。

　　　　問曰：「何物也？」姬應之曰：「知府送酢。」即令跪階下飲之至盡。

　　　　曰：「爲我謝知府。」出而哇之。

知府不瞭解暢某的潔癖，這才苦了送醋的婦人，不得不當場喝下酸溜溜的一
碗醋。另外，文中的「餛飩」，每枚的內餡竟然有四兩肉，外形可能比包子更
大，知府連半個都吃不完。這或許是作者誇張之詞，但當時指稱的「餛飩」
應與當今不同。據《清稗類鈔》記載：「餛飩，點心也，漢代已有之。」
〔註58〕北齊顏之推則謂：「今之餛飩，形如偃月。天下通食者。」〔註59〕可知
「餛飩」是古代社會一般人經常吃的食物，已有二千餘年歷史，而外形如偃
月則類似今日的餃子。至於餛飩的品類，應也不亞於今日，唐代有「二十四
氣餛飩」〔註60〕，宋代更有「百味餛飩」〔註61〕，令人眼花撩亂。由於餛飩
是社會普遍可見的食物，經常見到餛飩出現在小說情節中。如《湖海新聞夷
堅續志・飲饌前定》（前集卷 1）記載，縣令請客人吃「五般餛飩」，以臺盤端
出「大碗盛餛飩」，推估其份量應也不輕。又如《輟耕錄・餛飩方》（卷 24）
寫元代翰林直學士喬仲山被「餛飩所苦」的趣事：

　　　　（喬仲山）官吏部郎中，好古博雅，仍喜諧謔，所交皆名人才士。

　　　　公家制餛飩得法，常苦賓朋需索。一日，於每客前先置一帖，且戒

　　　　云：「食畢展卷。」既而取視，乃製造方法也。大笑而散，自後無復

　　　　言矣。

因爲公家製作的餛飩太過搶手，導致常常被求索無度，最後乾脆將食譜供諸
於世，以絕「後患」。故事一方面表現時人對於美食也是一傳十，十傳百的告
知同好，正如同今人以網路分享飲膳經驗，常常使某餐廳或美食大排長龍；
另一方也凸顯主角雅好戲謔的個性，及富於機智的形象。

　　　魚、肉在古代是相對奢侈的食物，這可由《至正直記・鄞人虛詐》（卷 4）

〔註58〕　（清）徐珂：《清稗類鈔・飲食類》（北京：中華書局，2010 年 1 月），頁 6402。

〔註59〕　《北戶錄・食目》之「渾沌餅」條之下，有崔龜圖注曰：「顏之推云：『今之
　　　　餛飩形如偃月，天下通食也。』」（唐）段公路纂、（唐）崔龜圖注：《北戶錄》
　　　　（臺北：新文豐出版公司，1985 年《叢書集成新編》），卷 2，頁 115。

〔註60〕　唐人韋巨源之〈燒尾宴食單〉：「生進二十四氣餛飩」，據陶穀解釋說：是指二
　　　　十四種餛飩的花形、餡料不一樣。詳見（五代宋）陶穀撰：《清異錄》（臺北：
　　　　新興書局，1974 年《筆記小說大觀》），卷 4，頁 2040～2041。

〔註61〕　《武林舊事・冬至》：「享先則以餛飩，……貴家求奇，一器凡十餘色，謂之
　　　　『百味餛飩』。」（宋）周密：《武林舊事》，收入《東京夢華錄外四種》（臺北：
　　　　古亭書屋，1975 年 8 月），卷 3，頁 383。

一文佐證。該書作者孔齋云：「（鄞人）多不務實，好飲啖酒肉，無一日不買魚腥酒食。吾鄉則不然，小民終歲或未嘗知魚肉味者，簡儉勤苦。」《庶齋老學叢談》（卷 4）則記宋代左丞相夏貴還是小校時，對於食材的要求：「送則各務誇美，必置魚肉，皆出強為。歸則老小團聚，隨其有無。」可知魚肉用於送禮，一般民眾日常生活較少食用，可能是特殊節日才能吃到。儘管如此，小說中仍經常出現食魚、肉類的敘寫，如《湖海新聞夷堅續志·戒食牛肉》，（前集卷 2）寫「秀州青龍鎮盛肇，凡百筵會，必殺牛取肉，巧作庖饌，恣啖為樂。」又如《至正直記·蜈蚣毒肉》（卷 3），婦人經常親手為婆婆製作「燒肉」，「每得肉置火上熟，必以竹簽插壁，陰候火氣過，然後奉姑。」《稗史·雞頌》一篇更為有趣，寫甄龍友寫了一篇「雞頌」，順利說服僧人宰殺、烹煮飼養許久的雞。頌辭云：

> 頭上無冠，不報四時之曉；腳根欠距，難全五德之名，不解雄飛，
> 但能雌伏。汝生卵，卵復生子，種種無窮；人食畜，畜又食人，冤
> 冤何已？若也解除業障，必須先去本根，大眾煎取波羅香水，先與
> 推去頭面皮毛，次運菩薩慧刀，剖去心腸肝膽。香水源源化為霧，
> 鑊湯滾滾成甘露。飲此甘露乘此霧，直入佛牙深處去，化生彼國極
> 樂土。

僧人看完全文，以為「雞死無憾」，遂烹雞以侑酒。頌文以幽默的筆法，先責雌雞該殺的理由，再寫殺雞的過程、烹煮成佳餚，及人們喝雞湯的無上享受，令人莞爾。

至於好食魚、蟹等海鮮的故事，如《續夷堅志·魏相夢魚》（卷 4）金代參知政事魏子平嗜食魚，「廚人養魚百餘頭，以給常膳」。《湖海新聞夷堅續志·放鱉報恩》（前集卷 2）程元章與妻皆嗜食「團魚」。《吳中舊事》有富人宴客，雖然他平日「素鄙」，卻也在主桌擺出「煎鮭魚特大於眾客」。另有表現好食鰻鱔等魚，認為可以補身養生之事，如《湖海新聞夷堅續志·殺鱔悔悟》（前集卷 2）寫「有食店王某，善於庖饌，專殺鱔魚。」同書之〈神作人言〉（後集卷 2）寫主角因案入獄，家人認為「鰻鯉魚頭可以醫療」，設法烹煮鰻鯉魚送至監獄讓他補身。同書之〈殺鱔取命〉（前集卷 2）記道人章道隆，「生平嗜食鱔魚，謂肉暖可以資補，骨血可以餧雞。」又同卷之〈鱠飛蝴蝶〉更展現出時人殺魚的刀工：

> 昔有南孝廉，好食魚鱠，尤善修事，能切如穀薄絲縷，吹之可起，

操刀響捷，若合節奏。一日，會客酒酣，取一大魚，當筵切鱠，欲
衒其能。忽暴風雨，雷震一聲，所切之鱠悉化爲蝴蝶，滿筵飛舞而
去。坐客俱爲驚駭，南自是折刀，誓不復食。

最後魚肉化爲蝴蝶，嚇得主角終身不再食魚。主角竟然可以將魚肉切得如有
紋路的薄紗，如絲似縷，刀工顯然已達出神入化之境。可見時人對食物的要
求，不僅僅是塡飽五臟廟，還要顧及色香味俱全，連帶「菜相」也不得馬虎。
此外，這也是一篇利用飲食書寫勸人爲善，戒殺活物的故事。

古人好食蟹，俗諺云：「不食螃蟹辜負腹」。所以食蟹的方法五花八門，
在宋代有《蟹譜》〔註62〕，結集食蟹方法之大集，蒸、炸、酒醉，甚至用醃
製〔註63〕。小說中有金代醃製糟蟹的方法，《續夷堅志・介蟲之變》（卷4）寫
進士薛價嗜食糟蟹，其烹調方式：「生揭蟹臍，納椒一粒，鹽一撚，復以繩十
字束之，塡入糟甕，上以盆合之。旋取食。」與今人利用酒糟醃漬活蟹的「糟
蟹」略不相同，但都是生食活蟹。此法或許美味，卻頗爲殘忍，所以主角某
夜夢見──「所獲強寇，劫獄而去」。驚醒之後，但見四周都是不知從何而來
的糟蟹蹣跚滿地爬行，薛某於是從此不再食蟹。至於食蟹的季節，當屬秋天
蟹肥膏黃。《萬柳溪邊舊話》寫主角喜歡吃蟹，每於「秋風蟹肥日，把酒持蟹」，
最後因此引發人命，同樣終生不再食蟹。

從上述故事來看，追求美食古今皆然，但部份故事透過生物的復活或突
然湧現，抑是奪取人命作爲反撲，藉以勸告人們忌口、戒殺。像這樣利用食物
作爲果報工具的情節，尚見《續夷堅志・玉食之禍》（卷1），內容講述日食千
金遭致惡報之事。頗堪玩味的是，古人又同時認爲個人飲饌自有定數，如寫
龍廣寒（《山居新語》卷4）、袁大韜（《萬柳溪邊舊話》）等人擅長預知術，可
以正確無誤地預測未來飲食，即便旁人再三阻撓，結果必如術士所預測。這
種運用預知術表達飲饌有定之思的故事不少，若再結合〈玉食之禍〉一篇，
反映作者藉由萬事宿緣命定的觀念，告誡錦衣玉食者，一旦浪費衣食或命定
之數用罄，將如前述主角會從「非珍膳不下筯」的富裕生活，落了個「財日

〔註62〕《蟹譜》作者開宗明義云：「蟹之爲物，雖非登俎之貴，然見於經、引於傳、
著於子史、志於隱逸，歌詠於詩人，雜出於小說，皆有意謂焉。故因益以今
之所見聞，次而譜之。」是書蒐羅當時有關蟹的林林總總資料。（宋）傅肱：
《蟹譜》（臺北：臺灣商務印書館，1965～1966年《叢書集成簡編》），頁1。
〔註63〕《齊民要術》一書有醃製蟹的記載。詳見（北魏）賈思勰著：《齊民要術》（臺
北：臺灣商務印書館，1979年《四部叢刊正編》），卷8，頁89～90。

削、鬱鬱以死、子孫為丐」的下場。教化百姓珍惜衣食，簡樸生活。

其他飲饌故事，如《湖海新聞夷堅續志‧米脯灌肺》（前集卷 2）寫得頗具趣味性，內容乃杭州有個賣「灌肺湯」的小販，某夜挑擔出街，忽遇醉漢「嘔酒」於鍋內，小販連忙熄燈轉入小巷，隨意添油加醋一番，又見鍋內嘔吐物有「飯糝」，於是另取「米脯灌肺」之名，沒想到竟然頗受歡迎。所以這道菜實是酒鬼闖禍、小販無心之作。其他尚有食狗肉、蛇肉（《湖海新聞夷堅續志》之〈戒食犬肉〉（前集卷 2）、〈生子有鱗〉（補遺））等記載。

以上多是漢族的飲食習慣，至於異族的飲食習慣，如《錢塘遺事》（卷 9）載：「韃靼人多吃馬牛乳、羊酪，少吃飯，饑則食肉。」這與漢族較少吃肉的情況大不相同，主要是北方民族以牧獵為主，故以牛馬等平日常見的食物。這種以牲畜為主食的飲食習慣也隨蒙人南下，如《輟耕錄‧妓聰敏》（卷 19）寫翰林學士王元鼎寵愛歌妓順時秀，她生病想吃「馬板腸」，元鼎殺了「千金五花馬」，取腸以供食。文中的「馬板腸」乃北方少數民族普遍的食物，南方或許較不易取得，所以故事主角才會為了馬腸不惜殺死一匹駿馬，想那滋味必有奇特之處。當然，故事也凸顯出王元鼎為佳人犧牲愛馬的專情形象，所以此事在當時蔚為佳話。

（二）藝文娛樂

1. 藝文活動

宋金及元時期，雜劇戲曲興盛，也成為社會上普遍的休閒活動。《輟耕錄‧萬柳堂》（卷 9）記元代丞相廉希憲在萬柳堂宴請盧摯、趙孟頫等人，席間請「歌兒劉氏名解語花」唱歌侑酒。但見她「左手折荷花，右手執酒杯」，演唱元好問所作的〈驟雨打新荷〉曲，滿座為之傾倒。歌曰：

> 綠葉陰濃，偏池亭水閣，偏趁涼多。海榴初綻，朵朵麤紅羅。
>
> 乳燕雅鶯弄語，對高柳鳴蟬相和，驟雨過，似瓊珠亂撒，打遍新荷。
>
> 人生百年有幾？念良辰美景，休放虛過。富貴前定，何用苦張羅。

詞作寫的風流俊雅，表現人生苦短，應及時行樂的旨趣，是當時有名的流行歌曲之一。故事中的解語花姓蜜，是大都名歌妓，由她來表演名家元好問之作，相得益彰。

至於戲曲受歡迎的程度，可由以下二則故事看出。其一是《輟耕錄‧勾闌壓》（卷 24）寫至元年間松江府之前勾闌倒塌，壓死四十餘人，「內有一僧人、二道士。」另一則《異聞總錄》（卷 1）記鬼女為賺取生活費，「開場於平

里坊下，歌聲遏雲，觀者如堵。」上述戲棚倒塌壓死觀眾之多，還包括社會各階層，表現時人不分階層與身份都雅好觀賞雜劇表演；同時，藝人無論是在勾闌或街坊唱曲表演，都能吸引眾多人潮，反映出元代戲曲表演為時人普遍的消遣活動。

　　有描寫以文字為戲的休閒娛樂。古人的生活與酒息息相關，於是有許多以酒為戲的活動。如起源極早的「燕射」，是以射箭決定輸贏；如「投壺」，依投入壺內的箭之多寡而定勝負，遊戲規則多是負者飲酒受罰。而「酒令」，又稱為酒戲，其中有一種「文字令」，是爭奇鬥巧的文字遊戲，內容乃「將經史百家、詩文詞曲、廋詞諺語、典故對聯以及即景等文化內容都囊括到酒令裡」〔註64〕。通常推舉一人為令官，其他參與者輪流接續令語。這種行令飲酒是當時文人閒暇經常從事的活動，《拊掌錄》載錄數則相關故事。如王安石喜歡引用經書中的語句來行酒令，某次以「禽言令」（意即模倣鳥叫的聲音）為題，王安石首先行〈燕子令〉：「知之為知之，不知為不知，是知也。」賓客一時之間都無法接續。劉貢父問道：「可否摘句取字？」眾人無異議。貢父行〈鵓鴣令〉云：「沽不沽，沽。」眾人捧腹大笑。故事中的酒令是利用漢字語音的文字遊戲，頗具雅趣。

　　另有歐陽修行酒令的趣事。當時以每人作兩句詩，內容必須關於「犯徒以上罪」。在座者的酒令包括：「持刀哄寡婦，下海劫人船」、「月黑殺人夜，風高放火天」等。歐陽修云：「酒粘衫袖重，花壓帽簷偏」。眾人不服，認為內容沒有犯罪行為，應該罰酒。歐陽修說：「當此時，徒以上罪亦做了。」歐陽修幽默的解釋酒令意涵，可想當時宴席氣氛必然笑語連連、歡樂不斷。這些宴席間的酒令主要是為了助興，另有諷刺時政的酒令。如《錢塘遺事‧賈相舉令》（卷5）：

> 一日，鏊翁招碧梧馬廷鸞、西磵葉夢鼎行令，舉一令要一物與人，得物者還以一聯詩。秋鏊云：「我有一局棋付與棋師，棋師得之，予我一聯詩：『自出洞來無敵手，得饒人處且饒人。』」碧梧云：「我有一釣竿付與漁翁；漁翁得之，予我一聯詩：『夜靜水寒魚不餌，滿船空載月明歸。』」西磵云：「我有一張犁付與農夫，農夫得之，予我一聯詩：『但存方寸地，留與子孫耕。』」似道不悅而罷。

〔註64〕何滿子：《醉鄉日月——中國酒文化》（上海：上海古籍出版社，1991年），頁144。

賈似道、馬廷鸞及葉夢鼎三人都位居要津，賈似道以太師之尊獨攬大權，致怨聲載道。他為了籠絡馬、葉兩人特地設宴款待，以行令的方式希望兩人不為難他。馬廷鸞絲毫不肯示弱，直接譏諷賈某終將孤獨淒涼；葉夢鼎以更深的寓意斥責賈似道多行不義，恐將禍延子孫。賈似道因此怏怏不悅，結果當然是不歡而散。

從上述故事來看，古代酒令雖然是飲酒作樂時的娛樂活動，就內容來看，必須利用文字的諧音，或文學典故及其他修辭學問，行令者往往具有豐富的學養，才能為酒令增添趣味與意境。因此，可以說行酒令活動是一種智慧雋永、風流雅趣的活動。

其他的文字遊戲，如詩詞、娛樂破題，以方言俗諺作題相互調笑等。《輟耕錄‧先輩諧謔》（卷 10）寫趙孟頫有一枚刻著「水晶宮道人」的印章，周密故意刻一枚「瑪瑙寺行者」與之相對。趙孟頫認為周密對得太好，從此不再使用該印章。之後周密為新開張的藥鋪寫橫匾：「養生主藥室」，趙某則以「敢死軍醫人」匾額相對，藥鋪老闆只能苦笑地將牌匾卸下。遼金元文言小說類似這種趙孟頫與他人針鋒相對的故事不少，主要是他乃宋太祖第十一世子孫，卻入仕元朝，時人因此喜歡嘲弄他之故。

在宴會上作謎語為戲的故事。《平江紀事》寫元代達嚕噶齊巴爾圖國公，倜儻爽邁，博文強記。「凡宴會，以文為謔，滿坐風生。」某次飲宴之後，他出了一個謎題：「一字有四箇口字，一箇十字；又一字有四箇十字，一箇口字。」在座無能解。謎底原來是「圖畢」二字。《至正直記‧戴率初破題》（卷 4）記率初與弟子在閒暇之餘，「以方言俗諺作題，令諸生破如經義法」。兩人某次的對話：

> （戴率初）一日命破「樓」字。
>
> （學生）曰：「蓋嘗因其地之不足，而取其天之有餘。」
>
> 又命以諺云：「寧可死，莫與秀才擔擔子。肚裏飢，打火又無米。」
>
> 破曰：「小人無知，不肯竭力以事君子。君子有義，不能求食以養小
> 　　人」。

這種文字遊戲顯然必須飽讀四書五詩，方能脫化得典雅有餘韻，意思切中主題，令人會心一笑。其他故事如《湖海新聞夷堅續志‧俗諺試題》（前集卷 1）記載一群讀書人經常在一起「謔破為戲」，將破題當成一種生活娛樂。只不過這些士子破題的目的，有時是為逞才，或是針砭時事，甚或是打發苦悶的讀

書生活，因此內容相對尖酸刻薄。如《玉堂嘉話》（卷 4）寫宋朝宰相韓侂冑曾將諸州後園蓮沼改為放生池，高文虎作《記》阿諛奉承，其中有句云：「鳥獸魚鱉咸若，湯王所以基商。」之後高某出任科舉主考官，有考生作小詞嘲弄此事：

> 高文虎，誇伶俐，萬苦千辛，作個《放生池記》。從頭無一字說及朝
>
> 廷，只把侂冑歸美，夏王道我不是商王，鳥獸魚鱉是你。

內容譏諷高文虎逢迎拍馬，又嘲笑他不學無術將夏朝之事誤作商朝，可說極盡諷刺之能事。又有夫妻間以謔詞互相調笑。《誠齋雜記》記崔氏嫁給年紀大她甚多的盧某，崔女作詩云：「不怨盧郎年紀大，不怨盧郎官職卑。自恨妾身生較晚，不及盧郎年少時。」詩中幽默地調笑兩人年紀懸殊，所以詩成之後盧某不但不為怪，還大笑為樂。《輟耕錄·文章政事》（卷 12）記元人呂思誠宋任官之前，「晨炊不繼」，想將布袍典當換米，其妻「有吝色」。他於是戲作詩云：「典卻春衫辦早廚，老妻何必更躊躕？瓶中有醋堪燒菜，囊裏無錢莫買魚。不敢妄為些子事，只因曾讀數行書。嚴霜烈日經過，次第春風到草廬。」上半首以詼諧的口吻自我解嘲，表現出安貧樂道的旨趣；後半首則傳達堅持讀書，終將功成名就的抱負。之後也如其言，及第顯達。另外，詩作的後半首曾被《儒林外史》引用，故而廣為人知。

古人娛樂生活經常與文學、詩詞結合，所以在小說中經常出現這種記載文人相互戲謔的短文。像這種俳諧怒罵的短篇小說，或調笑世情；抑是犀利諷喻人物；甚或是辛辣嘲弄時事，饒富趣味，也凸顯古人將娛樂生活與精神生活結合的情況。

2. 書畫藝術

遼金元文言小說有一群形象鮮明的藝術家故事，他們或精於書法或擅長繪畫、雕刻、修補等。作者除記述他們的作品渾然天成，令人讚嘆外，往往突出他們努力不懈的精神，或是藝術家不為人知的趣聞逸事。

藝術家故事可以反映當時的藝術文化及成就。有求墨寶的趣事，如《捫掌錄》寫蘇東坡之書法在當世受歡迎，韓宗儒常向他求字。為此，黃庭堅戲弄道：「昔日王羲之以字易鵝，近日有韓宗儒以蘇軾的字換羊肉。」後來韓某來求字，東坡笑說：「傳語本官，今日斷屠。」小說彰顯蘇軾書法在當時的價值，也表現他落拓不羈的形象。其中以「蘇字換羊肉」之事，則衍為「蘇文熟，吃羊肉」的俗語。

《歸潛志》（卷9）則記金代趙秉文屢被眾人求字之事：

> 趙閑閑本好書，以其名重也，人多求之，公甚以爲苦。嘗於禮部廳
> 壁上榜云：「當職系三品官，爲人書扇面失體，請諸人知。」既致仕，
> 於宅門首書曰：「老漢不寫字。」然燕居無客未嘗不鈔書。相識輩強
> 請亦不能拒。……又一日，公在禮部，白樞判文舉諸人邀公飲丹陽
> 觀。公將往，先謂諸人曰：「吾今往，但不寫字耳。如求字者，是吾
> 兒。」文舉曰：「年德俱高，某等眞兒行也。」公笑，又爲書之。

閑閑公因爲字畫受歡迎，受眾人求字之苦，於是千方百計地拒絕，事後卻經
常因爲心地慈善而無法貫徹。故事最好笑的莫過於求字者寧可降低身份當趙
公的兒子，也要求得眞跡。故事以流暢的筆法，勾勒出趙閑閑個性博雅純良
的一面，同時突出他書法的藝術成就。

書法家一旦成名，受當世人仰慕，名聲也流芳後世。但他們在練就一手
好字的過程卻無比艱辛。《山居新語》（卷4）寫元代書法家巎巎平章苦練書
法之事，其中巎巎與楊瑀論書法，楊瑀告訴他說：「趙孟頫每日寫一萬字。」
巎曰：「余一日寫三萬字，未嘗輟筆。」彰顯學習任何一種藝術所做出的努
力。

金元是多元民族的社會，文化藝術也呈現民族交流的紛呈色彩。《輟耕
錄・詩畫題三絕》一文載錄高克恭、趙孟頫及虞集三位當代大家合力創作的
雅事。高克恭字彥敬，號房山。原本是西域的回回人（即維吾爾族），一生仕
途平坦，兼善山水、墨竹畫；與趙孟頫、商琦、李衎並列爲元初四家。〔註65〕
高克恭曾與客共遊杭州西湖，歸來後見「素屛潔雅」，乘興「畫石古木」。數
日後，趙孟頫在該屛畫上「叢竹」。後來，虞集看到屛風極爲讚賞，遂題詩於
屛上。時人因此稱此圖爲「三絕」，也難怪元人會如是說，三人在當朝本就各
擅所長，名聲響亮，尤其高、趙二人在繪畫上的成就，明人有詩云：「近代丹
青誰最豪，南有趙魏北有高」〔註66〕。透過故事記載，讓後人欣賞古代名人
雅士不吝爲人「錦上添花」的風度。

有寫宋末元初僧人溫日觀的逸聞，突出他擅畫、能書的形象：

〔註65〕 高克恭是元初畫壇的翹楚，主張上溯晉唐五代及北宋畫家的高古雅意，在中
        國畫史上具有不可磨滅的聲名。吳保合：《高克恭研究》（臺北：國立故宮博
        物院，1987年），頁59～60。
〔註66〕 （明）張雨：《靜居集・臨房山小幅感而作》（臺北：臺灣商務印書館1981年
        《四部叢刊廣編》），卷3，頁51。

人但知其畫葡萄，不知其善書也。今世傳葡萄多假，其真者枝葉須根皆草書法也。酷嗜酒，楊總統以名酒啖之，終不一濡唇。見輒忿詈曰：「掘墳賊！掘墳賊！」惟鮮于伯機父愛之，溫時至其家，袖瓜啖其大龜，抱軒前支離叟（伯機家所種松），或歌或笑，每索湯浴。鮮于公必躬為進澡豆，其法中所謂散聖者，其人也。（《遂昌雜錄》）

文中寫溫日觀雖以畫葡萄聞名，其畫法其實蘊含極高的草書功力。內容先藉此表現他書畫全能的形象；再寫他雖嗜酒，卻對挖遍宋陵的元僧楊璉真珈不假辭色，襯托出他的正直與堅守原則；最後寫他到友人家要求湯浴、暗藏瓜果偷餵烏龜、抱松樹、唱歌等純真童稚的一面。故事成功勾勒出溫日觀如「散聖」的形貌。

上述故事中的鮮于伯機，就是鮮于樞，也是元代知名書法家，同樣擅長草書，極受趙孟頫推崇〔註67〕。有學者評論道：「鮮于伯機書，自是子昂（趙孟頫）勁敵，惜大字不多見。」〔註68〕《硯北雜志》（卷下）寫鮮于樞「美鬚髯」，每當友人來訪，「則相對指說吟諷，或命觴徑醉，醉極作放歌顛草」。伯機也喜歡在酒後揮筆書寫狂草，友人爭相走告索取。表現出他瀟脫落磊的形象。

前述之溫日觀與鮮于樞都以草書聞名於世，不過草書向來狂放而野性，非人人能看懂。《拊掌錄》就有一篇以此戲謔唐代「草聖」張旭的故事，內容寫張旭靈感大發，振筆疾書。其侄在一旁幫忙抄錄詩句，看到某「波險處」無法看懂遂問張旭。張旭「熟視久之，亦自不識」，還罵他：「胡不早問？致吾忘之。」張旭是唐代書法家，以似疾走龍蛇的「狂草」聞名於世，他的姪子看不懂他的字也就算了，竟連他自己也隨寫即忘。雖是笑話，卻指出草書鑑賞的問題，同時狠狠挖苦了草聖張旭。不過，如此戲謔張旭或許自有其立場，但張旭畢生窮盡精神鑽研書法，友人稱其「皓首窮草隸」〔註69〕，他精

〔註67〕 趙孟頫〈哀鮮于伯機〉詩云：「刻意翠古書，池水欲盡黑。書記往來間，彼此各有得。」（元）趙孟頫：《松雪齋文集》（臺北：臺灣學生書局，1985 年 2月），頁 111～112。從詩中可見鮮于伯機勤於書法的精神，符合《硯北雜志》（卷下）寫他「刻苦讀書，自號『困學』」的形象。

〔註68〕 （清）梁巘：《評書帖》（臺北：新文豐出版公司，1989 年《叢書集成續編》），頁 63。

〔註69〕 李頎〈贈張旭〉：「張公性嗜酒，豁達無所營。皓首窮草隸，時稱太湖精。露頂據胡床，長叫三五聲。興來灑素壁，揮筆如流星。……」詳見《全唐詩》，同註19，卷 132，頁 1340。

益求精的精神值得人敬佩與效法。

　　另有故事多方面呈現畫家或畫作的藝術成就。有寫作技術精良，栩栩如生者。如《續夷堅志‧稻畫》（卷 1）寫田叟專精於「稻畫」，曾作《堯民圖》，肉眼難分其真假；又寫他個性剛毅狂狷，「自神其藝，不輕與人。己所不欲，雖千金不就。」故事既表現他作畫功力之精湛，又寫出藝術家特有的孤傲個性。

　　又有繪畫結合奇人異事，突出畫家神乎其技的故事。如《瑯嬛記》寫李思訓所畫的魚躍入池中悠游之事。又《湖海新聞夷堅續志‧繪兒能啼》（前集卷 2）寫毛繪善畫，為了教訓無禮的佛寺僧徒，故意在佛殿「畫一婦人乳一小兒於壁角」。此後寺僧每夜都會聽到「兒啼聲」，不得不再求助於毛繪，他在畫作中添加「乳入口」的畫面，從此啼聲遂止。故事以誇張的手法，突出畫作之出神入化。《瑯嬛記》另有一篇畫家結合道術的神異故事：

> 天師張與材善畫龍，變化不測，了無粉本，求者鱗集，海內幾遍。
> 晚年修道，懶於舉筆，人有絹素，輒呼曰：「畫龍來」，頃之忽一龍
> 飛上絹素，即成畫矣。

道者竟然用口說的方式作畫，著實難以想像。內容不僅是單純地描寫畫家的技藝，還寫出畫作的奇異現象，已屬於神怪故事的範疇。

　　除了書法與繪畫外，還有表現其他藝人的精妙手藝故事。如《續夷堅志‧陵川土瑞花》（卷 3）寫做燈的藝人在元夕的燒燈中以「杏棣棠枯枝為翦彩花」，後來杏棠上開出花朵，「真贗相間」。又如《山居新語》（卷 3）寫李和學有專精、個性獨特之事：

> 李和，錢塘貧士也。……鬻故書為業，尤精於碑刻，凡博古之家所
> 藏，必使之過目。或有贗本，求一印識，雖邀之酒食，惠以錢物，
> 則毅然卻之。

李和雖然貧困，卻博古好學；堅守節操，不肯替贗品背書。寥寥數筆，描繪出李和堅守專業、不苟取的藝術家形象。其他精於雕刻的藝人故事，如《輟耕錄‧劉元》（卷 24）、《至正直記‧石枕蘭亭》（卷 1）。又有善補硯的工藝，如《硯北雜志》、《續夷堅志‧賈叟刻木》（卷 2）寫盲人刻佛像的奇事等等。

　　遼金元文言小說作者在描寫這些藝術家時，不避筆墨地寫他們的技藝之精巧，有時也會彰顯他們在技術背後的努力與付出，甚至會刻意凸顯藝人們的特殊個性。一方面以記奇的心態寫下故事，同時也不忘記教化世人專心致

志，勤學有恆才是成功的道理。

3. 競技及其他活動

競賽是民俗的一部分，多是原始時代的遺留，而且常帶有「魔術、宗教」性質。〔註70〕遼金元文言小說中描寫的體育活動，如「角抵戲」競賽；角抵戲又稱相撲、摔跤，是一種競技表演。《續夷堅志·王增壽外力》（卷1）記王增壽號「外力」，善於角抵，萬人莫敵。《輟耕錄·貴由赤》（卷1）寫「快行」的長跑活動。另有不少打球的活動，如用小木棒打球的「擊丸」（《續夷堅志·京娘墓》卷1）、宋孝宗喜「球馬」，還為此眼睛受傷（《湖海新聞夷堅續志·白玉觀音》前集卷2）。金代將帥完顏白撒、完顏訛可都以「能打球稱」，後者還有「板子元帥」外號，應是個打球能手（《歸潛志》卷6）。古代這些球類活動不完全是競賽，有時是一種雜技表演。

有鬥雞的娛樂。在《史記》和《漢書》中即有「鬥雞走狗」的記載，內容是以兩隻公禽相鬥，又名打雞、咬雞等。《湖海新聞夷堅續志》有數則相關記載，〈鵲死報冤〉（後集卷2）寫陳某家養「山鵲」，經常與其他山鵲相鬥，經常獲得勝利，陳家因此致富。〈養禽不孝〉（前集卷1）記某少年飼養「金鳳」，該鳥極為好鬥，而且身價不菲。

其他娛樂活動尚有下棋、收集字畫碑刻、踏青，甚至狩獵等等。寫下棋者，如《續夷堅志·王確為兄所撻》卷1）有鬼魂半夜回家撫觸「雙陸棋子」。《拊掌錄》寫葉濤「好弈棋」，至廢寢忘食。《山房隨筆》記國手級的棋手與他人對弈，戰無不克。至於收藏的嗜好，《拊掌錄》有數篇寫人物好收集古代碑刻。《續夷堅志·古錢》記主角收集古錢、古董及古琴鼎彝等物的嗜好，曾吸引東平城中的文人每日聚會觀賞，成為城中一景。情節的描寫有如現代的古玩市場，玩家如織的場面。此外，官吏商賈為了吸引更多觀光人潮，也會舉辦各種活動。如《續夷堅志·天慶鶴降》（卷1）寫忻州天慶觀每年二月中旬就有祥鶴飛來停留數日，州刺史發布「先見鶴者有賞」的公告，於是遠道而來的道士、遊客，接連三日絡繹不絕。由州官短短的一則旅遊「懸賞令」，吸引成千的觀光旅遊人潮，嘉惠當地百姓，正如現今的觀光促銷活動。上述娛樂活動透過小說載錄下來，使後人得以一窺當時既奇又趣的娛樂生活。

〔註70〕林惠祥：《民俗學》（臺北：臺灣商務印書館，1968年2月），頁65。

二、政經商貿文化

（一）科舉考試

古代的舉才方式，由遠古的世襲到漢代薦舉，再到隋唐的科舉取士。雖然元朝幾度停止科舉考試，但「科舉制度是近世以來中國政治、社會與文化統合的重要機制」〔註71〕；是中國古代讀書人的夢，透過實踐這個夢可以經世濟民，可以利人利己。所以歷朝小說經常以科考為背景，寫出科舉之夢、科舉的命定、行賄、私相授受等情節。

宿緣命定是中國人根深柢固的天命觀，於科舉故事則表現在個人及第與否都是命數。如《湖海新聞夷堅續志・領舉分定》（前集卷 1）寫葉聲伯中舉之事：

> （葉聲伯）應鄉舉，前兩場冠眾作，獨策場不見卷。監試主文以其
> 前兩場可采，決無不終場之理，行下根索及將人吏勘斷，必欲得之。
> 時吏卒多將試卷供爨及故投棄，根索既嚴，遍行尋索，果有一卷閣
> 在古井中草壤之土，亟自觀之，字號正同，遂為舉首。

作者以「功名有分，神物護持」說明試卷差一點被焚毀，卻失而復得的奇蹟，表達爵祿前定的觀念。《山居新語》（卷1）寫吳巽多次舉試不第，偶然夢云：「黃常得時，你便得」。他於是改名為黃常，卻仍舊榜上無名。後來吳巽終於考取，同榜的魁首名喚「黃常」。除傳達出祿位命定，也表現「時機」的重要性。

雖然故事多表現祿位前定的觀念，卻也凸顯人事努力及積累陰德的重要。如《湖海新聞夷堅續志・醫藥陰功》（補遺）寫許叔微曾為登科而向神祈禱，神人透過夢示，要他廣種福田、多積陰德才有機會登科。他因此習醫、救人無數，之後果然登第。《輟耕錄・爵祿前定》（卷 28）寫宇文子貞曾拒絕少女投懷送抱，因而積下陰德。他參加科考時，試場的案頭上有「宇文同知」四字，其後果然登第、授同知。誠如作者之議論：「爵祿前定，蓋亦陰德所致」，彰顯命定與行善修德對舉試及第與否的重要。

另有以預示手法表現科舉命定觀。有稀奇古怪的徵兆，如《湖海新聞夷堅續志・潮州瑞木》（後集卷 2）寫韓愈謫居潮州時，曾在此栽種從故鄉帶來的樹木，當地人稱之為「韓木」。每逢科舉年，「潮士每以此覘科舉之事」，藉

〔註71〕蕭啟慶：〈元延祐二年與五年進士輯錄〉（《臺大歷史學報》第 24 期，1999 年
12 月），頁 376。

該木的開花數量作爲當年登第的人數。同書〈塔現三影〉（前集卷 1）記某異人所興建的禪寺，有三影塔，人們依據該塔的倒影預測當年的登科情況。更奇是〈異蛇吐光〉（後集卷 2）寫惠州有一隻巨蛇，每逢科舉年就會夜吐異光，所吐的異光數量即爲當年登科人數。上述徵兆主要關乎及第人數，以下是關乎考生個人及第與否的預兆，如多年不結花苞的牡丹突然開花（《廣客談》）、池水突然凝出水晶（《瑯嬛記》）、夢見金龍（《續夷堅志・呂狀元夢應》卷 3）等等，是以與試者週遭出現不尋常的自然事物異象來表現個人舉試的吉凶。另有以神異的預示寫科舉之兆，如《歸潛志》作者劉祁寫其高祖未第時，曾夢見佛衣紋上有金字：「蟾宮好養青青桂，須占鼇頭穩上游」，之後劉家果然連出數位舉人進士。《至正直記》寫歐陽玄曾夢見巨大的墨色天馬，後來以《天馬賦》中第。《續夷堅志・張子野吉徵》（卷 4）記張子野未第之前，有鳥銜「小綠衣判官」墜其茶几上等等。前述故事無不以徵兆預示科考中第之事，傳達出中國人因爲深信萬事有定而產生的先兆迷信。

科舉故事除了功名天定的論調外，還必須靠行善，依賴冥冥之中的力量，或神助，或鬼助，反映善惡因果的思想。如《瑯嬛記》寫士人慈心葬婦，婦人在夢中贈詩助他中舉的故事。另有仙、鬼偷試題助人考取功名之事，如《湖海新聞夷堅續志・放龍獲報》（前集卷 2）寫李元因放生龍子獲贈小奴雲姐，之後他赴禮闈，「雲姐私入竊所試題目」，李元因此以薦名登科。同書之〈鬼報冒頭〉（後集卷 2）寫江玉山擔任貢試的主考官，先洩題給好友，並約定暗號，江某依約將有記號的試卷列於前茅。揭榜後，及第者卻非江某好友。原來臨試時友人重病無法赴試，該中第者寄宿於某寺，夜夢鬼女告知試卷應寫某字某詞云云，哀求他早日助她入土爲安。作者議論道：「雖功名富貴信前定分，而玉山萌一私心，出一言於其友，昏夜暗室，人所不知，鬼神先知之矣！」誠然，既有主考官洩題，功名富貴本應十拿九穩，卻半路殺出鬼女這個程咬金，實出人意料。另一方面，富貴祿位眞的是命定嗎？由仙人鬼女偷取試題的故事，反映出善報的觀念凌駕於宿命之上，凸顯出即使萬事前定，人事的努力更爲重要；可以說人們的行爲是決定未來（或者改變未來）的關鍵！

另有神祇直接洩題的故事。《雋永錄・來歲狀元賦》寫二個舉人同硯席，夜行過張惡子廟（即梓潼神君），同時向神君祈夢，以預知前程：

入夜，風雪轉甚，忽見廟中燈燭如晝，肴俎甚盛，人物紛然往來。

俄傳導自遠而至，聲振四山，皆嶽瀆貴神也。……忽一神曰：「帝命
吾儕作來歲狀元賦，當議題。」一神曰：「以鑄鼎象物爲題。」既而
諸神皆分綴一韻，且各刪潤雕，改商搉又久之，遂畢。朗然誦之曰：
「當召作狀元者魂魄授之。」二子默喜，私相謂曰：「此正爲吾二人
發。」迨將曉，見神各起致別，傳呼出廟而去，視廟中寂然如故。
二子素聰警，各盡記其賦，亟寫於書帙後，無一字忘，相與拜賜鼓
舞而去。倍道而行，笑語欣然，惟恐富貴之逼身也。……過省益志
氣洋洋。……禦題出，果鑄鼎象物賦，韻腳盡同東廊者。下筆思廟
中所書，懵然一字不能上口。……

故事最後二人購買街上所販售的狀元賦一看，竟與廟中所記隻字無差。此中
有三處值得一提，首先，狀元的文章竟是由諸神共同擬作，再招狀元的魂魄
強行教授，想像力著實豐富，同時也令人莞爾！再者，二位士子偷聽完神人
討論試題之後，以爲自己及第在望，言行舉止洋洋得意的樣態，著實諷刺、
可笑。第三，二個士子明明熟記神人所寫的文章，臨下筆時卻都無法記起一
字半句，甚至相互指責對方不肯幫忙提示半言一語。故事描繪科舉中的人事
物均頗細膩，也極具諷刺意味，同時凸顯出科舉的命定之思。此外，結尾寫
二個讀書人看破紅塵，棄筆入山，頗有浮生一夢之嘆。

　　前述故事中的張子惡就是文昌梓潼帝君，簡稱梓潼帝君、文昌君，是職
司文運與考試的神祇。古人深信各行各業都有主掌功過的神明，讀書人除了
崇信梓潼帝君外，也會供奉歷代文人才子，希望藉此得到庇佑而獲得學問或
功名。如《湖海新聞夷堅續志·愿生爲子》（前集卷 1）寫供奉王安石；同卷
之〈讀書宿緣〉（補遺）寫眉州有一位秀才誠心供養東坡像十餘年，每日祝之
曰：「願得作文似公」。某夜東坡入其夢曰：「我是七世讀書爲人，所以作文雄
偉。汝輩方三世讀書，豈能似我耶？」那位秀才竟然從此輟筆不學。其實，
當時長年於場屋躓蹭者相當多，年紀很大才中舉的情況比比皆是，如同書之
〈大器晚成〉（前集卷 1）記李德元六十三歲方爲狀元、史越王浩五十八歲登
第。故事揭示學問的養成，不全然靠求神問卜、供養神明就可以獲得，惟有
堅持而長久的努力才是正途。

　　有關科舉的舞弊，有代考、代筆者。如《錢塘遺事》記當時所見的弊端：
「有發解過省而筆跡不同者，有冒已死人解帖免舉者。」《湖海新聞夷堅續志·
代筆登科》（補遺）寫李甚常到梓潼帝君祠祈禱，臨試前神人託夢要他幫助一

位「續」姓考生，之後李某果眞在試場中爲續某捉刀爲文。除了代筆外，尙有剽竊、賄賂等作弊方式。《歸潛志》（卷8）寫金代禦史張景仁參加科考時，文章極佳，卻「爲鄰坐者剽之」，無奈被連坐處罪而落榜。三年後張某再試，即擢爲魁首。《湖海新聞夷堅續志・周邵魁選》（前集卷1）記宋代邵澤在等候廷對時，有近臣來巡查時看上他的京墨。邵某於是將墨給該近臣，他便把皇帝的偏好告訴邵某，邵澤果然高中榜眼。足見科舉的弊端實在防不勝防！由於科舉舞弊的情況嚴重，《錢塘遺事・係籍秀才》（卷6）記禦史陳伯大爲防止科舉的弊端，提出「士籍」〔註72〕法，有人認爲該法將審查考生身份的權力歸給州縣，而譏其爲「論錢」法。總之，在社會普遍以仕進爲主要出路的觀念之下，鄙陋的士人想盡辦法作弊，鑽營者四處投卷、賄賂，希望能找到一條終南捷徑，所以科考的弊端很難根除。

科舉錄取員額極少，一旦遇到科舉補試，參加人數恐多到難以預期。《湖海新聞夷堅續志・試監踩死》（後集卷2）即寫補試人數眾多，致相互踩踏踩死十數人之事。即便如此，讀書人仍寒窗苦讀參加考試。然而，及第也不代表一定可以當官。同書之〈龍飛定例〉寫徽宗朝時，吳用中因爲科名列於第五等首，無法補官。他在中殿大聲疾呼：「龍飛之榜，千載一遇，臣等久負燈燭，願臣等一例出官！」徽宗因此降旨破例讓吳用中等二百人餘人補官。像吳用中這麼幸運的人畢竟不多，通常及第到任官之間會經過漫長的等待。《歸潛志》（卷7）寫金末疆域大幅縮減，根本無法安置原來的官吏，常常只是徒掛虛名。所以有人戲謔道：「古人謂十年窗下無人問，一舉成名天下知。今日一舉成名天下知，十年窗下無人問也。」意即，有人在及第之後等待了十多年也無官可做。這些曾中舉的讀書人爲了生活，只好「歸耕」或「教小學」。反映當時兵荒馬亂、動盪不安之下，即使得意於試場，卻爲官不易、經濟無法改善的情況。

此外，不同於唐宋科考的科目眾多，金代卻侷限於「詞賦、經義學」，導致讀書人鑽研本科，於其他全然不懂。《歸潛志》（卷7）即寫這類故事：

> 章宗時，王狀元澤在翰林，會宋使進枇杷子，上索詩，澤奏：「小臣
> 不識枇杷子。」惟王庭筠詩成，上喜之。呂狀元造，父子魁多士，

〔註72〕所謂「士籍」，是指各地科考應試士人的名籍簿。據《癸辛雜識別集・置士籍》
記載，陳伯大爲了防杜科場的弊端，建議嚴格地將參加考試的士子之身家名
籍等詳列於書冊。詳見（宋）周密：《癸辛雜識》（北京：中華書局，1988年
1月），頁314〜415。

及在翰林，上索重陽詩，造素不學詩，惶遽獻詩云：「佳節近重陽，
微臣喜欲狂」。上大笑⋯⋯

本應飽讀詩書的狀元郎，卻一個不識枇杷，一個不會作詩，難怪被時人譏嘲：
「澤民不識枇杷子，呂造能吟喜欲狂。」反映出金代取士科目少，士大夫不
能多讀書，致官員學問有所偏廢或素質低落的情況。

（二）經濟商貿

1.寺院經濟

金元時期寺院、道觀遍佈全國各地，他們佔有大量土地，擁有大批佃
戶、驅口，具有很強的經濟勢力。如《湖海新聞夷堅續志‧神翁預知》（後集
卷1）寫神翁以法術幫忙寺觀催收田租，經常是「某處米某日來，又某處則某
日來」，可見其出租的田產之多。至於寺院的土地來源，主要是「國家賞賜、
私家捐贈及非法巧取豪奪」〔註73〕。同書之〈鼈莊捨寺〉（前集卷2）寫平民
百姓捐田給寺院的故事：

> 龍泉縣下地名羚羊，有一人家稍自足，子釣於溪，獲一巨鼈，其父
> 意歸作羹也。暨歸，見夫妻對食而不及父母，怒曰：「我留家計以與
> 子孫者，政擬有甘旨日以奉我，今一羹不與，吾何望焉！」夫妻擬
> 議，遂以其田捨入崇因寺，以養二老之終。

小說中的夫婦因為子孫不孝，無所指望，捨田產於寺以求終老。故事除了反
映捨財、寺院經濟等實況外，也表達人們普遍存著養兒防老的觀念。文中老
夫婦雖然子孫不孝，幸而有財產可以養老，不致孤苦無依。另外，當時有些
貧苦農民為逃避政府的賦稅徭役，「自願」將土地「捨入」寺院，這種情況反
映在《至正直記‧豪僧誘眾》（卷3）一篇之中。不過，雖然多數寺僧願意接
受捐贈，卻也有視錢財如毒蛇猛獸，不肯接受他人捐贈的故事，如《遂昌雜
錄》寫瞿姓鹽官欲捐田於某寺，該寺大師父認為「得田造業」而不肯接受，
鹽官竟然挾持小僧，強迫其接受「田券」，最後捐田的事當然不了了之。

祖先捐產於寺院，有時會透過官司而歸還子孫。如《隨隱漫錄》（卷5）：
「浙右富人，舍竹園於鄰寺。其子貧甚，取其筍，僧執為盜聞於官。守判云：
當初舍園，指望福田。既無福田，還他竹園。」故事中僧人為了該人盜採竹
筍而執至官府，固然是為護全寺產，但他既不念富人捨財的舊恩，也沒有出

〔註73〕陳高華：《元朝研究論稿》（北京：中華書局，1991年12月），頁374～375。

家人慈悲爲懷的濟人仁心，難怪太守如此判決。其中太守的判詞幽默有趣，以簡單的四字句，使用協韻、類疊的修辭手法，營造跌宕有力的美感。

　　有時百姓捐錢給寺院，一旦遇到心術不正的寺僧，可能導致家破人亡。如《至正直記‧豪僧誘眾》（卷 3）寫湖州豪僧沈宗攝，「承楊總統之遺風」，設教誘眾，稱「受其教者可免徭役」。最後沈僧因故被捕，當初獻地獻糧給寺院者，「鬻妻賣子者有之，自殺其身者有之」。另外，故事中所謂「楊總統」是指楊璉眞珈，他被忽必烈封爲江南佛教總統，權勢之大，小說中有多篇描寫他大肆搜刮民財充實私庫，以及他發掘宋陵之事。《樂郊私語‧德藏僧眞諦》還寫他爲狎女屍而發古塚的故事，所以他在小說中的形象是倚權倚勢、膽大妄爲及性好漁色。學者指出：「元代寺觀的豪橫，是與元朝統治者，尤其是蒙古統治者的支持、縱容、包庇分不開的。」〔註 74〕所以前述沈宗攝、楊璉眞珈等富貴僧人爲所欲爲是政府無所作爲，甚至是容隱的結果，正因如此，一般黎民百姓的生活更顯困難。

　　此外，寺院經濟發展的結果，就是社會出現許多富僧。反映於故事，如《至正直記‧姦僧見殺》（卷 3）寫其家附近的寺院有許多富僧，進而引發誘姦人妻等事。《湖海新聞夷堅續志‧富僧冤死》（前集卷 2）敘某富僧將錢貸給鄰人，鄰人因還不出錢，設計將富僧害死。同書之〈圖財殺僧〉寫「厚有財物」的僧人，搭船時被騙走全部財物，悲憤地投江而死。這些本應是清心寡欲的僧人，卻因爲財產而引發事端，下場無一不是丟失了性命。上述關乎寺院經濟的故事，以負面的情節較多，或可側面反映出動盪世態之下的部分經濟亂象。

2. 民間商貿

　　宋朝南遷之後，江南杭州等地，城市發達，繁榮進步。小說多處描寫宋金元朝的商業活動，有助瞭解當時商貿之面貌。有表現民間多元的商業經濟，如寫以賣藥自給自足的老人（《異聞總錄》卷 2）、以豆乳釀酒而致富足者（《輟耕錄‧釋怨結姻》卷 13）、賣醃藏爲生（《湖海新聞夷堅續志‧疑心生鬼》後集卷 2）、販粥而成鉅賈者（《輟耕錄‧陰德延壽》卷 12）、「塞穴取乳蜂以賣」（《湖海新聞夷堅續志‧取蜂受報》補遺）等等，各行各業的商業活動被寫入小說中，表現出活潑而生氣盎然的民間生活樣貌，同時亦可見當代商業行爲

〔註 74〕 同註 17，頁 639。

活絡，一派都市商業文明景像。

　　江南經過南宋的經營，至元朝時已是富庶之城。鄭思肖曾說：「韃人絕望江南如在天上。宜乎謀居江南之人，貿貿然來。」〔註75〕反映於小說中，《輟耕錄‧杭人遭難》（卷11）寫「杭民日用飲膳，惟尚新出而價貴者。稍賤，便鄙之縱欲買，又恐貽笑鄰里。」可知杭州已是工商業都市，居民生活尚新求變。不過，作者認為，就是因為杭民過於奢靡，後來發生戰亂，缺乏糧食，導致「有闔家父子、夫婦、兄弟結袂把臂共沈于水。一城之人，餓死者十六七。」故事同時表現浪費致報的警訊及戰爭的殘酷。

　　漢族、女眞及蒙古族在交戰之餘，民間的商業貿易交流未曾中斷。如《拊掌錄》寫宋金之間商賈往來頻繁的故事：

　　　　紹興九年，虜歸我河南地。商賈往來，攜長安秦、漢間碑刻，求售
　　　　於士大夫，多得善價。故人王錫老，東平人，貧甚，節口腹之奉而
　　　　事此。一日語共遊，近得一碑，甚奇。及出示，顧無一字可辨，王
　　　　獨稱賞不已。客曰：「此何代碑？」王不能答。客曰：「某知之，是
　　　　名沒字碑，宜乎公好尚之篤也。」一笑而散。

從這個附庸風雅的笑話中可以看出，當時金國歸還宋朝河南之地所引發的商業行爲與文化交流。另外，故事主角王錫爲了收藏秦漢碑刻，不惜節衣縮食，足見他對於好尚的雅好與執著。

　　宋元的水陸運輸交通便捷，海商故事異軍突起，有許多海內外尋找商機，甚至得寶致富的傳奇故事。如《湖海新聞夷堅續志‧蜈蚣孕珠》（前集卷2）寫元成帝時某海商之奇事：

　　　　……一人爲商，財本消折，歸至四洋海濱，見雷擊大蜈蚣一條，長
　　　　五六尺，收入擔中。晚宿旅邸小房，名商巨賈輻輳於彼。是夕，主
　　　　人設宴，坐上皆富商，而小客亦預席。求酒數行，遍問所攜之貲。
　　　　眾以實對，小客不敢言，恐旁者竊笑。忽有回回人在，謂曰：「小房
　　　　內祥光互天，必有異寶。」強之開房而覿，不獲已。開擔，止有蜈
　　　　蚣一條，諸商皆笑。獨波斯曰：「此是也。」於是延之上坐，爲更弊
　　　　衣而禮遇之。次早問其直，小商不知價，索銀二千兩。波斯慨酬之，
　　　　各立文約。遂取蜈蚣出來，僅拾頭上一寶珠，皮則棄之。且曰：「此

〔註75〕　（宋）鄭思肖：《心史‧大義略敘》（臺北：新文豐出版公司，1989年《叢書
　　　　　集成續編》），卷下，頁608。

　　　　至寶也。若盡欲我五船財賦，亦所不較。」……

原來蜈蚣身懷價值連城的明珠，小商從此「大富」。故事中又述及另一則蜈蚣「腦中得珠如鵝卵，圓瑩光彩」之事。值得注意的是，眾人對小商拾獲蜈蚣的行為盡是訕笑，只有回回商人獨具慧眼，不但識寶，最後還以低價購入明珠。反映出西域人因為長期行商在外，善知異物。類似胡商識寶之事，也見同書之〈心有山水〉，內容寫波斯商人指名向某人買墳地，某人想藉機訛詐，隨即被外商揭穿。幾經還討，波斯商人購得古墳。隨即發掘，「見棺木中一婦人如土，剖腹取心，指示曰：『此婦平生不得志，觀玩山水，清氣盡入其心。』解開兩片，光瑩如玉，每片皆有眞山眞水，一婦人倚欄凝望。以為奇寶……眞無價珍。」小說寫得奇詭譎異，婦人因為平生不得志，放逐於山水之間，最後屍心不腐而存有山水奇景。令人匪夷所思！兩則故事都說明當時商貿往來發達，而胡商既能賞識蜈蚣孕珠已是稀奇，還能「看穿」墓中女屍之心中有山水，更是詭異。這些波斯、回回等族群商人在故事中屢屢扮演關鍵角色，反映出胡商識寶的情況。

　　外出經商也有風險，主要表現於遇到搶劫與天災。有半路遇劫的故事，如《湖海新聞夷堅續志‧牛報宿冤》（前集卷 2）寫商人錯過旅店，因為行囊豐厚而被殺害，棄屍田野。數年後投胎為牛，撞死仇家。又如《閑居錄》寫李氏採得奇石，置於衣笥，乘船回鄉。舟人「疑他其重，以為載寶」，趁他熟睡時將他砍死。二篇故事突出在外行商的危險性，尤其首篇以夢兆與投胎轉世復仇等情節，彰顯因果報應的勸善旨趣。以下《輟耕錄‧義丈夫》（卷 28）一篇頗不相同，內容寫元代至正年間，有商賈乘舟南下，半途讓二個喬裝的盜賊上船，命在旦夕間。船夫挺身而出，先假意迎合盜匪以保全商賈性命，再故意繞道而行、令妻酒勸，最後乘盜賊酒醉將其殺死。篇中敘述盜匪上船一節：「兩道人詣舟求度，一負磬，一持鬼神像。既上舟，去巾服，乃兩甲者，從像中出二長刀」，筆法簡潔明快。另外，這種行商遇險故事，多寫船家覬覦財貨而搶劫商人，或是船家臨難苟免，本則卻寫船夫機智救人的義行。誠如作者於文末所言：「決死生於阽危之際，不負賈之托，不謂之義丈夫可。」文章的旨趣溢於言表，是突出世人節義之行。

　　海商除遇到強盜殺人刧財外，還可能在行船間遇到天災，而且經常在遭逢船難後另有奇遇。《湖海新聞夷堅續志‧熊母生子》（後集卷 2）寫富商遇難，漂海至岸邊，被熊母所救，「與熊合而生子」。最後富商趁有船經過時，抱子

登舟，並拿走「珠數顆極珍」。母熊追趕他們不及，投水而死。故事因爲富商的忘恩負義，與熊母自殺而流露出哀傷的情調。《異聞總錄》（卷1）寫楊二郎因船難被漂到一座島嶼，被該島的「鬼母」所困，強留爲夫婦。最後因爲家人辦水陸法會而脫離鬼母的掌控。上述海商遇險故事，主角遇到動物或鬼類，通常不免與救助者發生關係，或生子，或得財寶，在海商獲得奇珍異寶外，增添海外旅程的遐想。

另有行船遇風險反而因禍得福，進入神龍之窟、獲寶的故事：

> 商人某，海舶失風，飄至山島，匍匐登岸，深夜昏黑，偶墜入一穴。其穴險峻，不可攀緣。比明，穴中微有光，見大蛇無數，蟠結在內。始甚懼，久，稍與之狎，蛇亦無吞噬意。所苦饑渴不可當。但見蛇時時舐石壁間小石，絕不飲啖。於是商人亦漫爾取小石嚙之，頓忘饑渴，一日，聞雷聲隱隱，蛇始伸展，相繼騰升，才知其爲神龍，遂挽蛇尾得出，附舟還家，攜所嚙小石數十至京城，示識者，皆鴉鶻等寶石也。（《輟耕錄‧誤墜龍窟》卷24）

文中有鳴雷、蛇化神龍、神龍之窟、寶物等玄奇之事，末了還以「親見商人」強調故事的眞實性，都是金元文言小說強調小說記實的精神之寫作基調。另外，也傳達出世人認爲神龍之窟多異珍的想法。

此外，有放高利貸的故事。高利貸資本發展起源甚早，只要有商業行爲，就會有金錢的借貸與利息產生。宋代有以「庫戶」、「錢民」爲中心的高利貸，金代的高利貸情況也頗爲普遍，卻不及宋代發達。時至元代，有學者認爲其官私高利貸資本更爲發達。〔註76〕金代放利借貸的故事，如《湖海新聞夷堅續志‧富僧冤死》（前集卷2）寫金國富僧放債「六、七萬緡」，數十人家不肯還債，還買通地方官吏，將該僧活活燒死。富僧以利息爲生，卻也因此致禍而喪命。又如《歸潛志》（卷8）寫金代貴族專門「放債」，郡民因爲貧不能償，強擄民家的牛隻抵債，反映出官僚明目張膽放貸的行徑。或許是因這種情形極爲普遍，金國曾下令禁止貴族「妄徵錢債」〔註77〕；元代政府也明令禁止放高利貸〔註78〕，卻無法遏止這種歪風。有時借貸的紛爭竟牽扯全

〔註76〕　劉銀根：〈論元代私營高利貸資本〉（《河北學刊》，1993年第3期），頁275。
〔註77〕　《金史‧章宗紀》，同註26，卷9，頁215。
〔註78〕　（明）宋濂：《元史‧刑法志四》：「諸稱貸錢谷，年月雖多，不過一本一息，有輒取贏于人，或轉換契卷，息上加息，或占人牛、馬、財產、奪人子女，以爲奴婢者，重加之罪，仍償多取之息，其本息沒官。諸典質，不設正庫，不

城的人，如《萬柳溪邊舊話》寫蕭氏是先世皇胄，富甲一郡，「放利行勢」。
由於放利與囂張的行逕惹怒眾人，全邑民眾誣指蕭氏結夥爲盜，最後全家六
十餘口被考掠成獄。上述故事中放高利貸者雖然多會招致禍事，但利之所趨，
這種放貸取息的經濟模式仍盛行於社會。

三、風俗民情文化

婚喪喜慶的內涵，是文化生活的累積。反映當時的風俗民情，既有承繼
的一面，也有異族的風貌。以下就節日慶典與婚喪儀俗兩端分述之。

（一）節日慶典

1.傳統節慶

中國傳統節慶指春節、清明及中秋等節日。這些漢族的歲時節慶，在各
族往來日益頻繁之下，被女眞與蒙古等族人所接受〔註79〕。以下依節慶的時
序先後，說明遼金元文言小說所呈現的過節氣氛與相關民俗活動。

春節是中國最重要的節日，其中除夕與元旦這二天最重要，相關的民俗
活動也最多。如在除夕夜「照虛耗」〔註80〕，藉以趕走惡鬼或惡運。《異聞總
錄》（卷4）有一篇相關故事：

> 京師風俗，每除夜必明燈於廚廁等處，謂之照虛耗。有趙再者，令
> 二小鬟主之，一鬟利麻油澤髮，遂易廁燈以桐膏。夜分他婢於廁見
> 婦人，長三尺許，披髮絳裙，自廁出，攜小箱，盛雜色新衣，褶於
> 牆角，婢驚呼而返，告其同類，皆往觀，至則無所見，獨易油之人
> 大叫仆地。眾扶歸，救以湯劑，移時方甦，言先不合輒以桐膏易燈，
> 才至此，爲鬼所擊，云：「我爲人登溷不作聲，致我生瘍，痛甚，正

立信帖，違例取息者，禁之。」同註8，卷105，頁2686～2687。

〔註79〕 宋德金等指出，「漢族長期以來的傳統歲時風俗，不僅被金代漢人沿襲下來，
而且多爲女眞人所接受，實際上已經成爲金代各族人們生活中共有的風俗。宋
德金、史金波：《中國風俗通史‧遼金西夏卷》（上海：上海文藝出版社，2001
年11月），頁391。元朝部分則詳見《中國風俗通史‧元代卷》，同註55，頁
366～374。

〔註80〕 《輦下歲時記》：「（都人至年夜），夜於灶裡點燈，謂之照虛耗。」（唐）不著
撰人：《輦下歲時記》，收入（元）陶宗儀編：《說郛》（臺北：臺灣商務印書
館，1983～1986年《景印文淵閣四庫全書》），卷69，頁879～721。《武林舊
事‧諸色伎藝人》：「明燈床下，謂之『照虛耗』。」同註61，卷3，頁384。
上述二書對照虛耗習俗的記載不甚相同，一則在床下燃燈，一在灶裡點燈，
都是爲了送舊迎新。

> 藉今夕油以塗之，爾乃敢竊換！」方毆擊間，家人輩來者多，乃捨
> 之。

主人爲了趕走惡運，特別在除夕夜準備麻油點燈。古代胡麻油是「可食與燃」
的上等油品，而桐油則爲燃油，「煙濃污物」、「誤食之，令人吐痢」〔註81〕，
可知麻油與桐油天差地遠。文中婢女偷偷將麻油改換成桐膏，以爲神不知鬼
不覺，怎知女鬼也在陰間殷盼麻油療傷，因而憤怒地在半夜痛毆易油的婢女。
作者利用除夕夜的照虛耗之俗作爲故事背景，引發後續情節，想像力著實豐
富；同時藉以規勸世人欺心莫做，神鬼勿欺。

　　除夕是新、舊年交接之際，古人經常在此夜占卜、求吉及祈福。如《瑯
嬛記》載：「除夕，梅妃與宮人戲熔黃金，散瀉入水中，視巧拙以卜來年否泰。
梅妃一瀉得金鳳一隻，首尾足翅無不悉備。」故事寫梅妃以黃金占卜來年吉
凶，畫面頗具美感。《龍會蘭池錄》寫蔣世隆因戰亂和瑞蘭失散，在除夜寫了
一篇〈送愁文〉，希望能送走愁鬼、迎接新年。文章一開始寫道：有人見蔣世
隆「落落皇皇，無以爲懷」，應是被「愁鬼所絆」，必須祈禳方可平安。世隆
於是誠心備禮祭鬼，但祈禳才剛結束，愁鬼忽忽又在左右。世隆頓時「心碎、
腸斷、淚傾、魂消」，認爲是被他人欺騙。接著展開與愁鬼的對話：

> 子（指世隆）始歎曰：「愁鬼可禳，何其我愁之尚在耶？」鬼曰：「君
> 不必咎客也，但當自咎耳。鬼有曰風流，曰愁悶，二者常相表裡，
> 不可遽逐。」子傾聽之，矍矍方驚，鳴竹爆，出桃符，焚紫盆，鬼
> 笑自如；又將起，將趙鍾荼（按：應爲『茶』之誤）壘而啖之，鬼
> 笑愈加。予始曰：「鬼何笑我爲哉？」鬼徐徐而言曰：「風流之鬼，
> 唯恐其不來；愁怨之鬼，人恐其不去。……子既戀於風流，則風流
> 之中便有愁。兩鬼相依，步不容離，世豈有風流而不愁者哉！君今
> 特欲去我，而不知風流之鬼所當先。……我二人不但入子之心，且
> 入子之膏肓也。」

愁鬼說完話就倏然消失。最後徒留下愁思難遣的世隆，孤獨就燈對酒。故事
中風流鬼與愁鬼相互依存，致主角病入膏肓，無藥可解，既諷刺又有趣。同
時，文中「鳴竹爆」、「出桃符」、「焚紫盆」及貼上繪有「趙（趙公明）、鍾（鍾
馗）、荼（神荼）、壘（鬱壘）」等門神，均是春節特有的民俗活動。另外，在
除夕夜寫類似「送窮文」般的送愁文本來是希望藉以禳災祈福，作者卻利用

〔註81〕同註7，頁32。

「愁鬼」平淡的口吻說出新春的歡樂氣氛，更襯托出主角孤單羈旅在外、思念戀人的愁緒。

過年期間人們經常到廟宇祭拜，祈求神明保祐來年平安順利，於是有搶「燒頭香」〔註82〕討吉利之俗。《異聞總錄》寫韓元英「事嶽帝甚謹，時降其家」。後來東嶽大帝忽然不至，友人認為「神棄之久」，元英將死。韓元英急遣僕人至嶽廟祈謝，並再三交待：「聖帝惟享頭爐香」，令僕人賄賂廟人使其先一晚入宿廟中。僕人順利入廟後因「久行倦困」而熟睡，因此錯過燒頭香的機會，韓元英不久即卒死。故事中燒頭香能獲得神明最大福祐的迷信流傳久遠，今日春節仍常見民眾到廟裡搶燒頭香的盛況。

關於拜年的習俗，《異聞總錄》（卷 4）寫宋代宰相呂蒙正之孫在元日謹禮，「以卑幼故起太早，命小妾持籠燈行」，之後在途中遇到群鬼之事。文中「元日」〔註83〕就是指春節的第一天，當天素來有拜年之俗，而且「少長序拜，以齒不以官」。〔註84〕依例晚輩要盛裝依序向長者拜年，故事主角因為年幼必須很早起床著裝到廳堂等候長輩。從其必須依賴燈火照明才能前行，足見天色之早。

元旦當天，家家戶戶都會準備桃符。《荊楚歲時記》云：「正月一日，懸葦索於戶上，插桃符其旁，百鬼畏之。」〔註85〕所以桃符最初的作用是避邪。如上述《龍會蘭池錄》的「出桃符」就有鎮鬼之意。這種在春節更換桃符的習俗流傳日久，內容不再僅限於賀春厭勝，也用於抒懷、諷世。例如《稗史·桃符》，寫南宋進士洪舜俞為人耿介敢言，曾上書參奏當朝宰相「招權納賄，倚

〔註82〕 《東京夢華錄》之「六月六日崔府君生日二十四日神保觀神生日」，記載燒頭香時的盛景。見（宋）孟元老：《東京夢華錄》，收入《東京夢華錄外四種》，同註61，卷8，頁47～48。

〔註83〕 《玉燭寶典》：「一年一月，皮書謂為端月。……其一日為元日。」（隋）杜臺卿：《玉燭寶典》，收入鍾肇鵬編：《古籍叢殘彙編》（北京：北京圖書館，2001年11月），頁96。

〔註84〕 宋人記載元旦時拜年的場景：「會稽之俗，正旦詣府學，少長序拜，以齒不以官。」（宋）施宿等：《嘉泰會稽志·節序》（北京：中華書局，1990年），卷13，頁6950。又如《夢梁錄》記載：「士大夫皆交相賀，細民男女亦皆鮮衣，往來拜節。」（宋）吳自牧：《夢梁錄》收入《東京夢華錄外四種》，同註61，卷1，頁139。表現長幼有序，熱鬧非凡的拜年習俗。

〔註85〕 （南朝梁）宗懍：《荊楚歲時記》（臺北：臺灣中華書局，1974年7月《四部備要》），葉2。是書又載：「桃者，五行之精，厭伏邪氣，制百鬼也。」出處同前。可見中國古代認為桃枝能行厭勝，也難怪在新舊年交接之際，要懸掛桃符以驅除鬼魅。

勢作威而已」。舜俞因此遭逐，鬱鬱不得志近十年，於是趁過年時在桃符寫上：「未得之乎一字力；只因而已十年閑」。自嘲未曾因爲學問而得到好處，卻因非議當朝而有志難伸。對聯內容除了諧謔外，更有抒憤、諷世的意味。另外，《輟耕錄·桃符讖》（卷27）寫元代張之翰由翰林學士除授松江知府時，曾自題桃符：「雲間太守過三載，天下元貞第二年」，是年即猝死。《續夷堅志·康李夢應》（卷1）敘金代李欽叔爲躲避戰亂，求夢於神。他夢見收到桃符，寫著「宜入新年，長命富貴」。之後他果然倖存，而且獲得縣令所送桃符，符上之字如夢不差。可見桃符內容也被小說作者作爲預示或讖語的工具。

正月十五日元宵節，又稱上元、元夕、燈節。由於正值望日、月圓，因以元宵爲「團圓、美滿」〔註86〕的象徵。另外，佛教在上元之夜「燃燈敬佛」，道教也在此日祭天，使元宵節添加宗教色彩。因此，每逢上元節總是大街小巷張燈結綵，如同「夜放花千樹」〔註87〕，熱鬧非凡。這樣美麗的景象，也經常成爲小說情節的一部份。「吳中風俗，上元夜，鐃鼓歌吹喧街市（《吳中舊事》）」。「上元夕迎燈奉神，自晚至次日天曉，花燭交輝，極爲奇巧（《湖海新聞夷堅續志·裝儒爲戲》前集卷2）」。「元夕，縣學燒鐙，有以杏棣棠枯枝爲翦彩花者（《續夷堅志·陵川瑞花》卷3）」。這些都表現元宵夜不僅燈火輝煌，各式燈籠爭奇鬥艷，引人入勝。

元宵節是親人團聚，歡欣愉快的節日。《湖海新聞夷堅續志·上元遇雨》（後集卷2）寫宋代丞相江古心掌管吉州時，「遇上元，喜放燈，與民同樂。」又《錢塘遺事·慶元侍講》（卷2）寫佳節盛景，宋帝卻獨坐宮庭之事：

> （宋寧宗）上元夜嚐熒燭清坐，小黃門奏曰：「官家何不開宴？」上憮然曰：「爾何知外間百姓無飯吃，朕飲酒何安？」嘗幸聚景園，晚歸，都人觀者爭入門，踩踐有死者。上聞之深悔，自是不復出。

帝王之家的節慶本來可以豪奢盛大，寧宗因爲苦民所苦，及曾經發生百姓爭睹帝王而相互踐死之事，他選擇孤燈對清影。故事突出宋帝的仁心，同時側面表現出元宵節人山人海的場景。

清明節是中國傳統祭祖掃墓的節日。中國人講究飲水思源，特別重視清

〔註86〕 宋兆麟、李露露：《圖說中國傳統節日》（臺北：世界書局，2010年9月），頁33。

〔註87〕 辛棄疾曾生動地描繪出元宵節燈火輝煌的畫面：「東風夜放花千樹，更吹落，星如雨。寶馬雕車香滿路，鳳簫聲動，玉壺光轉，一夜魚龍舞。」辛棄疾：〈青玉案〉。收入唐圭璋編：《全宋詞》（臺北：文光出版社，1983年1月），頁1884。

明節，所以相關活動經常成爲小說情節。清明節前一、兩天是寒食節，〔註88〕
又稱冷節、禁煙節，人們通常從這一天開始準備祭祀祖先。《湖海新聞夷堅續
志・羊鳴乞命》（前集卷2）、《續夷堅志・閑閑公主章表》（卷4）及《輟耕錄・
樹鳴》（卷 9）等都有相關描寫，最爲特別的是《湖海新聞夷堅續志・死鬼饕
餮》（後集卷 2）一篇，寫群鬼在寒食節感嘆無食可飽的故事。文中有一鬼先
感嘆道：「去年清明，人得三杯酒，今年三人，共得一杯酒。」另一個較老的
鬼勸道：「爾既得酒，何必嗟籲！」先前的鬼又說：「吾輩枵腹，聞有人祭祀，
惟恐不及。或衝去分酒一杯，吾眉可舒，吾腹可實。今既無酒可醉，無食可
飽，難以歸語妻子，所以重不足也。」老鬼笑說：「死鬼尚饕戶饗，而況於人
乎！」小說利用群鬼的對話，寫出孤魂野鬼無人祭祀致無可溫飽的窘境，同
時藉由鬼魂之口嘲弄人們貪飲嗜食的饞相。

中秋節是團圓、歡慶的日子。小說也多反映這種歡樂的氣氛，如《誠齋
雜記》寫「鍾陵西山有遊帷觀，每至中秋，車馬喧闐十里。若閭閻豪傑，多
召名姝善謳者，夜與丈夫間立握臂，連踏而唱，惟對答敏捷者勝。」眾人在
中秋夜到山上的寺觀遊賞，同時聽歌姬唱歌，好不快樂。《續夷堅志・敏之兄
詩讖》（卷 1）元好問之兄敏之，在中秋日當天邀約田德秀、田獻卿等人「燕
集」，可惜當夜「陰晦」。雖無緣賞月，眾人仍吟詩作樂。另外，錢塘觀潮也
是中秋節的重要活動，尤其農曆八月十八日海潮最爲猛烈，當地會舉行祭潮、
弄潮等民俗活動。〔註89〕這種節日結合自然景觀的熱鬧情況，自然也被寫入
故事中，如《湖海新聞夷堅續志・江神送嫗》（後集卷 2）記老嫗在中秋節到
江頭觀潮的盛況。《遂昌雜錄》也有類似記載：

〔註88〕 南朝梁宗懍《荊楚歲時記》載：「去冬節一百五日，即有疾風甚雨，謂之寒食，
禁火三日。」同註 85，葉 6。《容齋四筆》亦云：「自冬至之後至清明，歷節
氣六，凡爲一百七日，而先兩日爲寒食。」（宋）洪邁：《容齋四筆》（臺北：
臺灣商務印書館，1979 年 6 月），卷 4，頁 36。各書所載時日略不相同，總而
言之，約在清明節前一至三天左右。

〔註89〕 祭潮的活動，主要是人們藉由獻祭祈求神靈的幫助，內容相當多樣。據《咸
淳臨安志》記載：「每歲仲秋既望，潮極大，杭人以旗鼓迓之，曰祭潮神，有
弄潮之戲。」（宋）：潛說友、汪遠孫：《咸淳臨安志》（臺北：成文出版社，
1970 年），卷 71，頁 685。而《夢粱錄》的記載更爲詳盡：「每歲八月內，潮
怒勝于常時，……杭人有一等無賴不惜性命之徒，以大彩旗，或小清涼傘、
紅綠小傘兒，各系繡色緞子滿竿，伺潮出海門，百十爲群，執旗泅水上，以
迓子胥弄潮之戲，或有手腳執五小旗浮潮頭而戲弄。」同註 84，卷 5，頁
163。

> 杭人賀長卿，官至海道萬戶府照磨。自言其年十五六時，草履行縢，
> 手執小黑傘。八月十八日，與鄉曲五六人，同往錢塘江觀潮，臨水
> 涘而觀者如織。忽一人捶長卿背兩拳，長卿急翻身捽捶者，則同前
> 觀潮之人，皆為怒潮潑去。死生有命，豈偶然哉。

小說以主角親身經歷，回憶其幼年觀潮時人山人海的盛況，令人更有身歷其
境之感。另外，觀潮者有人葬身魚腹，主角卻幸運逃過一劫，作者將此歸諸
於天命，反映出生死命定的觀念。

2.特殊節日

特殊節日主要是皇室節慶和宗教節日。在皇室節慶方面，多表現於慶祝
帝王、皇后生日。自唐玄宗將自己的誕辰定為全國性節日後〔註90〕，歷代帝
王多仿而效之。當天廟庭會舉辦慶典，朝臣文人也會為文歌功頌德〔註91〕。
《三朝野史》記南宋謝太后與度宗的生日相隔一天，分別是「壽崇節」、「乾
會節」。賈似道命令黃蛻寫祝辭，黃云：「壽母神子萬壽無疆亦萬壽無疆；昨
日今朝一佛出世又一佛出世。」此語一出，獲得滿朝官員的喝采。

不只朝廷官員爭相獻壽，地方官員趁機「表現」。《庶齋老學叢談》（卷4）
寫宋代地方官滕瑞在孝宗生辰日「天申節」特別獻上一幅親手所書之「聖壽
萬歲」四個大字，長度足足二丈餘，還用絹絲鏾褙。孝宗看後，下旨說：「滕
瑞不修郡政，以此獻諛，特降一官。」故事中諂媚的官員遭懲，實大快人心。
這種事發生在恭儉的孝宗身上倒不令人意外，據《宋史》記載，孝宗在頒定
天申節時就直接表示：「上壽常禮，可令寢罷」。〔註92〕無怪乎官員獻壽不成，

〔註90〕 《舊唐書·玄宗本紀》記載，開元十七年（729）八月癸亥，唐玄宗應百官表
請，將自己的生日（八月初五）定為「千秋節」（後改「天長節」），全國放假
三天，朝野慶壽同歡。（後晉）劉昫著：《舊唐書》（臺北：鼎文書局，1985
年），卷8，頁193。

〔註91〕 歷代為慶賀帝王生日的詩詞、文章不少，如陸游曾寫過不少關於「天申節」
的賀詞。如〈天申節賀表〉、〈天申節致語〉三首等等。詳見《陸放翁全集·
渭南文集》，同註28，卷1、42，頁1、262～263。又如周紫芝：〈水龍吟·天
申節祝聖詞〉、曹勛：〈玉連環·天申壽詞〉等等。收入《全宋詞》，同註87，
頁870、1211。

〔註92〕 《宋史·禮志》：「建炎元年五月，宰臣等上言，請以五月二十一日為天申節。
詔曰：『朕承祖宗遺澤，獲托士民之上，求所以扶危持顛之道，未知攸濟。念
二聖蒙塵在遠，萬民失業，將士暴露，夙夜痛悼，寢食幾廢，況以眇躬之故，
聞樂飲酒，以自為樂乎？非惟深拂朕志，實增感于朕心。所有將來天申節百
官上壽常禮，可令寢罷。』至是止就佛寺啟散祝壽道場，詣合門或後殿拜表

反遭降職。

漢族的皇帝為了壽與天齊，將生日定為「萬壽」、「千秋」、「長春」等名稱，金朝的帝王也不遑多讓〔註93〕。金世宗在大定元年頒定「三月一日為萬春節」〔註94〕，此名稱直至世宗逝世（1188 年）為止都未曾更改，而且壽誕當天是群臣和各國使節前來祝賀。《歸潛志》（卷5）曾載皇帝在萬春節當天接見各國使者之事。

至於以宗教節日為背景的故事，如《續夷堅志》（卷1）描寫忻州西城有天慶觀，觀中的老君殿尊像極為高碩，傳聞是神人塑造，所以每逢貞元節都有祥鶴飛至，盤環翔舞在壇殿之上。後來殿宇毀於兵亂，白鶴就不再到訪。「貞元節」〔註95〕是道教節日，乃慶賀太上老君誕辰，可見小說情節與節日緊密結合。另有寫佛節者，《湖海新聞夷堅續志・觀音現身》（後集卷2）寫「二月八日佛入涅槃」，四川當地舉辦「無礙大齋三晝夜」，吸引四面八方的善緣士女參與。釋迦牟尼佛在二月八日捨身出家，故事以此為背景，講述當時州府設齋，及善男信女不遠千里而來的盛況。

上述中國傳統節日活動，都是經過長時間的傳承與積澱，才凝煉出厚實的文化意蘊。謝和耐指出：中國人對於節日慶祝極為狂熱，這些慶典活動是「四時更遞的表徵，充分表示了對歲月的重視和功能，且是對人生的一種穎悟。」〔註96〕確實，中國的節慶活動多有其特殊意義，這些內涵被小說作者利用而成為情節推展的一部份；另一方面，透過小說的載錄，讓這些民俗文化得以保存，也讓後人得以追溯異代間的差異與轉變。

（二）婚喪儀俗

生育、婚嫁、喪葬等人生禮俗是民間長期積累的生活習慣，是民俗文化

稱賀。」同註3，卷112，頁2677。

〔註93〕 根據《大金集禮》記載，金朝皇帝誕辰的節日有「天清節」（太宗）、「萬壽節」（熙宗）、「萬春節」（世宗）……等。（金）不著撰人：《大金集禮・聖節》（臺北：臺灣商務印書館，1983～1986年《景印文淵閣四庫全書》），卷23，頁648、198～199。

〔註94〕 《金史》記載萬春節之事，如〈世宗本紀〉與〈章宗本紀〉等均有相關記錄。同註26，卷7、9，頁156、208。

〔註95〕 《宋史・禮志》記載；宋徽宗政和三年（1113），詔曰：「以二月十五日太上混元上德皇帝降聖日為真元節。」同註3，卷112，頁2681。

〔註96〕 （法）謝和耐（Jacques Gernet）原著、馬德程譯：《南宋社會生活史》（臺北：中國文化大學出版部，1987年），頁149。

的一部分。這些生活儀俗與人們生活緊密結合，經常成為小說謀篇佈局的重要成份。

1. 婚俗

（1）漢族婚俗

中國古代男女通婚，向來重視門第，歷代小說無不反映此情況。《湖海新聞夷堅續志・益公陰德》（前集卷 2）寫南宋宰相周必大早年為了維護下屬而丟官，丈人「意謂妻以女，為門戶計，既失官，缺前望」，於是刻意冷落來訪的女婿。再如《張羅良緣》寫張幼謙與羅惜惜相戀，男方母親曾延請「里媼問婚」，羅父嫌其家貧而拒婚，但允諾男方一旦及第為官，可再來議婚。可見名位是古代議婚的首要條件。

除了門閥限制外，以財論婚是中國社會論婚時普遍存在的現象。《至正直記・娶妻苟慕》（卷 2）以數篇故事極力諷刺這種婚姻論財的情形。其一寫道：馮氏貪圖陶氏女「富有奩具」而婚之，不料婚後陶氏女「淫悍」，先通鄰家子，再淫錢某，甚至通於僕人。另一篇寫道：五叔喪妻，再娶「田產資裝之盛」的寡婦濮氏。成婚之後才知道濮婦的田產已質於人，五叔「大失所望」。由於濮婦「能諛媚曲從，侍奉百至」，五叔將全部財產給予濮氏，此後濮氏變得「暴悍」，更與他人私通，五叔落得人財兩失的下場。故事主述因財論婚的不好下場，表現出「娶妻苟慕富貴者，必有降志辱身之憂」的旨趣。於是又有故事突出不因覬覦翁家財產而結親的人物，如《平江紀事》寫王鑑為人「耿介、厲名節」，婚娶同郡富家女兒，「資裝甚盛，鑑悉歸之，一無所留。」上述作者均是元代文人，他們尚在故事中寫出符合中國傳統婚俗之禮，可見在蒙元統治之下，漢族仍保有多數舊有的婚俗。

婚姻論財已幾乎是一般社會的認知，富家通常會為女兒準備豐厚的嫁妝，萬一女子未嫁，也可以仰賴這些嫁妝終老。《遂昌雜錄》記宋代文人張樞的九世女孫「陋故，不嫁」，依賴豐厚的「嫁貲」，生活優裕。陶宗儀曾以「三井」來描繪三種婚姻狀況：「人欲娶妻而未得，謂之『尋河覓井』。已娶而料理家事，謂之『擔雪填井』。男婚女嫁，財禮奩具，種種不可闕，謂之『投河奔井』。」（《輟耕錄》卷 29）此俗諺以嘲弄而不失幽默的筆觸，道出社會上男女婚嫁的真實寫照，令人會心一笑。

衰絰期間不得議婚在漢族是社會約定成俗的觀念，金朝更是明訂於法律

之中。據《金史》記載：「知情服內成親者，雖自首仍依律坐之。」〔註97〕《續夷堅志・雷氏節姑》（卷3）寫雷氏嫁給丁某爲妻，「雷氏群從有不悅者，訐告服內成親，婚遂聽離。」兩人於是被迫離婚。

有故事透過冥間或妖異的婚嫁來反映前述傳統婚俗。表現厚嫁者，《異聞總錄》（卷3）寫陰間王者嫁女，爲了準備婚禮當天「從車五百輛」，派鬼官在陽世尋找「天下美俊」牛隻。在媒妁方面，同書（卷4）敘述溺斃秀才遣媒向溺死鬼女議婚。同書（卷1）寫黃襲甫到僧舍辦母親的喪事，遇到鬼女強婚：

> 是夕月明，因出階除納涼，遙見官房燈燭熒煌，燕語喧嘩，忽一士夫出揖曰：「子非黃襲甫乎？敢邀一茶。」黃曰：「忘君爲誰？」曰：「張維幾也，薄宦江湖，挈官到此。」因邀入同飲，見其妻與女焉。維幾曰：「吾有弱息，未協鳳占，敢以奉枕席。」黃曰：「吾在制中，安敢議此！」維幾曰：「禮法之士，如虱之處褲襠，襲甫達者，何見之泥？」因延入室，強合巹焉，行夫婦禮。黃思衰絰之中，今若此，名教罪人也，因惘然。……

最後黃某聽到雞鳴突然醒悟，迅速逃離鬼窟。故事中男主角一再表示服喪期間不適議婚，卻僅只於「心知、口說」，最後仍與鬼女成婚洞房，塑造出男主角無主見、懦弱無能的形象。值得注意的是，鬼丈人以「禮法之士，如虱之處褲襠」，視禮教於無物的形象頗爲奇特。

中國傳統婚儀，男女合婚必須「擇日」；宴客則求熱鬧，親友盡知。《湖海新聞夷堅續志・狐精嫁女》（後集卷2）寫狐精夫婦帶著三女投奔某家，當夜便欲以女「合婚」；主家不肯，堅持「擇日」。狐精於是留宿四宵，主家「雞魚烹盡」，鄰人也「具酒禮」。之後主人約陰陽師前來擇選「安牀」，狐精便逃之夭夭，只留下五擔「拗黃竹篾縛槎葉」。故事中除了可見婚儀中的擇日與安床之俗，同時也反映當時社會一家婚嫁，鄰里相互幫忙，同歡共樂的場面。另外，關於妖狐利用人們無法看清其本質，到處騙吃騙喝，卻害怕陰陽師揭穿其原形而夾著尾巴逃走的描寫頗爲生動。同書之〈扇能起風〉（後集卷1）寫某家娶婦，宴請全鄉的人，婚禮會場「燈燭熒煌，賓客雜遝」。表現婚禮喜歡熱鬧，大肆宴客與慶祝的情況。又同書之〈樟精惑人〉（後集卷2）則寫樹精爲了婚禮，不辭千里邀請江湖藝人表演：

> 咸淳甲戌冬，有二男子齎官會於杭州三橋，請路歧人祗應，云是張

〔註97〕《金史・世宗本紀》，同註26，卷7，頁174。

> 府姻事，先議定不許用黃鍾宮曲調。……至一大府第，路歧人如約
> 奏樂，見坐客行酒人皆短小，燈燭焰青，既而幽暗。至四更無飲饌，
> 人飢且怒，因奏黃鍾宮。坐客與行酒人皆驚，亦有止之者。樂人不
> 顧。須臾黑風一陣，人與屋俱亡。

文中主家對於樂曲表演除指名不得使用者，其餘均由藝人自由排定。另一方
面，路歧人因為無法擠身勾欄從事表演，為了餬口只能在江湖中不穩定的接
案演出，一旦未妥善招待，或令其餓肚子，這些活躍在街頭巷尾的江湖藝人
也不會信守約定，甚至還會抽後腿，所以才導致主角婚禮全毀，妖形畢露的
下場。

此外，小說也涉及婦人改嫁的問題。《湖海新聞夷堅續志・陸氏再嫁》（前
集卷 1）寫陸氏「攜嫁資」改嫁，亡夫鬼魂寫信指責陸氏，不念恩愛、不撫幼
子、不卹老父，是不義不慈之輩，使陸氏羞愧而死。《古杭雜記》記士人蕭軫
「娶再婚之婦」，同舍張任國以〈柳梢青〉詞嘲弄道：「掛起招牌，一聲喝采，
舊店新開。熟事孩兒，家懷老子，畢竟招財。當初合下安排，又不豪門買呆。
自古道：『正身替代，見任添差。』」二文表現對婦人再嫁或娶改嫁婦的負面
態度，反映自宋代以來重視婦女守節的觀念。

（2）元人婚俗

婚姻講門戶、論財富是社會族群普遍存在的觀念，但各種族之婚俗與夫
妻關係則自有差異。例如漢族婚嚴格限制堂兄弟姊妹通婚，回回族卻非如此。
試觀《輟耕錄・嘲回回》（卷 28）一文，記載回回人的婚俗：

> 杭州薦橋側首，有高樓八間，俗謂八間樓，皆富實回回所居。一日，
> 娶婦，其婚禮絕與中國殊，雖伯叔姊妹有所不顧。街巷之人，肩摩
> 踵接，咸來窺視。至有攀緣簷闌窗牖者，踏翻樓屋，賓主婿婦咸死。

文中嫁娶關係「雖伯叔姊妹有所不顧」，顯見這椿婚事的男女主角可能是堂兄
弟姊妹，因而吸引左鄰右舍好奇圍觀。也因此，原是賓主滿堂歡樂的婚事，
因樓房崩蹋致喜事變喪禍。本則故事保留回回族人的特殊婚俗，實為研究民
俗學的重要的資料。

「收繼婚」是中國北方民族特有的婚俗，簡言之就是「父兄死，子弟妻
其群母及嫂」〔註 98〕。由於這種婚俗，女真與蒙古等族人「無論貴賤，人有

〔註98〕 史傳論述中國北方各族時，以收繼婚乃其習俗之一。（唐）魏徵等撰：《隋書・
突厥傳》（臺北：鼎文書局，1987 年 5 月），卷 84，頁 1864。

數妻」〔註99〕。金元文言小說有數則寫收繼婚的故事，如《輟耕錄·醋缽兒》
（卷28）：

> 俞俊，其先嘉興人，今占籍松江上海縣。娶也先普化次兄丑驢女。
> 也先普化長兄觀觀死，烝長嫂而妻之。次兄丑驢死。又烝次嫂而妻
> 之。俊妻母也，既而亦死，俊縛彩繪為祭亭，綴銀盤十有四於亭兩
> 柱，書詩聯盤中云：「清夢斷柳營風月，菲儀錶梓里葭莩。」……郡
> 人莫不多其才而譏其輕薄如此。

俞俊的叔丈人也先普化在兩個哥哥死後，將他們的妻子全部據為己有，也先
普化因而有多個妻子。為此，俞俊在丈母娘（已成為也先普化的妻子）死後，
寫詩置於祭亭加以嘲諷。詩作寫得工巧而有風致，卻多處化用典故來羞辱死
者，其中「柳營」使用漢代名將「周亞夫軍細柳」〔註100〕典故，暗藏「亞夫」
二字，諷她事二夫；「菲儀」利用吳語發音，謂「菲人」；「錶梓」借代為「婊
子」；「葭莩」則謂「皆是夫」。俞俊因為時人的「陋俗」，將再婚的丈母娘比
喻為人盡可夫的娼婦，難怪里人指責他輕薄無行。

　　另外，像這種可以「妻其母、嫂」的婚俗，也容易發生子嗣的問題。上
述故事俞俊指責妻子之弟博顏帖木兒「覆宗絕祀」，因為博顏帖木兒隨母親嫁
給叔叔之後，貪圖叔父的財富，「願繼其後」，全然不顧他是家中獨子，此舉
將令親生父族絕祀。鄰人因此戲謔道：「昔人有二天，今子有二父，何其幸歟！」
由此看來，收繼婚極易影響本家香火後嗣，這對普遍重視親子倫常的漢人社
會，恐較難接受。尤其中國講究婚姻禮儀，對婚姻關係所衍生的親族更有其
限制。《禮記》云：「叔嫂不通問，諸母不漱裳」。〔註101〕不過，這種婚娶繼母、
兄嫂的婚俗，儘管與中國傳統婚制大相逕庭，甚至政府也不鼓勵，但在當時
漢人婚姻中仍偶有所聞〔註102〕。

〔註99〕　《三朝北盟會編》：「父死則妻其後母，兄死則妻其嫂，叔伯死則姪亦如之，
　　　　故無論貴賤，人有數妻。」寫女真等族人的男子因為收繼婚，一人擁有數妻。
　　　　詳見（宋）徐夢莘撰、王德毅點校：《三朝北盟會編》（臺北：大化書局，1979
　　　　年1月），卷3，頁甲23。蒙古人也是如此，據《多桑蒙古史》載：「（韃靼族）
　　　　為子者應贍養其父之諸寡婦。除其生母外，常能娶其父之婦為妻。兄弟亦應
　　　　贍養寡居之嫂娣。」同註2，卷1，頁32。

〔註100〕周亞夫事蹟，詳見（漢）司馬遷：《史記·絳侯周勃世家》（臺北：七略出版
　　　　社，1985年），卷57，頁826～831。

〔註101〕（唐）孔穎達疏：《禮記注疏·曲禮上》，收入（清）阮元校勘：《十三經注疏》
　　　　（臺北：藝文印書館，2007年8月），卷2，頁37。

〔註102〕史衛民認為收繼婚在北方的漢族逐漸流行。見氏著：《元代社會生活史》（北

　　儘管接繼婚是女眞、蒙古等北方民族的婚俗，婦人或因爲沒有謀生能力，或礙於既有婚俗不得不改嫁，卻不代表所有族人都願意接受「妻其母、嫂」的婚制。《輟耕錄・高麗氏守節》（卷 15）寫堅拒繼子求婚之事：

> 中書平章闊闊歹之側室高麗氏、有賢行。平章死，誓弗貳适，正室
> 子拜馬朵兒赤說其色，欲妻之，而不可得。乃以其父所有大答納環
> 子獻於太師伯顏。……伯顏特爲奏聞，奉旨命拜馬朵兒赤收繼小母
> 高麗氏。高麗氏夜與親母逾垣而出，削髮爲尼。伯顏怒，以爲故違
> 聖旨，拜奏命省台泊侍正府官鞫問。諸官奉命惟謹，鍛鍊備極慘
> 酷。……〔註 103〕

高麗氏雖身爲側室，卻一心守節，不願意嫁給繼子。於是連夜逃家、出家爲尼，卻還不免因此入獄飽受酷刑，幸得明官仗義直言而冤釋。像這類娶繼母、兄嫂的婚俗可能基於當時社會的「財產關係」，由於當時女子在家庭，也有屬於自己的財產，爲避免財產外流，於是娶了後母、兄嫂等於留住家產。〔註 104〕

　　蒙古大軍南下，遷入大量人口，所以出現蒙、漢通婚的情況。如《至正直記・石枕蘭亭》（卷 1）寫葉肅可會國語（蒙古語），爲蒙古長史，娶蒙古氏。同書之〈不嫁異俗〉（卷 3）寫金陵名士王起岩將女兒嫁給某達魯花赤之子。當時蒙古人的社會地位較高，具政治、經濟優勢，所以有漢族家庭願意與之婚配。

　　另外，漢族社會流行的「指腹爲婚」，元代則是法律明令禁止〔註 105〕。

　　京：中國社會科學出版社，1996 年），頁 66。洪金富進一步研究元史漢族的
　　案例，包括「姪收嬸、甥娶舅母、兄收弟妻及弟收兄妻」等等。見氏著：〈元
　　代的收繼婚〉，收入中央研究院歷史語言研究所出版品編輯委員會編：《中國
　　近世社會文化史論文集》（臺北：中央研究院歷史語言研究所，1992 年），頁
　　272～396。陳素貞從傳統社會女性的節烈思想觀察收繼婚，並謂：「收繼的種
　　族色彩與倫理貞操相互浸染，加以漢蒙禁廢施行之間，律令的更迭變動與不
　　確定性，使得執法之吏往往依個案參考判例，來斷婚俗案之是非，形成了社
　　會上多元的兩性關係與婚姻狀況。」見氏著：〈史家筆下遼金元女性節烈觀綜
　　探〉（《東海中文學報》第 13 期，2001 年 7 月），頁 70。
〔註 103〕高麗氏拒絕嫁給繼子一事，《山居新語》（卷 2）也有記載，但情節著重描寫
　　　　　幫助高麗氏釋冤的官吏。
〔註 104〕同註 17，頁 430。
〔註 105〕《元史・刑法志二》：「諸男女議婚，有以指腹割衿爲定者，禁之。」同註 8，
　　　　　卷 103，頁 2642。

《至正直記‧戲婚》（卷 1）寫出指腹爲婚的弊端，內容爲某富家兄妹各有一女、一子，自幼雙方父母即戲以爲夫婦。之後男方家道中落，女方遂渝盟。女子之乳母卻經常以此戲弄她，「女始則怒之，久而情動，不復怒也」。後來乳母趁機安排女子與「小官人」相通，及女方有娠，男方被捕入獄，喊冤不肯認罪。最後才發現是「乳母之子假託其姑之子」，眞相大白。故事因爲指腹爲婚的戲言才讓乳母有機可趁，所以作者也清楚表達反對指腹爲婚的立場。此外，故事也反映表兄妹結親的婚俗。值得一提的是，此故事的情節可說是指腹爲婚類型之基本結構，即一方家道中落，另一方背棄盟約，再展開一連串陰錯陽差的情節。

2. 葬俗

世界各民族都有其特殊的喪葬習俗，自古以來安葬的方式分有土葬、火葬及水葬、樹葬，各種喪葬方式自有其優劣和立論〔註106〕。古代普遍採取土葬與火葬，社會上對於這兩種喪俗的持論各有立場，也反映於小說。

土葬者相當多。如《輟耕錄‧一門五節》（卷 29）寡婦樓氏，事姑甚謹。婆婆之喪儀，「斂葬悉如禮」。又如《湖海新聞夷堅續志‧負約求娶》（前集卷1）孫氏死後，父母哀慟至極，仵作勸其「小口喪不可停」，於是隨即「具棺以殯」。再如《錢塘遺事，下饒州》（卷 7），太守唐震爲國損軀，其下屬尋得遺體後，「衣棺而葬之」等等。至於土葬習俗流行與儒家主張有關，可由《續夷堅志‧呂內翰遺命》（卷 3）一文得到應證。內容記載金代狀元郎呂忠嗣，長於經學，臨終時再三交待諸子云：「我死無火葬，火葬是爲戮屍。無齋僧作佛事。齋僧佛事是不以堯、舜、文、武、周、孔之教待我。有違我言，非呂氏子孫！」此話將傳統社會排斥火葬的原因直指其乃戮屍、非孔孟之道。這種觀念在《湖海新聞夷堅續志‧焚屍利害》（前集卷 2）一篇表述得更爲清楚，內容寫南宋理宗景定五年，「謝六解妻周氏，無疾暴亡，其家謂死非其時，是晚便行火厝。越三日，其妻還魂，無屍可附，纔午後便號叫於家，就其夫取屋子（指身軀）。」魂無所附的鬼婦遂再三騷擾家人，後經由神仙幫助，該婦重新投胎爲人。作者在結尾處道：

〔註106〕土葬、崖葬可以保護屍體不受損傷，是出於對死者的尊敬，源於傳統敬畏鬼魂的思想；火葬則是爲使靈魂早日升天，是源於畏懼鬼魂的心理。中國人相信靈魂不滅，先秦以來主張土葬，自唐末五代以後，民間受外族影響而有逐漸採用火葬的趨勢。詳見林溫芳：《宋傳奇「人鬼戀」研究》（新北市：花木蘭文化出版社，2011 年 9 月），頁 76～77。

> 以此見古者三日而斂，恐其魂復體也。程知縣曾有諭俗不得火葬文，
> 極言火葬乃人之極刑，人之忍以父母遺體秉畀炎火，與炮烙之刑何
> 以異！今大元禁民火葬，深得古人重用火刑之遺意，因周氏之事故
> 併及之，聞之者足以戒云。

作者提出反對火葬的理由，除了怕死者還魂外，還認為將父母遺體火化，無
異於炮烙的酷刑，是不孝的行為。換言之，土葬這種「入土為安」的觀念，
除了受鬼神觀影響外，更是以儒家孝道為基礎，以禮為標準的喪葬思想。

火葬是不孝的觀念普遍存於社會人心，有故事寫親族因為長者葬禮該採
土葬或火葬而發生紛爭。《至正直記・朱氏所長》（卷 3），寫某縣尹過世，長
子欲「焚其父屍」，次子之婦朱氏不以為然，嚴詞力爭，強調「儒家無焚屍之
說」。最後死者免於焚屍而葬。族長、耆老都感歎道：「人家不必要好兒孫，
但願得好新婦足矣！」婦人堅持不讓老翁火葬，除了孝道外，也反映出儒家
土葬的主張對古代社會的影響。另有故事寫將死者火化的親屬不會有好下
場，如同書（卷 2）之〈不葬父母〉、〈妻死不葬〉等都是寫親人死後，子孫處
理的方式是「爐骨置祖祠」或「焚化復寄僧舍中」。作者稱此為「異端」，故
事主角最後也紛遭橫禍，而有死於寇賊、晚年潦倒、家人淫亂等不得善終的
報應。《至正直記》成書於元代，作者也以不少篇幅描寫火葬之惡，反映元代
社會中的漢族仍多主張土葬。其實，元人治理社會各族群強調「各依本俗」
〔註107〕的觀念，所以當時漢族的喪葬習俗並未受到壓迫，甚至尊重漢族認為
火葬是滅人倫的傳統，而要求漢人要採取土葬〔註108〕。

王崗指出：「中國自古以來，對於喪葬之俗就極為重視，生者對於安排死
者的後事十分講究，被視之為『孝』的重要組成部分。在安葬死者時，只要
經濟條件允許，就必須盡力做到有棺有槨，有墳有碑。至於帝王，就愈加隆
重，有陵有寢，並有大量的珍寶甚至活人（從或是嬪妃等），作為隨葬物。」

〔註107〕 元人治理社會各族群強調「各依本俗」，如《元史・選舉三》：「天曆二年，詔：
　　　　『官吏丁憂，各依本俗，蒙古、色目仿效漢人者，不用。』部議：『蒙古、色
　　　　目人願丁父憂者聽。』」同註8，卷83，頁2068。

〔註108〕 《續通典・禮典・禁火葬議》：「古者聖人治喪，具棺槨而厚葬之。今本路凡
　　　　人有喪以火焚之，實滅人倫。……四方之民，風俗不一，若便一體禁約，似
　　　　有未盡參詳。……除從軍應役，並遠方客旅、諸色目人，許從本俗，不須禁
　　　　約外，據土著漢人擬合禁止（土葬）。」（清）嵇璜、曹仁虎等奉敕撰：《續通
　　　　典》（臺北：臺灣商務印書館，1983～1986年《景印文淵閣四庫全書》），卷
　　　　83，頁 640～580。

〔註109〕這段話說出古人對葬儀的重視，其中活人殉葬、厚葬，甚至是厚葬而產生的盜墓等等，都是古代小說常見的情節。

厚葬故事，例如《輟耕錄・墓屍如生》（卷11）寫元代張某曾盜發一墓，墓主是宋代某參政之妻，「得金銀首飾器皿甚」。《湖海新聞夷堅續志・負約求娶》（前集卷1）記少女暴亡，父母以價值數萬的玉環陪葬，致其墓穴被盜。其實，厚葬的觀念是源於人們相信死後有靈，陰間如陽世，認為陪葬品可以供死者使用。於是小說中的死者也「真的」到陽間使用他們的陪葬品。如《異聞總錄》（卷4）寫鬼女為幫助貧困的情郎，拿金釵令他鬻於肆。這種鬼女將陪葬物品送給陽世男子的情節經常出現在人鬼戀故事，陪葬品成為鬼女出入幽明的證據，及情節推展的關鍵。〔註110〕

活人殉葬的故事，如《吳中舊事》寫北宋臣權朱勔葬其父時，「盛飾一女奴、一僮以殉之」。靖康末年大饑，郡人怨恨朱勔入骨，挖開其父之壙、碎其骨，還發現童奴的骸骨。以奴僕殉葬這種慘絕人寰的喪葬習俗從商朝盛行至宋元，很多無辜的婢僕孤寂且恐懼地死在黑暗墓穴中，著實可悲。

盜墓故事，如《庶齋老學叢談》寫朱漆臉盜挖永昌陵（宋太祖陵），取走寶器無數，「欲取其玉帶，重不可得，乃以繩穿其背，紮於自己，坐而秤起之，帶始可解。」同一時間，趙匡胤屍體的「口中物」突然噴到朱的臉上，洗之不去。人們因而稱呼他朱漆臉。《輟耕錄・發宋陵寢》（卷4）則寫元僧楊璉真珈掘南宋帝王的陵墓墳事。儘管宋代皇陵已較他朝更具薄葬觀念，但在異族入侵之際，宋皇陵仍不免遭到挖掘，令人感嘆！另外，盜墓者破壞墳墓侵擾死者靈魂，所以盜墓故事也會結合靈異情節，如《遂昌雜錄》記河西僧馮某盜墓之事：

> ……楊（楊璉真珈）在江南掘墳，遂以書招馮出河隴來江南。既至，遂以杭故宋富貴家十墳，遣馮使之發掘。馮父子皆僧也，十墳已掘六，金寶蓋不貲，餘四墳方擬發掘，而馮父子兩人是夜皆得夢。夢林莽中金紫官人出拜，哀告曰：「君父子所得亦足矣，我輩安居於此久矣，早晚幸貸我。」父子覺而俱驚，此四墳於是乎獲全。……

楊璉真珈掘遍宋陵還不夠，竟邀友人馮某來江南盜挖富戶的墓穴，若非遇到

〔註109〕王崗：《天師與帝師：一個多元文化的時代》（安徽：人民出版社，2013年9月），頁218。

〔註110〕同註106，頁129～130。

墓主顯靈託夢，恐怕富家墳墓將無一倖免。儘管這類亡靈護墓或墓穴埋伏機關的傳說很多，但盜墓事件仍時有所聞，似乎陪葬的財寶總是具有致命的吸引力，再多的社會教化、再嚴酷的刑罰都無法阻止人性的貪婪。

　　古代社會雖然偏好土葬，但若亡靈經常出沒陽間擾人，或是遇到屍異的情況，家人不得不做出火化的決定。如《萬柳溪邊舊話》敘王氏婦人從左脅下產出一女，慧悟異常，五年後其母脅下突然自動裂開，該女躍入母腹致其痛苦而死。由於女童生、死極為詭異，又讓其母喪命，所以家人「以僧家法焚之」。似乎只有用大火焚燒，才能徹底除去惡靈妖異。又如《異聞總錄》（卷4）寫鬼女半夜攜帶「銀裹柱壘及數百錢」到寺廟，與僧人雲雨，請他代買絹絲與脂粉。幾經曲折，鬼女之父知道此事，遂啟塚發棺。棺中女兒屍體宛然如生，家人「慮終為家恥」，就將她火化。故事中這種先以土葬，再採取火葬的情況，涉及中國特殊的神鬼觀。古代認為凶死者乃惡魔鬼怪作祟所致，若將屍體焚毀不僅可使惡鬼死亡，也可使死者盡快前往陰間，所以凶死者多採取火葬。〔註 111〕此外，鬼女帶著陪葬錢財，奇詭地悠遊於陰陽兩界，正是之前曾經提及的人鬼戀常見的情節之一。

　　古人極為重視臨終禮儀，而且深信在葬禮過程為死者所做的事，將影響亡靈進入冥界後的種種。首先，臨終禮俗程序繁瑣，包括落炕、換床、穿壽衣及入斂等。其中換壽衣是指為臨終者沐浴淨身，男子則換上長袍馬褂，婦人則棉袍襖裙。這個過程看似簡單，卻並不容易，稍不慎會「傷及」亡者，令其在「幽冥受苦」。《湖海新聞夷堅續志・鬼仙玩月》（後集卷 2）寫崔生因故看到亡兄的靈魂，其兄「以帛拂脣，如損狀」。崔生不解地詢問婢僕，一婢泣曰：「幾郎就木之時，面衣忘開口，其時忽忽就斂，誤傷下脣，旁人無見者。」故事中的亡者因入斂時傷及形貌，即使在陰間已二十餘年，仍延續死時被誤傷的形貌。又如《異聞總錄》（卷 4）寫亡靈愛聽輓歌之事，內容敘古墓群鬼找鄒大赴宴表演，鄒大表示自己只會唱輓歌。鬼魅卻說：「正欲聞此曲。」席間，群鬼要求鄒大不必鼓鐸，只要清唱即可，鬼魂們還「擊節稱善」，賓主盡歡。故事除了將群鬼聽輓歌的樣貌寫得生動有趣外，也反映出喪禮儀節是死者在陽世的最後一段旅程，亡靈會「牢記」所有的事，包括悽切哀怨的輓歌。

　　另有反映哭喪習俗的故事。《捫掌錄》寫安鴻漸的丈人過世，其妻指責他：

〔註 111〕鄭曉江：《中國死亡文化大觀》（南昌：百花洲文藝出版社，1995 年），頁 242。

「路哭，何因無淚？」鴻漸辯解道：「以帕拭乾。」悍妻嚴厲告誡他：「來日早，臨棺須見淚。」隔日，安鴻漸「以寬巾納濕紙置於額」，叩頭假裝大哭。丈人入殮後，其妻看他滿臉淚痕，吃驚地問：「淚出於眼，何故額流？」安鴻漸答道：「豈不聞，自古云：水出高原！」故事成功形塑出安鴻漸懼內、機智的形象。而且反映出古代喪禮要求親屬必須痛哭流泣，否則將被視為不孝。另同書〈匍匐圖〉一篇則寫爬行哭喪的故事，作者以戲謔的筆法反映「凡民有喪，匍匐救之」的弔唁習俗。

　　此外，遼金元文言小說中的葬儀也承繼前朝，在治喪時通常會作法事或佛事，請僧、道誦經以禮敬鬼神、超渡亡靈及燒紙錢，藉以為死者減罪祈福等。如《工獄》一文中，丈夫死後，婦人先發喪成服，「召比尼修佛事，哭盡哀」。待找到屍體時，「取夫衣招魂」，「脫笄珥具棺葬之」。佛事結束後，「丐者坌至求供飯」，反映當時多將供品佈施給窮人，而乞丐對赴喪家乞討習以為常。至於佛事內容，也並非僅只於誦經，另有和尚拋弄鼓棒的表演。《古杭雜記》寫「杭州市肆有喪之家，命僧為佛事，必請親戚婦人觀看。」若是佛事中有「和尚弄花鼓棒」，婦人就爭相前往。表演時，「一僧三、四鼓棒在手，輪轉拋弄」。故事中一個和尚要弄數枝花棒鼓，輪流拋接、變化花樣，需要嫻熟的技巧。此外，小說中的喪家為死者作佛事，竟然類似「娛興節目」，還讓婦女爭先恐後觀賞。試想這場景恐怕不是哀悽肅穆、不是衷心悼念亡者，更像是一場雜技秀，一場供活人觀賞的禮俗表演。

第三節　時代特徵

　　每個時代自有其文學風格與特質。明人胡應麟評論宋代以後小說為「論次多實，而彩豔殊乏。」〔註112〕魯迅認為宋人小說「平實簡率，欲以可信見長」〔註113〕。二人的說法突出宋代以後小說「記實」的特色。影響所及，金元文言小說這種實錄特徵更為明顯。另外，金元時代白話小說與戲曲雜劇等

〔註112〕　（明）胡應麟：《少室山房筆叢・九流緒論下》（臺北：臺灣商務印書館，1983
　　　　　～1986 年《景印文淵閣四庫全書》），卷 13，頁 886～306。
〔註113〕　魯迅著：《中國小說史略》，收入《魯迅小說史論文集─中國小說史略及其他》
　　　　　（臺北：里仁書局，2003 年 2 月），頁 84。趙維國進一步指出，宋代人的創
　　　　　作特徵在於「對社會現實的實錄，注重人物描寫的真實性」，以追求平實與樸
　　　　　質的審美情趣。見氏著：〈論宋人小說的創作觀念〉（《中州學報》，2001 年第
　　　　　6 期），頁 55～58。

通俗文學盛行，文言小說的發展自然而然趨向通俗。以下分述之。

一、強調實錄的精神

（一）事件書寫強調真確

　　金元文言小說在創作上著重實錄，講究直書的精神。儘管不少故事摘取自現實環境，或是在既有材料上加以虛構，增添新的情節，但為了證明故事的真實性，經常是將時間、地點及人物詳細寫出，以示有據。尤其經常直接寫出是某人所言，或是以第三者的口吻講述故事。如《輟耕錄・葛大哥》（卷9）寫葛樹精作亂之事，本是一篇志怪小說，文中卻以作者的「鄉人蔡木匠」為穿針引線人物，以證明這個故事係真實發生過。又如《續夷堅志・劉致君見異人》（卷3）寫主角偶遇道仙異人之事，內容虛幻無稽，作者卻於文末強調「其外孫李內翰欽叔為予言」，以示信實。同書〈人生尾〉（卷1）寫王博因為不孝致有神人「送尾」之報：

> 清河王博，……詣聊城何道士，言：丁酉初春，醉臥一桃園中。忽夢一神人，被金甲執戟，至其旁蹴之使起。王問何為神？曰：「吾為汝送尾來。」自後覺尻骨痛養。數日，生一尾，指許大，如羊退毛尾骨然。欲勒去，痛貫心髓，炙之亦然。因自言不孝于母，使至飢餓，故受此報。每逢人看，則痛養少止，否則不可耐也。因問何求療。何無所措手，乃去。……何道士云。

故事以替主角治病的何道士口述經過，說明王博的尾巴一旦被人盯看，痛養則稍減的詭譎情節，表現出不孝致報的旨趣。作者以實錄的方式寫出事件的前因後果，雖達到警世的目的，卻大幅降低了故事的趣味與感染力。

　　至於作者記錄傳聞的情況，如《輟耕錄・四位配享封爵》（卷27）寫孔廟之附祀配享所引發的故事。歷來孔廟主祀孔子，附祀顏子、孟子及子思等孔門弟子與儒學大師。〔註114〕王安石死後亦配享於孔子廟，其婿蔡卞當上宰相後以特權將王安石的位階「漸次而升」，甚至謀畫將置於孟子之前。有優人作戲加以嘲諷，當時演出的情況：

> 設一大言之士，戲薄先聖。顏子出爭之，不勝。子貢出爭之，不勝。

〔註114〕王世貞云：「文廟之有從祀者，謂能佐其師，衍斯世之道統也。」（明）王世貞：《弇州四部稿》（臺北：臺灣商務印書館，1983～1986年《景印文淵閣四庫全書》），卷115，頁1280～795。意即，配享者必須學養德性均高，傳衍儒家道統。

> 子路出而盛氣爭之，又不勝。然後設為公冶長，有系其首而叱之曰：
> 「汝何不出一爭，且看他人家女婿。」

顏子等賢哲都爭不過王安石，於是要求孔子的女婿公冶長出面一爭，藉以諷刺王安石之婿蔡卞。蔡卞知道後，不敢再提此事，於是「顏、孟左，而安石右」成為當時孔廟配享的定制。故事的人物眾多，相互爭勝的場面應當頗為熱烈，但作者卻以平板的口吻像是交待事情經過，未能更生動地描摹人物形象、事件及環境等藝術加工。這明顯是受雜史雜傳的敘事手法影響，也是金元文言小說普遍的現象。其他如《稗史》記金姓伶官扮演「鐘神（忠臣）」投拜，諷刺宋將范文虎降元之事；《樂郊私語‧也先不花》寫北人也先不花初至南方，被八月秋濤嚇得驚慌失措的趣事等等，可能是以當時傳聞為基礎，稍加敷演而成的故事，未見太多的修飾與加工。

在作者記錄親身見聞方面，如《南村輟耕錄‧鬼室》（卷11）寫鬼女復生與少年結婚，兩者之父分別是某郡前、後任的監郡。作者在文末特別寫道：「此事余童子時聞之甚熟，惜不能記兩監郡之名。」以此強調故事乃千真萬確之事。又如《至正直記‧天道好還》（卷2）是作者在溧陽時聽到的二件時事。其一記述房某二個女婿侵占他的家產，前後經過四代傳承，因為收養的關係使財產又回到房家。另一篇情節類似的故事：

> 東培村民史氏，素富實，國初亂離之際，以金銀掩置穀中，寄托其親家某氏者。事定取之，惟得穀耳。史曰：「穀內有金若干，何不見還？」某曰：「昔所寄者穀耳，未嘗見金也。」史不得已，忿怒而歸，遂絕往來。又數年，史、某兩家長老皆卒，子弟復相通好，某氏乃以女嫁史氏子，奩具頗厚，且有臥榻幃帳之類。一日，圍屏損裂，撤而視之，皆田券也，乃穀中所寄之一物耳。驗其所償，畧無遺矣。

史某與親族因為寄放財物產生誤會，遂不再來往，最後因為子孫結親而物歸原家。這二則故事頗為離奇，但作者以平鋪直敘的方式載錄，於關鍵情節亦未能以藝術技法多加描摩，使小說讀來平淡。此外，二則小說都傳達出「天道好還，理之必然」、「財物有分，非苟得者」之旨趣，凸顯財物自有分定之思。可見作者是以小說作為教化世風的工具，因而只是「如實」地記載下來。其他如《湖海新聞夷堅續志‧九真廟泉異》（後集卷2）寫九真廟「貪泉」的靈性，同時抨擊「具錢投井」的陋俗。都表現作者在載錄傳聞時，重視小說

的警世功能。

上述故事藉著載錄現實社會之事，凸顯傳統倫理道德觀，來勸喻世人，弘揚風教。可知當時作者是在小說中寄寓思想意識、文化觀念及道德判斷，是有意識地發揮小說的社會文化功能。因此，去除那些成篇累牘說教、訓斥的篇章，在這方面，金元文言小說必須予以肯定。此外，由於此時期文言小說作者多為故國遺老，內容有的追憶前朝軼事，也普遍實錄親身所見社會事件，加上金元時期文獻散佚嚴重，所以部份文言小說經常被視為史書，如明人編纂金史時，即大量使用《歸潛志》資料。因此，金元文言小說具相當的史料價值。

（二）人物描寫注重真實

小說刻畫人物強調「以形寫神，形神兼備」〔註115〕的藝術美感，但在實錄的文筆觀之下，金元文言小說描寫人物多著重於真實性。如《山居新語》（卷4）：

> 唐李景略，嘗宴僚佐，行酒者誤以醯進。判官京兆任迪簡知景略性嚴，恐行酒者獲罪，強飲之。阿憐帖木兒北渡，訪西鎮國吉剌失的長老。長老迎之甚喜，留坐，囑侍者□後好酒一尊為禮。長老執杯，王盡飲之。長老曰：「尊客遠臨，當進兩杯。」王復飲之。回盞及脣，長老大驚，乃釀醋也，即欲捶侍者。王曰：「酒、醋皆米為者，我不厭之，何怒耶？」怒不能釋。王曰：「欲留我坐，須勿怒。我有佳醞，取來共飲。」盡歡而散。……

故事以客觀的敘寫李景略、阿憐帖木兒二人對誤事者的態度，前者嚴厲，後者寬容。作者運用皮裡陽秋的手法，以平實的筆觸記錄二個人物對類似事件的反應，表面上不論其高下，卻暗藏褒貶在其中。這些人物形象或許欠缺傳神寫照的藝術性，卻具有含蓄雋永的美感。

又如《輟耕錄·河南王》（卷15）一篇：

> 河南王（十鄰吉歹）為本省丞相時，一日，掾吏田榮甫抱牘詣府請印，王留田侍宴，命司印開匣取印至前。田誤觸墜地，王適更新衣，而印朱濺汙滿襟。王色不少動，歡飲竟夕。又一日行郊，天氣且暄。王易涼帽左，右捧笠侍。風吹墮石上，擊碎御賜玉頂。王笑曰：「是

〔註115〕趙明政：《文言小說：文士的釋懷與寫心》（桂林：廣西師範大學出版社，1999年6月），頁110。

有數也。」諭令毋懼。噫，此其所以爲丞相之量。

作者以下屬弄髒新衣與玉頂破損二件生活瑣事，表現河南王的器量。尤其河南王明知下屬不愼弄髒新衣，卻「色不少動，歡飲竟夕」的情節，塑造出體察人意、寬大爲懷的形象。故事雖然沒有清晰的肖像與心理描摩，卻表現出主角肚裡能撑船的精神風貌。諸如這種注重眞實的敘寫手法，也許人物未見豐滿，卻「流動著生命的眞實」〔註116〕，反映出當時樸實、不尙雕飾的小說風格。

由前述例子可以觀察出金元文言小說對於人物故事並不突出虛構性，而是更注重眞實性的描述。這應是受史傳文學的影響，由於史家講究實錄精神，而宋遼金元時期的文言小說，除了形式上承繼史傳之雜傳體外，更突出記實描述、少虛構的創作觀。關於古代小說人物的實錄，劉上生有一段深入淺出的論述：

> 中國古代小說卻恰恰是脫胎於歷史文學，……史家以「實錄」爲宗旨，則不能不寫出歷史人物的個體實際：他所生活的環境和社會關係，他的作爲和經歷，他的優長和弱點，他的成長和變化，等等，這就必然在一定程度上表現出人物性格的眞實性、複雜性及動態性。〔註117〕

這段話很清楚地指出，以實錄的筆法描寫人物的特徵在於反映個體的本來面貌。這種特徵可由《庶齋老學叢談》（卷4）一篇看出來：

> 趙清獻公未第時，鄉之戶家陳氏，延之教子，其母歲與新履。公鄉薦，陳厚賻其行，……一舉及第，仕寖顯。陳之子後因人命事系獄。或曰：「爾家昔作館趙秀才，今顯宦於朝，可以爲援。」陳乃謀諸婦，婦曰：「翁當親行，我仍製履送之。」翁至汴，閽人不爲通。翁俟朝回，揖於馬前，公命之入，即送其履。公持而入，良久，乃濯足穿

〔註116〕顏天佑在論及元代雜劇中的「眞實」時，如是說：「文學作品中的『眞實』，並非一個人、一段時間、一樁事件的枝節記錄，而是當時普遍存在之眞實的概括反映。同時，文學作品所反映的社會情狀，也絕不是刻板的、一五一十報導的所謂『眞實』，而是流動著作者思緒、情感，乃至生命的『眞實』。」顏天佑：〈生命的眞實──元雜劇的社會意義〉，收入幼獅文化編輯部主編：《中國古典文學世界──小說與戲劇》（臺北：幼獅文化事業公司，1990年6月），頁136～137。

〔註117〕劉上生：《中國古代小說藝術史》（湖南：湖南師範大學出版社，2003年10月），頁111。

　　以出。……經旬餘不答所言，乃申之，唯唯而已。月余告歸，……

　　公但使親僕至衢，日送飯獄中。主者聞之，得從末減。

內容寫宋代「鐵面禦史」趙抃〔註118〕報恩之事，從趙抃的生平、經歷切入，並利用以下情節勾勒他的精神風貌：如趙門守衛不肯替陳氏通報，表現趙門的嚴謹。又如寫趙抃從恩公手中接過新鞋，「濯足」後才穿上，凸顯他尊重恩人、不忘舊情的個性；又從他多次遲遲不肯回覆恩公，表現他陷入報國恩與家恩的兩難。全文以人物為中心，記敘平實具體，故事完整，雖沒有曲折情節，也未見細膩的心理描摩，卻突出他重情義的形象。使人物具有「著墨不多，而一代人物，百年風尚，歷歷如睹」〔註119〕這種簡潔素樸的藝術性。

　　像這樣以客觀、記實的筆法勾勒人物風貌的故事不少，如《樂郊私語》記元末楊維楨為志書選詩之事，作者特別以嘉禾眾詩人為求作品入選而爭相涕泣的鄙瑣醜態，對比楊維楨堅持原則的自若神態。又如《歸潛志》（卷9）寫趙秉文的書法名聞當下，文人公卿爭相求字之事，表現閑閑公宅心仁厚、落拓不羈的形象，及眾求字者為取得其字，處心積慮的百態。上述小說以清楚的單線情節，不誇飾，不曲筆，更表現出人物的真實感。

　　明人謝肇淛指出：「（小說）雖極幻無當，然亦有至理存焉。……事太實而近腐，可以悅里巷小兒，而不足為士君子道也。」〔註120〕又謂：「小說及雜劇戲文須是虛實相半，方為游戲三昧之筆，亦要情景造極而止，不必問其有無也。」〔註121〕既質疑小說內容過於寫實，又彰顯小說載道的功能。關於寫實，金元文言小說經常言之鑿鑿，富有真實感，然部份作品為了徵信，有時過於平實而缺乏虛構的藝術性。在載道方面，此時期的文言小說更注重小說的教化功能，突出其社會文化價值。因此，金元文言小說受崇尚實錄精神的影響下，雖有部份篇章寫得真實可感、貼近人情，但大數仍顯然較不易表現人物傳神寫意的神態，及情景造極的幻設美感，所以對於小說用以娛情的審美情趣是較為薄弱。

〔註118〕　《宋史・趙抃傳》對趙抃的評價：「彈劾不避權倖，聲稱凜然，京師目為『鐵面禦史』。」同註3，卷316，頁10322。

〔註119〕　呂叔湘：《筆記文選讀》（北京：語文出版社，1992年1月），頁1。

〔註120〕　（明）謝肇淛：《五雜俎・事部三》（臺北：新興書局，1975年《筆記小說大觀》），卷15，頁4426～4427。

〔註121〕　同上註，卷15，頁4427。

二、風格趨於通俗化

（一）故事反映平民百態

1.內容更多描寫市井生活

金元文言小說內容更貼近社會生活，作者將視野投射到尋常巷陌，舉凡平民百姓的家常日用、生活瑣事及世俗人情等，都成為描寫對象。例如多面向反映當時商業發達，甚至主角是因為經商而引發後續情節的故事：《湖海新聞夷堅續志・蜈蚣孕珠》（前集卷 2）、《湖海新聞夷堅續志》之〈祭煉感應〉（後集卷1）、〈熊母生子〉（後集卷2）及《輟耕錄・誤墮龍窟》（卷24）等經商或海商故事都是此類。《湖海新聞夷堅續志・冤鬼現形》（前集卷 2）、《續夷堅志・張孝通冤報》（卷 4）及《輟耕錄・蛙獄》（卷 15）等是主角經商遇害的故事。可以說遼金元文言小說時期描寫商賈的故事已較唐代更為廣泛，雖然具有更多「人味」，卻也有「單薄、不豐富、不深刻」〔註122〕的缺失。但不管如何，作者身處商賈地位抬頭的環境，更廣泛地描寫商賈生活，對於開啟明代蓬勃發展的商賈小說仍然功不可沒。

又有寫市井的騙局，如《閑居錄》寫畫商假借觀音顯像於壁，造成市井搶購「觀音現身圖」。《席上腐談》寫道人以「鐵牛」能糞金，詐取富家錢財之事。《湖海新聞夷堅續志・欺誑獲報》（前集卷 2）寫道人煅假藥騙人。同書之〈假女取財〉（前集卷 1）較為特別，寫王男從小被父親扮成女子，「與之穿耳纏足，搽畫一如女子」。這使王男假扮為廚娘很難被視破，所以四處盜財騙色，直到他淫人妻女才被揭穿。《輟耕錄・盜有道》（卷 23）寫狡猾的盜賊「面帶優人假髯」四處行竊的故事。《隨隱漫錄》（卷 5）記數則行騙故事，試舉其中二則：

> 淨慈寺前，瞽嫗揣骨，聽聲知貴賤。忽有虞候一人，荷轎八人，訪
> 嫗曰：「某府娘子令請登轎。」至清河坊張家疋帛鋪前，少駐。虞候
> 謂鋪中曰：「娘子親買疋帛數十端。」虞候隨一卒荷歸取鏹，七卒列
> 坐鋪前候，久不至，二卒促之，又不至，二卒繼之，少焉，棄轎皆
> 遁矣。

〔註122〕 邱紹雄指出：「宋元商賈小說不再把商人當神當怪來寫，而是把商人當人來
寫；……表現『為市井細民寫心』的特色。……在表現商人的商業經營上顯
得單薄，既不豐富，也不深刻。」見氏著：《中國商賈小說史》（北京：北京
大學出版社，2004 年 8 月），頁 69。

　　有少年高價買老嫗絹，引令坐茶肆内，曰：「候吾母交易。」少焉，
復高價買一嫗絹，引坐茶肆外，指曰：「内吾母也，錢在母處。」取
其絹又入，附耳謂内嫗曰：「外吾母也，錢在母處。」又取其絹出門，
莫知所之。

利用不知情的第三者行騙，輕易得手財物後就開溜。這種「挖東牆去補西牆」
的連環行騙手法，也出現在《湖海新聞夷堅續志》之（前集卷 1）〈假母欺騙〉、
〈假道取財〉等故事，甚至明清筆記也經常將這些騙術稍加改寫後，編入故
事情節〔註123〕。小說以寫實的手法寫出當時社會的騙術，應是當時社會騙子
猖獗的側寫。

　　由於戰火密佈，舉目可見多是平民百姓因為戰亂致生活無以為繼，或親
人生離死別之事，所以作者揮灑筆墨寫出這種紛亂慘況，表現時人對邊患與
戰爭的恐懼，卻又無法逃離的痛苦。如《續夷堅志》之〈原武閻氏犬〉、〈邊
元恕所記二事〉等寫蒙古兵在金國境内殺掠；《湖海新聞夷堅續志・舉家自
焚》（前集卷 1）、《錢塘遺事・潭州死節》（卷 8）寫元軍入侵江南時，李芾全
家四十餘口舉火自焚；《輟耕錄・志苗》（卷 8）寫元末苗僚楊完者作亂，「所
過無不殘滅。擄得男女，老羸者、甚幼者、色陋者，殺之。」這些慘絕人寰
的故事，只是戰爭殘酷場景中的極小縮影，是作者替成千上萬受苦的平民發
出無聲的控訴。可以說作家將視野投射到社會各個角落，以實筆記錄下市
民之悲、社會之亂及國家之弱，流露出作者關懷國家社會與黎民百姓的憂患
意識。所以故事經常籠罩一種流離之悲、亡國之慟。那種悲涼的情調，令人
掩卷嘆息。

　　佛道故事同樣也貼近平民百姓的生活。如《湖海新聞夷堅續志》（後集卷
1）之〈賣酒遇仙〉、〈神仙教醫〉等寫道者濟世救人；《樂郊私語》寫德藏僧
真諦仗義力阻元僧發墓淫屍、《遂昌雜錄》寫散僧溫日觀的狂狷與愛國。相反
的，也有寫僧道人士為非作歹的故事，如《湖海新聞夷堅續志》之〈冤鬼現
形〉（前集卷 2）、侵用寺財（補遺）等等。陳平原先生指出：「佛道世俗化的
另一側面是強調『道』不遠人，佛道精義並非高深莫測，而是存在於千百萬
人的日常生活中。……作家們於是撇開寺院香火，在世俗人生中領悟佛義道

─────────────
〔註123〕例如明代《騙經》一書載錄二十四類，共八十八篇當代的行騙手法，書中的
　　　　騙術五花八門。（明）張應俞：《騙經》（桂林：廣西師範大學出版社，2008
　　　　年 11 月）。

旨。……這種佛、道，已經沒有多少宗教的味道，更多的是作爲一種哲學意識和文化品格，沉入普通中國人的心靈中。」〔註124〕所論入理切情。金元文言小說的僧道人物不再閒雲野鶴，或是高高在上的弘法護道，他們捨身進出紅塵中濟世助人。換言之，故事對於佛道的高妙玄理也不甚大書特寫，反而是透過描寫社會民眾的生活，表現義理與道德觀。這不僅反映小說作者視角下移，更是佛道世俗化的結果。

2. 人物普及於社會各階層

古代小說描寫的人物階層從唐代以後逐漸下移，至宋代小說更爲「平民化」。〔註125〕這個現象在金元文言小說中更爲明顯，可以說描寫的對象普及於社會各階層。除了描寫帝王將相、文臣武官等外，有更多平民人物成爲主角——男僕與女婢有之（《輟耕錄》之〈義奴〉（卷 7）、〈女奴義烈〉（卷11）……）；側室與姬妾有之（《輟耕錄・高麗氏守節》（卷 15）、《山房隨筆》之趙靜齋姬妾……）；工人、伶優與隱於民間的藝術家有之（《工獄》中的木工群像、《續夷堅志・溺死鬼》卷 2）之針工、《古杭雜記》）取笑韓侘胄煩惱自取的伶人、《山居新語》（卷 3）精於碑刻的貧士李和……）；捕獵者與販夫走卒有之（《續夷堅志・狐鋸樹》（卷 2）之捕狐者、《湖海新聞夷堅續志・疑心生鬼》（後集卷 2）之賣醃藏者、同書〈取蜂受報〉（補遺）之賣蜂乳者……）。其中名篇《續夷堅志・戴十妻梁氏》（卷 1），戴十更只是個僅知姓氏的僱傭，其妻更僅是普通的婦人，卻躍升爲大義凜凜的女主角。同書之〈閻大憑婦語〉（卷 2）更是一篇小人物的故事：

> 穰縣孫莊農民閻大，正大中，與同里劉進往商洛買牛，而閻病死。劉以書報其家。閻母與婦望祭于所居之前，有回風吹紙灰往西南莊。此莊是閻小婦所居，相去五六里。少之，有人來報，閻大憑婦語，欲與母妻相見。母妻奔往，相持而哭，問：「汝何死？」曰：「我死天命，但爲劉進所欺，先此相告。某牛價幾何，用絹若干；某牛

〔註124〕陳平原：《小說史：理論與實踐》（臺北：淑馨出版社，1998 年 10 月），頁 284～285。

〔註125〕趙明政指出：「比起正統的史著來，唐代小說描寫對象的社會層次已有降低，凡人小事、武夫兵卒、奴婢妓女、商賈小販都有涉及，但一般都與文士有一定瓜葛，集中於文士生活圈的人生現象。宋代傳奇小說的描寫對象已經下移，不少小說男女主人公是社會下層的市民，具有平民化的特點。」同註115，頁 196～197。

　　價幾何，用銀若干；彼乘我死無証，欲相欺昧耳！」布金價直，皆
　　令以筆記之。又云：「此人情理不可耐，我已死，渠有布絹，乃以行
　　纏蔽我面。」傍一屠者云：「汝欠我肉錢若干，汝家以汝死，遂不見
　　還，今令我取還。」閻俯首久之，仰視屠云：「我已死，更理會甚？」
　　觀者大笑。他日，劉進及家。人說：向云閻大有靈，先以價直告其
　　家矣！進見其母，一錢不敢欺焉。致遠與閻一村落，為言如此。

內容描寫閻大的魂魄附身於小婦身上，說明其死亡的原委，藉以追討被劉進
私吞的財物。故事既寫通俗生活，又可見鬼怪趣味，是一篇匠心獨具之作。
在人物部份，主角閻大是農民，女主角是閻大的小婦，其他劉進、屠戶及觀
者等一干人莫不是升斗小民。諸如這種不分身份地位，人人都可以躍上小說
舞台的情形，是小說趨向通俗的結果。

　　小說作者取材的視角向社會下層移動，或者根本作者本身就處於社會
中下層，這使作者不惜耗費筆墨描寫人物的困境。如《輟耕錄・陰德延壽》
（卷 12）寫某富商因為拯救一名婦人而得以延壽的故事。篇中寫兩人相遇的
情節：

　　（鉅賈）見江濱一婦。仰天大號。商問焉。答曰：「妾之夫作小經紀，
　　止有本錢五十緡。每買鵝鴨過江貨賣，歸則計本於妾，然後持贏息
　　易柴米。余資盡付酒家，率以為常。今妾偶遺失所留本錢，非惟飲
　　食之計無所措，亦必被箠死。寧自沉。」

婦人鉅細靡遺地說明如何營生，如何在錢財上計較，不慎遺失本錢竟然只有
死路一條！這是升斗小民真正的生活面貌，也是婦人身處社會底層的真實反
映。其他反映市井生活的篇章，如《至正直記・金陵二屠》（卷 2）寫二個情
如兄弟的屠夫，因為約定共妻而發生的悲劇。《湖海新聞夷堅續志・仙醫反掌》
（後集卷 1）、《稗史・丐者報恩》寫乞丐的故事。《輟耕錄・貞烈墓》（卷 12）
寫婦人因為美貌致禍，其他人物包括千夫長、部卒及獄卒等等。故事中的人
物，甚至是主角多是平凡百姓，可知金元文言小說內容透過描寫各個階層的
人物，表現平民百姓的生活情態。

　　綜觀上述，金元文言小說的內容比唐、宋小說更貼近社會生活，描繪
更多人情世態，表現出更深入的社會文化。這個特徵被明代以後的小說所
承繼、發揚，因而在清代得以出現如《紅樓夢》、《金瓶梅》等成熟的世情
小說。

（二）語言趨於淺白通俗

小說中的語言有人物語言與敘述語言。〔註126〕文言小說的語體到宋代又是一變，「受古文運動和說話伎藝的影響，向平實淺易的方向發展。」〔註127〕遼金元文言小說承繼此發展，加上受戲曲等通俗文學的影響，敘事與人物語言都走向通俗、口語。例如《山居新語》（卷4）寫龍廣寒擅長「預知術」，友人想測試他是否真如傳說般神準：

> ……一日，居佑聖觀陳提點房，陳叩以明日飲食之事。答曰：「寫了，不可看！」陳俟其出，乃竊視之。書云：「來日羊肉、白麵，老夫亦與其列。」適有人送活鯽魚者，陳囑僕明日以魚為食，諸物不用。至五更鐘末，住持吳月泉遣人招陳來方丈相陪高顯卿參政，蓋高公避生日也。陳為吳言：「房中有活魚，取來下飯。」高曰：「我都準備了也，諸物皆不用。」陳自念龍之語有驗，因及龍廣寒者在房中住。高曰：「我識之，可請同坐。」是日羊肉、白麵，亦與其列，皆應其說。

節奏頗為明快，文字淺顯易懂。尤其是「寫了，不可看！」「房中有活魚，取來下飯。」「我都準備了也」等句子，極其口語，貼近生活語言。又如《庶齋老學叢談》（卷2），寫宋末元初抗蒙名人謝疊山之母被元兵拘禁，藉以要脅其子。謝母毫無懼色云：「老婦今日當死，不合教子讀書，……是以有今日患難。若不知書，……那得許多事。老婦願得早死。」語言平易暢達。惟與上篇相較，人物語言明顯不夠生動，因為從故事敘述可知謝母形象大義凜然，但她面對元兵的語氣卻平淡無波，較不易讀出情緒起伏。其實這也反映金元文言小說以實錄的筆法，在人物語言上並未多加琢磨，有時會使人物個性與情節、環境未能貼合。

《輟耕錄·中書鬼案》（卷13）寫術士以厭勝法採人魂魄，再驅役其為惡，這些冤鬼趁機告狀。故事由王弼到衙門告發寫起：

> ……王弼告：……到義利坊平易店，見有算卦王，因問來歷致爭。當月二十九日夜，睡房窗下，似風吹葫蘆聲，不時有之。請到李法師遣送。虛空人言：「算卦使我來。」哭聲內稱枉。弼祝之曰：「爾

〔註126〕劉世劍：《小說概説》（高雄：麗文文化事業股份有限公司，1994年11月），頁21。
〔註127〕同註117，頁446。

神爾鬼，明以告我。」鬼云：「我是豐州黑河村周大親女月惜。至正
二年九月十七日夜，因出後院。被這王先生將我殺了，做奴婢使喚，
如今教在爾家作怪。」哭者索要衣服。……

有鬼空中言：「我是奉元路南坊開張機房耿大第二男頑驢。這先生改
名頑童。我年一十八歲，被那老先生引三個伴當殺了我。」……

又有鬼空中云：「我是察罕腦兒李帖家兒延奴，又名搶灰，那老賊殺
了我，改名買賣。我被殺時，年十四歲。」……

接著由犯人王萬里本人自述，說明採生術的方法與買賣生魂的過程：

……于襄陽周處習會陰陽課命。……逢見劉先生，云：「我會使術法
迷惑人心，收採生魂，使去人家作禍，廣得財物。我有收下的，賣
與你一個。」……逢見廣州舊識鄺，云：「我亦會遣使鬼魂。我有收
下的生魂，賣與你。」……

其間有買生魂者劉某與鬼魂的對話：

至夜，劉先生焚香念咒燒符，聽得口言，不見形影。問師父：「你教
我誰家裏？索甚去？」劉先生分付李延奴（生魂）：「你與這先生做
伴去。」說罷。將咒語收禁。……

最後王萬里被處以淩遲處死。從上述人物語言來看，淺顯直白而幾近口語，
表現當時文言小說語言通俗化。此外，本篇故事的篇幅相對較長，藝術手法
頗為奇特：首先是視角的轉換，前半段從王弼向官府告發到鬼魂訴冤為止，
採取「雙視點」〔註128〕的手法。先由王弼的視角出發，再轉由三個冤魂自述
被殺的經過，這樣的轉換使故事的視角逐漸變窄，吸引讀者更為專注於鬼魂
的冤屈與悲憤。下半段則由凶手王萬里說明採生魂買賣的經過，到其被判死
刑為止，採取「多視點」〔註129〕的方式。故事由王某以第一人稱的口吻詳述
採取生魂的法術，再交錯以生魂的買主與鬼魂間的對話，使視角不斷轉換。
其中王萬里在述說採生一節頗為驚世駭俗，他說：「我課算，揀性格聰明的童
男童女，用符命法水咒語迷惑，活割鼻口唇舌尖耳朵眼睛，咒取活氣，剖腹，

〔註128〕所謂「雙視點」，小說實際有兩個明確的視點。第一個視點「我」是條件人物，
　　　　負責介紹環境、提供情境和將第二個「我」引上場。第二個「我」往往就是主
　　　　人公，一旦登場則成為主要敘述人。詳見《小說概說》，同註126，頁230。
〔註129〕所謂「多視點」，有三個以上的「我」作為視點，交錯敘述整個情節。同註
　　　　126，頁231。

掏割心肝各小塊，曬乾，搗羅爲末，收裹，及用五色綵帛，同生魂頭髮相結，用紙作人形樣，符水咒遣往人家作怪。」這等殘忍不人道的行爲，透過主角水波不興的口吻說出，更令人驚恐悚懼。

其他如《輟耕錄‧鬼爺爺》（卷 23）鬼神說：「我要葉子金一百八十兩」、「我要去揚州天寧寺妝佛」。《湖海新聞夷堅續志‧芭蕉精》（後集卷 2）記男子欲敲神鐘去妖，芭蕉精謂：「莫打！莫打！打得人心碎。」等等，都可看出人物語言的通俗化取向。

即使是傳奇作品，敘事語言也有淺俗化的傾向。以下舉唐、元及明三朝的傳奇相較。試觀元代《綠窗紀事‧潘黃奇遇》描寫男女主角初次相遇的情節：

> 潘（用中）與太學彭上舍聯輿出郊，值黃府十數轎，乘春遊歸，路窄，過時相挨。其第五轎，乃其女孫也。轎窗皆半推，四目相視，不遠尺餘。潘神思飛揚，若有所失。

再看唐代〈任氏傳〉，狐女與鄭金初識時的描寫：

> 偶值三婦人行於道中，中有白衣者，容色殊麗。鄭子見之驚悅，策其驢，忽先之，忽後之，將挑而未敢。白衣時時盼睞，意有所受。鄭子戲之曰：「美艷若此，而徒行，何也？」白衣笑曰：「有乘不解相假，不徒行何爲？」鄭子曰：「劣乘不足以代佳人之步，今輒以相奉。某得步從足矣。」相視大笑。……〔註130〕

接著是明代〈牡丹燈記〉，女鬼與喬生邂逅的情景：

> 行數十步，女忽回顧而微哂曰：「初無桑中之期，乃有月下之遇，似非偶然也。」生即趨前揖之曰：「敝居咫尺，佳人可能回顧否？」女無難意，即呼丫鬟曰：「金蓮，可挑燈同往也。」〔註131〕

同樣情境，元代傳奇寫得辭意暢達，淺白易懂；唐傳奇則是藻繪華美典雅，表現出傳神寫意之美；而明初傳奇的詞采就回歸雅馴，更偏向於書面語言。從這裡也可以觀察出傳奇語體的發展，從唐代的綺麗華美，到宋元的淺顯通俗，發展到明代又逐漸趨向典雅化。

〔註130〕 （唐）沈既濟：〈任氏傳〉，收入王汝濤編校：《全唐小說》（濟南：山東文藝出版社，1993 年 3 月），頁 43～48。

〔註131〕 《剪燈新話‧牡丹燈記》內容敘述喬生邂逅一個女鬼化身的紅顏，最後他因爲過於迷戀鬼女，被其誘入棺柩中而斷送性命。（明）瞿佑：《剪燈新話》（臺北：世界書局，1978 年 3 月），卷 2，頁 22～24。

　　當然，遼金元文言小說也並非沒有辭藻華美之作，如《平江紀事》寫楊彥采等人夢中遇蓮塘鬼姬歌、《續夷堅志‧京娘墓》（卷1）記元老遇合鬼女京娘、《遂昌雜錄》寫宛丘公憐憫盜賊僅竊得少許庫錢，卻面臨斬首之罪，故而私下將他釋放。《硯北雜志》（卷下）寫鮮于樞故事等等。只是這種作品仍佔少數。相形之下，多數金元文言小說無論在人物語言與敘事語言多在雅俗之間，而且具有趨向淺白通俗化的特徵。這當然與其承繼了宋人「言風格迫求平實、樸雅，用辭典重，排斥浮華、藻繪」〔註132〕的語言風格有關，同時又受當代白話小說、戲曲等通俗文學發達的影響，使其語言通俗的特徵相當明顯。這也影響明清章回小說等通俗文學既文又白的語言風格。這個部分將待第六章再進一步討論。

　　文學與時代、社會及文化密不可分。綜觀本章闡述遼金元文言小說之特色有三，一為寫出鼎革易代之時代悲歌；二為記述多元民俗文化的各種面貌；三則是表現文言小說趨向通俗的時代特徵。小說是時代的樂音，用文字唱出的是一個時代之所以異於另一個時代的天籟。遼金元時代是個兵禍災難與漫天烽火交織的時代，天變地換的轉移中，人在其中求生求變，用一己微小的生命去承受；而在承平時期，則有其日常的社會生活、政經商貿和風俗民情、生死儀禮要追求要遵循，這一些都可以由小說或詳實描寫、或奇詭筆觸中，一窺究竟。

　　下一章論述遼金元文言小說中的民間信仰，剖析在這個動亂的大時代下文人的筆如何呈現人民心中的宗教情懷和信仰。

〔註132〕趙維國：〈論宋人小說的創作觀念〉（《中州學報》，2001年第6期），頁57。